U0090819

# 古典文學研究輯刊

二十編

曾永義 主編

第 **15** 冊

## 江蘇民間故事研究（上）

趙杏根 著

國家圖書館出版品預行編目資料

江蘇民間故事研究（上）／趙杏根 著 — 初版 — 新北市：花
木蘭文化事業有限公司，2019〔民108〕
序 12+ 目 4+224 面；19×26 公分
（古典文學研究輯刊 二十編；第 15 冊）
ISBN 978-986-485-889-7（精裝）
1. 民間文學 2. 民間故事 3. 文學評論
820.8                                    108011761

ISBN-978-986-485-889-7

9 789864 858897

古典文學研究輯刊
二十編　第十五冊　　　　　　ISBN：978-986-485-889-7

## 江蘇民間故事研究（上）

作　　者　趙杏根
主　　編　曾永義
總 編 輯　杜潔祥
副總編輯　楊嘉樂
編　　輯　許郁翎、王筑、張雅淋　美術編輯　陳逸婷
出　　版　花木蘭文化事業有限公司
發 行 人　高小娟
聯絡地址　235 新北市中和區中安街七二號十三樓
　　　　　電話：02-2923-1455／傳真：02-2923-1452
網　　址　http://www.huamulan.tw 信箱 hml810518@gmail.com
印　　刷　普羅文化出版廣告事業
初　　版　2019 年 9 月
全書字數　426390 字
定　　價　二十編 19 冊（精裝）新台幣 40,000 元　　版權所有‧請勿翻印

# 江蘇民間故事研究（上）

趙杏根　著

## 作者簡介

趙杏根，1956 年生，江蘇江陰人。文學博士，英國愛丁堡大學博士後，美國阿帕拉契亞州立大學客座教授，兩度爲東吳大學客座教授，現爲蘇州大學教授，博士研究生導師。著有《論語新解》《孟子講讀》《孟子教讀》《老子教讀》《佛教與文學的交會》《中國古代生態思想史》《乾嘉代表詩人研究》《實用中國民俗學》《華夏節日風俗全書》《中國百神全書》《八仙故事源流考》《詩學霸才錢仲聯》《實用絕句作法》《歷代風俗詩選》等。

## 提　　要

　　本書注重以雅文化、通俗文化和國外民間故事作參照，來研究江蘇民間故事，注重探求其間的異同及聯繫。第一到第八章，研究江蘇民間故事中所體現的父子（包括母女）、兄弟（包括姐妹）、夫婦、親友、江湖、人與動植物等關係的倫理觀念，這些觀念的內涵，和主流社會的解讀有較大的不同，「信義」「貞節」等，尤其如此。第九到第十四章，研究江蘇民間故事中的帝王、官員、鄉賢、智者、工商業者、雇主、雇工等形象，及這些人物之間的相互關係，展現社會生態，闡述其中體現的「君權神授」「權力至上」等觀念的民間解讀，分析民間對鄉賢、智者、優秀工商業者的推崇和對各種惡霸的譴責。第十五到第二十章，研究江蘇民間故事中展現的文化生態，包括佛、觀音、羅漢、金剛、閻王、八仙等佛道神靈及土地、城隍、財神、龍等民間神靈信仰，《西遊記》《水滸傳》《楊家將》《曲江池》《白兔記》等小說戲曲類通俗文藝，《牛郎織女》《白蛇傳》等四大民間傳說等在江蘇民間的傳播，總結其江蘇化的若干種形式並且探討其原因，論述其效果。外編部分，用實證研究的方法，考證以上研究中未涉及的江蘇民間故事中和外國民間故事中相同或相似的情節和情節模式。

謹以此書獻給我兩位親愛的胞妹，趙杏芬女士和趙祥芬女士，衷心感謝她們給我的無私幫助。

本課題爲 2012 年江蘇省社會科學基金重點項目
項目批准號：12ZWA001

# 漫談民間文化研究（代序）

這個問題有點大，也有點老，許多關於民間文化研究的書中講了這個問題，大多講得很好。我希望我在這裡能夠說出一些新的內容，或者是從某些新的角度來說，對讀者有所啟發。

## 人文研究的意義和人文工作者的使命

我年輕的時候，一直被一個問題所困擾：我們耗費巨大的精力研究文史哲等，到底有什麼意義？什麼價值？對社會有什麼用處？和一些同事或者同行交流，我發現他們也有相同的困惑，沒有一個人能給我解此惑。前幾年，我在某個學術會議上聽報告人說，某個級別很高的人文學術刊物，邀請國內研究該學科的第一流的教授幾十人開會，討論研究中的若干問題。其中一個問題，就是我年輕時候的困惑。討論的結果是：我們的研究是有用的。什麼用？答曰：無用之用。對象我這樣的淺學而言，這很費解，很難領會其深刻的含義。如果結合整個社會來看，這樣的觀點就更加玄妙了。

多年來，我幾乎抓住所有可能的機會，講我對這個問題的理解，希望有類似困惑的人，特別是青年學生，能夠得到一些啟發。

先從比較大的方面講起。我服膺莊子提出的、宋儒發揮的「內聖外王」之說，並且對此有新的解釋：「內聖」是自我修養之完備，這修養包括道德修養和專業修養在內。「外王」是對社會影響作用之巨大。這兩個方面，當然是相互促進的。「聖」和「王」，顯然是很難達到的。「內聖」和「外王」，對我們凡夫俗子來說，都是一種理想的境界，不可能達到的。可是，不可能達到，並不影響我們向這樣的目標努力。觀音菩薩普度眾生，要把眾生都超度

完畢，她才能夠成佛。眾生豈有超度完畢的時候？因此，她成佛的時間是無限長。對觀音菩薩來說，成佛也僅僅是一個理想的境界而已，她永遠也成不了佛。可是，即便如此，佛教中認為，她仍然孜孜不倦地普度眾生，這正是她的偉大之處。儘管我們無法做到「內聖外王」，但是，向這樣理想的境界行進，總是有意義的吧。

「內聖」工夫，當然要讀書、實踐、思考等等。「外王」要對社會起具有積極意義的作用，承擔社會使命，對社會作貢獻，從而產生社會影響，改善社會環境和社會成員的生活狀態和精神面貌，這和《禮記・大學》中「大學之道」的「親民」是一致的，「親民」是「新民」的意思，「新」其民也。《論語》中所說「堯舜其猶病諸」的「博施於民而能濟眾」，〔註1〕也是這個意思。「外王」或者「親民」、「博施於民而能濟眾」的途徑，可以是不同的。結合當代的專業而言，學習和研究臨床醫學的人能給病人看病；學習和研究機械學的人會造機器、修機器；學習和研究會計學的人能給人家記帳、算帳；學習和研究法律的人能夠給人家打官司。我們學習和研究人文科學的人，能夠為社會做什麼啊？能夠承擔什麼樣的社會責任或社會使命啊？我覺得，我們的任務，就是為社會提供和傳播積極的思想文化。一個社會，不能沒有思想文化，不能沒有精神文明。我們為社會提供和傳播思想文化，就是推動社會精神文明的發展。回顧我國文明發展的歷程，我們的許多前輩，不就是這樣做的嗎？

總之，我認為，我們研究文史哲之類的人文學，目的就是為社會提供和傳播思想文化。研究人文學的意義、價值、社會作用等，就在於此，我們的社會使命，也在於此。

這裡再說段題外話。有人說，你們研究中國文化，當然應該為我國社會提供和傳播思想文化，那麼，我們研究外國的文學和文化，也是這樣嗎？我的回答當然是肯定的。你研究英國文學，可以為英國作家而研究，也可以為英國社會、英國民眾而研究，那是你的自由。可是，就總體而言，我希望我國研究英國文學的人，是為我國社會而研究，通過研究，發掘英國文學作品中進步的思想文化，特別是我國社會所急需的某些先進思想文化，然後在我們的社會宣傳，進而推動我國社會的進步。研究其他外國文學和文化的學者，也是如此。大約二十多年前，研究 A 國文學的教授某甲，在 A 國當訪問

〔註1〕《十三經注疏》本，中華書局，1980 年影印本，第 2479 頁。

學者回來，感慨道，研究 A 國文學，我們不可能做得過 A 國學術界，所以，不想做研究了。該教授顯然對我們研究外國文學的目的和依據，沒有充分的認識。A 國的學者研究 A 國的文學，自然有他們的目的和依據，我們中國人去研究同樣的對象，如果也是出於和他們同樣的目的，用同類的依據，那麼，就等於和他們在同一條跑道上賽跑，跑不過人家，那是正常的，因為資本明顯是難以和人家相比的。我們研究外國文學，有我們自己的目的，那就是為我國社會提供和傳播思想文化，目的和人家不同。我們研究外國文學的依據之中，有大量的中國文化，中國國情，於是，我們研究外國文學的依據或者資本，就和人家不同了。因此，我們的研究，和人家就不在一條跑道上，不必和人家比，也沒法和人家比。

有人也許會說，學術應該排除功利性。有著名人物說，學術是「荒江老屋中二三素心人」的事情。如何理解學術，如何做學術研究，是每個人的自由。不過，我想說，從清初顧炎武等到乾嘉年間諸大家，還有清末沈曾植、章太炎等，他們做的研究，也幾乎都是有功利性的。在拙著《詩學霸才錢仲聯》中論沈曾植的部分，我有比較系統的論述。顧炎武、黃宗羲他們，還有章太炎、沈曾植他們，似乎也不能算「素心人」吧？他們做的研究，如《天下郡國利病書》、《日知錄》、《明夷待訪錄》等，應該有資格被稱為學術研究吧？

## 文化的大致分類及其與精英、大眾的關係

為社會提供和傳播思想文化，至少有三個問題要解決。首先，我們自己得有先進的思想文化；其次，我們得有對社會傳播思想文化的平臺；再次，我們得瞭解我們的受眾。

第一個問題，其實就是「內聖」的問題，多讀書，多實踐，多思考，「內聖」功夫精深，這個問題自然就解決了，這當然有個過程，有高下的問題，因此，對我們來說，這也是終身的課題。平臺的問題，涉及多方面的因素，不是我們自身努力就可以解決的，但自身的努力，無疑有利於我們獲得合適的平臺。好在今天傳播發達，相關的平臺也容易獲得，例如各類自媒體即是。

受眾的確定，非常重要。在古代，給上至皇帝、下至地方官上書獻策的人很多，其中許多人就是給社會管理者提供思想文化。戲曲小說中，窮困潦

倒的讀書人因上書獻策而鹹魚翻身，這樣的暢想曲甚至狂想曲，如元代雜劇中馬致遠的《薦福碑》之類，並不少見。對現實社會中普通的民間人士而言，這當然是有風險的。清代的文字獄，一般認為似乎都是民族矛盾引起的，其實，乾隆十六年「偽孫嘉淦奏稿」案發生後，文字獄就不是以民族問題為主了。只要把《清代文字獄檔》大致翻閱一下，我們就可以知道了。魯迅《且介亭雜文》中的《隔膜》，也講到這個內容。在知識分子中提供和傳播思想文化，古代知識分子的詩文集和學術著作，幾乎都是如此。為大眾提供和傳播思想文化的，在古代，就是大量的通俗文學作者，通俗小說和戲曲，都是向大眾提供和傳播思想文化的。當然，大量的宗教人員，這方面也很有成就。

要提供和傳播思想文化，瞭解受眾，顯然是非常重要的。受眾既有的思想文化如何？人的成長過程中，身體要發育，精神也要發育。身體發育需要營養，精神發育也需要營養。精神發育的養料，對精神質地的形成，起有至關重要的作用，甚至是決定的作用。那麼，我們提供和傳播思想文化，我們的受眾的精神發育狀況如何，他們精神發育的養料如何，都是我們必須明白的，否則，我們的提供和傳播，就難免會顯得鑿枘不合。章太炎早年寫了不少鼓吹革命的文章，可是，那些文章，艱深古奧，能夠看懂那些文章的人極少，民眾根本無法看懂，那麼，那些文章的效果，當然也不會理想了。毛澤東《在延安文藝座談會上的講話》中批評的那些「對牛彈琴」者，正是犯了同樣的毛病。

文化可以大致地分為雅文化和俗文化，俗文化又可以分為通俗文化和民間文化。

大致而言，雅文化，就是經史子集，也就是相當於《四庫全書》中所收錄的那些書籍及其類似的書籍等。通俗文化以戲劇和白話小說為主，這些，在古代的傳統中，是被正統文化排斥在其外的，《四庫全書》就不收錄這些書籍。民間文化，和包括通俗文學在內的通俗文化相比，它們之間最為本質的區別是，通俗文化及其活動具有商品性，而民間文化及其活動不具有商品性。說書先生說書，戲班子演戲，都是要收錢的。可是，聽老人講民間故事，觀看民間這樣那樣的禮儀，觀賞節日的焰火以及這樣那樣的表演，都是不用出錢的。通俗文化活動和民間文化活動最為本質的區別，就在這裡。當然，這兩者之間，也是沒有鴻溝之殊的。就一般情況而言，許多通俗文化活動，正是由民間文化活動演變而來的。例如，舞龍燈本來是純粹的民俗活

動，民間活動，表演者是不收錢物的。可是，有些地方的有些人，紮了龍燈，在鄉間巡迴作舞龍燈表演，在人家門口或者家裏舞龍燈，就要向那家人家收錢，或者請某個村子統一付錢，然後就在那個村子表演。這種活動，就具有商品性了，就是通俗文化活動，而不是民俗文化或者民間文化活動了。兩者之間的過渡關係，宛然可見。

　　社會成員，就文明程度而言，可以粗略地分爲精英和大眾。當然，這是簡單的劃分，如果標準不同，劃分的結果也會不同。精英和大眾，他們精神成長的養料，成份是不同的。精英精神成長的養料，由雅文化也就是經史子集、通俗文化和民間文化組成，其中以雅文化爲主，雅文化在社會的各種文化中，也是強勢文化，這和其載體即社會精英在社會中的強勢地位是一致的。當然，在精英成員中，每個個體精神成長的養料中，各種文化占的比例，也是未必相同的。大眾精神成長的養料，當然主要是通俗文化和民間文化。經史子集等屬於雅文化的產品，和大眾的直接關係不大。大眾即使童蒙時也讀《四書》，也大多無法理解。成年人如果能夠讀經史子集，他也就不屬於大眾之列了。如上所云，通俗文化最爲本質的特點是其商品性，因此，人們欣賞這樣的文化活動，就是進行文化消費，就存在購買文化消費品的問題。由於購買能力的限制，大眾消費通俗文化產品，也是受到限制的。儘管通俗文化產品的消費群體是大眾，但是，就大眾中的個體而言，他們接受通俗文化產品，肯定是不全面的，也缺乏系統性，個體之間，差別是巨大的。就整體而言，大眾接受通俗文化的程度，在舊時代，還是不高的。那麼，大眾精神成長，最爲主要的養料，就只能是民間文化了。

　　通過以上分析，我們可以看出，只有民間文化，可以覆蓋社會精英和大眾，幾乎沒有例外。哪個社會精英，能夠脫離民間文化的影響呢？即使是鄙視民間文化者，也難以逃脫其影響。民間文化中的思想文化基因，大多存在於每個社會成員的思想文化之中。因此，我們要承擔爲社會提供和傳播思想文化的使命，就必須學習和研究民間文化。這不僅有利於增強我們自身的文化修養，還能夠使我們更加深入地瞭解我們受眾既有的思想文化，以提高我們工作的效率。

## 推進大眾文明程度的重要性和迫切性

　　在確定的時空中，政治力量是社會中最爲強大的力量，因此，向社會的

管理者提供和傳播思想文化，可能對社會進步起到顯著的作用。《孟子‧離婁上》中，孟子提出了「正君」的觀點：「人不足與適也，政不足間也。惟大人爲能格君心之非。君仁莫不仁，君義莫不義，君正莫不正。一正君而國定矣。」〔註 2〕我們讀《孟子》，就會看到，大凡孟子和國君或者當政者談話，常常是在「正」他們。其實孔子就已經如此了。杜甫所謂「致君堯舜上，再使風俗淳」，也是這樣的意思。這當然是要有條件的。對普通士人來說，這樣的條件很難獲得。在知識分子中提供和傳播思想文化，當然也是有很大的意義的，大家互相這樣做，大家的思想文化就一起提高，同時來影響社會，推動社會的發展。當然，如果離開了社會，忘記了社會使命，那就成了知識分子圈子內部的自娛自樂了。

我認爲，向大眾提供和傳播思想文化，意義是非常重大的，也具有強烈的迫切性。

社會的發展，最大的推動力，最爲根本的推動力，是來自精英，還是來自大眾？是誰決定了社會的走向？誰是社會政治最重要的決定力量？關於這些問題，孟子就有很好的見解，他認爲是人民大眾。我在《孟子教讀》的長達四萬多字的前言中，比較充分地闡述了孟子這樣的思想。我所受的教育，在歷史觀方面，是非英雄史觀，多年來，我一直恪守這樣的歷史觀，這當然和我始終是一介布衣的身份、始終和基層社會有血肉聯繫的生存狀態，有密切的關係。既然在社會的發展中，大眾的力量是決定性的，根本性的，那麼，向他們提供和傳播思想文化，其意義當然是重大的。

判斷一個社會精神文明的程度，依據是什麼？是看精英階層精神文明所達到的程度，還是看大眾精神文明所達到的程度？我先舉個例子。清初，黃宗羲反思明王朝滅亡的原因，寫了《明夷待訪錄》一書，所謂「待訪」，就是希望當時和未來的統治者從此書中獲取經驗和教訓，把社會治理好。他的反思，有些部分是帶有根本性的。他發現，「家天下」的君主制這個體制就有大問題，社會的和帝王家的許多悲劇，總根子就在這裡。他在《原君》這篇著名的文章中說：「爲天下之大害者，君而已矣。」既然這樣，君主制這樣的封建體制，當然就應該被推翻。可是，魯迅的小說名篇《藥》中，紅眼睛阿義、花白鬍子、康大叔、駝背等一干人都認爲，「夏家的孩子」竟然說「這大清的天下是我們大家的」，他就該殺，這「不是人話」。他們爲什麼會有這樣

〔註 2〕《十三經注疏》本，中華書局，1980 年影印本，第 2723 頁。

的認識？因爲在他們看來，天下就應該是皇帝的。魯迅這小說中寫的，是在黃宗羲以後將近三百年的事情了。黃宗羲提出的先進的思想，將近三百年後，竟然還沒有對魯迅筆下那一干芸芸眾生發生什麼影響。更何況，魯迅這小說的背景是浙江，而黃宗羲就是浙江餘姚人。試想，如果黃宗羲那樣的思想，在他提出後，就迅速被人民大眾所接受，爲人民大眾所掌握，那麼，中國的封建王朝，還會延續那麼久嗎？這是令人浩歎的。因此，社會的文明程度，不是精英所達到的程度，而是大眾所達到的程度。在我們這樣一個大國，歷史上任何時候，都是不缺乏精英的。可是，精英的思想文化爲大眾所掌握，這樣的過程是漫長的，代價往往是巨大的。這也可以說明，向大眾提供和傳播思想文化，是何等的重要。

當今社會，技術方面，已經進入了數碼化時代了，可是，大眾的思想文化、精神面貌如何呢？如果到農村地區深入瞭解，即使是在經濟比較發達的農村地區，情況還是不容樂觀的。經濟的發展，技術的進步，甚至使思想文化中某些落後的部分，顯得更加誇張。例如，上個世紀 50 年代之前，經濟不發達，科技不發達，某些迷信活動，還在較低的水平，許多人家，僅僅是虛應故事而已。今天可不同了。我親見道士做法事，乃作《觀道士做法事有感》詩云：「音響煌煌代管絃，綠袍焚馬上青天。金裝孔聖高堂坐，含笑雍容享盛筵！」做法事的，不乏二十多歲的小道士，甚至還有一些是大學畢業生。有人說，隨著老人的去世，相關的舊思想、舊文化、舊觀念和陋習，會在社會消失。實際上，這樣的想法並不正確。《新青年》創刊已經一百年了。別的不說，「賽先生」被宣揚了一百年了，經濟、科技、文化發達的地區，還有這樣的場景，是令人浩歎的。做法事如此，其他許多風俗，也基本上如此，在舊時代的基礎上踵事增華了。可是，主流階層對這些現象，不僅無所作爲，而且在某些方面，還是默許的，甚至是鼓勵的。

要提高大眾精神文明的水平，顯然是不容易的，甚至比讓他們在經濟上脫貧更加困難。其困難數量之多，困難的程度，許多困難的發源之處，是出於大多數人想像之外的。但是，即使困難再多，難度再大，發源之處再強有力，富有社會責任感的我們，有「先知覺後知」、「先覺覺後覺」傳統的我們，也會勇敢地承擔起這樣的社會使命。

那麼，是哪些因素，決定了大眾所達到的精神文明水平？因素當然很多。可是，民間文化，肯定是其中重要的因素。上文已經說過，人民大眾精

神發育的養料是什麼？民間文化，肯定是其中最為重要的成份之一，對封建社會中的大量民眾而言，甚至是唯一的養料。對今天的大眾而言，民間文化仍然是精神成長的重要養料。身體的成長有時間的限制，而精神的成長則是終身的。精神成長的養料，於人也是終身的。

因此，要提高人民大眾的精神文明水平，我們就必須研究民間文化，改造這樣的養料，清除這些養料中的有害成份，保留、激活其中有益的成份，以促進人民大眾思想文化的進步和發展。這就是我選擇研究包括民俗在內的民間文化的深層原因。

四十多年來，我儘管一直在高校讀書、教書，一直處於文明程度比較高的環境中，可是，我的家鄉在農村，我和父老鄉親之間有血肉的聯繫，可謂息息相關。我對那裡大眾的思想文化，精神面貌，有深入的瞭解、切身的體驗和切心的感情。我有《辛苦吟》詩云：「蓼蟲知苦不知辛，辛苦纏綿切我身。西哲名言今欲改，從來辛苦出詩人。」他們感受到的種種苦難，我都能夠感受到，他們沒有感覺到的許多苦難，我也能夠知道。他們的愚昧、落後、種種陋習，我清清楚楚，深感痛心，常常欲哭無淚，徒喚奈何！可是，如果沒有這樣的背景，我就很難對這樣的背景有如此深切的瞭解，進而從這樣的角度思考人生、歷史、文化、社會等等。很明顯，如果缺失了這樣的角度，這些思考會有很大的不同。因此，早已年逾花甲的我，還真的不知道，我與生俱來地擁有這樣的背景，這到底是我的不幸，還是我的幸運？不管如何，這些，是我和當代在各種崗位上的眾多知識分子的顯著不同之處。於是，我的使命感，又多了一種緊迫性和切切在心的感覺。

我讀碩士研究生和博士研究生的時候，專業都是中國古代文學，落實到具體的方向，都是清代詩歌研究，我的碩士論文和博士論文，都是研究清代詩歌的。直到現在，我最為熟悉的學術領域，也還是清代詩歌。可是，大概在 1986 年，我就開始承擔中國民俗學課程的教學任務，直到今天，我幾乎每年都要給本科學生講授中國民俗學課程。我還給碩士生、博士生講和中國民俗相關的課程，甚至國外來的多位訪問教授、博士生，都聽過我此類課程。在國外當客座教授期間，我還用英語教授過此類課程。我出版的著述中，關於中國民俗學的有多種，而出版於 1989 年的《歷代風俗詩選》（箋證），就是其中最早的一種。我關於人文工作者社會使命的認識，我的非英雄史觀，我和草根社會的關係，都使我無法把全部的研究精力，用在清代詩歌乃至古代

的雅文學方面，去考辨某些詩歌學唐詩還是學宋詩，重學問還是重性靈之類，這並不是我沒有能力研究這些，而是我覺得，研究這些，對我來說，是很奢侈的事情。於是，我分出其中很多的時間和精力，來研究「鄉巴佬的學問」，即英文 FOLKLORE，也就在情理之中了。

## 我研究民間文化的思路和實踐

　　許多學問發源於民間，民間文化，就是民間百科。在學科體系中，民間文化是最為基層的文化。那麼，最為高層的文化或者學科是什麼？有沒有統馭所有文化或者學科的學問存在？如果有，那麼，它是什麼？有的，它就是哲學。幾乎每一門學問，發展到成熟的境界，其某些精微的部分，就會進入哲學的領域。我多年在大學講授民間文化，同時也講授儒家、道家的經典，也講授過佛教經典，對這些經典的研究，屬於哲學的學問。於是，有人認為，我是因為做了民俗學之類「小兒科」的學問，覺得不好意思，才做儒家、道家、佛教經典研究這些看起來「高大上」的學問，來稍作彌補，改善學術形象。其實，完全不是如此的。還有人認為，趙某人很狂妄，涉足多個領域。說我狂妄，這應該是誤解，我從來也不認為我的學問是如何好，我的學問是如何廣博。我這樣做，其實是有我的想法在。

　　這裡又要多說幾句。做學術研究，我簡單地比喻為在海灘上找寶石。如何找到盡可能多的寶石？當然，最好的方法是發現一塊沒有被人找過而確實存在許多寶石的海灘。可是，現在從事學術研究的人那麼多，哪裏去找這樣的海灘？我們所知道的海灘上，找寶石的人都是那麼多！我們還如何找寶石呢？某塊海灘上，許多善於發現紅寶石、綠寶石的人，都反覆仔細地找過了，那麼，那裡的紅寶石、綠寶石即使還有沒有被他們發現的，所剩也不多了，我們要找出來，難度也就很大了。但是，善於發現藍寶石的人，還都沒有去找過，那麼，如果我們具有善於發現藍寶石的眼光，我們在那海灘上發現藍寶石的難度，顯然就會比發現紅寶石、綠寶石的難度小得多。力學家馮元楨，因為他的母親病了，所以，他要看看母親的病究竟是怎麼回事，於是，他就研究母親的病及其治療。這一研究，使他有了許多有價值的發現。不少人也用這樣的方法進行生物醫學方面的研究，於是，生物力學這門新的學科，就這樣勃興了。馮元楨的母親的病，多少遺傳學家、病理學家、生理學家、藥物學家和更多的臨床醫生，都做了很多的研究，當然取得了很多成就，撿

到了很多寶石。可是，這毛病似乎還沒有力學家去仔細研究過，馮元楨以他力學家的眼光去研究，於是有了那些有價值的發現，也就是撿到了那些寶石！這就是交叉研究和綜合研究的優勢所在。

研究民間文化，有種種方法和角度。事實上，大量的研究者，通過不同的研究方法和角度，都取得了可觀的成就。在這裡，我談談我基於交叉研究之上的研究民間文化的思路和實踐。必須特別強調的是，這是我的思路，或者說是努力的目標，至於我的實踐，遠遠沒有達到這樣的目標，所以也沒有多少成績，但是，我相信，這樣的研究方法或角度，有其一定的道理。

我的思路說起來也很簡單，這就是，結合以經史子集為主的雅文化、以小說戲曲為主的通俗文化，以及國外的民間文化，來研究我國的民間文化。

這樣的研究方法，是建立在我對文化分類及其相互關係的認識這一基礎之上的。以經史子集為主的雅文化、以小說戲曲為主的通俗文化、以民俗文化和民間文學為主的民間文化，這三者之間，也是相互滲透的，相互貫通的，沒有鴻溝之殊的。史部和集部中，有通俗文化的資料。即使經部著作中，也有很多民間文化的內容，如民間節日活動，民間故事，民間禮儀，鬼神信仰等等。《詩經》屬於經部，但其中絕大部分是民歌，民歌不就是屬於民間文學作品嗎？小說戲曲等通俗文化作品，大量的題材，來源於經史子集，詞彙、典故就更加不用說了，更為重要的是，在古代小說、戲曲作品中，忠孝節義等思想，不都是來源於經史子集特別是經部嗎？小說戲曲中的民間文化內容，也是大量的。例如，明代鄭之珍的《目連救母》，民間信仰中的常見神靈，不管是佛家的、道教的還是民間宗教中的，絕大部分都出現了，不少民間故事，也被整合於其中。其實，這樣的現象，在國外也有。法國著名作家梅里美，就曾經把一個在歐美許多地區流傳的民間故事，改寫成一篇膾炙人口的小說《費德里哥》。民間文化中，大量的內容，和經史子集、和通俗文化，有直接的關係。一直占統治地位的儒家思想，對我國民間文化的影響，幾乎是決定性的，決定了我國民間文化的性質。就形式而言，儒家經典《三禮》，對民間禮儀的影響，是非常明顯的。民間的佛教信仰、道教信仰，和屬於子部的佛教、道教經典等著作，當然有密切的關係。民間文化中，通俗文化的內容，也是常見的。例如，《三國演義》、《西遊記》、《水滸傳》等小說和許多戲曲中的人物、故事情節，在民間故事中也是常見的。國外的種種文化，包括各種民間故事，也會被我國民間所吸收、移植、改編等等。例

如，佛教對我國民間文化的影響，是最爲明顯的。

明白了民間文化和經史子集等雅文化、小說戲曲等通俗文化之間的關係，和外來文化之間的關係，我們就會認識到，民間文化，儘管是 FOLKLORE，鄉巴佬的學問，但是，要研究這鄉巴佬的學問，難度還是很大的。

我出版的第一本書，是《歷代風俗詩選》，1990 年嶽麓書社出版，責任編輯是王德亞先生。這本書，也是我的第一本研究民俗的著作，是我跨學科研究或者交叉研究的一個嘗試。從《詩經》到清末的詩歌中，關於民俗的詩歌很多，我從中選出幾百首有代表性的，再從經史子集中找資料，對這些詩歌一一作風俗內容方面的箋證，於是，就形成了這本書。在這個過程中，我初步認識到了民間文化和經史子集的關係，特別是和詩歌之間的關係。同時，我也初步認識到了跨學科研究的優勢。

在上個世紀 90 年代，我把兩萬多卷《大藏經》翻了一遍，當然，對其中的佛教理論，我所知極少，但是，我把其中的文學作品輯錄了出來並且作研究，寫了本《佛教與文學的交會》，對佛經中的優秀文學作品、我國古代和佛教關係密切的小說和戲曲、包括民間故事在內的中國文學作品對佛經文學作品情節的移植和改編等，作了不少研究。此書於 2004 年由臺北學生書局出版。此後，我又翻閱了《正統道藏》，對道教有了一些瞭解，又結合古籍資料，比較系統地研究了八仙故事，出版了《八仙故事源流考》。我對經部和子部下了點工夫，出版了研究《論語》、《孟子》、《老子》和《莊子》的若干著述。進入本世紀 10 年代後，我從經史子集中找材料，研究中國古代的生態思想，出版了 44 萬字的《中國古代生態思想史》。我給門下碩士生、博士生的論文題目，範圍基本上就在元明清文學，其中有多個題目，和民間文化有密切的關係，例如神仙題材文學作品的研究，小說中倫理觀的研究，佛教的中國化研究，節日風俗詩歌的研究，竹枝詞研究，神仙傳記研究等等。我在這長期的研究和教學過程中，始終沒有中斷民間文化的教學、研究和思考，有意識地把不斷獲得的新知識、新感悟運用到民間文化的教學、研究和思考中，不斷更新我在民間文化方面的認識。

我的英語能力和在歐美大學的經歷，也對我的民間文化研究有不小的幫助。我在英國愛丁堡大學當過一年博士後，在那裡，我收集了一些英國、愛爾蘭民俗和民間故事資料。我又在美國北卡州的阿帕拉契亞州立大學當過一年客座教授，在那裡，我收集了很多的外國民間故事資料。這些資料，對我

的中國民間文化研究，有重要的作用。

總之，我研究包括民俗在內的民間文化，力求結合經史子集、小說戲曲和外國民間文化而為之。

當然，就實踐而論，我這樣的努力，僅僅是初步的，也許仍然非常幼稚。研究民間文化，也許有很多更加有效、更加合理、更加可行的方法或者角度，但是，對我來說，這應該是最好的方法，因為很合適我。我常對學生說，研究一個對象，有很多不同的方法或角度。可是，對特定的研究者和特定的對象這樣的固定組合來說，肯定只有一種方法（包括綜合的方法）或角度是最好的。如果能夠找到這樣的方法或者角度，研究就可以順利得多。因此，我研究民間文化的方法或角度，是和我相互切合的。別的不說，除了承擔中國民俗學課程的教學任務外，我還得承擔中國古代文學、包括經部和子部在內的文化經典，甚至還有文獻學等課程的教學任務，為了完成教學任務，我不得不對這些領域作研究。因此，我結合經史子集、小說戲曲、佛道經典等研究民間文化，這絕不是意味著，這樣的方法或角度，比其他的方法和角度高明，而是這最為適合我的情況，是我唯一的選擇，甚至是無奈的選擇。例如，我清楚地認識到，田野調查對民間文化研究，至關重要，可是，我除了可以在家鄉作小範圍的田野調查外，沒有條件做更多的田野調查。我因為工作的需要，在古籍中摸爬滾打這麼多年，又有在國外大學從事教學工作的經歷，有在國外大學圖書館收集相關外文資料的便利，因此，我研究民間文化，利用這些有利的條件，也是非常自然的，儘管我這樣的研究方法和角度，也是遠遠不足的，甚至有非常明顯的缺陷，我也只能如此了。

我即將達到本校規定的退休年齡。退休後，我的生活狀態如何，我也無法非常準確地預測，是否還能做人文社會科學方面的研究，我真的不知道。因此，利用這個機會，我把我對民間文化研究的一些認識以及我研究民間文化的一些思路和做法寫出來，給大家作參考。

趙杏根
2016 秋於獨墅湖畔
2018 年歲末改定

目　次

# 引　言

　　江蘇處華東地區，瀕臨黃海、東海，有很長的海岸線，境內長江入海，江南有太湖等湖泊和豐富的河流，向有水鄉澤國之稱，蘇北有洪澤湖、高郵湖、駱馬湖、金湖等著名的湖泊，水利資源非常豐富。在歷史上，江蘇以農業爲主，但是，漁業、鹽業、礦業和手工業也都很興盛。明清以來，工商業發展迅速，南京、蘇州、無錫、常州、南通、揚州，都以工商業發達著稱。在政治上，歷史上的江蘇也有重要的地位。漢朝開國皇帝劉邦，正是徐州豐沛人。項梁、項羽儘管是楚國人，但是，他們起自江東，江東是他們最初的基地，項羽的江東子弟八千人，正是他的基本部隊。東吳、東晉和南朝的宋齊梁陳，都建都在南京，故南京被稱爲「六朝古都」。南朝蕭梁、蕭齊兩朝皇帝，都是江蘇人。明初洪武、建文兩朝，建都南京，永樂帝儘管建都北京，但南京仍然是陪都，同樣設有一套中央政府機關，直到明末，弘光小朝廷還是以南京爲都城，儘管爲時短暫，但影響還是很大的。近代，太平天國建都南京，影響巨大。文化方面，江蘇尤足稱道。泰伯奔吳，是中原文化的第一次大規模南遷，兩晉之際、兩宋之際，北方文化又大規模南遷，江蘇正是這三次大規模文化遷移的落腳處。兩晉以後，特別是明清及其以後，江蘇文化，鬱鬱爲盛。就社會的基層結構而言，千年城鎮、村落和家族，比比皆是，底蘊深厚，而清代乃至近代才形成、興起的城鎮、村落和家族，也有一些，鮮明地體現了文化的多元。所有這些，綜合地構成了包括民間故事在內的民間文學的沃土，也直接地決定了其內容的深厚和龐雜。

　　已經出版的江蘇民間故事，除了一些零星不成系統的外，大致有這樣三類：一是全省性的，如《中國民間故事集成》之《江蘇卷》，《中國民間故

全集》中的《江蘇民間故事集》，數量不多；二是地級市一級的，例如《南京民間故事》、《蘇州民間故事》、《無錫民間故事精選》、《徐州民間文學集成》、《鹽城市故事卷》、《揚州民間故事集》、《鎮江民間故事》，幾乎都是屬於《三套集成》的系列；三是白庚勝先生為總主編的《中國民間故事全書》中的江蘇部分，每一個縣或者縣級市、地級市的市區為一冊，每冊少則 30 萬字左右，多則近 70 萬字，目前已經出版了十幾冊。這一類，正在陸續出版。據此估算，江蘇民間故事，總量應該在 3000 萬字以上。

總之，江蘇民間故事，正如穠春時節的鄉野，萬紫千紅，百花爭豔！

在對江蘇民間故事作了一定的瞭解之後，筆者深深感到，要對如此龐大、複雜、深厚的文化存在作全面的研究，不是我一個人或者有限的幾個人在短期內能夠完成的。因此，我僅僅是先作一些總體上的研究，大致為這樣三個主要方面。一是民間社會倫理方面的研究，包括父母和子女之間的關係、兄弟姐妹之間的關係、婚姻關係、親友關係、江湖倫理、生態倫理等等，也就是現在這本書的前面八章。二是民間社會生態研究，包括帝王、官員、鄉賢、基層社會智者、商人、雇傭者、被雇傭者等及其他們之間的相互關係，也就是這本書的第九章到第十四章。三是民間社會的精神文化研究，包括宗教或者神靈的信仰、白話小說和戲劇在民間的傳播與接受、具有全國性影響的民間文學作品在江蘇的傳播與接受等，也就是這本書的第十五章到第二十章。民間故事的其他許多方面，可以統攝到這三個方面中去，當然，要具體而微，則明顯是很困難的。

最後一個部分是外編《中外民間故事情節或類型融通匯錄（江蘇部）》。江蘇是我國在接受外來文化方面比較顯著的省份。魏晉六朝時期，江蘇受佛教文化影響很大。「南朝四百八十寺，多少樓臺煙雨中」的千古名句，就是證明。事實上，南朝的寺廟，是遠遠超過這個數目的。江蘇瀕海，是江海門戶，特別是近代以來，歐美文化、東南亞其他國家的文化，在江蘇和中國文化相互交流，這樣的事實，可以從士大夫或者知識分子的著述中和政府相關文件的記載中找到大量的證據。筆者寫這個部分，是試圖從民間故事中，尋找到此類文化交流的明證，探索中外文化交流對民間和民間文學的影響。此外，在民間文學研究中，對情節和情節類型的移植、交融、嫁接等研究，已經有較多的成果，但對中外民間故事的此類研究，還不是很多。因此，我就以江蘇民間故事為例，在這個方面做些嘗試。

　　對江蘇民間故事作其他方面的研究，或者是某些具體系列的研究，當然是很有必要的，也是很有意義的。例如，對民間故事中旅遊資源的整合性研究，對歷史和傳說之間關係的研究，乃至對某些情節模式的研究，對同類故事的比較研究，都是如此。當然，這只能寄希望於來日了。

# 第一章　父母和子女關係故事研究

## 引　言

　　父母和子女之間的倫理關係，古人早就概括過，這就是「父慈子孝」。那麼，什麼叫慈，什麼叫孝呢？簡單地說，慈就是長輩對晚輩的愛，孝就是家庭中晚輩對長輩的愛。父慈子孝，就是父母和子女之間，相親相愛，這當然是絕對正確的。可是，父母和子女之間，當怎麼樣相親相愛呢？在實踐中，這就比較複雜了。

　　父母與親子女之間的關係，既是血緣關係，又是社會關係。父母和親子女之間的血緣關係，是血緣關係中最爲親近的直系血緣關係。在提倡「親親」的傳統文化中，從感情上而言，親族成員之間的關係，重於其他的人際關係。親族關係中，血緣關係又重於姻緣關係。血緣關係之中，直系血緣關係又重於旁系血緣關係，而直系血緣關係中，最爲親近的，就是父母和親子女之間的關係。由這種血緣關係所產生的感情，應該是由其他關係所產生的感情所無法比擬的。可是，父母和親子女，又畢竟是不同的個體，各有其利益關係，社會又規定了他們之間的相互責任，而這些利益關係和責任，也是在人際的利益和責任關係中，最爲密切的。因此，在父母和親子女之間的關係中，親情、利益和責任，這三大最爲密切的關係，結合在一起，在社會實踐中，體現出不同的種種形態。這些形態的背後，又都有深層的觀念在。江蘇民間故事中以父母和子女關係爲題材的作品中，表現出這些形態，透過這些形態，我們可以看到其背後的種種觀念，以及民間社會評價中體現的相關倫理觀念。

# 第一節　父母對子女的愛

　　總的來說，在江蘇民間故事中，正面地、集中地體現父母對子女的愛的，並不太多。其中原因何在？父母對子女的愛，出於天性，純粹無私，不愛子女的父母，故意虐待子女的父母，極為稀少，在中國社會，還遠遠沒有成為社會問題。〔註1〕《啓東卷》之《呂洞賓賣缸爿餅》中，呂洞賓說：「總是爺爺買給孫子吃，爹娘買給兒女吃，還沒有一個買給長輩吃。」〔註2〕這樣的情節，在江蘇和其他地方多個相類似的故事中出現過。幾乎所有的社會問題，文學都會作出回應，民間文學也是如此。相應地，即使有某種偶然事件存在，但是，還沒有成為社會問題，對此類現象，文學作品自然較少作出反應。因此，江蘇民間故事中，正面地、集中地反映父母對子女的愛的作品，數量還是不多的。

　　在江蘇民間故事中，父母對子女的愛，主要體現在三個方面。一是在子女安危之際的言行和感情。例如，《南通市區卷》之《王氏保赤丸》中，年過四旬的窮漁民夫婦生了女兒，女兒身體不好，夫婦多方設法為女兒治病。同書《金蕎麥》中，父親以家產懸賞能治癒其女兒疾病者。同書《海水不可斗量》中，三房合一子的寶侯看上富家小姐患相思病後，其父母及其叔伯父母都盡心設法救治他。同書《三黃湯和虎頭鞋》云，獵戶夫婦千方百計地為女兒治病。這些敘述，幾乎都是局限於在兒女生病甚至生死之際父母的救助，以此體現父母的愛。這樣的敘述，當然也是對生活中父母遇到此類狀況後心情和行動的真實反映，確實體現了父母對子女深厚的愛。可是，這些故事的

---

〔註1〕　此類故事，還是有的。《海安卷》之《一字結案》中，守寡的母親欲改嫁給相好的，怕兒子阻攔，乃和相好的設計，告兒子不孝，意在讓兒子吃官司，她就能夠以「生活沒有著落」為名，名正言順地改嫁了。兒子求教於智慧人物夏國秀，夏在他手心寫一「蒼」字，讓他上堂的時候給審案的官員看。兒子如其言。審案的官員見之，知道「紫燕銜蒼」的典故，細心審問，得實，判母親改嫁，兒子無罪。凌濛初《初刻拍案驚奇》卷十七《山西觀設籙度亡魂，開封府備棺追活命》中，守寡的母親為了和道士私通，竟然欲謀殺兒子，又到官府告兒子不孝，欲讓官府將兒子當堂打死，或者判個重罪，監禁多年。國外民間故事中，也有母親欲謀殺兒子的情節。《挪威民間故事》之《藍帶》中，母親為了和人私通，屢次謀害其兒子，讓他去完成取獅子乳等危險任務。《智利民間故事》之《癡男孩》中，母親見巨人而愛之，因為怕兒子妨礙，就屢次謀殺兒子，但都沒有成功。

〔註2〕　本書所引民間故事，版本俱見書末所附《主要參考文獻》，因所引數量極多，故不予注明頁碼。

主題，本不在此。還有不少故事中，有強調父母養育子女的不容易，但幾乎沒有具體的情節介紹，是作為其下文批評子女不孝順父母的鋪墊，以突出子女不孝行為罪責的深重，這些故事的主題，也不在父母之愛。

　　二是在和子女之間的離合方面。《南通市區卷》之《二月二帶女兒》云，窮人家女兒翠翠嫁給萬員外作兒媳婦，萬員外不准翠翠出門，也不准她的娘家人來看望。翠翠的母親非常想念女兒，但沒有辦法。塾師設計，讓翠翠娘假扮成補缸的工匠，到翠翠家門前吆喝。翠翠聽到母親的聲音，故意摔破一缸，以補缸為名，出來見母親。故事中，母女之情，特別是母親對女兒的愛，非常動人。這故事，不是因為社會上有不少母親不愛女兒而產生的回應，而是在夫權思想和族權思想盛行的社會，夫家限制兒媳婦的自由、防範窮親家，確實早已是個社會問題了，這故事，乃是針對這樣的社會問題而發。《南京民間故事》之《候子洞》中，母親在這洞口等候被陷害後充軍遠方的兒子歸來，這洞就叫「候子洞」。《如東卷》之《娘喊兒一千里》云，母親聽算命先生說，她出遠門的兒子會在某日五更被壓死在窯洞中，喊則也許可以免除這樣的厄運。母親乃不斷呼喊兒子。遠在千里之外的兒子，似乎聽到母親的呼喚，五更走出窯洞，窯洞倒塌而他幸免於難。這三個故事，表現母親對兒女的愛，也都很動人，且其主題就是在此。

　　父母對子女的愛，除了關心他們的身體、安危之外，還應該體現在哪些方面呢？例如，子女的人生追求這樣的大事，父母是否應該予以足夠的有效指導、理解、尊重和支持等等？在封建社會中，作為原則性的社會規範的「三綱」，其中之一，就是「父為子綱」，和「君為臣綱」並列，「父命」或「母命」，幾乎就是等同於「君命」，兒女必須按照父母的意旨行事，不能稍有差池，更加不能體現不滿和抗爭。這是當時普遍存在的社會問題，認識到這是個問題的人，還是不多的，因為大家都覺得，這幾乎是天經地義的。可是，江蘇民間故事中，有的作品，就試圖回應這樣的社會問題，體現了明顯的超前性。這就是《中國民間故事集成》之《江蘇卷》所載一連幾個關於徐霞客母子的幾個故事，即《徐霞客種扦扦活》、《反穿羅裙倒著鞋》、《大包袱》和《紡棉紗》。徐霞客是孝子，她母親是慈母。「父母在，不遠遊」。為什麼？年紀輕的時候遠遊，主要怕父母為自己擔心、牽掛，自己年紀大一些，又會再加上一條，就是對在家父母的擔心，因為父母年老，身體衰弱，容易出問題，需要人照顧，所以，自己更加不能遠遊了。徐霞客在青少年時代，就立

志出遊，做一番事業。徐母知道兒子的志向，但是，不放心他遠遊，故徐霞客開口幾次，都被徐母拒絕。徐霞客二十多歲的時候，以把無根無葉的扦扦活樹枝插在地裏使之成活的方法，暗示母親自己遠遊，也能夠生存。徐母尊重了兒子的意願，讓他出遊。徐霞客遠遊後，非常想念母親，母親也非常想念他。徐霞客三更半夜到家，母親知道了，急忙起床開門相迎，以至於「反穿羅裙倒著鞋」。爲了兒子在野外休息安全，徐母親手做了一條大包袱，讓兒子可以睡在包袱中。徐母年紀大了，老了。徐霞客不忍心、也不放心出遊，要在家裏照顧母親，不再出遊。徐母明白兒子的心思，她怕兒子因爲要照顧她而不出遊了，怕自己影響兒子實現其人生理想，就把紡車搬出來紡棉紗，以示自己並不老，身體還不錯，要兒子不必爲她擔心，放心出遊，以實現其人生理想。於是，徐霞客再次出遊。這樣的母愛，自然屬於更加高的層次。在封建社會中，甚至就在今天，子女的前途，毀在父母手裏的，都是不少見的。父母往往以愛的名義，利用自己的倫理等優勢，要求子女服從自己的意旨，動不動就以「翅膀硬了是不是」等來斥責子女，對子女的意願，採取簡單粗暴的排斥的態度。特別是在農村社會，這樣的事情，還是不難見到的。

三是在對子女的教育方面。這方面的故事相對多一些，內容也豐富得多。《徐州市區卷》之《教子》中，狀元高官李蟠因爲兒子不懂禮貌，帶了兒子牽馬經過鄉村，親自垂範，教育兒子要尊重民眾。《中國民間故事集成》之《江蘇卷》之《李母教子》中，李母讓遺腹子外出求學，告訴他十年才能回家。兒子思念母親，七年就回來了，受到李母的批評。李母讓他在黑暗中寫字，自己在黑暗中做餅。兒子的字寫得大大小小、歪歪斜斜，而她做的餅個個相同，兒子歡服。兒子繼續離家讀書。十年期滿，兒子在黑暗中也能寫出漂亮的字，後來考取了狀元。李母並不是不想兒子在身邊，更不是不愛兒子，正因爲她非常愛兒子，希望兒子能夠有盡可能好的前途，所以，就如此嚴厲地教育兒子。這是父母對兒女的更加深沉的愛！《鎮江民間故事》之《三個兒子當家》中，父親教育成年的兒子們如何當家。這些故事，也是對社會上某些父母溺愛子女的回應。

父母對子女的溺愛，則是古今都很常見的現象。江蘇民間故事中，關於這個問題的作品不少。《啓東卷》之《桑條自小育》云，某有錢人家對兒子某甲嬌生慣養，百依百順。某甲雖然聰明伶俐，但對父母不孝順，動輒打罵。

某甲十八歲那年，因為父親沒有帶他赴宴，竟然欲殺父親，其父親僥倖而免。某甲出逃後，改邪歸正。父母悔恨且病，家境敗落，竟然以要飯為生。某日，他們要飯到某富家，被收留。那富家主人，正是某甲。某甲讓父母明白「桑樹從小拐」的道理。情節和主題都相類似的故事，在江蘇各地幾乎都有流傳，如《中國民間故事集成》之《江蘇卷》之《桑要從小育》、《通州卷》之《桑樹從小拐》、《如皋卷》之《桑樹條兒從小拐》、《邳州卷》之《桑樹從小育》、《無錫民間故事精選》之《拗桑樹》、《徐州民間文學集成（上）》之《忤逆墳》都是其例。《銅山卷》之《爛銀單》中，單家因開荒從泥中得大量銀子而大富。兒子馬猴生而久不笑，偶聞打破花瓷碗而笑。此後幾年中，為逗其笑，其家每天要打破幾十隻乃至幾百隻碗。馬猴長大後，用朱砂在城樓上「放彩風」，吃一千兩銀子一盤的百靈舌，用繡花線燒石臼中的水泡人參湯等，家庭就此敗落。《豐縣卷》之《渠寨消化神》中，也有類似情節。《揚州民間故事集》之《萬寶山上尋仙草》云，皇帝愛太子，不許太子出宮門。太子病，某和尚開藥方，要太子親自到萬寶山上尋某種仙草煎服。太子每天上山下山尋找，一年下來，身體強壯。《中國民間故事集成》之《江蘇卷》之《罵娘魚和罵婆魚》中，李龍和常花都是自幼喪父而母親溺愛，他們結婚後，不會也不想勞動謀生，生活全靠老人，且李龍好罵其娘，常花好罵其婆，還屢教不改。後來，神罰他們分別變成罵娘魚和罵婆魚。《無錫民間故事精選》之《陳阿尖的傳說》云，黃巷鄉陳阿尖，從小就小偷小摸，其母親還誇兒子聰明而加以放縱。後來，陳阿尖在犯罪路上越走越遠，十八歲時被處決。臨刑前，他提出要吃媽媽最後一口奶，當媽媽滿足他的要求的時候，他咬掉了媽媽的一個奶頭，以此來表達他對媽媽鼓勵、放縱他犯罪的譴責。《銅山卷》之《賊小留》中，情節相類似。《新沂卷》之《許小寶死在羊圈》中，許財主的獨生子小寶，聰明伶俐，父母對他很溺愛，任他胡作非為。父母死後，許小寶敗光家業，餓死在人家羊圈裏。《海門卷》之《風吹抖抖》云，母女倆靠織麻過日子，女兒懶學，娘也不堅持讓女兒學，娘去世後，女兒無法生活。後來，她奮發學習，回憶娘所教，乃成織麻高手。《南通市區卷》之《黃牛朝著牯牛哭》云，華佗的妹妹由父母嬌生慣養，患病後諱疾忌醫，故病情嚴重。華佗欲給她做麻醉，開腹治病。他母親見到後，迫令華佗停止手術，讓妹妹復蘇。華佗只好照辦，而其妹妹復蘇後，不久就因為疾病去世。如果溺愛，即使華佗也沒有辦法！《徐州民間文學集成（上）》之《梁王城的傳說》和《九女墩的傳說》

中，云梁王的九個女兒違背梁王的告誡，放掉了保衛國家的秘密生物武器蜜蜂，導致都城陷落，梁王大怒，殺了女兒們。其實，在教育女兒方面，他是有主要責任的。

在江蘇民間故事中，父母對子女的愛，主要體現在對子女生命和健康的關切，對不在身邊的子女的思念，以及對子女的教育。父母對子女的教育，主要內容是謀生技能，以及孝順、正派等基本的道德觀念，還有勤勞、節約等良好的生活習慣等。究其原因，乃在於在當時的生活環境下，對任何一個人來說，這些內容都是必要的。在某種意義上說，對當時民間社會的人來說，這些內容也足夠了，也是在人們的生活經驗和理解力範圍之內的，因而容易流傳。至於像《李母教子》那樣，就顯得層次比較高了，因此，母親測驗兒子的情節，只能是民間可以理解的「黑暗中寫字」。像徐霞客母子那樣的故事，母親理解、尊重和支持兒子的志向，以此體現母愛，這樣的內容，在當時的民間社會，是超前的，也是難以被理解的，因此，在民間故事中是比較少見的。這樣的父愛或者母愛，即使在今天，也是值得提倡的。

公婆和兒媳婦的關係，是父母和兒子關係的擴展，但是，父母極少把對兒子的愛，擴展為對兒媳婦的愛。在民間故事中，體現公婆對兒媳婦的愛的很少。究其原因，乃至在於公婆和兒媳婦之間，沒有血緣關係，缺乏先前的感情基礎，且往往會產生爭奪同一個人感情的誤解，以及其他種種利益關係牽扯其中，那就更加複雜了。公婆考察兒媳婦的故事，倒是有一些，但變化不大。至於公婆虐待童養媳的故事，則是不少見的。缺吃少穿、辛勤勞動、逆來順受、被打被罵被冤枉，這些都是童養媳的常態，有些甚至被打死或者逼死。《無錫民間故事精選》之《白魚地》云，某甲得到一條大白魚，讓童養媳去殺。童養媳見白魚可憐，就把它放了。某甲因此把童養媳毒打一頓，致使她自殺。《常州民間故事集》之《白魚王的故事》，情節大體相同。《徐州民間文學集成（上）》之《雞鳴山》，也是寫童養媳受虐待。《南京民間故事》之《蠶豆花開黑良心》云，蠶丫頭當童養媳的時候，遭到婆婆虐待，犯了眾怒，婆婆甚至進了監獄。她自己當了婆婆，也虐待童養媳。眾人相勸，她竟然往井中投巴豆害人。《常州民間故事集》之《冤獄》、《鹽城市故事卷》之《蝸螺大點肉》、《黑丫頭魚的眼淚》，也都是反映童養媳受虐待。除了上文所說公婆和兒媳婦關係普遍存在的缺陷外，童養媳的娘家，一般來說，都是貧賤之家，童養媳的對象還沒有能力甚至不懂得保護她，這些，都成為公婆虐待童養媳

的原因。童養媳的現象，早已在現實社會中消失，因此，童養媳故事的價值，主要在於幫助今人認識歷史。

## 第二節　後母故事

《常州民間故事集》之《大灰狼》云，王木匠死了妻子，三個年幼的孩子，無人照顧，於是就娶了一個年輕的寡婦。這寡婦原來是狼精，她把三個孩子吃了。於是，呂洞賓告誡世上的孩子：「凡是父親替你們娶後娘，都要當心。」可見，「後母」的形象，在人們的印象中，大多是不大好的。〔註3〕

在有繼父或者繼母的家庭中，除了實行轉房婚的繼父和繼母之外，一般的繼父或者繼母，和他們的前任所生的子女之間，不存在血緣關係。繼父或者繼母即使是實行轉房婚的，他們與他們的前任所生子女，也只是存在旁系血緣關係。父母與親子女之間的關係，則是第一直系血緣關係，這是最為親近的血緣關係。因此，繼父或者繼母與他們的前任所生子女之間，很難產生如父母與他們的親生子女之間那樣密切的親情。可是，繼父或者繼母與他們的前任所生子女之間，其相互間的社會責任，則一同父母與他們的親生子女之間的責任。沒有親情的支持，對這些責任的履行，自然也難以到位。這些責任，在許多情況下，又與利益關係緊密相關，而除了這些責任之外，其間還有種種的利益關係。例如，孩子在經濟上獨立之前，會分享家庭中的經濟利益，而後母則很可能不願意他們分享。在後母自己有親子女的情況下，她對前任所生子女的排斥，很可能會更加激烈。也正是這些原因，使繼父或者繼母與他們的前任所生子女之間的矛盾比較常見，這在古代社會甚至現代社會，都是如此。

在我國民間故事中，後母與其前任所生子女之間的故事很常見，而繼父與其前任所生子女之間的故事，則是極為少見的，江蘇民間故事中，筆者連

〔註3〕外國民間故事中，「惡後母」故事也很多。例如：《德國民間故事》之《殘忍的繼母》、《法國民間故事》之《辛德拉》、《摩洛哥民間故事》之《漁夫》、《努佳和白鴿》、《三姐妹》、《愛沙和黑貓》、《河中女》。《愛爾蘭民俗》第一冊之《哀農》云，國王妻子去世，有一個公主，他又娶了個帶著一個名叫哀農的女兒的寡婦。這繼母屢次迫害公主，而公主反而得到美貌和幸福。繼母設計讓哀農前去獲取和公主一樣的幸運，而所得往往相反。最後，繼母和哀農自作自受，化成了石頭。《德國民間故事》之《銀子、金子、鑽石王子的故事》中，主角則是男版的灰姑娘。

一個也沒有見到。這是什麼原因呢？原因大致有二。第一，在中國傳統觀念中，男子再婚，完全沒有問題，是完全正常的，而女子再婚，則是「失節」，是其娘家家族和其前任、後任丈夫家族的恥辱，當然也是其自身的恥辱。繼父與其前任所生子女之間的關係，不論如何，這個題材本身，就足以使當事人難堪。故事中的正面人物，不管是繼父還是其前任所生子女，都有難以擺脫恥辱的尷尬。當然，此類故事，佛經中有之，如《大藥傳奇》中，就有這樣的故事。第二，我國傳統社會中，男主外，女主內，對未成年子女的責任，母親的角色直接承擔得比較多，甚至是全部。因此，母親或者繼母與子女之間的關係，就顯得更加重要，也更加引人注目。

繼母與其前任所生子女之間的故事中，「惡後母」型故事，是最為常見的，而「慈後母」的故事，是極為罕見的，其原因，乃是在於真實的社會生活。《銅山卷》之《張仁救繼母》中，張仁的繼母，儘管她自己已經生了兒子張義，儘管張仁的父親已經去世，家境艱難，但是，她仍然對張仁視同己出，張仁與張義之間的關係也很好。繼母重病，醫生說吃鳳凰蛋才能治癒。不管繼母的百般阻攔，張仁冒著生命危險上鳳凰山，在神人的幫助下，覓得鳳凰蛋，治好了其繼母的病。《睢寧卷》之《端午插艾草的由來》中，兵荒馬亂之中，後母攜二子逃難，所背的孩子大而手拉的孩子小，造反者的頭領問其故，後母回答，其所背的是其前任所生之子，所拉的是其親生子，如果倒過來，那就是對前任所生之子不好，會被世人唾罵的。頭領大為感動，讓此婦女在門上插艾草，令部下不得傷害他們。《睢寧卷》之《百順一家》中，後母和百順相依為命。後母要飯養活百順並送百順讀書，後來竟然賣掉自己為百順成婚，兒媳受到感動，籌措錢款，贖回婆婆。

如前所論，後母和子女之間，沒有像母親與其親子女之間那樣最為密切的血緣關係，很難產生像母親與其親子女之間那樣的感情。更何況，後母肯定不是子女的第一個母親，雙方缺乏感情的積累，相互接納對方，在感情上是很困難的。「慈後母」故事，乃是在民間為後母樹立的榜樣。

「惡後母」型故事中，力量對比，強勢總是在後母一方。其一，後母有倫理上的優勢。即使她未承擔對前任所生子女的撫養、教育等責任，或者是這些責任履行得很不好，但是，她畢竟是母親，其倫理優勢，和母親對其親生子女的倫理優勢並無不同。《豐縣卷》之《咬你一口救了你》中，後母虐待前任所生之子某甲，必欲除之而後快，某甲忍無可忍，一拳打掉後母兩顆門

牙。後母向知縣告狀，要求立斬某甲。打掉母親兩顆門牙，當然是嚴重的不孝行爲，會受到社會輿論的譴責，也會受到當時法律的嚴懲，而母親虐待兒子，只要還沒有把兒子殺死，當時的法律是不追究的。在倫理和法律上，後母與親娘完全是一樣的。其二，後母有力量的優勢。後母也像親生母親一樣，一般都主持家政，掌握家中的經濟大權，直接掌管著其前任所生子女的生活，在子女成年並且獨立之前，都是如此。子女本事再大，也很難跳出其掌心，幼兒和少年，尤其如此。例如，《銅山卷》之《蛤蟆告狀》中的李恒，明明確知後母要害死他，除了自己留意外，無力和對方抗爭。總之，特別是在子女成年並且獨立之前，他們之間的強弱之勢是很明顯的。

惡後母對其前任所生子女擁有的這些優勢，所有的後母和所有的親生母親都是擁有的，那麼，惡後母爲什麼要利用這些優勢侵害其前任所生子女，做「惡後母」呢？

原因也許各有不同。最爲常見的，是後母自己親生的子女和其前任所生子女之間的競爭。這樣的競爭，首先表現爲「成長競爭」。在孩子成年並且經濟上獨立之前，他們會分享家庭的經濟利益，分享成長所需的各種資源，除了物質方面的事物外，還包括關愛、榮譽等精神上的支持。《通州卷》之《石頭星和燈草星》中，後母讓自己親生的兒子挑看似多實際輕的燈草，而讓前任所生之子挑看似少而實際沉重的石頭，好讓自己親生的兒子輕鬆且輕易取勝。其次，他們之間的分享，還有對家庭財產繼承的分享。包括家庭財產，這些資源都是有限的，因此，他們的分享中，會有競爭。親兄弟姐妹之間分享中的競爭，因爲他們之間有血緣關係和感情積累在，所以，其競爭會容易地控制在社會規範之中。在有自己的親生子女的情況下，後母自然地會幫助其親生子女和其前任所生子女競爭，盡可能爲自己的親生子女創造優越的競爭條件，甚至不擇手段，侵害其前任所生子女。例如，《中國民間故事集成》之《江蘇卷》之《海安卷》民間故事《哥哥我苦》中，後母爲了讓親生兒子阿方獨得家產，在給前任所生子阿毛的麵餅中下了毒。《豐縣卷》之《咬你一口救了你》中，後母欲將某甲置於死地，也是爲了讓她的親生兒子能夠獨吞家產。《鹽城市故事卷》之《燕子閣》中，後母爲了讓自己親生的兒子獨佔家產，乘前妻所生之子進京趕考之際，逼死了他的妻子。《中國民間故事集成》之《江蘇卷》之《劉猛將的傳說》中，後母虐待劉阿大，後母也令自己所生之子和前任所生之子劉阿大兩人種豆，給自己所生子是正常的豆種，給劉阿

大的則是牛踩扁的和煮熟的豆子。可是，劉阿大所種豆也都出苗了。在給兒子們做棉襖的時候，後母給她自己生的兒子做的用絲綿，而給阿大做的則用蘆花，主要也是爲了幫助其親生兒子獲得更多的資源。「蘆花當棉花」的情節，明顯是從閔子騫故事而來，見下文《徐州市區卷》之《閔賢祠與牛車返》等。徐州一帶流傳的小戲《鞭打蘆花》，也是演閔子騫這樣的故事。《沛縣卷》之《杜鵑鳥》中，後母愛自己之子而虐待前任之子小林，必欲除之而後快，乃令兄弟兩人到山中種豆。小林所得豆種都是燒熟了的，自然無法長出。小林因此流浪山中，不敢回家。《南京民間故事》之《石臼塢》中，後母給親生的兒子好吃的，而給丈夫前妻生的兒子粗劣的食物。

當然，也有後母，因爲不願意承擔對其前任所生子女的養育責任而損害這些子女，或者這些子女的存在妨礙了她們的生活甚至胡作非爲，因而加害這些子女。《豐縣卷》之《無手女》中，後母與人私通，被其前任所生女兒秀蘭撞破，後母乃誣陷秀蘭有姦情而砍去其十個手指並將其趕出家門。《新沂卷》之《二龍戲珠》，大年初一，後母讓前任所生之子大量喝麵湯、圓子湯，他的碗裏，只有兩根麵條和一個圓子，後母說這是「二龍戲珠，大吉大利」。《無錫民間故事精選》之《吃砂子飯》中，周處的後媽在一斗米中摻三升砂子，煮飯給周處吃。

後母要虐待乃至加害其前任所生子女，能夠制約她的，在家庭範圍內，有其公婆、丈夫等。在惡後母型故事中，惡後母對前任所生子女的虐待乃至傷害之所以能夠實現，是因爲其家庭範圍內的這些制約缺失。能夠制約惡後母的角色，尤其是其丈夫、孩子的父親，在許多故事中是缺位的。《如皋卷》之《紅白擔子星》中，惡後母的丈夫去世後，她就設法加害前任所生之子。《豐縣卷》之《無手女》中，後母誣陷秀蘭有姦情後，秀蘭的父親大怒出走，後母得以順利進行對秀蘭進一步的傷害。

在惡後母型的另一些故事中，孩子的父親這個角色儘管存在，但是，他沒有能夠保護好自己的子女，沒有能夠體現對惡後母的制約，反而爲其迷惑，爲其利用，甚至成爲其傷害孩子的幫兇。這些故事，除了譴責惡後母之外，也譴責了孩子的父親，對世間娶後妻者，有提醒的作用。《中國民間故事集成》之《江蘇卷》載常熟等地《劉猛將的傳說》中，劉阿大的父親是商人，長期不在家中。父親回家後，後母就在父親面前誣陷、誹謗劉阿大，父親大怒，利用看潮的機會，把劉阿大踢入江中，欲置之死地。

作爲被虐待、被加害的一方，面對惡後母的虐待和加害，兒子或者女兒當何以處之？先秦儒家早就爲此類角色樹立了兩個最爲著名的榜樣。舜被父親、後母和弟弟多次加害，而他能夠以智慧一次次地逃脫，他對父親、後母和弟弟的愛，還始終不變。《孟子・萬章上》中記載：「萬章曰：『父母使舜完廩，捐階，瞽瞍焚廩。使濬井，出，從而揜之。象曰：『謨蓋都君咸我績。牛羊父母，倉廩父母，干戈朕，琴朕，弤朕，二嫂使治朕棲。』象往入舜宮，舜在床琴。象曰：「鬱陶思君爾。」忸怩。舜曰：「惟茲臣庶，汝其於予治。」不識舜不知象之將殺己與？』曰：『奚而不知也？象憂亦憂，象喜亦喜。』曰：『然則舜僞喜者與？』曰：『否。』」還有一個是閔子騫。《論語・先進》中，孔子說：「孝哉閔子騫！人不間於其父母昆弟之言。」〔註4〕《藝文類聚》卷二十引劉向《說苑》云：「閔子騫兄弟二，母死。其父更娶，復有二子。子騫爲其父御車，失轡，父持其手，衣甚單。父則歸，呼其後母兒，執其手，衣甚厚，溫。即謂其婦曰：『吾所以娶汝，乃爲吾子。今汝欺我，去，無留！』子騫前曰：『母在一子單，母去四子寒。』其父默然。故曰：『孝哉閔子騫，一言其母還，再言三子溫！』」〔註5〕後來，後母知道閔子騫向父親諫休她的事情後，被感動了，於是，對閔子騫也慈愛有加，不敢虐待了。後世戲曲、小說和民間故事多演繹其事，還加進這樣那樣的情節，例如後母用蘆花當棉花給閔子騫做棉衣，看起來厚實而實際上難以禦寒，而給她自己的兒子做棉衣，則是用眞正的棉花，從不偷工減料。《徐州市區卷》之《閔賢祠與車牛返》中就是如此。徐州一帶流傳的小戲《鞭打蘆花》演其事。閔損所在的村莊，因爲有閔賢祠而名閔賢祠，其父親發現他穿蘆花衣後就返回，那個村莊，就叫車牛返。概括起來，他們用以對付惡後母的，不外仁和智二者，至於作針鋒相對的鬥爭，則是儒家所不提倡的。

在江蘇民間故事的惡後母型故事中，被虐待乃至被加害的子女，大多採取容忍的態度以對。《常州民間故事集》之《布穀鳥》云，後母常虐待前妻生的某甲。某甲欲捉魚給生病的後母吃而淹死河中，後母親生的弟弟也傷心而死。後母非常懊悔對某甲不好。某甲以生命的代價，換來了後母的愛。這代價，顯然是太大了。在性命攸關之際，則以其智慧自救。當然，僅僅憑藉智慧，顯然是不夠的，還有其他的有效因素介入，才能成功。

〔註4〕《十三經注疏》本，中華書局，1980年影印本，第2498頁。
〔註5〕上海古籍出版社，1965年版，第369頁。

有時是偶然因素在起作用。《中國民間故事集成》之《江蘇卷》之《哥哥我苦》中，後母在給阿毛的麵餅中下毒，欲毒死阿毛。後母的親生兒子阿方不知道，看到自己的麵餅多，阿方的麵餅少，出於兄弟間的友愛，阿方把自己的麵餅和阿毛的互換，結果阿方食毒麵餅而死，化爲杜鵑鳥，叫聲爲「哥哥我苦」。

偶然因素顯然是不可靠的，可靠的還是親族或者社會的救助。《中國民間故事集成》之《江蘇卷》所載常熟《劉猛將的傳說》中，劉阿大的父親在劉阿大後母的唆使下，將劉阿大踢入江潮，劉阿大爲舅父所救，在舅父家放牛放鴨，得以生存。《銅山卷》之《蛤蟆告狀》中，幼小的李恒以智慧逃脫後母的加害，但是，很難逃脫此後的不斷加害，幸好李恒的外祖父母將李恒接去養育，李恒得以逃脫後母的加害。《豐縣卷》之《無手女》中，秀蘭被後母砍去十個手指並且趕出家門後，被劉公子所救。《豐縣卷》之《咬你一口救了你》中，訟師渠景禮設計，幫助某甲在公堂上戰勝了惡人先告狀的後母。

此類故事，幾乎無一例外，都是以善良戰勝邪惡爲結局，體現祐善懲惡的文學功能。可是，善良如何戰勝邪惡的呢？

舜的智慧和運氣，不是每個當事人都能夠擁有的，閔子騫式的忍耐，如果沒有他父親強有力的介入，也於事無補，或許還會導致惡後母進一步的虐待甚至加害。

那麼，江蘇民間故事中，當事人是如何自處的呢？答案也還是智慧和忍耐。《如皋卷》之《紅白擔子星》中，後母讓前任之子下井淘井，卻收走繩子和筐子，欲將其餓死在井下。此子乃打一橫洞，從河坎逃出。後母又讓他上一陡峰採靈芝，而撤去梯子，欲讓他餓死峰上。此子乃借助其蓑衣和斗篷展開後在空氣中的阻力，成功跳下陡峰。這樣的情節，明顯是出於虛構的，僅僅表示其有智慧而已。《銅山卷》之《蛤蟆告狀》中，後母想用油餅毒死年幼的李恒，李恒察知而不食油餅，狗食油餅而死。李恒自知力量不敵，保守此秘密。爲外祖父母收養後，李恒知道證據不足，仍然守其秘密，發奮讀書，終於得科名成大官，最後以充分的證據，懲罰後母。這種以切實可行的智慧避免受到惡後母傷害的情節，在民間故事中不多見。

可是，在力量對比懸殊的情況下，智慧往往無所施，忍耐更是會招致進一步的傷害。《銅山卷》之《石娘娘》中，後母殘酷虐待已經守寡了的兒媳，兒媳自殺。後母欲辱其屍體，雷電風雨之中死去，化爲石頭。兒媳死後，化

爲一種蟲子纏繞之，該蟲子專纏石頭，名「石娘娘」。

周七猴的故事中，周七猴則是運用智慧和惡後母展開針鋒相對的鬥爭，不要溫情脈脈的家族面紗。《邳州卷》之《治牙》中，後母常虐待周七猴。每逢牙疼，後母就讓周七猴跪在地上以分其疼。某隆冬之日，後母又牙疼，又迫周七猴跪地。周七猴謊稱從名醫處得治牙之法，云吞涼風即可。其後母乃到屋頂吞涼風，周七猴撤去梯子，懲罰後母。

善良的主人公能夠免於惡後母的加害，或者惡後母的加害最終沒有能夠達到目的，有不同的原因。《通州卷》之《石頭星和燈草星》中，是後母的愚蠢，使結果適得其反。挑石頭的哥哥，因爲石頭體積小、比重大，遇到的風的阻力小，又利用石頭的重力，順利跨過天河，而挑燈草的弟弟，因爲燈草體積大、比重小，遇到的風的阻力大，燈草也無法讓他像哥哥一樣利用其慣性助力，因此他無法跨過天河。

其較爲常見的原因，在故事中，是代表正義和善良的超自然力量的介入。《啓東卷》之《烏龜是什麼變的》中，神仙以一件前面象牙色、後面十三塊六角形破布拼湊成的衣衫，換下小姑娘手中惡後母給的砒霜團子，小姑娘穿此衣衫，不餓不寒。其後母知之，奪此衣衫穿上，乃化成一隻烏龜。《海安卷》之《天蠶》中，臘月某日，天寒地凍，後母讓九歲的阿巧姑娘外出割草。得神人幫助，阿巧入仙境，和仙女一起養蠶。

惡後母型故事的一般結構是：惡後母迫害前任所生之子，作爲弱者的後者，在外力的幫助下，終於逃脫惡後母的迫害，獲得成功或者幸福，甚至讓惡後母惡有惡報。救助主人公的外力，最多的是兩種：社會的力量，或者是超自然的力量，當然，或者是這二者的結合。因此，惡後母型故事中的後面的部分，也就可以是「弱者復仇」或者「弱者成功」型的故事。例如《沛縣卷》之《杜鵑鳥》中，被惡後母逼得流浪荒山的小林，在神人幫助下，化爲杜鵑，叫「不能歸去」，後母聞杜鵑聲而病死。《豐縣卷》之《無手女》中，秀蘭被後母砍去十個手指並且趕出家門，得劉公子相救並且與劉成婚。婚後，劉進京趕考，秀蘭生一子。劉公子中狀元，經過曲折，秀蘭在神的幫助下長出十指，與劉團聚，其後母受到懲罰。《銅山卷》之《蛤蟆告狀》中，李恒逃過後母的一次毒殺，面臨著後母的毒手，幸好被其外祖父母收養。在外祖父母家，他用功讀書，終於得科名而爲大官，並使後母得到應有的懲罰。《劉猛將的傳說》中，劉阿大被父親踢下江潮後，爲舅父所救，在舅父家放牛放鴨

為生，似乎沒有什麼前途了，而得到神人幫助，學會種種法術，尤其擅長驅逐蝗蟲，最後成為驅逐蝗蟲之神。此為神仙故事。《天蠶》中，阿巧把蠶和養蠶技術帶到人間，此亦為神仙故事。

這些超自然的力量，當然在現實生活中是並不存在的。對此類情節的一般解讀，乃是體現了人們的一種願望，或者是給人們心靈上一種安慰，這些當然都是不錯的。可是，這些超自然的力量，實際上是文化觀念的體現。文化觀念的力量，在某些具體的事件中，也許體現得並不明顯，甚至顯得乏力，可是，就久遠的普遍的視域而言，就大尺度的時空而言，文化觀念的力量是持久的、普遍的和強大的。從總體上說，正是這些文化，維持著社會的正常秩序。惡後母所犯的種種錯誤乃至罪行，是與這些文化觀念相違背的，因此，會受到這些文化觀念的干預、譴責乃至懲罰。戰勝邪惡的力量，往往來源於更加廣泛的社會空間。

維護家庭的和睦和聲譽，是每個家庭成員的責任。但是，家庭成員的行為突破底線的時候，當事人又無法與之抗衡，那麼，就不必為了維護家庭溫情脈脈的面紗而隱忍，而應該積極謀求社會的干預，否則，當事人作出無謂的犧牲，而家庭的聲譽最終也難以保全，惡後母等在為惡的路上也會走得更加遠，所造成的危害也會更加大。因此，在封建社會中，像周七猴那樣對惡後母的反抗，也是得到民間肯定的。在當代社會，更有法律和輿論在。被迫害者可以利用這些工具，來抵禦來自包括後母在內的家庭成員的傷害。

## 第三節　孝道故事的常見模式和藝術手法

「孫子反對棄老」類故事。老人因為年老體衰，或者是生病，不僅對家庭無所用，還要耗費家庭的資源，於是，他的兒子就拋棄他，讓他的孫子協助。孫子堅持要把裝載老人的工具帶回家，說以後他拋棄父親的時候要用的。父親感悟，終止了拋棄行為，把老人帶回家。例如《蘇州民間故事》之《祖孫三代》、《海門卷》之《學樣子》、《沛縣卷》之《父與子》，都有此類情節。這故事源於佛經，在我國各地，幾乎都有流傳，不僅在江蘇。《愛爾蘭民間故事》之《半條毛毯》云，某甲有一子在搖籃，而將其父親趕出，僅僅給父親一條毛毯。還在搖籃中的兒子說：「父親，只給爺爺半條吧，另外半條，我以後要給你呢。」某甲聞之，乃留其父親。這個故事在歐洲廣泛流傳。這個故事和我國此類故事，情節稍有不同，但思維方式是一致的。

「孫媳婦摔老婆婆碗」故事。新進門的孫媳婦看到婆婆虐待老婆婆，每餐給老婆婆專用的劣質碗一點簡單的飯菜，維持其生命而已，如養動物一般。老婆婆生活狀態很差。孫媳婦乃摔破老婆婆的碗。其婆婆以爲是老婆婆摔壞了碗而加以責罵時，孫媳婦故意幫腔，說：「老婆婆，那碗不能摔，要傳代的，我要用這碗養婆婆的啊！」婆婆聽了，感悟，乃孝敬老婆婆。《蘇州民間故事》之《打碗勸婆媽》，《中國民間故事集成》之《江蘇卷》之《葫蘆瓢》，《啓東卷》之《一隻黃砂碗》，《通州卷》之《毛塌碗》，《如東卷》之《一隻飯碗》，《睢寧卷》之《王良旋木碗》，《睢寧卷》之《小泥盆不能摔》，《如皋卷》之《婆媳三代》等，也都是這樣的情節。這故事在我國各地，幾乎都有流傳，不僅在江蘇。

「兒子和石子」類故事。此類故事的大致情節是這樣的：老漢由兒子們輪月贍養，由於大月小月之類的原因，老漢有時候就生活無著。經人幫助，他在外面帶了一個上了鎖的箱子回家，僞稱其中都是銀子。兒子們爲了得到那些銀子，競相孝順父親。父親去世，兒子們才發現，箱子中的「銀子」，原來是石子而已，甚至箱中還有父親嘲諷他們的話。這一故事，在江蘇等地廣泛流行，《蘇州民間故事》之《老子騎牆》、《啓東卷》之《老子不如石子》、《海門卷》之《爭做孝子》、《如東卷》之《化燭臺》、《如東卷》之《爭寶箱》、《新沂卷》之《兩個兒子不如一匣石子》、《揚州民間故事集》之《王銀匠巧懲不孝子》、《海安卷》之《石子換孝子》、《中國民間故事集成》之《江蘇卷》之《一個老子和十個兒子》，都屬於此類型。《英格蘭和北美民間故事類型索引》之《忘恩的兒子們》，大致情節也是如此，他們的繼承物，僅僅是一箱石子。蘇州《城市商報》2014 年 6 月 23 日星期一 07 版所登載一篇報導，赫然就是此類故事的當代版。某甲早年喪妻，獨自拉扯大三個兒子。兒子們成家後，本來還算孝順，但某甲把房產分給他們後，他們就對他的生活幾乎不聞不問。某甲生病住院，兒子們都不願意照顧。某甲電話告訴三個兒子，家有祖傳玉器，經過專家鑑定，價值不菲，誰孝順就給誰。於是，兒子們悉心照顧。某甲去世，其祖傳玉器，經過鑑定，只值幾十元。兒子們反覆重複一句話：「老父親爲什麼要欺騙我們？」可見此類故事，確實在現實中發生過，且仍會發生，只是老人未必僅僅用「一箱石子」做道具而已。

「先棄老人後爭財」類故事。此類故事，在「一箱石子」模式上有所變化：由於女兒們或者兒子們不願意承擔贍養責任，老人無所歸，而家境並

不富裕的某甲將老人領回家贍養，認作父親或母親，孝敬有加。老人意外獲得大量錢財，女兒和兒子們競相前來謀取，被老人責罵，而某甲得以發財，甚至中狀元當官。《啓東卷》之《見錢眼開》，《通州卷》之《廿九卅無飯吃》，《如東卷》之《養老記》，《啓東卷》之《還沒到初一呢》，《海門卷》之《心黑不過海》，《中國民間故事集成》之《江蘇卷》之《搶老子》情節都大致如此。

「貧窮而孝順的子女，感動神靈，獲得神助」類故事。這些神助的內容包括：賜予錢財，幫助結婚，治癒其父母的病，使之成仙，相救等等。例如《銅山卷》之《王小賣豆腐》中，乞丐王小以乞討養活其雙目失明的母親，孝行感動神靈，神靈指點他賣豆腐，成爲大財主。《啓東卷》之《小花浂的傳說》中，窮漁夫王某遭海難而去世，其子王小才九歲，從此就靠捕魚養活瞎眼的母親，償還父親留下的債務。呂洞賓知道後，讓王小打漁的水域魚蝦特別多。《邳州卷》之《泥馬馱趙君》中，關羽塑像的坐騎馱正在外地充軍而想念母親的孝子回鄉和母親團聚。《啓東卷》之《呂洞賓賣缸爿餅》中，貧窮少年靠到海灘上拾海鮮供養奶奶，還給奶奶買餅，呂洞賓歎道：「眞是世間少有啊！」於是，呂洞賓欲超度他。《啓東卷》之《靈眼樹與鐵拐李》云，清正的靜海知府過善被貶爲庶民，失明。其女銀杏，端湯煎藥，精心服侍，終於獲得神助，治癒了父親的疾病。《南通市區卷》之《紫茱》中，貧窮的漁郎精心服侍身患重病的母親，終於獲得神助，治癒母親的病，娶精靈女子，且發財。《如東卷》之《靈丹妙藥》中，母親病，三個兒子都孝順，他們找到了奇怪的藥物，治癒了母親的病。《徐州市區卷》之《天年草》云，孝順男孩冒死到懸崖採集草藥，爲母親治病。《徐州市區卷》之《南望和北望》云，婆婆久病，想吃新麥飯，而其時麥子未熟。兒媳婦哭了三天三夜，神靈被感動了，就讓其地的麥子提早成熟。兒媳婦給婆婆吃了新麥飯，婆婆的病就好了。《邳州卷》之《望母山》中，王家母子逃荒，住在荒野。王母病，想吃瓜。其兒子在神仙的幫助下找到一種瓜，其母食而病癒。此種瓜後來傳於當地，名攬瓜。《無錫民間故事精選》之《無錫大米的由來》中，沈七哥的母親重病在身，他克服重重困難，獲取仙米種子，種植後給母親吃，母親的病就好了。《常州民間故事集》之《孝感河》、《雪墊橋》，《常州民間故事集（二）》之《哭竹生筍》，也都是此類故事。「人和精靈婚配」、「救助龍女獲報」這兩個類型的故事中，男主人公多半有孝行。在「沉地」、「洪水」等災難故事中，孝子及

其家人也能夠得到神靈的格外照顧而得以逃生。例如《徐州民間文學集成（上）》之《程宜湖的變遷》、《微山湖》，《鹽城市故事卷》之《大縱湖的傳說》等，都是如此。

「子女兒媳因不孝而遭到神靈懲罰」類故事，在江蘇民間也不少。懲罰的方式，以化爲醜陋動物、雷劈而死爲多，當然還有其他的。《中國民間故事集成》之《江蘇卷》之《罵娘魚和罵婆魚》中，李龍和常花夫妻倆，李龍好罵娘，常花好罵婆婆，被神靈罰爲魚。《中國民間故事集成》之《江蘇卷》之《蚯蚓的來歷》云，某男子結婚後不認母親，被神靈罰爲蚯蚓。《揚州民間故事集》之《不孝兒子變蚯蚓》，情節略同。《常州民間故事集》之《蚯蚓的故事》中，寡母辛苦撫養大的兒子中了狀元，但是不回家看母親，母親找到他那裡，他也不認，還讓母親去喂馬，最後逼死了母親，被罰爲蚯蚓。《豐縣卷》之《狗頭媳婦》中，兒媳婦虐待婆婆，給婆婆吃狗屎，被龍抓去頭，代之以狗頭。《海安卷》之《龜背十三塊》中，虐待婆婆的兒媳婦被觀音罰爲烏龜。《南京民間故事》之《苦老鴉》云，兒子得黃鱔，讓妻子燒了給母親吃。妻子自己吃了，燒了些蚯蚓給婆婆吃，被天帝變成老鴉，叫一百聲才能吃一條螞蟻充饑。《常州民間故事集（二）》之《苦惡鳥》，情節略同。《啓東卷》之《天誅地滅唐小六》中，唐小六瞞著新婚妻子，讓母親改名秋蓮，當他們家的女僕。地裂，小六被埋入地下。《邳州卷》之《臘月二十四爲啥祭灶》云，妯娌倆竟然在祭祀灶王爺的時候，求灶王爺讓她們的公婆早死，她們都被雷劈而死。《如皋卷》之《不孝媳婦被雷打》云，兒媳婦寧可將扁食倒在垃圾中，也不願意給婆婆吃，被雷劈死。《海門卷》之《雷打張饑飽》中，當了狀元不認父母的逆子張饑飽被雷劈死。

江蘇民間的孝道故事中，最爲常用的藝術手法，就是反襯和對比。通過反襯和對比，來突出主題，以收到強烈的藝術效果。

以行孝者的貧窮反襯孝行的不易。不是所有的孝行都需要物質的支撐，但是，很明顯，僅僅依靠不用物質支撐的孝行，來孝敬父母，顯然是遠遠不夠的。因此，要做孝順的兒女，就必須有足夠的物質支撐。如果子女富裕，那麼，行孝就有足夠的物質保證，相對就容易一些。如果子女貧窮，那麼，行孝就會艱難一些。這道理很淺顯，不難理解。在江蘇民間故事中，孝子孝女，除了少數例外，幾乎都是很貧困的，或者行孝的時候是很貧困的。「貧窮而孝順的子女，感動神靈，獲得神助」類故事中，行孝的主角都是如此。這

些作品都渲染行孝主角的貧困和艱難，甚至乞丐在其中佔了不小的比例。如：《海門卷》之《孝子牌樓》中，乞丐范士華，孝養癱瘓在床的老娘。老娘想吃鮮魚，他挑選了一條合適的鮮魚而缺錢購買，讓商家保存。待他乞討得足夠的錢去購買的時候，魚已經被衙門買去。他到衙門乞討，說明原委，終於討得其魚，給娘吃。官員核實無誤，予以表彰。《無錫的傳說》之《沉沒山陽縣，汆出無錫城》中，已經三十歲的侯孝子，每天起早貪黑打柴賣柴，掙錢贍養母親，不時買好吃的孝敬母親。《無錫的傳說》之《黃埠墩》中，少年乞丐以乞討養活瞎眼寡母，自己吃粗劣的，卻儘量給母親吃好吃的。

在譴責不孝的故事中，主角往往是富裕的，甚至是富貴中人。例如，《雷打張饑飽》中，張饑飽竟然還是狀元。即使不是那麼富裕，主角若肯行孝，也是不缺少物質方面的支撐。《新沂卷》之《路不平和龐人采》中，路不平把母親撿到的寶石獻給皇帝，以此做上了七品縣官，卻不顧老母親。老母親找到他那裡，他不僅不讓老母親進門，還派人把老母親騙到野外，投入井中。《如東卷》之《父子吃肉》中，三個不孝的兒子，都會手藝，都認真地賺錢，但就是不孝敬父親。

兩代人相互對待彼此的比較。在譴責不孝的故事中，往往有強調父母當年養育兒女艱辛的內容。《海門卷》之《雷打張饑飽》中，乞丐張天壽以乞討供兒子張饑飽讀書，張饑飽中了狀元，卻不認他。《豐縣卷》之《狗頭媳婦》中，老太二十歲的時候就守寡，獨自養育兒子留根。留根八歲的時候，發燒七天，不吃不喝，他寡母七天幾乎沒有合眼，精心照顧。留根病癒，但是，他的媽媽因此得了眼疾，久治不愈而致盲。後來，留根外出經商，他的妻子在家裏虐待婆婆，竟然把狗屎說成雞蛋饃，騙婆婆吃下。《新沂卷》之《隔窗看見兒抱兒》云，某甲早年喪妻，對兒子溺愛有加，但是，兒子卻不管父親的生活。《新沂卷》之《路上小雨紛紛下》中，男子喪偶，既當爹，又當媽，把三個閨女拉扯大，但是，三個女兒，已經出嫁的和沒有出嫁的，都只管自己吃好吃的，不願意給父親吃。《沛縣卷》之《父與子》等作品中，也用這樣的方法。通過這樣的比較，以養育的艱辛反襯不孝的性質嚴重。父母對子女如彼，而子女對父母如此，彼此懸殊，以突出兒女不孝行為之違反天理。

前後的比較，讓孝和不孝相得益彰，突出轉機之重要。《海門卷》之《家有活菩薩》云，老太常被兒子打罵，見到兒子就懼怕。兒子到南海求菩薩，

一和尚不讓他入寺廟，說他家裏就有活菩薩，「反束羅裙倒拖鞋」的就是。兒子夜間回家叫門，老太聽到兒子回家，因爲懼怕，來不及穿戴整齊就出來開門。兒子見到「反束羅裙倒拖鞋」的母親，恍然大悟，趕忙跪拜，於是痛改前非，成爲孝子。《如皋卷》之《活菩薩》中，情節同上。《蘇州民間故事》之《逆子回頭》的情節，也與此類似。主角富商陳仁，也經常打罵老母親。他在九華山聽老僧對他說：「欲見菩薩顯眞身，倒穿繡鞋第一人。」當他發現那是老母親後，下跪懺悔。此後，他「先侍奉娘親梳洗吃飯，日裏問寒問暖，晚上還要起床幾遍照看娘睡得可曾安穩。出外做生意回家，總要帶不少娘親喜歡吃的時令土特產給娘嘗新」。《通州卷》之《胡老爺》中，農夫某甲經常打罵七十多歲的老母親。某日，他在田中勞作，母親送飯，跌了一跤，耽誤了時間。某甲飢餓，欲重責母親，見烏鴉反哺，頓時愧悔交加，便去迎接母親。母親見兒子來迎，怕被重責，逃而跌死。某甲傷心，哭三天三夜而死。閻王本欲將他打入十八層地獄，因念其改過，封爲「胡老爺」。其像乃一喪服打扮的農民，人們以此警示不孝者。《海安卷》之《人死了供飯》，情節也類似，但主角沒有傷心而死。老母親死後，他覺得母親從來沒有吃過他做的飯，應該彌補，於是天天煮飯給母親上供。母親的遺體埋了，就請人雕刻了母親的像，繼續供飯。於是，世間就有了給死者供飯的風俗。此類故事，通過前後對比，警示的意味就加強了。

前後的比較，加大抨擊不孝的力度。「兒子和石子」類故事，也是用這樣的方法。先是兒女們不願意承擔贍養老人的責任，甚至拋棄老人，後來，他們認爲老人有大量錢財，就競相「孝敬」老人。如前已引《中國民間故事集成》之《江蘇卷》之《一個老子和十個兒子》云，先是兒子們都不願意贍養老人，老人自殺未遂，和尚給老人設了「裝富」妙計，兒子們就如此對待老人：「昨兒吃老大家的肉，今兒吃老二家的蛋，聽說明天老三家要給他喝鯽魚湯。十個兒子都好強，桌上一家比一家好，把他服侍得停停當當。」兒子們此前的行爲，固然是不孝，但是，他們後來待老人那麼好，這並不是孝，因爲他們是爲了錢財才不得不這樣取媚於老人的，並不是眞正地愛老人，他們所愛的，不過是錢財而已。這樣的對比，使他們的不孝體現得更加誇張，抨擊不孝的力度，自然就加大了。

橫向比較，讓孝和不孝相得益彰。《中國民間故事集成》之《江蘇卷》之《剪髮的乖乖我靠你》云，四個女兒都已經出嫁，老夫婦有些積蓄，決定選

一個女兒家養老。老漢在六旬生日那天，先後去三個富有的女兒家，但她們都以種種藉口推諉，不願意招待父親。老漢到貧窮的小女兒家，小女兒剪下頭髮，換錢買好吃的招待父親。老漢裝死，四個女兒回家哭，三個女兒關心的是父母的積蓄，只有小女兒承諾贍養母親。老漢決定，此後靠小女兒養老。《南通市區卷》之《峨眉山》附錄云，老夫婦創大家業，九子分家後，八子雖然發了大財，但不管父母，獨第九子雖然貧窮而孝養父母，稱爲孝子，得到神賜予的寶石。子女們都是在同一個家庭中長大，成長的環境、背景都大致相同，對父母都有著幾乎是同等的贍養義務，他們都應該孝敬父母。可是，有的做得那麼差，有的做的那麼好，通過這樣的比較，讚頌孝行和抨擊不孝的主題，就相得益彰了。

横向比較，以突出親子女的不孝。以乾子女的孝順，反襯親生兒女的不孝。老人的親生子女拒絕贍養老人，某個並不富裕的外人，將老人接到家裏贍養，認爲乾親，孝敬有加，好心得到好報，獲得富貴，老人親生子女，則受到懲罰。《啓東卷》之《狀元不認窮爹娘》、《如皋卷》之《范不了》、《如皋卷》之《一父三姓子》、《新沂卷》和《睢寧卷》都有《路不平和龐人采》、《海安卷》之《草牯》、《鹽城市故事卷》之《鳳凰與寶珠》、《銅山卷》之《人行好事莫問前程》等故事，都是屬於此類。如《新沂卷》之《路不平和龐人采》中，老太太的兒子和媳婦「叫老婆婆不分寒來暑往，一天一趟地到十里開外的荒山去打柴，打回來還要上秤稱，不夠七十斤就掐老人家的飲食。就這樣，老人家挨打就如同喝水，受罵就如同吃飯，那個罪就甭提了」。老太被親兒子路不平派的人扔進井中，被樵夫龐人采救到家裏。龐人采認老太爲親娘，老太就和龐家一起生活。「龐人采的媳婦賢惠孝順，自己寧可喝稀，也要叫婆婆吃得飽；自己寧願穿舊的，也要叫老人家不受寒冷。再看那些孫男孫女，更是圍前轉後，『奶奶、奶奶』地叫個不停。」在此類故事中，乾兒女的孝順，缺乏必要的鋪墊，顯得突兀，很難令人信服，有類似於寫意的色彩，被用來反襯親生兒女的不孝而已。因此，此類故事的主題，重在抨擊親生子女的不孝，而不是頌揚乾兒女的孝順。

## 第四節　孝道故事中所體現的孝的主要內容

在江蘇民間故事中，孝是最重要的道德觀念，甚至沒有「之一」。孝順父母，比敬包括佛在內的所有神靈，都要重要。《沛縣卷》之《想燒頭爐香的

人》中，明確說，「燒香不如敬父母」。有個叫孫高雨的平民，從小就沒有進過任何寺廟的門，但是，他天天把第一碗粥、第一個燒餅給母親吃，如此孝順，就是燒了頭爐香，其他人起得再早去燒香，都別想和他爭。民間佛教中，菩薩的知名度和受敬仰的程度，甚至要超過佛。可是，《海門卷》之《家有活菩薩》、《如皋卷》之《活菩薩》中，明確說，對兒女們來說，老母親就是活菩薩。

季羨林先生曾經說過，中國文化對世界文化最大的貢獻之一，就是孝。他認為，孝具有廣泛的世界價值，因為西方文化中，就沒有這樣的概念。確實，英語等西方語言中，沒有可以翻譯「孝」的單詞。用英語翻譯「孝」，需要用兩個或者兩個以上的單詞，成一個詞組了。即便如此，這樣的詞組還是無法翻譯出「孝」的全部含義的。現在通行的譯法，一般是將「孝」翻譯成「兒女般的敬仰」、「兒女般的服從」等。可是，孝的內涵，遠遠不止這些，我覺得，這些翻譯，都不如翻譯成「兒女般的愛」來得好。其實，西方兒女，對他們父母的愛，和我國兒女相比，沒有什麼兩樣，只是社會環境不同，文化氛圍不同，表現形式也有不同而已。

孝是家庭或者家族範圍內的一個道德觀念。行孝的主體，首先是兒子。在古代社會中，孝子很多。在宗法社會中，在父權制社會中，女子依附於丈夫，那麼，如果丈夫是行孝的主體，妻子當然也應該分擔丈夫的責任，如果丈夫缺位，妻子應該承擔起丈夫的責任，於是，兒媳婦也就有了行孝的責任。《漢書·于定國傳》中，就有關於「孝婦」的說法，所謂「東海孝婦」是也。元代末年高明的《琵琶記》中，大張旗鼓地宣揚，當兒子缺位的時候，兒媳婦應該承擔起行孝的全部責任。《徐州民間文學集成（上）》之《帶莊》云，守寡的兒媳婦和守寡的婆婆兩人相依為命，兒媳婦為了孝養婆婆，拒絕再婚，婆婆以死相威脅。兒媳婦乃提出：帶婆婆改嫁。後果然有男子同意這個條件，兒媳婦就帶著婆婆嫁過去。此後，那家人家生活和美，繁衍出一個村莊，初名「帶老莊」，後名「帶莊」。總之，在傳統文化中，兒子、兒媳婦是行孝的當然主體。女兒當然也是行孝的主體。在沒有兒子的情況下，女兒當然必須承擔行孝的全部責任，但是，如果有兒子的情況下，其行孝的責任，比兒子為輕。其原因乃在於財產繼承。在宗法社會中，女兒沒有和兒子同等的繼承權，因此，對父母的責任，女兒也比兒子為輕。但是，兒子也好，女兒也好，孝心應該是一樣的。

　　江蘇民間故事中的「孝」，主要包括哪些內容呢？

　　能養。《禮記‧祭義》引曾子語云：「孝有三，大孝尊親，其次弗辱，其下能養。」「能養」是孝的最為起碼的和基本的部分，這個部分做不好，其他的部分也就不用說了。民間故事中，因為父母年老、疾病等而拋棄他們的種種「棄老」故事中，對「棄老」者都是譴責的，那不僅是嚴重的不孝行為，也是犯罪行為。例如「孫子反對棄老」型故事中就是。拒絕贍養父母或者千方百計推諉、逃避贍養父母的責任，當然是不孝行為。例如「兒子和石子」類故事、「先棄老人後爭財」類故事、「親生兒女不如乾兒女」類故事，都是譴責這些不孝行為的。江蘇民間故事中，譴責子女不願贍養父母的故事，在孝道故事中，幾乎佔了一半以上。《睢寧卷》之《把娘接回來》中，兩對兒子媳婦因為大月、小月的問題不願意多贍養母親一天，而這兩個媳婦自己的母親，也因為相同的原因，只能到女兒家蹭吃喝住宿。可見，一方面，社會上連「能養」還沒有能夠做到的現象還不少見。另一方面，人們無法容忍這樣的現象，故此類作品就產生、流傳了。

　　若和父母分離，無法贍養，那麼，就應該盡力和父母團聚，以便贍養，即使幾天，也是孝的體現。《中國民間故事集成》之《江蘇卷》之《華孝子磨石鏡》中，華進在即將行成年禮的時候，父親外出經商而不歸，華進於是堅持少年人的裝束，不願行成年禮，且到處尋找父親。後得神仙幫助，終於找到父親。《中國民間故事集成》之《江蘇卷》之《目連救母》中，目連克服重重困難，從地獄救出母親。《銅山卷》之《關公顯靈》中，在河南充軍的孝子想念年邁的母親，關公顯靈，讓泥塑坐騎在一個時辰內就把他送回家鄉和母親團聚。《蘇州民間故事》之《吃烏飯的來歷》中，目連給獄中的母親送飯。《睢寧卷》之《孝子孫清》中，孫清在強盜來襲擊的時候，冒生命危險，留下照看重病的母親。這些，都是難得的孝行。《徐州民間文學集成（上）》之《袁橋的來歷》云，慧月庵尼姑月仙生子送袁家，但仍然每天晚上淌水過河給孩子餵奶，直到斷奶。此子十八歲成探花，做官。他知道了真相後，也時常淌水過河看望母親。袁家乃造橋，以免兒子跋涉之艱。此人身為探花，朝廷命官，沒有因為出身不光彩、母親是尼姑而看不起母親。《常州民間故事集（二）》之《思墓橋》云，狀元鮑砆當江南巡撫，救出了被惡霸霸佔多年的母親，但母親為兒子聲譽考慮，寧願獨住。鮑砆常過河探母，造「思母橋」。其母親去世後，他經常過橋去看母親墓地，改橋名為「思墓」。

　　盡可能讓父母獲得溫飽，過上較好的物質生活。贍養父母，當然離不開經濟力量的支撐，但是，對父母的愛更是不可缺少的。有了對父母的足夠的愛，即使身在貧困之中，也能夠努力贍養父母。《銅山卷》之《王小賣豆腐》，《啓東卷》之《小花淀的傳說》，《啓東卷》之《呂洞賓賣缸爿餅》，《無錫的傳說》之《沉沒山陽縣，衆出無錫城》、《黃埠墩》等故事中，行孝的主角都是社會底層的人物，甚至是乞丐。反之，種種推卸責任、拒絕給父母溫飽的行爲，都是不孝。

　　能敬。「能養」是最爲起碼的孝，「尊親」才是大孝。「尊親」有二說：其一是「使親尊」的意思，下文將論之；其二就是尊敬父母的意思。《論語・爲政》中，子游問孝。孔子說：「今之孝者，是謂能養。至於犬馬，皆能有養，不敬，何以別乎？」〔註6〕在孔子看來，「能養」甚至連「孝」也不能算。如果沒有了對父母的「敬」，僅僅是養活父母親，「能養」固然做到了，可是，養父母和養犬馬之類牲畜和寵物，到底還有多少區別呢？例如，「孫媳婦摔老婆婆碗」一類故事中，老婆婆就是被作爲動物來養的，這當然也是後輩不孝的行爲。因此，「能養」是不夠的，還要「能敬」才是。

　　「能敬」，也體現在「養」上。僅僅維持父母「活著」，而不是讓父母過盡量舒服的日子，不是儘量改善他們的生活，也是不孝行爲。有能力贍養父母，甚至可以給父母較好的物質生活，而故意不給，那就是不孝。例如《如皋卷》之《不孝媳婦被雷打》云，兒媳婦寧可將扁食倒在垃圾中，也不願意給婆婆吃，被雷劈死。《如東卷》之《父子吃肉》中，三個不孝的兒子，都會手藝，都認眞地賺錢，但他們不僅不爲父親改善生活，還把父親撿破爛換錢買的很少的肉給搶著吃了。《蘇州民間故事》之《住哪裏》中，老夫妻辛苦幾十年，給三個兒子每人三間房並且張羅他們結婚，還欠了許多債務，但三個兒子都拒絕接納他們，他們只能住在豬棚裏。

　　如果老人有兒子，女兒不必負責贍養父母，但是，父母去看女兒的時候，女兒應該熱情招待，做些好吃的，給父母改善生活。能夠做到這一點，就是孝，反之就是不孝。《新沂卷》之《路上小雨紛紛下》等故事中，女兒把好吃的藏起來自己享受，而不給父親吃。《蘇州民間故事》之《蟹爬鰻鱺逃》云，老漢到女兒家去，想吃點好吃的。女兒家有捕魚捉蟹的籪，家裏的甕裏就養著蟹和鰻鱺，但是，女兒掩蓋事實，裝模作樣到籪巡視一番，說沒有抓到什

〔註6〕《十三經注疏》本，中華書局，1980年影印本，第2462頁。

麼。《通州卷》之《哭的比唱的好聽》中，老漢四個女兒家都富裕。老漢生日，先後到四個女兒家，發現他們都在吃好吃的，但是，她們都不願意給他吃。老漢裝死，四個女兒回家哭喪，被老漢痛斥。

於是，即使是用同樣或者類似的食物給父母吃，也有孝和不孝的本質區別。《沛縣卷》之《金碗》云，李婦貧，無法給婆婆美食，乃以狗屎中的米粒洗淨後做饃給婆婆吃，獲得神賜金碗之報。刁婦富，卻好虐待婆婆，見李婦得金碗，乃仿而爲之，被雷劈死。《沛縣卷》之《報應》云，貧家小媳婦趕香火會念佛，得一大饃，藏了想給婆婆吃，解手時掉在尿中，她吃沾有尿液的饃皮，而把乾淨的給婆婆吃，由此獲神助，得金銀，購買魚肉等孝敬婆婆。富有的女鄰居仿傚，特意將饃沾上尿液，自己未吃而給婆婆吃，被雷劈死。此故事當由上一個故事變化而來。《睢寧卷》之《如意寶》的情節也相類似，主角是妯娌倆。貧婦敬婆婆，愛婆婆，她給婆婆吃的，是她能夠獲得的最好的食品，因此，她們的行爲是孝。富婦完全有能力給婆婆提供更好的食品，而故意把食品弄髒後給婆婆吃，心裡根本不敬、不愛婆婆，這樣做，完全是爲了獲得錢財，所以，這樣的行爲，是不孝。

「能敬」當然還體現在對父母的態度上。《新沂卷》之《吃麵皮》中，老漢獨住，三個兒子和三個媳婦都來蹭飯，三個兒媳爭相給各自的丈夫盛飯，而無人盛給老漢。這就是對老漢的不敬，也是不孝的行爲。《中國民間故事集成》之《江蘇卷》之《蚯蚓的來歷》云，某男子結婚後不認母親。《啓東卷》之《天誅地滅唐小六》中，唐小六瞞著新婚妻子，讓母親改名秋蓮，當他們家的女僕。《沛縣卷》之《老大領》中，兒子在城裏讀書，父親去送錢，兒子對人稱父親爲其家的長工。這些，當然是比較極端的行爲。但是，在舊時農村，對父母態度惡劣甚至打罵父母的現象，還是不少見的。因此，民間故事中，也有不少相應的作品，譴責這些不孝行爲。例如《中國民間故事集成》之《江蘇卷》之《罵娘魚和罵婆魚》中，李龍和常花夫妻倆，一個好罵娘，一個好罵婆婆。《啓東卷》之《巴掌鎮傳奇》中，胡乙視年逾古稀的母親如女僕，動輒打罵，甚至把母親打傷。《邳州卷》之《臘月二十四爲啥祭灶》云，妯娌倆竟然在祭祀灶王爺的時候，求灶王爺讓她們的公婆早死。

父母身體不好，盡可能地予以最好的醫療和護理，盡可能地延長他們的壽命。其間不僅僅是「能養」，更有「能敬」在。《論語·爲政》中孔子所說

「父母唯其疾之憂，」〔註7〕也可以作這樣的理解。《如皋卷》之《孝子坊》中，官員黃若元將尿壺在胸口捂熱了再給父親用，精心服侍父親，即使和來訪的皇帝下棋，也不懈怠。《徐州市區卷》之《天年草》云，孝順男孩冒死到懸崖採集草藥，爲母親治病。《啓東卷》之《靈眼樹與鐵拐李》、《南通市區卷》之《紫荣》、《如東卷》之《靈丹妙藥》等，也都是讚頌此類孝行。《銅山卷》之《乾娘碑》中，守寡的兒媳婦用體溫給公公暖被窩，再讓公公上床睡覺。後來，她知道公公寒冷以至於咳嗽，就和衣睡在公公腳頭，給公公取暖。這當然難能可貴。至於《沛縣卷》之《煙薰蚊子》中，兒媳婦自願代替婆婆去當犧牲，這當然更是大孝的行爲了。

盡可能讓父母開心，盡可能地滿足他們的願望，獲得精神上的愉悅，這也是「能敬」的體現。《沛縣卷》之《四十五歲醃臢年》云，窮漢四十五歲還沒有成家，和老娘生活在破草庵裏。年關到處喜慶，窮漢無以讓老娘快樂，乃學驢打滾、驢叫給老娘取樂，說四十五歲是醃臢年，屬驢，逗得老娘一陣大笑。

「能敬」還表現在儘量減輕父母的負擔。《論語·爲政》中，孔子說，「有事，弟子服其勞」，〔註8〕也是孝的應有之義。父母有事，當子女的，當然應該爲他們分勞。他們年紀大了，當然儘量要照顧他們，不要讓他們勞累。《揚州民間故事集》之《替母》云，魯班使用墨線的時候，先是讓母親給他拉的。後來，他爲了盡可能地少去麻煩母親，就在墨線的末端設了一個裝置，有了這個裝置，他的母親就不必給他拉線了。於是，這個裝置，就叫「替母」。

能哀。喪事以哀爲本。父母之喪，必哀。父母去世後，要哀痛，甚至事死如事生。《揚州民間故事集》之《望母樓》云，儲學士的母親是某海島上的一隻母猴，他父親離開海島的時候，沒有帶他的母親。他的母親抱著女兒投海了。儲學士在泰州東城頭造望母樓，到祭祀祖宗的時節，對大海祭奠一番。這當然是孝行。《邳州卷》之《弟仁就我有爹》云，老人有三個兒子，活著的時候，三個兒子都不管，去世後，他們也不管。在鄉鄰的責難下，他們兄弟三人以抓鬮的形式決定誰收殮父親，沒有抓到的興高采烈，抓到的叫苦連天。這三兄弟，當然都是不孝子。叫苦連天者，也不是因爲父親的去世而哀切。如果真正愛父母、敬父母的人，父母去世，怎麼能夠不哀切呢？《論語·子

〔註7〕　《十三經注疏》本，中華書局，1980年影印本，第2462頁。
〔註8〕　《十三經注疏》本，中華書局，1980年影印本，第2462頁。

張》中，曾子說：「吾聞諸夫子，人未有自致者也，必也親喪乎！」〔註9〕《孟子·滕文公上》也說：「親喪固所自盡也。」〔註10〕即使是對常人來說，這樣的哀切，自然而然地會達到極致，更何況孝子孝女！

　　能諫。江蘇民間關於孝道的故事中所表現的孝，主要就是以上所論「能養」、「能敬」等內容。《啓東卷》之《大紅袍赤豆的故事》，其主題並非孝道，但也是關於父子關係的。災荒之年，少年赤河豆勸其父親赤某開倉賑災，被拒絕。某日，赤某外出，河豆在家擅自開倉賑災。赤父歸，把河豆打成重傷。三天後，河豆因傷去世。其母脫下紅襖，裹而葬之。其墳長出赤豆濟民。河豆違背父命，這是否違反孝道？《論語·里仁》中，孔子說：「事父母幾諫。見志不從，又敬不違，勞而不怨。」〔註11〕因此，孝道中，還應該包括「能諫」的內容。災荒之年，大批民眾面臨餓死的威脅，而家有大量藏糧的父親，不願意放賑，河豆諫，也是完全應該的。父親不許，但人命關天，事情緊急，不待父親同意而擅自放賑，不僅沒有違反孝道，也是應該的，所以，這故事中，對河豆也是讚揚的。不過，此類故事，在民間故事中，是比較少見的，在江蘇民間也是如此。

# 第五節　孝道內涵的變遷、傳承及相關問題

## 一、關於「大孝」和「小孝」

　　上文引用《禮記·祭義》中曾子語，有「大孝尊親」之語。此語有二說。一說是尊敬父母親，上文已經言之。另一說，「尊親」之「尊」，乃使動用法，「尊親」乃「使親尊」的意思。使親尊，乃是提高父母的社會地位，讓父母因為自己而受到社會的尊敬。要達到這樣的目標，其人自身，當然要為社會做一番事業，立德立功立言，揚名於社會。這樣的內容，明顯超越了家庭、家族、宗族和親族的範圍，而是具有鮮明的社會屬性了。這樣的變化，和下文即將論述的「大孝」、「小孝」之別，是一致的。江蘇民間故事中所表現的孝道，沒有這些方面的內容，從這個意義上說，這些孝道故事中的「孝」，都還沒有達到「大孝」的程度了。

---

〔註9〕《十三經注疏》本，中華書局，1980年影印本，第2532頁。
〔註10〕《十三經注疏》本，中華書局，1980年影印本，第2701頁。
〔註11〕《十三經注疏》本，中華書局，1980年影印本，第2471頁。

關於「大孝」和「小孝」的區別，元末高明的《琵琶記》中，講得非常明確。該劇第四齣中，父子二人就這個問題的反覆交鋒。其中一段對話：

　　蔡伯喈：「告爹爹，教孩兒出去，把爹爹媽媽獨自在家，萬一有些差池，一來別人道孩兒不孝，撇了爹娘去取功名；二來道爹娘所見不達，只有一子，教他遠離。以此上不相從。」

　　蔡父：「不從我的言語也由你，但說如何喚做孝？」

　　蔡伯喈：「告爹爹，凡爲人子者，冬溫而夏清，昏定而晨省。問其燠寒，搔其痾癢，出入則扶持之，問所欲則敬進之。是以父母在，不遠遊；出不易方，復不過時。古人的大孝，也只如此。」

　　蔡父：「孩兒，你說的都是小節，不曾說那大孝。孩兒你聽我說：夫孝，始於事親，中於事君，終於立身。身體膚髮，受之父母，不敢毀傷，孝之始也。立身行道，揚名於後世，以顯父母，孝之終也。是以家貧親老，不爲祿仕，所以爲不孝。你去做官時節，也顯得父母好處，不是大孝，卻是甚麼？」

　　蔡伯喈：「爹爹說得自是。知他是去做官不做官，若還不中時節，又不能夠事君，又不能夠事親，可謂兩耽擱了。」

　　鄰居張廣才：「秀才，說錯話了。老漢常聽得秀才每（們）說道：幼而學，壯而行；懷寶迷邦，謂之不仁。孔席不暇暖，墨突不得黔。伊尹負鼎俎以干湯，百里奚把五羊之皮自鬻，也只要順時行道，濟世安民。秀才，這個正是學成文武藝，合當貨與帝王家。秀才，你這般人才，如何不去做官，濟世安民？」〔註12〕

張廣才所說，也正是蔡父要表達的意思。蔡父所說的「大孝」，正是封建社會中主流社會奉行的「孝」，而蔡伯喈所說的「孝」，被他認爲是「小節」，不是「大孝」。用這樣的標準來衡量，江蘇民間故事中表現的孝，當然也都沒有達到「大孝」的高度。

其間原因何在呢？在於孝的內涵的變遷和傳承。茲略述其概。

《論語》等先秦儒家著作中所闡述的孝，基本內容就是「能養」、「能諫」、「能敬」、「生，事之以禮；死，葬之以禮，祭之以禮」〔註13〕，以及「父

---

〔註12〕王季思主編：《全元戲曲》（北京：人民文學出版社，1999年，第10冊），第145頁。

〔註13〕《十三經注疏》本，中華書局，1980年影印本，第2462頁。

母在，不遠遊」、「娶妻如之何，必告父母」等，大致沒有超越家庭的範圍，所強調的是子女在家庭中的對父母的責任，所突出的是人在家庭中的屬性。在自給自足的自然經濟社會中，人的家庭屬性，非常鮮明。人們注重自己在家庭中的角色，對家庭的責任。就子女這樣的角色而言，有效地贍養父母，當然是頭等大事。因此，對「孝」的這些闡釋，是和當時的社會狀況相一致的。

春秋時期，是貴族政治向官僚政治的轉化時期，到孟子生活的戰國時期，這個轉化基本完成。大量平民出身的人，積極參與社會治理，積極承擔社會責任，更多的人積極謀求這樣的機會，包括孔子和孟子，至於大量的縱橫家，就更加不用說了。那麼，很明顯，「父母在，不遠遊」已經不可能了，所以孔子加了一句「遊必有方」。人們外出謀求建功立業等的機會，或者參與建功立業，那麼，在家裏侍奉父母，晨昏定省之類，當然也不可能了。另一方面，統治者也需要大量的官員，來參與社會治理，承擔社會責任。於是，本來「晨昏定省」等孝道的內涵，就有必要修改了。戰國末或者稍後，孝就被賦予了「事君」等社會內容，《孝經》就能證明這一點。《孝經》中說：「身體膚髮，受之父母，不敢毀傷，孝之始也。立身行道，揚名後世，以顯父母，孝之終也。夫孝，始於事親，中於事君，終於立身。」〔註 14〕「天子之孝」、「諸侯之孝」、「大夫之孝」、「士之孝」基本上都是社會內容。唯獨「庶人之孝」，仍然局限於家庭：「因天之道，因地之利，謹身節用，以養父母，此庶人之孝也。」〔註 15〕

孝本於血緣和幾乎是天然的感情，其他的種種倫理道德觀念，都沒有這樣的優勢。因此，某些觀念就搭載孝的順風車，被裝入孝去推行了。託名東漢馬融所作《忠經》詮釋「忠」，其中《保孝行章第十》對孝作了新的詮釋：「君子行其孝必先以忠」。〔註 16〕那個時候，積極謀求參與社會治理，承擔社會責任，早已成為讀書人普遍的自覺意識，最高統治集團，當然更是希望大家「以忠事君」，所以，「忠」也被納入了「孝」。按照馬融那樣的說法，如果尚未做到「忠」，那麼，就沒有做孝子的資格，甚至沒有行孝的資格了。

〔註 14〕 《十三經注疏》本，中華書局，1980 年影印本，第 2545 頁。
〔註 15〕 《十三經注疏》本，中華書局，1980 年影印本，第 2549 頁。
〔註 16〕 馬融《忠經》，臺北古今文化出版社，1963 年，《百子全書》影印清光緒間湖北崇文書局本，第 1 冊，第 737 頁。

可是，參與社會治理，承擔社會責任，在古代社會，畢竟是極少數人的事情，因此，「大孝」的觀念，在民間社會，還是沒有市場的，人們評判一個人，是否孝子或者孝女，還是以被稱為「小孝」的標準。趙貞女和蔡伯喈故事中，蔡伯喈離家參加科舉考試，中狀元，做大官，但是，對自己的父母，生未能養，死未能葬，用民間的標準來看，當然是不孝之子，決不能稱為孝子的。因此，在高明之前，這個故事中，蔡伯喈都是反面角色。高明以「大孝」標準衡量，認為蔡伯喈中狀元，光宗耀祖，做大官，「事君」，參與社會治理，因此，是「全忠全孝」的。這就典型地體現了在孝的內涵方面，封建社會中主流社會立場和民間社會立場的區別。

江蘇民間故事中表現的孝道，仍然體現了鮮明的民間社會立場，即堅持孝道的家庭屬性，強調子女對父母的基本責任，而鮮有涉及社會責任者。可見，民間社會對孝的理解和闡釋，是一脈相承的。

民間這些表現孝道的故事，在今天看來，當然存在著某些不足，甚至蘊含了某些矛盾。現代社會，和自給自足的自然經濟的社會相比，社會分工的程度和普及、專業化程度和普及，都是空前的。除了參加社會治理的人外，以其他的方式承擔社會責任的人員大大增加。大量的人離開家鄉，到外地工作。這是人所共知的社會現實。如果他們的父母不願意離開家鄉，或者因為別的原因不能夠隨他們居住，那麼，他們贍養父母，除了負擔生活費用以外，他們還能夠為父母做點什麼？父母需要侍奉的時候，他們當然無法侍奉。在封建社會，兒子外出做官，他在家庭的角色缺位，父母沒有人照顧。高明《琵琶記》想的辦法是，兒子孝行缺位，兒媳婦補位！蔡伯喈做官去了，贍養、侍奉其父母的責任，就由蔡伯喈的妻子趙五娘來承擔！丈夫成全忠，妻子成全孝，一家之中，於是忠孝兩全了。可是，在當代社會，男女平等，男女都要承擔社會責任，都要實現自己的發展！

江蘇民間故事中，對解決這樣的問題，也樹立了榜樣。《徐州市區卷》之《權謹牌坊》云，權謹在朝廷做官，在母親年近八十的時候，他以有眼病為由，辭職回鄉養母，精心服侍母親。他的母親在九十四歲時去世後，他又守孝三年。此後，他又到朝廷做了多年的高官。在盛年，放棄建功立業的大好機會，辭職養母，這當然難能可貴，得失也很難評價。可是，要在外地工作的人們辭職回家孝養父母，這確實是難以做到的，因為每個人的情況不同，現在的社會環境，也畢竟和古代有很大的不同，更有這樣那樣的實際問

題。例如，一個從事高科技研究的人，辭職回家孝養父母，若干年後，他還能跟得上他所從事的專業領域的發展？人們辭職以後，還能順利回到此前的崗位？

兒女離家爲社會作貢獻，也謀求自身的發展，父母到底由誰來照顧呢？這是個非常現實、非常普遍的問題。包括主流媒體在內的社會輿論，大力宣傳孝道，要離家的子女「常回家看看」，這當然不錯。可是，莫說有些人沒有條件「常回家看看」，即使「常回家看看」，能解決多少問題呢？

如果以民間社會傳統的關於「孝」的標準來衡量，用表現孝道的民間故事作爲參照，當今社會離開家鄉的人中，大量的人都是不孝的。令人沮喪的是，這樣的衡量，確實存在。有些父母甚至後悔讓子女外出讀書工作，認爲他們「養兒防老」的計劃落空了，養育兒女的辛勞白費了。旁人也往往以此爲戒。仇官、仇富、仇能等妒忌心理，歷來都是客觀的社會存在，今天尤甚。這些社會心理，又導致某些人在批評外出工作的人行孝缺位時推波助瀾。這也給那些外出工作而無法照顧父母的人很大的壓力，也對青少年的成長和發展，有負面的影響。

如何解決當今的養老問題？某些社會力量是否應該有所作爲？如何作爲？關於孝的標準和內涵，我們是否有必要予以修正和宣傳？這些重要而迫切的課題，希望得到社會的重視。

## 二、「孝爲先」但不能「孝至上」

「百善孝爲先」，是強調孝是最爲起碼的、基本的倫理道德，這當然是正確的。可是，孝不是至上的，更加不是沒有邊界的。《豐縣卷》之《丁蘭集的來歷》云，丁蘭幼年喪父，被嬌生慣養。成人後，他對母親和妻子都蠻不講理，動輒打罵。某日，他在田間勞作，見到羔羊跪乳，烏鴉反哺，幡然悔悟，而去迎接來送飯的母親。積威之下的母親大驚，以爲又要遭打，便撞死在田邊柳樹上。丁蘭大痛，刻木爲母親像供奉，一日三次磕頭，有事稟告、請示，雕像面容悅則可，不悅則不可。某日，丁蘭歸，見雕像面容不悅，問其妻。妻云，鄰居某甲來借紡車，妻云當問婆婆雕像，方可出借。結果是雕像面容不悅，故妻子沒有向某甲出借紡車。某甲以爲丁蘭妻子找藉口戲弄人，遂打了雕像兩棍子。丁蘭爲了給母親報仇，竟然持刀到某甲家，把某甲殺了。縣官審理此案，丁蘭表示，爲母親出氣而殺人，死而無怨，但臨死之前，想到

母親雕像前磕頭。縣官同意，一起前往。丁蘭磕頭時，他母親的雕像面容難看，竟然流淚。縣官見之，上書皇帝。皇帝批示：丁郎刻木孝母親，殺人無罪。皇帝還封他為二十四孝之一，即「丁郎刻木」。丁蘭先是不孝，幡然悔悟，值得肯定。母親死後，他刻木為像天天磕頭，已經不合乎理性，但還可以理解。以母親雕像面容定可否，則不可思議。至於某甲打了他母親的雕像，他就要取某甲性命，則萬無可恕之理。如丁蘭者，如這故事中皇帝對丁蘭的處理，孝就沒有邊界了。大家都如此行事，必定引起社會的混亂。因此，孝肯定是必須有邊界的。

關於孝和禮法之間的關係。《論語・為政》中，孔子在回答學生問孝時說：「生，事之以禮；死，葬之以禮，祭之以禮。」〔註17〕可見，孝也不是無度的，也是要符合禮法的。禮，所以制中也，「過」和「不及」，都是不可取的。但是，社會上許多事情，容易走向極端，行孝也是如此。江蘇民間故事中，就有此類內容。《徐州市區卷》之《權謹牌坊》中，權謹九十四歲的母親去世後，權謹在墳前守孝三年。這固然是遵守古禮。可是，在這三年中，他每天都燒紙錢行祭，繞著墳哭三圈，用衣服兜土築墳，把墳築成三丈高。這些，就不符合禮了。《睢寧卷》之《哀杖》云，相依為命的母親去世了，王忠哭乾了眼淚，幾天茶水不進，導致骨瘦如柴，連母親的遺體，都是在鄉親們幫助下才成殮的。出殯的時候，他已經無法自己行走了。這樣的現象，古人也是有的，有句古語評論，叫「哀傷過禮」。《海安卷》之《土城》云，清官黃河生的母親病重時，把皇帝住的地方想得如仙境一般，希望到那裡看看。可是，她的身體，已經明顯不允許了。為了滿足母親的願望，黃河生就按照紫禁城的格局，造了一個土城。被人告發，不僅黃河生被殺，親族被殺者四十九人，土城也被平掉。滿足母親的願望，當然是孝行，可是，這要符合禮法啊。禮法也許不合理，可是，畢竟是當時的社會規範，是必須遵守的。作為曾經的朝廷官員，黃河生應該知道相關的禮法。五十條人命，黃河生行孝的代價，也未免太大了吧。

當代關於喪禮，沒有相關的規定。人們競相以奢侈為孝。喪禮越來越豪華，不僅浪費資源，助長了奢侈之風，也加重了人們的負擔。此類現象，原因何在？有沒有必要加以糾正？如何採取措施糾正？誰來採取措施糾正？如果有人出來糾正，抵制可能會來自哪些方面？為什麼無人出來糾正？到底是

---

〔註17〕《十三經注疏》本，中華書局，1980年影印本，第 2462 頁。

哪些人在推波助瀾？深層的原因有哪些？有些答案很可能是令人震驚和沮喪的，但是，我們還是應該思考的。

關於孝和理性之間的關係。孝需要物質的體現，但更是一種感情，有敬，有愛，這上文已經討論過了。感情和理性，往往是一對矛盾，感情容易脫離理性。如果完全按照理性，那麼，孝的某些表達，就完全不必做了。例如，如果完全按照理性行事，那麼，父母去世後，祭祀等就不必了，這當然不合常情。不過，如果沒有理性的節制，任憑感情氾濫，也是不行的。江蘇民間故事中，有些主角的行孝，是違背理性的，且是有害的。《如東卷》之《郭三娘剝肉治母病》中，婆婆生病，醫生開的藥方中有「人肉四兩」作藥引子，三媳婦就從自己身上割下肉來入藥。當時的科學知識如此，醫生代表理性，因此，三娘的行為，還不能說是違反理性的。《如皋卷》之《掛弓巷》云，倭寇來犯，人們競相逃難。吳南甫在家裏陪伴父母的棺材，跪拜，讓父母不要害怕。倭寇知之，掛弓而去。《世說新語》等書中，有不願拋棄重病朋友而拒絕逃難的。上文引述的江蘇民間故事《孝子孫清》中，孫清守著重病父母而拒絕逃難。這些都難能可貴。如果父母活著，又因病等無法逃難，子女留下陪伴、照顧父母，這是應該的，既出於感情，又符合理性，是孝行。可是，父母已經在棺材裏了，自己冒那麼大的生命危險陪伴，那就明顯是非理性的了。《沛縣卷》之《芹菜燴肉》中，十六歲的秦柴，因為瞎眼的母親想吃龍肉，自己屬龍，就割自己腿上的肉給母親吃。母親的視力有所好轉，就又割了幾回給母親吃。母親的眼睛復明了，可是他卻因為被割肉而死了。這也是非理性的行為。那麼，當孝的感情和理性發生衝突的時候，如何處理呢？如果行為儘管不合理性，但對行孝者的利益影響不大，且對其他人的利益沒有影響的時候，例如，父母病了，燒香拜佛以求父母痊癒，這當然是非理性的，但是，對行孝者的利益影響不大，無非是浪費少許錢財而已，行之亦無妨。如果這種行為對行孝者的利益影響很大，例如像以上所舉民間故事中的那樣，冒生命危險，有人身傷害，當然就斷不可行了。至於要影響到他人的利益，例如像所謂二十四孝中的「郭巨埋兒」，殘酷地殺害兒子，那就更加不可行了。古人文集、文言和白話小說、民間故事中，「割股療親」之類的事情很多，這些故事，只能用於激濁，而斷不能效法的。

父母患病了，或者去世了，各種宗教活動，當然都是非理性的。如果花費不多，行之不妨，但是，當今農村，動輒耗費十數萬元人民幣甚至更加多，

這就不可取了。可是，此類活動，在當今不少農村地區，愈演愈烈。富裕者爲之，花樣翻新，不斷刷新紀錄。宗教或迷信從業人員推波助瀾。有社會責任感但沒有社會治理權的讀書人徒喚奈何，偶然批評這樣的世風，往往引來許多方面的反對，其中有些方面，簡直難以想到，而幾乎沒有同道應和。伊於胡底？伊於胡底！某些人還視這些活動爲「文化遺產」，奉爲至寶，實在不可思議。更加不可思議的是，主流社會對此類現象，毫無作爲！

關於孝和仁的關係。《論語·學而》中，孔子的學生有若說：「君子務本，本立而道生。孝悌也者，其爲仁之本與！」〔註18〕「本」就是「根」的意思。如果把「仁」比喻成一棵參天大樹，那麼，「孝」就是這棵大樹的根部。「仁」這棵大樹，就是從「孝」這根部長出來的。「仁」最爲基本的內容，就是愛，「仁者愛人」是也，愛一切人。那麼，從誰愛起呢？從愛父母和兄弟姐妹愛起，這是天性，然後推而廣之，用孟子的話說，「老吾老以及人之老，幼吾幼以及人之幼」，如此才能成就仁德。因此，「孝」是基本的、起碼的，是必須的，但是，還是不夠的，還有必要向外擴展。《中國民間故事集成》之《江蘇卷》之《五元頭與十元頭》云，某夫婦，妻子執掌家庭大權，每月給自己的父母補貼十元，而給丈夫的父母只補貼五元，氣得丈夫把兒子叫「五元頭」，把女兒叫「十元頭」。這位女子，對她自己的父母而言，是孝女，但是，對公婆而言，她未能稱得上孝。她爲了孝敬自己的父母而得罪公婆、得罪丈夫，很可能會影響她丈夫對岳父母的感情，很可能會影響她公婆對親家教育子女成果的評價，那麼，她以這樣的方式孝敬父母，實際效果又如何呢？她的丈夫、公婆和社會，對她的評價會怎麼樣呢？對她父母的評價又會怎麼樣呢？

孝當然是美德，但是，如果一個人只具備這樣的美德，這方面做得再好，他也不可能是個優秀的人，甚至是比較差的人。有些人，把父母兄弟姐妹的利益作爲自己終身奮鬥的目標，爲了這樣的利益，可以無所不爲，犧牲自己的一切亦心甘情願，這還不足，又肆意損害別人的利益，甚至是公共利益。這樣的人，奉「孝悌」爲最高的準則，以此作爲自己行事的價值標準。這當然應該被徹底否定的。

兩代人之間的關係，不僅僅是慈和孝。父母對子女的慈，是有邊界的，這上文已經論述過。慈失去了邊界，就容易成爲溺愛，禍患多多。同理，孝

〔註18〕《十三經注疏》本，中華書局，1980年影印本，第2457頁。

也是有邊界的。

《沛縣卷》之《算帳》云，久病後的老母親向兒子要錢買點好吃的，被兒子責罵，說耗費他的錢財。老者爲計算，兒子在母親肚子裏十個月，按照客棧的收費標準，讓母親向兒子收錢。這個故事中，老母親有向兒子要些零花錢的權利，她沒有錯。兒子責罵母親，能夠滿足但拒絕滿足母親在這樣的情況下的這樣一個小願望，當然是錯誤的。可是，老者的計算和對兒子的責難，就蘊含了父母可以利用其倫理優勢，佔有子女一切的觀念。類似的計算，還有更加厲害的：我養育你到多少歲，你才成家。你不聽我的話，那就按照寄養幼兒的收費標準，還有在你身上花費的錢財，算還給我。此類說法，在某些農村地區，還是往往能夠聽到的，看起來也似乎是合理的，許多父母憑藉這樣的說法，在不聽話的子女面前，所向披靡，兒女除了聽命而外，別無選擇，和任人宰割差不多。其實，此類說法是荒謬的。首先，你在養育子女之前，不可能有約定，說子女一定要如數償還你的勞動，你才養育他們。現在突然要兒女償還，意味著你單方面的行爲，卻要對方爲你負責，類似於強賣勞動或者商業欺詐，於理不通。其次，有些兒女在成家之前，也勞動多年，甚至尚未成年，勞動成果並不比父母差。但是，當兒女面臨父母此類的責難的時候，是無論如何也不能說這些話的，否則，當然就是不孝！信奉類似說法的父母，往往就會感歎，養育兒女，付出了多少辛勞，但是，這些辛勞，無法完全收回了，爲此遺憾不已。

在父母和子女的關係中，父母在倫理上佔有絕對的優勢，特別在孝文化極爲發達的我國社會中，尤其如此。父母可以按照孝的內涵，要求子女贍養，尊敬，關心，照顧等等，這些沒有問題，可是，父母不能以孝的名義，不能利用這樣的倫理優勢，向兒女要求一切。兒女都是獨立的人，他們都應該有自己的尊嚴和自由，有自己的思想，自己的愛情，也有自己的利益所在。可是，父母以孝的名義讓兒女犧牲掉這些寶貴的東西，此類情節，在我國社會裏，不是罕見的。例如，父母干涉子女的婚姻，是古今各種體裁的文學作品中最爲常見的題材之一，民間故事中也是如此。父母利用孝，利用倫理優勢，把自己的觀點強加於子女，左右子女的選擇，這在古今都很常見。

# 結　語

江蘇民間故事中，關於父母對子女慈愛的故事，儘管不多，但這恰恰反

映了社會上父母對子女慈愛的風氣。那些批評父母溺愛子女的故事，對民間
社會教育子女，具有重要的作用。後母故事，為勸者少而為戒者多，也和社
會實際情況相符合。關於孝道的故事，對孝的詮釋，仍然保持民間社會對孝
道的一貫的理解，幾乎沒有受到主流社會對孝道重新所作詮釋的影響，堅持
並且突出了孝道最為基本、最為重要的內容，可是，這樣的詮釋，有些部分，
已經無法適應當今社會大量的人離開家鄉謀求發展並且為社會作貢獻這樣的
現實。對孝道的重新詮釋，是我們人文社科工作者的任務，而養老作為一個
社會問題的解決，還有待於社會力量的介入。

# 第二章　兄弟姐妹關係故事研究

## 引　言

　　兄弟姐妹是第一旁系血親，是除了父母之外最親的血親。在傳統文化中，血緣關係成員重於姻緣關係成員，血親高於姻親，那麼，兄弟姐妹，也就是僅次於父母的親人了。《管子》和《論語》中，都說孝悌是仁的根本，「仁」正是從孝悌生發並且推廣開去而實現的。儒家常常孝悌並稱，很明顯，悌是僅次於孝的道德觀念。當然，愛父母、愛兄弟姐妹，這是人的天性。儒家對孝悌的提倡，是和人們這樣的天性是相一致的。

　　除了血緣關係、親情關係之外，兄弟姐妹之間，還有利益關係。有些利益是共同的，有些則是各自的。他們之間的利益關係，也有衝突的部分或者衝突的時候。他們結婚後，他們之間的種種關係，會複雜化，派生出叔嫂關係、姑嫂關係、妯娌關係等等，並且產生相應的問題。

　　江蘇民間故事中，關於兄弟姐妹題材者很多。通過這些故事，我們可以看到，民間社會是如何來應對這些關係及其產生的相關問題的。

## 第一節　提倡關愛，譴責傷害

　　兄弟姐妹擁有共同的家庭背景和家庭財產等資源。家庭的無形資源，例如家族的聲望、家族的人脈等等，兄弟姐妹可以共享，可是，家庭的有形資產，例如房產、田產等財物，是無法一直共享下去的，總會分割。於是，他們之間的利益衝突就出現了。在利益衝突面前，他們會怎麼樣呢？社會會如

何引導呢？

　　社會會樹立一些榜樣，以爲導向。二十四史中，一大半有《孝友傳》或者《孝義傳》，其中「讓產」給兄弟姐妹的事例很多，「讓產」者當然得到了這樣那樣的榮譽。「讓產」的行爲，江蘇民間故事中亦有之。《常州民間故事集》之《張太雷祖輩家風》云，張家分家，竟然打官司，不是爭家產，而是讓家產，知縣給張家送了「孝悌第」的匾。例如《如東卷》之所載《勸弟》云，如皋東鄉的湯敬廷在浙江當道臺，他七十多歲的老父親致使貼身丫環懷孕。湯敬廷的兩個弟弟，難以處理，便寫信給湯敬廷。湯敬廷回信說，以後分家的時候，家產還是按照兄弟三人三份來分，不影響兩個弟弟的利益，而他得到的那一份，分出一半，給那丫環懷的孩子，因爲那孩子不管男女，都是他湯敬廷的弟弟或者妹妹，至於那個丫環，則作爲庶母贍養。他這樣的安排，無疑是大度、得體的，也是明智的，因爲他既有的兩個弟弟，未必和他一樣大度，他作這樣的安排，不損害兩個弟弟的利益，也避免了兩個弟弟對懷孕丫環可能的傷害。

　　可是，這樣的事例，在民間故事中是不多的，而兄弟姐妹之間爲財產繼承而相爭，或者肆意侵佔兄弟姐妹所應該繼承財產的故事，在民間故事中，是很常見的。《海門卷》之所載《牆倒眾人挽》中，倪太守七十五歲的時候告老還鄉，夫人去世後，續娶了一個年輕的女子做新夫人，還生育了一個兒子。爲了怕和前妻所生大兒子加害小兒子，太守立遺囑，把所有的財產都給了大兒子，給了新夫人一張圖。太守去世後，倪夫人母子生活艱辛，乃到縣官那裡破解圖的秘密。縣官發現了秘密，先讓太守的大兒子保證既有的遺產繼承格局不變，再根據圖挖掘出了大量金銀。倪夫人母子得到了這些金銀，能夠過上好日子。這個故事中的倪大公子，和湯敬廷相比，就差多了。按照當代法律，婚生子和非婚生子享有同樣的權利，可是，在當時社會，是不同的。湯老太爺的小兒子，是丫環所生，是非婚生子，湯敬廷可以不必如此慷慨。可是，倪太守的新夫人是續娶的正式夫人，其小兒子是婚生子，在財產繼承方面，理當享有和倪大公子同樣的權利。新的倪夫人，儘管年紀輕，但是，是倪大公子的繼母，倪大公子必須按照對待母親的禮節對待她。總之，倪大公子這樣對待其繼母、弟弟，是很不應該的。他沒有得到倪太守埋的巨額金銀，官府、社會也是認可的。這故事，和明代擬話本小說的《滕大尹鬼斷家私》相類。《新沂卷》之所載《石公巧斷案》、《中國民間故事集成》之

《江蘇卷》之《玉桌案》、《銅山卷》所載《縣官訓斥頑兄弟》，都是寫兄弟爲
爭財產打官司，官員予以教育的故事。《邳州卷》所載《頭髮數不清》，是以
誇張的手法寫三兄爭財產。《蘇州民間故事》所載《弟兄三分遺產》中，
兄弟三人，各自爲了能夠獨吞遺產，竟然相互謀殺，最後同歸於盡。《銅山卷》
所載《三個慌忙星》云，三兄弟爭財產，成了三顆慌忙星。《中國民間故事
集成》之《江蘇卷》所載《黃海的來歷》寫四龍子爭地盤，《中國民間故事集
成》之《江蘇卷》所載《圖山五嶧山橫山》寫四山神兄弟爭地盤，實際上都
是寫人間兄弟爭財產。此類故事，歐洲民間故事中也有之。《法國民間故事》
之《月桂花》中，兄弟間爲了爭奪財產自相殘殺，父親大怒，把他們殺了，
上演了殘酷的人倫悲劇。《挪威民間故事》之《海島精靈》云，兄弟倆出海，
到一個荒島，哥哥爲了獨吞家產，將弟弟拋棄在荒島，獨自駕船回家。〔註 1〕
佛經中亦有此類故事。

　　民間故事中，多兄弟姐妹之間的財產之爭。究其原因，大致有二。第一，
大眾思想境界和文化修養比較低。君子和小人，有兩種理解，一是就思想境
界、品格修養而言，一是就社會地位而言。這兩種理解之間，也是有一定聯
繫的。社會地位高的人，有機會接受良好的教育，思想境界和品格修養當然
應該高一些，社會地位低的人，則往往相反。舊時代的民間社會，芸芸眾生，
沒有機會接受良好的教育，沒有多少文化，不懂得多少道理，就總體而言，
思想境界和品格修養可能就會低一些，再加眼界狹隘，不知道世界之大，盡
有個體發展的空間，眼中只有父母的那點財產，因此，爭財產之類的事情，
就容易發生了。第二，當時社會經濟落後，生產效率低下，財產積累緩慢，
百姓生活水平低下，對勞苦大眾來說，往往生存也是很大的問題。生活資料
的嚴重不足，容易導致人際的財產紛爭。於是，社會就多用這些反面的事例，
來警示人們。

　　在侵佔兄弟姐妹財產的故事中，百分之九十以上的反面角色是哥哥或者
嫂嫂。在下文會展開比較詳細論述的「兩兄弟型」的故事中，除了極少數幾

---

〔註 1〕　兄弟姐妹之間相互謀殺的故事，在我國民間故事中不多見的。「蛇郎君」故事
　　　　是一個類型，見本書外編部分。外國民間故事中稍多。《智利民間故事》之《無
　　　　情的姐姐》中，姐姐愛上了一個巨人，怕弟弟妨礙她，謀殺弟弟，但沒有成
　　　　功。《希臘民間故事》之《曼西娜或曼爾》中，爲了爭做最好的，大姐和二姐
　　　　以毒餅、毒戒指等謀害小妹，欲置之於死地。最後，小妹當上了太子妃，她
　　　　的兩個姐姐被逮捕。

個故事外，都有哥哥在繼承家產方面侵害弟弟的情節。弟弟無法繼承到和哥哥相當的家產，只能得到很少薄地、茅屋等等，甚至只是得到一頭老牛，或者小貓小狗，有些故事中，弟弟得到的僅僅是牛尾巴上的一隻蝨子，當然，這是對兄弟所繼承財產懸殊的極端誇張。有些故事中，更加乾脆，弟弟什麼也沒有得到，被哥哥嫂嫂趕了出去。有些故事中，哥哥嫂嫂對弟弟更加殘酷，索性就殺了。有些類似的故事，在國外的版本中，反面角色是弟弟，可是，在中國的版本中，卻是哥哥了。《賢愚因緣經》卷十中善事和惡事兄弟的故事，唐人段成式《酉陽雜俎》續集卷一所載新羅國兄弟「熟種子」的故事，其中反面角色都是弟弟，而類似的故事，在我國民間，反面角色就是哥哥了。那麼，原因何在呢？

原因在我國傳統文化中的「長子繼承權」。大宗和小宗之類，我國的宗法制度，到周朝就已經完備了。民間的宗法制度，儘管很難照搬「大宗」、「小宗」之類貴族的一套，但是，也深深受其影響，這是很明顯的，而長子在繼承方面的優勢地位，則是其表徵之一。「長兄如父，長嫂如母」之說，正是這種優勢的形象體現。長子擁有這樣的優勢，有其現實的原因。例如，和弟弟們相比，長子參與家庭經營的時間會比較長，對家庭的貢獻可能會比較大，那麼，他在繼承家庭的財產時，多佔有一定的份額，也是合理的。例如，哥哥比弟弟年長十歲，從二十歲就開始參與家庭經營，他的所有收入都由父親支配，買田造房。他三十歲的時候，弟弟二十歲，剛參與家庭經營，這個時候分家，如果兄弟兩人對半分家產，無疑，哥哥是吃虧的。還有，哥哥比弟弟妹妹年長，社會經驗就可能豐富一些，如果由他主導弟弟妹妹，弟弟妹妹就可能少受一些挫折。正是出於這些原因，長子的優勢地位也被社會所承認，「長兄如父，長嫂如母」之說也在社會非常流行。但是，長子這樣的優勢地位，也是和責任、感情相結合在一起的，這意味著他們應該對弟弟妹妹負責，應該給予弟弟妹妹足夠的愛。可是，在當時的民間社會，許多哥哥，忘記了對弟弟妹妹的責任，丟掉了對弟弟妹妹的愛，卻利用其優勢，在財產繼承等方面，肆意侵害弟弟妹妹的利益，特別是在其妻子的蠱惑下，尤其容易如此。於是，民間社會對這樣的現象作出回應，民間故事中，就有了譴責他們此類行為的主題。除了「兩兄弟型」故事外，這樣的故事還有不少。《海安卷》之《草廟的香期》中，哥嫂不得不執行父親在遺產中劃出兩頃田給老姑娘妹妹的遺囑，卻把靠近亂墳場的兩頃荒地給了妹妹，並且把妹妹趕出門去，妹妹

只好在那荒地搭棚居住。《啓東卷》之《大仙橋與牛橋的傳說》中，哥哥受嫂嫂的蠱惑，不能善待弟弟，迫使弟弟離家出走，以煎鹽、賣鹽等苦力活爲生，苦不堪言。《南通市區卷》之《鷓鴣鳥的傳說》中，嫂嫂背著丈夫欺凌小姑，小姑不堪受辱而自殺，化爲鷓鴣，聲聲叫喚「哥哥苦」。《啓東卷》之《家家做》、《沛縣卷》之《兄弟分家》和《海門卷》之《賣香屁》中，哥哥利用其優勢，在和弟弟的合作中，規定合作條款，主導種植，連年所獲得的糧食都歸了他自己。

姑嫂關係、叔嫂關係等，是兄弟關係的延伸。可是，他們之間，沒有血緣關係，一般也缺乏先前的感情基礎，生活中又有密切的接觸，還有這樣那樣的利害衝突，因此，也免不了要發生矛盾。至於力量的強弱，那就要看具體情況了。《南京民間故事》所載《小姑變雞》云，小姑偷吃了餃子，婆婆冤枉兒媳婦吃了，兒媳婦不承認。小姑有母親撐腰，所以，大膽發誓，說如果這餃子是她吃的，她就會變成雞。於是，她就變成了雞。《豐縣卷》之《咕咕喚雞的來歷》中，是小姑打碎了一隻玉杯，母親追究，小姑說是嫂嫂打碎的，並且發誓，說如果是她打碎的，她就變成雞。〔註2〕

富有當然也是一種優勢。在我國傳統文化中，兄弟姐妹中的富有者，應當幫助其他的貧困者。「仁者，愛人」。「愛人」，從愛父母、愛兄弟姐妹開始。富人不愛人，「爲富不仁」，尙且是一個嚴重的指控，富而不愛兄弟姐妹，不幫助窮困的兄弟姐妹，那就更加嚴重了。《邳州卷》之《漢高祖探嫂》中，劉邦假裝兵敗逃到家鄉，富有的大嫂不願意招待他，而貧窮的二嫂熱情招待了他。劉邦的這兩個嫂嫂，就成了正反兩個鏡象。兄弟姐妹中，富有者幫助貧窮者，這成了我們民族在危機中生存、發展的一大法寶。但是，有人也會利用富有這個優勢，欺壓兄弟姐妹。於是，社會也會產生相應的故事，發爲輿論，抨擊這樣的現象。正因爲如此，民間關於兄弟姐妹題材的故事中，反面角色，絕大多數是「富有的哥哥」，因爲他兼有哥哥和富有者這兩種優勢，這更加便於他侵害弟弟妹妹們的利益。除了侵害弟弟妹妹們的繼承權外，哥哥們還從別的方面，利用其優勢，侵害弟弟妹妹們的利益。《海安卷》之《人氣不受受鬼氣》中，兩個富有的哥哥作詩，嘲笑貧窮的弟弟，不願意和他一起喝酒。《海門卷》之《巧打官司》中，富有的哥哥和貧窮的弟弟打官司，欺壓

〔註2〕《摩洛哥民間故事》之《小姑娘和七個哥哥》，嫂嫂謀害小姑，這故事在歐洲也很流行。同書之《阿麻和他的姐姐》中，弟妹陷害大姑。

　　弟弟。當然，也有故事的反面角色，不是哥哥，而是富有的弟弟或妹妹，富有同樣可以成爲其侵害親人的優勢。《啓東卷》之《張阿福借當頭》中，哥哥張阿福窮得走投無路，想向富有的妹妹借點東西，到當鋪當一些錢，度過難關，等有了錢，再把東西從當鋪贖出，還給妹妹。可是，妹妹不僅不借，而且對哥哥竭盡譏嘲咒罵之能事。

　　智力也是一種優勢。民間故事中，有些人就自負智巧，使詭計傷害兄弟姐妹，或謀取利益，或滿足其變態的心理。《邳州卷》之《大巧和小巧》、《如皋卷》所載《蛇郎哥》中，都是姐姐妒忌妹妹婚後幸福，竟然謀殺了妹妹，企圖冒名頂替妹妹作妹夫的妻子，最終敗露。《豐縣卷》之《大妮和二妮》中，情節和《蛇郎哥》很相似。〔註3〕《南通市區卷》所載《清官明斷家務事》中，嫂嫂和小叔子勾搭成奸，設計誣陷妯娌不孝。《中國民間故事集成》之《江蘇卷》所載《蠶寶寶弔孝》、《蘇州民間故事》所載《蠶王》中，寫嫂嫂害弟媳婦所養的蠶，反使自己的蠶蒙受損失，而弟媳婦的獲得豐收。《蘇州民間故事》之《賣嫂失妻》，無賴弟弟想賣嫂嫂，卻導致人家誤搶走了他的妻子。《儒林外史》中，也有這樣的情節。《中國民間故事集成》之《江蘇卷》和《蘇州民間故事》所載《三兄弟祭孔》中，老二爲了獨吞家產，在父親面前誣陷弟弟。《豐縣卷》所載《咕咕喚雞的來歷》中，小姑摔碎玉龍杯後，怕承擔責任，巧舌如簧，冤枉說是嫂嫂摔碎的。《新沂卷》所載《太太斷案》中，哥哥設計乾沒妹妹的財物。這些故事中，反面角色，最終都自飲自己釀的苦酒，甚至身死。《鹽城市故事卷》之《李小寶和張小妹》云，船家嫂嫂誣陷小姑張小妹和幫工李小寶有私情，設計讓他們乘坐筏子任漂流，她卻開船離開。李小寶和張小妹兩次發現寶藏，成大富。多年後，嫂嫂爲女兒辦嫁妝時才發現他們，最後是大團圓。張小妹夫婦以寬容和愛，化解了他們之間的恩怨。外國民間故事中，也有此類情節。《埃及民間故事》之《前往 WAG-EL-WAG 的旅途》中，兄弟們出於妒忌和爭奪王位，謀殺最爲優秀的兄弟。被謀殺的兄弟經過一系列奇遇，獲得勝利。

　　民間故事中，反映兄弟姐妹之間深情厚誼的作品也有不少。例如《蘇州民間故事》所載《和合二仙傳友情》中，弟弟和哥哥的未婚妻相愛，哥哥爲

---

〔註3〕　《埃及民間故事》之《三姐妹的諾言》中，兩個姐姐妒忌妹妹嫁給國王後的
　　　　幸福生活，用「狸貓換太子」的手法，以小貓小狗替代妹妹生的雙胞胎，以
　　　　此陷害妹妹。佛經中也有此類故事，見拙著《佛教與文學的交會》。

了成全他們而出家，弟弟感到對不起哥哥，也出家，和哥哥一起修行。《蘇州民間故事》所載《飄渺峰上金蘭花》中，姐姐爲了保護弟弟而死。《中國民間故事集成》之《江蘇卷》所載《千里送半桃》、《沛縣卷》所載《俺找小姑》中，都是寫嫂嫂和小姑的深厚感情。

兄弟姐妹之間，也難免有矛盾，重要的是要大家以愛和容忍相待。《新沂卷》之《撕破門弔子》，寫姑嫂之間由矛盾到相親；《南京民間傳說》所載《兄弟造橋》、《如皋卷》所載《兄弟情分最寶貴》中，都是寫兄弟二人在去打官司的路上，哥哥誤把毒蛇當鱔魚而上前擒捉，被弟弟所阻攔，當哥哥得知確實是毒蛇後，深深感覺到弟弟的愛，就放棄了打官司，和弟弟重歸於好。《海安卷》之《姑娘出門娘家人哭》，寫小姑和嫂嫂雖然有矛盾，但是，小姑與哥哥手足情深，出嫁後，還是悉心照顧娘家。

## 第二節　齊心協力，立足社會

兄弟姐妹之間，有較多的共同利益，更有與生俱來的深厚感情，因此，當他們處理和外人的關係時，自然會自覺地維護他們的共同利益，以立足社會。《詩經》中就有兄弟聯合起來抵禦外侮的內容。民間故事中也是如此。《啓東卷》所載《靈巧姐妹鬥騙子兄弟》、《啓東卷》所載《姐妹倆巧對酸秀才》，都是這樣的內容。至于兄弟們聯合起來爲社會做好事，那當然就更加值得肯定了，簡直就夠得上被人們奉爲神靈的資格了。《中國民間故事集成》之《江蘇卷》所載《茅山的傳說》中的三兄弟就是如此。災荒之年，他們合力用自己家裏的稻穀救人，後來成了人們崇拜的神靈。

當其兄弟姐妹被外人欺凌的時候，其人應該盡力維護被欺凌的兄弟姐妹的利益，乃至爲之報仇。江蘇民間，廣泛流傳「代兄鬥無良雇主」的故事。此類故事的大致情節爲：雇主以優厚的工資招聘勞力，哥哥前往應聘，而雇主提出附加條件，被雇用者每不會做一件事情，就要扣除工資若干。哥哥同意這樣的條款，雙方成交，並且按照慣例，合同期爲一年。在這一年之中，雇主先後讓哥哥做若干違反常理的事情，例如在屋面上種菜、讓牛到井裏喝水、稱雇主頭顱的重量等，最後一次是在年底。哥哥不會幹這些事情，就被扣工資，到年底，全年工資被完全扣除，哥哥白白給雇主幹了一年。弟弟爲了給哥哥拿回被雇主扣除的工資，懲罰這無良雇主，就在次年前往應聘。除了哥哥接受的條件外，他又向雇主提出，凡是雇主要他做的事情，他開始做

後，雇主又不讓他做，雇主必須給他加報酬，這報酬的數目，和雇主因為他不會做此事而從他工資中扣除的數目相當。雙方達成協議，弟弟就在雇主家幹活。雇主故伎重演，欲以此扣除弟弟的工資。弟弟機智應對，按照常理做雇主提出的那些違反常規的事情，造成破壞和威脅。例如，你讓我在屋面上種菜，種菜先要翻地，那麼，我就爬上你家屋面，像翻地那樣翻屋面；你讓我使牛到井裏喝水，我就用鋸子鋸牛角，以便讓牛頭可以伸進井口；你讓我稱你的頭有多重，我就舉刀把你的頭割下來。諸如此類，雇主當然吃不消，馬上叫停，不惜如約給弟弟增加報酬。弟弟就這樣把哥哥去年被這雇主扣除的工資，全部拿回來，他自己的工資，也分文不少。《揚州民間故事集》所載《長工兄弟與財主》、《邳州卷》所載《給錢也不要》、《銅山卷》所載《王二混智鬥朱家修》、《無錫民間故事精選》之《阿木和阿巧》、《南京民間故事》之《馮三六治地主》、《江蘇民間故事集》之《兄弟倆做長工》等，都是此類故事。此類故事中，弟弟鬥雇主，都是有行動的，有的甚至還是暴力，因此，可以稱為「武鬥」。

此外，還有可以稱為「文鬥」的類型。「文鬥」類型的這種故事中，哥哥是教書先生，雇主扣除哥哥工資的理由是哥哥回答不出雇主「學問」方面的問題。沒有學問的弟弟，對雇主「學問」方面的問題，用東拉西扯的方法，胡亂回答，以此補回了上年哥哥被扣除的工資。《新沂卷》所載《認假不認真》、《海門卷》之《勿識字先生》、《沛縣卷》之《智鬥鬼不沾》、《中國民間故事集成》之《江蘇卷》之《生薑遇辣手》、《揚州民間故事集》所載《員外選先生》等，都是這類故事。《海門卷》所載《一句勿漏》中，教書換成了說書，《通州卷》所載《智鬥財主》中，主人公仍然是長工，但是，扣除工資和增加工資的事情，卻變成了對對子。這些，都是「文鬥」故事的變體。

在當時的社會中，除了極少數例外，幾乎所有的產業都沒有形成一定的規模，都是在極為分散的狀態下活動，農業尤其如此，童蒙教育尤其是鄉村童蒙教育尤其如此。雇主多，每個雇主所雇傭勞動力的數量少，雇主和傭工雙方都沒有形成有形的共同體，缺乏規範，社會對雙方的合約、履行合約的情況等，幾乎沒有剛性的有效管理和監督。雇主和傭工雙方之間，存在著和雇傭關係與生俱來的根本矛盾，也就是剝削與被剝削、壓迫與被壓迫的矛盾。這樣的根本矛盾，在當時的社會環境下，就會難以避免地暴發出來。就矛盾的雙方而言，雇主一方明顯是佔優勢的，起主導的作用。例如，他們可以在

合約中加入若干「霸王條款」，且合約的解釋權亦多在他們手中。雇主欺壓傭工的現象，在當時的社會中，幾乎是普遍的。形形色色的「長工鬥地主」之類的故事，就是建立在這樣的現實的基礎之上的。

　　傭工受了雇主的欺負，怎麼辦？誰有可能給他討回公道？沒有工會，沒有仲裁機構，官員也不管這些事情，更何況，小民百姓，天生都是害怕官吏的，能夠躲開已經是大幸，怎麼能找上門去呢？那只能是家族、親族中人出面，最有責任出面的，當然是兄弟了。那麼，這些故事中，為什麼幾乎都是哥哥受了雇主的欺負，弟弟幫哥哥討回公道呢？這也有其道理在。在舊式家庭中，和弟弟妹妹們相比，長子承擔長輩的期望較為重大，所負責任比較大，所受的教育和管束也較為嚴格，個性較為持重，做事較為嚴謹，守正有餘，變通不足。弟弟則相應地較為無拘無束，敢作敢為。這些故事中都是弟弟為哥哥討回公道，也是和當時家庭中的一般狀況相一致的。當然，在實際生活中，哥哥給弟弟討回公道的事情也是有的，但是一般來說，方式方法，就可能不是這樣的了。

　　就這些故事中而言，弟弟為哥哥討回公道的方法，大多自然也不足以被稱為正當的。當然，故事中講的雇主和弟弟的這些行為，都帶有誇張甚至荒唐的色彩，但是，在當時的現實中，雇主和傭工雙方以邪招、惡招鬥法的事情，無疑是大量存在的，這些故事，無非是那樣的現實的曲折反映。我們如果譴責故事中的弟弟，說他不應該對雇主使邪招，那麼，弟弟應該以什麼樣的正當招術為哥哥討回公道呢？如果找不到正當的招術，是不是就放棄為哥哥討回公道的行動，才是唯一正確的選擇？在正義缺席的時候，面對邪招的欺凌，故事中的弟弟，怎麼辦呢？很明顯，這些故事中弟弟以邪招對付雇主的邪招，是得到民間社會認可乃至欣賞的，甚至啟發了無數傭工如何和使用邪招的雇主作鬥爭。筆者幼時親聞不少當年的老長工講的長工往事中，就有類似的故事。

　　兄弟姐妹們齊心協力，對付外人的欺負，這當然是不錯的。可是，當兄弟姐妹所行不合正道時，其人又該如何呢？當然是盡力制止，最好讓他們回到正道，至少儘量減少或者減輕他們的錯誤乃至罪惡。這才是真正地愛他們。《銅山卷》所載《二龍山》云，哥哥李懷珠懷才不遇，在二龍山占山為王，朝廷屢次征剿，都以失敗告終。弟弟李懷玉考取狀元後，領兵征剿李懷珠。兄弟陣前相認，在李懷玉的勸說下，李懷珠歸順了朝廷。《豐縣卷》所載《寸

草遮丈夫，粒米護三官》云，賢淑姑娘的哥嫂開黑店，搶劫、殺人，賣人肉饅頭，賢淑救下了三個趕考的舉子，其中一個中了狀元後，就來娶了賢淑。賢淑的兄嫂，因為殺人太多，罪不容赦，立時斬首。賢淑這樣做，也是對兄嫂的愛，因為她使兄嫂避免了造更多的惡業。總之，兄弟姐妹為惡的時候，其人不能同流合污，不能同惡相濟。

可是，什麼是兄弟姐妹之間的相互幫助，什麼是同流合污乃至同惡相濟，人們往往不甚清楚，甚至現代社會的人們，同樣如此。

《通州卷》所載《百鳥衣》云，兄弟三人看到一個火圈，兩個哥哥膽小，三弟有點癡呆，抓住了火圈，發現是皇帝的金印。兩個哥哥把金印獻給皇帝，大哥當了東臺御史，二哥當了西臺御史。三弟向兩個哥哥提出要結婚，兩個哥哥說某家的姑娘不錯，讓他招贅到姑娘家去。丈人不滿意這個女婿，但是懾於他兩個哥哥的勢力，只好同意，不過，不願意讓他和女兒結婚，而把他當作長工對待。三弟無奈，放牛時讓牛吃了人家的稻苗，田主告到東臺御史那裡，東臺御史把丈人抓了關起來。丈母著急，三弟以結婚為條件，說他可以讓丈人出獄。丈母只得同意。次日，他到大哥處，讓大哥把他丈人放了。可是，丈人丈母還是不肯讓他和女兒結婚。三弟故伎重演，讓牛吃了人家的玉米。人家知道東臺御史是他們的人，就告到西臺御史處，西臺御史把丈人抓了。三弟以此要挾，先和未婚妻結婚，然後到二哥那裡，讓二哥放了丈人。弟弟欲強娶不願意嫁給他的女子，甚至為此設計讓丈人坐牢，而當官的哥哥不正當地使用自己的權力，幫助弟弟實現了願望，這是否應該？《海門卷》之《百鳥衣》，情節與此基本相同。

在西方社會，孩子到成年後，就要在生活上逐步獨立，因此，孩子和父母之間、和兄弟姐妹之間的關係，不管是在經濟上還是在生活中乃至在感情上，就一般來說，要比在我們社會裏的淡薄一些。在西方社會，哥哥住豪華別墅而弟弟住貧民窟，弟弟為高官而哥哥是普通打工仔，都是極為常見的現象。許多人會把西方兄弟姐妹之間這樣的「冷漠」關係視為西方社會的弊病，並且把我們社會兄弟姐妹感情的深厚引以為自豪。

可是，西方社會中兄弟姐妹之間的「冷漠」和我們社會中兄弟姐妹感情的深厚，都要作具體分析才是。在我們社會裏，家庭成員之間融合無間，某個家庭成員的成功，離不開全家人的付出乃至犧牲，這故事中的大哥二哥得以做官，全是靠了三弟抓住的金印，這儘管是故事，但卻反映了這樣的事實，

或者說是這樣的事實的誇張體現。那麼，這個成功了的家庭成員，是否應該回報其他的家庭成員？當然應該。如何回報？用他合法的經濟收入，改善其他家庭成員的生存條件，這當然沒有問題，完全應該。可是，他是否可以不正當地利用他所掌握的公共權力，來爲他的家庭成員謀利益？當然是不可以的。可是，如果他不這樣做，其他家庭成員可能以他們早先的付出來責備他。這個故事中，三弟要大哥放他的丈人，就問大哥：「你倒不曾想想你哪有這個官做的？」社會上也很可能有人會責備他，「忘恩負義」、「六親不認」、「不顧兄弟情分」、「忘本」之類甚至更爲嚴重的帽子，就會飛到他的頭上，他就可能被親友、乃至被社會所唾棄。在舊時的社會是如此，在今天的社會呢？翻翻古籍，以手足之愛的名義而不正當地使用公共權力的事情很多。現代社會類似的情況，是否存在呢？如果存在，那麼，和舊時相比，是多了還是少了？程度是輕了還是嚴重了？

兄弟姐妹相親相愛，齊心協力，立足社會，這些，都是不錯的。可是，在此之上，還有公平和正義這樣的公道在。

## 第三節　互爲映照，相得益彰

兄弟的家庭、宗族、親族乃至村落等社會自然組織的背景是幾乎完全相同的。取兄弟爲載體，讓他們分別承載相反或者相對的道德、品性、作風等，以互爲映照，相得益彰，可以使故事更好地發揮社會教育作用。再者，兄弟之間關係密切，相互攀比、仿傚乃至妒忌的風氣，在兄弟之間，體現得最爲突出，以兩兄弟爲主角的故事，也比較容易展開此類情節。因此，我國民間，「兩兄弟型」的故事很多。

「兩兄弟型」故事，有廣義和狹義之分。廣義的「兩兄弟型」故事，是指所有的以「兩兄弟」爲主角並取以爲對比的故事。狹義的「兩兄弟型」故事，則是指學術界所指的寫兄弟中無情無義的一個欺凌有情有義的另一個的故事。

狹義的「兩兄弟型」故事，常見的情節大致是這些：1、兄弟兩人，父母雙亡。哥哥已經結婚，弟弟則沒有結婚。2、在家產分配方面，哥哥大大地侵犯了弟弟的權益；3、哥哥甚至把煮熟的穀物借給弟弟做種子；〔註4〕4、弟弟

---

〔註4〕《老撾、泰國、越南苗族民間故事》之《孤兒和猴子》云，嫂嫂給孤兒一些烤熟的玉米種子。這些種子播下後，只有長出了很少的玉米苗。猴子常來偷玉米。有人說，人可以裝死躺在玉米地裏，猴子來偷的時候，嚇唬猴子。孤

有意外的寶貝，例如會耕田的狗、掛在樹上能收集鳥蛋放在河裏能打到魚的
籃子之類，哥哥借用，卻不靈驗而毀壞之，或者哥哥遭到懲罰；5、弟弟有意
外奇遇而得到能夠生財物的寶貝，例如葫蘆、樂器、書之類，或者得到了神
靈的幫助而發大財等，哥哥知道秘密而仿傚之，受到懲罰，例如被拉長了鼻
子之類，甚至喪命，如被金銀壓死、被太陽烤死之類。儘管哥哥以無情無義
對待弟弟，弟弟卻有情有義地對待哥哥；弟弟雖然貧窮卻正直仁厚，哥哥雖
然富有卻貪得無厭。〔註 5〕在江蘇民間，此類故事主要有這些：《啓東卷》所
載《神奇的娑婆樹》《太陽山》《小燕子和西瓜籽》《狗咬呂洞賓》，《南通卷》
所載《蒼蠅搓繩》《人為財死，鳥為食亡》《中秋敬嫦娥》，《邳州卷》所載《那
麼書》《憨有憨福》，《如東卷》所載《一米度三關》《得一望二》，《如皋卷》
所載《小牛郎》《神仙葫蘆》《兄弟分家》，《海安卷》所載《蝨子起家》《人為
財死，鳥為食亡》《望一得二，鼻子拉丈二》，《揚州民間故事集》所載《兄弟
倆上金竹寺》《兄弟分家》，《睢寧卷》所載《牛郎織女》《人為財死，鳥為食
亡》，《通州卷》所載《兄弟倆》《人為財死，鳥為食亡》《發祿》，《沛縣卷》
所載《憨二》《神鳥》《兩隻小狗》《青紅果》《寶牌》，《中國民間故事集成》
之《江蘇卷》所載《澱山湖的傳說》《金馬蟹》《賣香屁》《天理和良心》《圖
小利誤大事》，《通州卷》所載《人徽樹不長根》，《海門卷》所載《寶磨》《奇
鼓》《神奇小銅鑼》，《銅山卷》所載《張小二巧遇》，《新沂卷》所載《掉鍋鏟
子》《憨二發跡》《十年河東轉河西》《兄弟倆》，《中國民間故事集成》之《江
蘇卷》所載《紫金山》《石人緣》，《豐縣卷》所載《海水為啥是鹹的》，《常州
民間故事集》所載《良心被野獸吃了》《阿哥還家》《大呆二刁》，《常州民間

<hr>

兒如其言。猴子以為孤兒死了，把他搬到它們的住處，舉行葬禮。許多動物
來參加，猴子收了許多金錢。孤兒躍起，猴子和其他動物逃跑。孤兒將金錢
攜歸，而成富人。
〔註 5〕《智利民間故事》之《四個小矮人》云，窮樵夫入山打柴，遇到四個小矮人，
得到他們的幫助，成富人。其兄富，羨慕之，亦入山打柴，裝窮人，弄巧成
拙，遇到許多麻煩。同書《寶石》中，窮樵夫入山打柴，有奇遇而獲得財寶。
其兄富有，亦仿之，而為強盜所殺。《挪威民間故事》之《海島精靈》云，哥
哥為了獨吞家產，將弟弟拋棄在荒島上。弟弟在荒島上遇到精靈的婚禮，得
到大量的財寶，並且和婚禮上的新娘成婚，而發現新娘竟然是人，還是他家
的遠親。其兄仿之，亦往該島，吃盡苦頭，因此而死。《法國民間故事》之《金
羽毛》云，大家庭中的一個男孩，被兄弟們弄瞎眼睛後乞討，全家賴以為生。
此人年老後，被拋棄於樹林，遇三巨人，獲金羽毛，幫助國王解決一系列難
題，最後娶女王為妻子。

故事集（二）》所載《精明哥哥和傻子弟弟》《貪心哥哥》，《無錫民間故事精選》所載《兄弟遇仙人》，《徐州民間文學集成（上）》所載《金雞嶺的傳說》，《南京民間故事》所載《人爲財死，鳥爲食亡》。當然，限於搜集、整理和出版一時難以全部完成，此類故事中的其他故事，筆者還沒有看到。在這種狹義的「兩兄弟型」故事中，反面角色也有弟弟的，但是不多，例如《海門卷》之《兩把稻》中，就是如此，那個出借煮熟的稻穀作種子的，不是哥哥，而是弟弟。《通州卷》之《狗子吃人心》，《睢寧卷》之《無意寶》中，主角不是兩兄弟，而是倆妯娌，反面角色是大嫂。此類故事，是狹義「兩兄弟型」故事所派生出來的。

有些故事，情節和狹義「兩兄弟型」故事相類，甚至相同，但是，正反兩個主角，並不是兩兄弟。例如《啓東卷》所載《長鼻子財主》中，正面角色是窮少年，反面角色是他的雇主老財主。《通州卷》所載《傷燕報恩》、《沛縣卷》所載《報應》中，主角是倆鄰居。《南京民間故事》之《善報和惡報》中，主角是結義兄弟。日本民間故事中，「倆鄰居型」故事很多，其中有不少情節，和我國狹義「兩兄弟型」故事相似或者相同。當然，此類故事中的兩個主角，如果不是兄弟，也就沒有分家產之類的情節了，也就少了譴責長子利用其優勢欺壓弟弟這樣的題中之義。

廣義的「兩兄弟型」故事，承載的情節和主題就更爲豐富多樣了。《海門卷》所載《黑心阿嫂做寡婦》，《新沂卷》所載《兄弟賣詩》，《通州卷》所載《箍桶匠》《兄弟倆勸哭》，《海安卷》所載《不稱頭》《嘴在腰裏》等，都是寫兄弟中的一個看到另一個獲得了利益而依樣畫葫蘆地模仿，結果牛頭不對馬嘴，受到了懲罰。國人好攀比，好跟風，兄弟之間尤甚。

讚揚勤快、節儉，懲戒懶惰、好享受，是此類故事常見的主題。《啓東卷》之《八敗星和十富星》中，算命先生說，哥哥是八敗星，弟弟是十富星，父母因此看不起哥哥，什麼活兒都讓哥哥幹，哥哥由此學會了許多勞動技術，養成了勤勞的習慣，而弟弟被父母寵愛，養尊處優，不會勞動，也不愛勞動。後來，弟弟餓死，哥哥卻得到財富。這兄弟二人，哥哥儘管命中注定貧窮，但勤勞而致富，弟弟儘管命中注定富有，但懶惰而餓死。《如皋卷》之《龜背十三塊》中，老大狡猾又懶惰，老二忠厚又勤勞。《海安卷》所載《魚米之鄉》中，老大懶惰又貪婪，老二勤快又忠厚。《如東卷》所載《辛符和辛勞》中，老大辛符忤逆又懶惰，老二辛勞孝順又勤快。《蘇州民間故事》所載《劉翁傳

家寶》中，哥哥們得了金銀而敗落，弟弟得了農具，克勤克儉耕種而興旺。《海門卷》所載《兄弟分家》，哥哥得一「勤」字而躬行之，效果不理想；弟弟得一「儉」字而躬行之，效果也不理想。後來，他們躬行「勤儉」，日子才興旺。《海門卷》所載《家傳珍寶》中，兄弟在自家田中翻找「家傳珍寶」不獲，莊稼大豐收後，方知翻田等精耕細作，才是真正的傳家珍寶。《中國民間故事集成》之《江蘇卷》所載《有底桶和無底桶》，《銅山卷》所載《兩個水桶的故事》，都是通過兩兄弟故事的形式，宣傳節儉的重要。當然，此類故事，也有其他主題的。例如，《海門卷》所載《咯鴣和花好稻好》中，哥哥和人合作，按時完成了農活，而弟弟不肯幫助別人，不喜歡和人合作，耽誤了農時。這故事是提倡合作的重要性。《海安卷》所載《牛肉沒得雞肉多》中，哥哥殺了牛，但是捨不得用牛肉招待弟弟，弟弟招待哥哥，不僅殺了雞，還將此前的雞肉也拿出來。此故事讚揚兄弟間的情分，而譴責對兄弟薄情的行為。

## 結　語

江蘇民間故事中關於兄弟姐妹之間關係的故事，提倡相互關愛，譴責相互傷害；提倡齊心協力，發揮群體的力量，以自立於社會；通過對比，來增強勸善懲惡的效果。但是，其中某些故事中蘊含的以權勢為兄弟姐妹謀取利益等情節，明顯和社會公正相違背，而社會公正，是在兄弟姐妹情之上的。

# 第三章　民間婚戀故事研究

## 引　言

此章所研究的婚戀故事，是指構成戀愛或者婚姻的故事，而非既成婚姻中夫婦之間的故事。此類故事，涉及到觀念、風俗、財富和相關的種種社會關係。

## 第一節　與主流婚姻觀念異軌

在古代主流的婚姻觀念中，最爲重要的，不是當事人自己的意願，而是「父母之命，媒妁之言」，以及「父母之命，媒妁之言」具體化的整個程序，也就是所謂的「六禮」，當事人自己的意願，則往往是被忽略的。婚姻觀念之中，禮法之中，都沒有體現當事人自己的意願的內容。在主流觀念看來，婚姻如果沒有「父母之命，媒妁之言」和「六禮」之類相應的程序，就是不合禮法的，就得不到社會的承認，當事人就會受到社會的鄙視和歧視。孟子說：「丈夫生而願爲之有室，女子生而願爲之有家。父母之心，人皆有之。不待父母之命、媒妁之言，鑽穴隙相窺，踰牆相從，則父母國人皆賤之。」[註1]見《孟子·滕文公下》。至於婚姻是否符合當事人的意願，則無關緊要，和婚姻是否爲社會所承認無關。

這樣的婚姻觀念，當然有合理的部分。對任何人來說，最愛他的人，肯

---

〔註 1〕《十三經注疏》本，中華書局，1980 年影印本，第 2711 頁。

定是他的父母。一般來說，父母的社會經驗和人生閱歷，肯定要比子女豐富，論事擇人，往往要比子女高明一些，在結婚年齡比較小的年代，尤其如此。此外，婚姻不僅是兩個人的結合，而是兩個家族的聯姻，直接關係到兩個家庭的現實生活和未來，對雙方家庭的幾乎每一個成員，都有直接的影響。因此，婚姻充分考慮父母的建議和意見，是很有必要的。

媒人的存在，也有其必要性。在社會交往很不發達的年代，尤其如此。《詩經‧齊風‧南山》：「析薪如之何？非斧不克；娶妻如之何？非媒不得。」〔註2〕媒人對婚姻成立的重要性，正如斧子對劈柴的重要性一樣，當然是不可缺少的了。

社會需要禮法等等的文化規範，不然，社會就無法維持秩序，甚至無法長期存在。婚姻當然也應該符合禮法的規範。「六禮」之類的婚姻程序，其重要功用之一，就是向社會宣佈婚姻的進程，以取得社會的承認，接受社會的監督，得到社會的保護，對當事人來說，無論監督還是保護，都是必要的。沒有這樣的監督和保護，事實上的婚姻很可能就沒有足夠的保障，顯得很脆弱，經不起內部的負面變化和外部的衝擊，容易解體。婚姻當事人，特別是女性當事人就容易受到傷害。白居易《白氏長慶集》卷四《井底引銀瓶》中的女主人公，就是如此。在這詩中，白居易苦口婆心：「寄言癡小人家女，慎勿將身輕許人！」

江蘇民間婚戀故事中的許多觀念，和主流婚姻觀念，很不相同，有些甚至是截然相反的，但自有其合理和進步之處。

關於媒人。江蘇民間婚戀故事中，也有肯定媒人的內容。《銅山卷》所載《媒人的由來》云，趙景、阿彩經過一位熱心老人的牽線搭橋而成婚，婚姻美滿。他們時常想起這位老人，遂用米粉捏了這老人的形象，以便敬仰。此米粉偶像經時而發黴，成為「黴人」，所以人們就把婚姻的介紹人叫做「黴人」，後來就成為「媒人」了。可是，民間婚戀故事中更加多的，是對媒人的嘲笑和否定，媒人幾乎成了高明的說謊者的代名詞。此類故事極多，例如《如皋卷》所載《四個毛腳女婿》《謊媒》，《啓東卷》所載《喝酒吃菜》，《海門卷》所載《巧嘴媒婆說親》等，都是如此。男女之間不用媒人，私定終身的故事，在民間故事中，是大量的，不勝枚舉。

在民間社會，媒人通過為人介紹婚姻而獲得利益，婚姻的成功率，和他

---

〔註2〕《十三經注疏》本，中華書局，1980年影印本，第353頁。

們所獲得的利益成正比例關係，因此，他們力圖促使婚姻成功。於是，他們不惜在雙方面前極力誇耀和渲染對方的優勢，百般掩蓋對方的劣勢，甚至對對方的劣勢加以種種巧妙的美化，既促成婚姻，又可以逃避自己掩蓋對方劣勢的責任，於是，特殊的喜劇性就產生了。娛樂功能是民間文學作品最爲重要的功能之一。此類作品，既是對說謊媒婆的抨擊，以倡導誠信，也是給民間社會提供娛樂，所以，也就大行其道了。

關於父母之命。民間婚戀故事中，在婚姻問題上，當事人反抗父母之命的情節，極爲常見，而這些故事的主題，正是肯定這樣的反抗。這和主流的婚姻觀念，明顯是背道而馳的。具體的體現，則又有若干不同。

父母之命違背婚約，則當事人從婚約而反抗父母之命。《沛縣卷》所載《磨豆腐》云，張員外的兒子和王員外的女兒由父母定了娃娃親，後來，張員外去世，張家敗落。張家兒子到王家借糧過年，王家不允，明顯欲悔婚。王小姐手持菜刀往未婚夫家，家人欲阻攔，王小姐說誰阻攔就砍誰，王家無人敢阻攔。王小姐到張家，成了張家人，以帶去的幾十兩銀子爲本錢，和張家人一起，磨豆腐爲生。《南通卷》所載《美人蕉》云，富翁焦某晚年得女，此女極爲醜陋，因此，儘管家中富有，可是，長到早該結婚的年齡，還無人求親。小夥子虎侯無以爲生，遂上門求親，焦某當即應允，並定三日後來娶。婚禮之日，焦女竟然變成一個眞正的美人。焦某見狀，馬上悔婚，不許女兒上轎。焦女不從，竟然被焦某打死。其墳上長出美人蕉。《銅山卷》所載《賢良墓埋不良人》云，吳邵鄉鄧樓富家子弟鄧寶玉，和當地楊窪莊富家之女楊秀枝由雙方父母定親，當時他們才三歲。後來，鄧家敗落，除了二畝半墳地外，一無所有，寶玉和其母親棲身破廟，以要飯爲生。寶玉和秀枝到了應該結婚的年齡，秀枝的父母商量悔婚，計劃以女兒死亡欺騙鄧家母子，給秀枝做一個假墳，然後將秀枝秘密遠嫁。秀枝得知這個計劃，非常憤怒，「嫌自己的爹娘嫌貧愛富」，堅持嫁給寶玉，甚至不惜私奔。《中國民間故事集成》之《江蘇卷》所載東海縣《那話還算話》云，姐姐和妹妹出嫁前約定，兩人婚後如果生男女，就彼此結爲婚姻。姐姐主動搶過妹妹的一雙紮腿帶中的一根爲憑證。後來，姐姐生一女，妹妹生一男，年齡相仿。他們長到應該結婚的年齡，男方敗落。某日，妹妹讓兒子到女方借糧食，姐姐以解除婚約爲出借糧食的條件。妹妹無奈，只好答應。姐姐將女兒另許人家。在結婚的時候，姐姐的女兒機智逃婚，私奔其姨媽家，按照其母親和姨媽出嫁前所定婚

約，和姨媽的兒子結婚。《南通市區卷》所載《百寶山》，《啓東卷》所載《錢闊老三難新女婿》中，都有父親欲悔婚約而女兒違背父命堅持婚約、甚至不惜私奔的情節。

在江蘇民間故事中，聽任父母悔婚而不表示反對的正面人物，就筆者所見，連一個都沒有。堅持反對父母悔婚的，則有多個，以上故事中就都是如此。以儒家文化爲主體的傳統文化中，「孝」被抬到了幾乎至高無上的程度。服從父母，被認爲是「孝」最爲基本的內容，民間常說的「孝順」是也。更何況，女子的「三從四德」中「三從」的第一條，就是「在家從父」。誠然，「孝」也有「能諫」的內容，諫父母的錯誤缺點，讓父母改正，也是孝行。可是，諫，僅僅是勸阻，而不是和父母對著幹。《論語》中，孔子說子曰：「父在，觀其志；父沒，觀其行。三年無改於父之道，可謂孝矣。」〔註3〕子路問：「聞斯行諸？」孔子說：「有父兄在，如之何其聞斯行之？」〔註4〕有父兄在，做事不能自作主張。當然，女子違背父母親的意願私奔，就更加是大逆不道、傷風敗俗了。那麼，是什麼使這些女子不惜違背父母的意願而甘冒「不孝」這樣一個嚴重的罪名？是對未婚夫的感情嗎？在以上幾個故事中，除了《那話還算話》中的女主人公可能對男主人公有感情外，其餘的女主人公，對男主人公，最多也就是憐憫或者是感激，不可能有什麼愛情，即使有，其愛情或者感情深厚的程度，遠遠不足以促使她們違背父母的意願。

促使她們違背父母意願的，是「信」。在家庭、家族、宗族的範圍內，成員之間有血緣關係、姻緣關係，不是血親，就是姻親，長幼輩分分明，「孝悌」擴展開去，就可以處理成員間的關係，維持倫理秩序了。可是，超越這些血緣組織，進入到更加廣闊的社會的層面，孝悌無所用，人們就需要其他的道德觀念，來指導他們的行爲，來處理人際關係，來維持社會秩序。「信」正是人們超越親族與宗族範圍而進入更加深廣的社會所必備的最爲基本的道德觀念和行爲準則。孔子說，「人而無信，不知其可也。大車無輗，小車無軏，其何以行之哉！」〔註5〕見《論語·爲政》。這就是說，人而無信，別人就無法和他打交道，他也就無法自立於社會。人類進入氏族外婚以後，男子到別的部落找女子結婚，這就無法不和氏族（宗族）之外的社會發生聯繫。我國很

---

〔註3〕　《十三經注疏》本，中華書局，1980年影印本，第2458頁。
〔註4〕　《十三經注疏》本，中華書局，1980年影印本，第2500頁。
〔註5〕　《十三經注疏》本，中華書局，1980年影印本，第2463頁。

早就講究「同姓不婚」，《左傳》中就有「男女同姓，其生不蕃」〔註6〕的說法。因此，婚姻也就成了和氏族或者宗族之外社會發生聯繫的最爲重要、最爲基本的方式。於是，「信」也就成了聯姻雙方必須嚴格遵守的道德準則。「六禮」中第一個禮，叫「納采」，《儀禮·士婚禮》中說，「士」這一階層，「納采用雁」。〔註7〕爲什麼要用雁呢？經學家說，因爲雁「有信」，秋去春來，故以之爲禮物，表示議婚要講究「信」。婚約當然是「信」的產物，其要義就是「信」。父母悔婚，不願意履行婚約，這就是「失信」行爲，會受到社會的譴責，其「信譽」會嚴重喪失。因此，女兒違背父母的意願履行婚約，乃是保全父母、家庭乃至家族、親族、宗族的信譽，使父母、家庭、親族、家族和宗族仍然可以自立於社會，有效避免社會的譴責和不信任。從這個意義上說，這樣的行爲不是「不孝」，而是更高意義上的「孝」了。當然，歸根到底，是民間故事的作者、傳播者通過這樣的方式，提倡「信」，提倡對承諾的堅守。因此，此類故事的主題，不是愛情，而是信譽、信義。

那麼，在當事人的意願和婚約或父母之命發生矛盾的時候，民間故事的作者又如何處理呢？《睢寧卷》所載《嵐山》云，男青年杜洪生與女青年江彩萍爲同村人，兩人相愛，爲雙方父母所阻。江彩萍的父母逼迫江彩萍遠嫁他人，江彩萍無法接受父母的安排，「何能遂二老的意」，和杜洪生雙雙投水自殺。〔註8〕《徐州民間文學集成（上）》之《九女和磨山》云，利國鎮的鎮主海冥王的小女兒和賣豆腐的青年相愛，鎮主反對，最後導致悲劇。《如東卷》所載《祝錢莊》中，舉子祝彩文在趕考途中，經過錢家歇宿，因久雨而逗留多日，其間與錢小姐私定終身。錢員外將女兒許配給張洪福公子，小姐不從，道出實情。錢員外大怒，認爲這是「不忠不孝，大逆不道」，痛打小姐，並云一個月後，張家就要來迎親，小姐必須服從。錢小姐無奈，乃自殺而亡。《豐縣卷》所載《後續蘭橋會》云，十七歲的瑞蓮被許配給一個老財主當小老婆，但是，瑞蓮看上了張貨郎。兩人相約幽會，張貨郎在幽會地點等待瑞蓮時，

〔註6〕　《十三經注疏》本，中華書局，1980年影印本，第1815頁。

〔註7〕　《十三經注疏》本，中華書局，1980年影印本，第961頁。

〔註8〕　《德克薩斯傳奇》云，酋長之子與該部落的一個女子相愛。該女子才貌皆優而地位、財富與男方不匹配。酋長反對他們結婚而爲兒子另聘其他女子。兒子表面服從而暗中仍然和所愛女子約會。酋長命其子完婚，其子和所愛跳崖殉情。《美國民間故事和傳奇的彩虹書》之《情人跳》云，印第安姑娘無法和她所愛的勇士情人結婚，因爲他們的婚姻不符合他們部落的規定，於是，他們殉情。在美國等美洲國家許多地方有這樣的故事，角色有不同。

因暴風雨而淹死水中，瑞蓮至，投水殉情。在履行違背自己意願的婚約和堅守愛情的衝突中，姑娘以自殺堅守了愛情，不負所愛的人。違背她們意願的婚約，當然可以不再履行，也無法履行。姑娘以生命承擔了一切，父母也就沒有失信、負義之患了：不是他們不願意履行婚約，實在是無法履行了。姑娘身亡，胡亂編個致命的疾病，父母、家庭甚至宗族的顏面，也就容易保住了。當然，這樣的代價，也實在太大了。《鹽城市故事卷》之《藍橋會》則情節稍有不同，男女主人公原來私定終身，後因為戰亂失散，女子被叔母賣給富家做「等郎媳」，成為一個七歲殘疾兒的妻子。她和男主人公相遇後，約某日三更在藍橋相會。遇到暴雨，男主人公淹死，女子見之，投水死。

有些人則選擇了私奔。《啓東卷》所載《小裁縫尋娘子》云，小裁縫財寶和大財主家小姐相愛，而大財主早已將女兒許配給鄰村一個財主的傻呆兒子做媳婦，當然不允許女兒嫁給小裁縫。在小姐嫁給傻呆青年的前夜，小裁縫潛入小姐家和小姐幽會，小姐意外死去。經過一番周折，小姐復活私奔，和小裁縫結婚，夫婦以做裁縫為生。《豐縣卷》所載《老光棍的兒女情》中，姑娘巧蓮和青年王石頭相愛，鄰村惡霸二大王砍傷了巧蓮，託人說媒下聘。巧蓮的父親貪財，把巧蓮許配給二大王，巧蓮寧死不從。婚禮將近，巧蓮和王石頭選擇了私奔。這些故事中的女主人公，無疑都是正面形象。那麼，為什麼她們為了自己的愛情，不惜拒絕履行父母和人家定下的婚約，陷父母於失信和不義，這不是嚴重的不孝行為嗎？原因在於，履行婚約，與她們自己的意願相違。那麼，這些故事的作者，又為什麼要肯定她們的行為呢？定婚約是父母的事情，沒有考慮她們的意願，婚約也沒有體現她們的意願。這樣的禮法，這樣的婚約，是不合理的，社會應該予以修正，對突破這樣的禮法的青年人，社會應該給予寬容。這正是此類故事的主題。〔註9〕

還有的人則選擇了私通。不過，這是比較消極的一種選擇，無法從根本上解決取消違背自己意願的婚約而實現符合自己意願的婚姻，只能在履行既有的違背自己意願的婚約之前，有限而又秘密地享受愛情的幸福，這樣的幸福，明顯具有苦澀的內容和悲劇的色彩，也難以擺脫不道德的性質，因為這對婚約的另一方來說，這也是不公平的。《新沂卷》之《張知縣巧斷鴛鴦案》

---

〔註9〕　《德克薩斯傳奇》之 J. S. Spratt《私奔》云，部落酋長之女與一勇士相愛。酋長以部落弱小，欲讓女子嫁給一個強大部落，用聯姻的方式結盟。這對情人選擇了私奔。

云，農村青年臧松林已經和沈希洋的女兒訂婚，姑娘錢秀蓮已經和姚雅俊的兒子訂婚，當然，這都是由她們的父母定的。臧松林和錢秀蓮由相愛發展爲私通懷孕。事情鬧到張知縣公堂，張知縣當堂宣判，臧、沈的婚約，錢、姚的婚約，統統解除，臧松林和錢秀蓮結婚，而姚雅俊的兒子和沈希洋的女兒結婚。「因爲是縣太爺的意思，大家沒有不服從的，於是雙雙千恩萬謝而去」。縣太爺撤消違背當事人意願的婚約，根據當事人臧松林和錢秀蓮的意願判他們成婚，這當然是合情合理的，也反映了人們的願望。當然，判姚、沈兩家聯姻，他也沒有考慮婚姻當事人的意願。不管如何，這樣的判決，透漏出這樣的法律精神和婚姻觀念：違背當事人願望的婚約，應予以撤消。

如果不涉及婚約的問題，父母之命和當事人的意願相違背，則當事人從自己的意願而反抗父母之命。這樣的民間故事中，主人公的行爲，也是這些故事作者所肯定的，他們都是正面角色。《蘇州民間故事》所載《沈七哥的故事》中天才的長工和雇主張天師的女兒張四姐相愛，張天師極力反對，竟然屢次加害沈七哥。張四姐則不顧父親的反對，仍然深愛沈七哥，幫助沈七哥一次次逃脫了張天師的加害。《沛縣卷》之《並蒂蓮》中，男青年貞娘和女青年賽郎相愛，賽郎的父親反對女兒嫁給貞娘，還把賽郎嚴加管束。貞娘和賽郎堅守愛情，最後雙雙投水自殺。以上所舉在婚姻問題上，以各種形式反抗父母之命的青年，幾乎都是正面角色，都在故事中得到肯定。

關於「父母之命，媒妁之言」的具體體現「六禮」之類的程序。上文說過，此類程序有其合理性和重要性，民間社會也不否認這樣的合理性和重要性，也有一些故事，強調這些禮法的重要。民間婚戀故事中，也有男子對女子「始亂終棄」的故事。例如《中國民間故事集成》之《江蘇卷》所載《邁皋橋》云，一農家姑娘和一秀才有私情而懷孕，秀才離開，姑娘自殺。《啓東卷》所載《冤鬼索命》云，一女子和一商人私通懷孕，商人離開，姑娘自殺。《海門卷》所載《蟶姑娘》云，漁霸公子李子華霸佔漁家姑娘趙金良，後將趙金良騙到漁船上殺害。在這些故事中，男女主人公之間的戀情和兩性關係，都不符合禮法，也就沒有得到社會的承認，也沒有得到社會的監督和保護，而在這樣的情況下，受傷害的，當然往往是女子。這幾個故事，當然都是悲劇。男女主人公所爲，當然不符合禮法，可是，悲劇的根源，是他們的錯，還是禮法的錯，還是社會缺少足夠的寬容？

上文已經說過，主流社會的「六禮」等禮法，忽略當事人的意願，判斷

一樁婚姻是否符合禮法，和當事人的意願沒有關係。這和主流社會青年男女的生活常態，在一定程度上是切合的。因為，在許多富貴者的家庭中，青年男子書房攻讀，青年女子深藏閨閣，在婚姻問題上，對他們來說，也許缺乏自己的意願。他們之間，自由交往的機會比較少，也不大容易對異性產生愛情。在民間下層社會，情形就不同了。青年男女，在生產和生活中，多所交集，彼此容易產生愛情，進而形成他們自己的婚姻意願。在這樣的情況下，婚姻禮法不考慮他們自己的意願，顯然是個根本性的缺陷。那麼，具有根本性缺陷的婚姻禮法，還應該用以規範社會的婚姻嗎？

體現「父母之命，媒妁之言」的「六禮」之類禮法，作為社會規範，父母依照這些程序安排子女的婚事，社會將這些規範作為評判世間婚姻的標準。社會對婚姻的承認與否，只看是否符合這些程序。因此，青年人自主相愛，從一開始就不符合這些程序，就會受到社會的非議。就父母而言，不管子女的戀愛對象是否符合自己的意願，子女的婚戀行為，只要不符合禮法，就被他們視為對父母權威的冒犯，對禮法的冒犯，被社會非議而有損於父母乃至家族的聲譽，因而，他們就從這樣的立場，反對子女自主婚戀，倒未必是為了反對子女和他們不滿意的對象婚配。《沛縣卷》之《還魂草》中，李公子和劉小姐幽會，被劉母撞見。劉母竟然命兒子將女兒勒死。李公子知道了，相思不輟，幾經周折，劉小姐還魂，兩人終於結百年之好。李公子才貌雙全，家中富有，和劉小姐應該說是般配的。劉母採用如此極端的手段對待女兒，未必認為李公子不配當她的女婿，而是他們的作為違背了禮法。

《南通市區卷》之《家醜不可外揚》中，朝廷重臣賈充的女兒賈舞，和賈充僚屬的門客韓壽相愛，私定終身，並且經常幽會，賈充知道後，趕緊依照禮法給他們辦理婚事，三媒六證，各項程序，各種角色，一個不缺，追補完滿，既避免了社會的責難，也避免了自己和家族聲譽受到影響。這樣的危機處理，自然比《還魂草》中的劉母要高明得多了。可是，把姑娘和人相愛而沒有走禮法所規定的婚姻程序，看做「家醜」，還是以既有的不合理的禮法為標準。

社會也不能容忍對這些程序或者禮法的逾越。有太多的人，有意無意地加入了魯迅所說的「無名的殺人團」，站在禮法的立場，參加到迫害者的行列。《豐縣卷》之《布穀鳥的傳說》中，農村小夥子喜柱和同村姑娘雲英自主相愛，雲英的母親也對喜柱很滿意。可是，他們還沒有啟動「六禮」之類的程

序。某日，喜柱奪雲英的鋤頭，想幫雲英鋤地，有人見了，就叫「光棍奪鋤」來羞他們。他們的戀情曝光，很快在村裏傳開，「這對兩個男女青年來說是非常丟人的事，從此喜柱不敢出門，就病倒了」，後來就去世了，雲英殉情。兩人化為布穀鳥。《邳州卷》之《鬧老房的由來》云，一對男女青年，「不要媒人牽線搭橋」，就結婚了，沒有經過那一系列的程序，因此，儘管他們婚後生了一個兒子，生活幸福，但是，「他們的婚姻卻遭到了村上人的冷嘲熱諷」，「丈夫無法忍受鄉親們的冷言惡語，只好撇下嬌妻幼子，獨自遠走他鄉」二十多年，一直到兒子結婚才回家，補辦和妻子的結婚禮儀。

　　一些民間故事，還從正面肯定了由真情而突破相關禮法、自己啟動婚戀程序的行為。《通州卷》之《癡心先生碰壁記》云，某塾師愛慕其學生的姐姐，就通過學生的傳遞，和學生的姐姐對對聯，表達他對女方的愛慕。可是，幾個會合對下來，塾師的愛情，被學生的姐姐所拒絕。故事對塾師的行為，也沒有批評。《如皋卷》之《對聯姻緣》中，情節和《癡心先生碰壁記》相仿，但是，其結局是，縣官促成了他們的姻緣。《海安卷》之《出對聯的姻緣》也是如此。《銅山卷》之《巧對結姻緣》中，男主人公仍然是塾師，但是，女主人公不是學生的姐姐，而是學生的寡母，男女主人公早就對彼此有意，經過對聯風波，鬧到公堂，知縣判他們成婚。《銅山卷》之《千里姻緣一線牽》，《新沂卷》之《潑水姻緣》中，都是男女主人公由愛情發展為私通懷孕，這當然是嚴重違反禮法的行為，「六禮」之類的程序，他們一步都沒有走，可是，知縣還是判他們成婚。《啟東卷》之《西瓜姻緣》中，賣瓜姑娘出題讓買主回答，某夥計的回答中有「自聘夫妻最好」、「欲尋知己最難」兩條，深得姑娘讚賞，姑娘當即就把西瓜送給夥計，她自己也隨夥計而去，和夥計「做起恩愛夫妻來」。《海門卷》之《自揀夫妻最好》，情節和命意和《西瓜姻緣》基本相同，僅僅是夥計換成了青年學生。這些，都是對「父母之命、媒妁之言」及其體現「六禮」之類禮法、程序忽略當事人意願的抨擊。

　　「六禮」等禮法，對婚姻來說，其作用是向社會宣告婚姻的進程，以得到社會的監督和保護。可是，在實踐中，這些禮法被賦予了太多和婚姻沒有直接關係的內容及其相應的其他的功用，例如，顯示雙方家庭的社會地位和經濟實力，表達種種吉利的祝願，展現親族等社會倫理秩序，展開有關各色人等的情面紛爭等等。於是，這些禮法就成了繁縟瑣碎的一套程序，《詩經》中就有「九十其儀」的說法。完成這套程序甚至啟動這套程序，都不是容易

的事情，都要耗費代價，包括物質方面的代價和時間的代價。不管是物質方面的代價還是時間的代價，都有可能成爲雙方家長或者當事人的不堪承受之重，甚至導致婚姻的悲劇。於是，民間故事中，也就有了相應的作品。《啓東卷》之《香煙的來歷》中，少爺白依銀和小姐何翠蓮由相愛發展到私通，何小姐懷孕。兩人知道無法隱瞞，白少爺乃離去，回家準備提親。待白家啓動婚姻程序到何家提親，何小姐已經因爲整天憂懼致病而死。

在「六禮」之中，一半以上的程序，是需要男方向女方送錢財的，最爲基本的，甚至不可或缺的，就是采禮。對於主流社會的富貴者來說，采禮也許不是什麼大問題，可是，對小民百姓來說，就很可能是難事了。《南通市區卷》之《癩疤美人兒》中，窮娘爲兒子老大結婚耗盡多年積蓄並且債臺高築，老二和財主的女兒二秀定親，財主嫌窮娘家窮，又不便悔婚，於是向男方要巨額采禮，以此作爲結婚的條件。窮娘實在無法籌備這巨額采禮，婚事就此擱淺。二秀因爲生氣致病，變爲蛤蟆，被父親扔入河中。窮娘到河邊洗衣，這蛤蟆跳入洗衣盆，被窮娘帶回家裏，恢復成二秀，和老二結婚。《海門卷》之《外孫的由來》云，惡訟師有個待嫁的女兒，但是，他不是嫌人家窮，就是嫌人家采禮少，把女兒當做搖錢樹，不肯許人，由此耽誤了女兒的婚事。女兒愛上了一個青年漁夫，私下與之結婚。某日，漁夫拎了兩條鱭魚故意在惡訟師前走過，惡訟師占慣人家便宜，遂和漁夫攀談，意欲購買鱭魚。漁夫爽快將鱭魚送給惡訟師。待惡訟師發現女兒已經結婚且生下孩子，責問女兒，女兒云，那兩條鱭魚，就是采禮！這些故事，都是譴責「六禮」之類給男女青年及其家庭帶來的深重苦難，控訴這些所謂禮法的不合理。

婚姻必須有規範，否則如何維持社會的秩序？像民間故事中寫的那樣，私通，未婚先孕，兩情相悅就結合在一起，這會產生社會問題，甚至會引起社會的混亂。可是，「六禮」之類的規範，忽略婚姻當事人的意願，且被附加了其他種種的內容，履行這些程序的代價，會給人們特別是下層百姓造成困難，因此，民間故事就這些問題作出反應，抨擊這些規範的不合理。那麼，什麼樣的規範才是合理的和有效的呢？首先，這些規範，應該充分尊重婚姻當事人的意願；其次，履行這些規範，代價要小。當代的結婚登記制度，正是這樣的規範。當然，這在古代，民間社會是無法有這樣的設想的。

關於「從一而終」的女子貞節觀。

我國自古重婦節，嘉節婦。息夫人被迫失節，終日傷心，以不言相抗爭，

云：「我以一婦人而事二夫，夫復何言！」宋代理學家程伊川（頤）云，婦人寧可餓死，不可失節，所謂「餓死事小，失節事大」。元明清三代，對女子貞節觀的提倡，逐漸登峰造極。元人《西廂記》中，老夫人云：「俺家無犯法之男，再婚之女，怎捨得你獻與賊漢，卻不辱沒了俺家譜！」將「再婚之女」與「犯法之男」相提並論了。到了清代中葉，統治者更是大力反對女子改嫁。明文規定，凡是改嫁的女子，兒孫即使做了大官，也不得請封。可見改嫁的女子，在人們的觀念中，道德地位低下。雍正年間，詔直省州縣，各建節孝祠，有司春秋祭祀。見陸敬安《冷廬雜識》卷一。更有甚者，「未婚守節」是否應該，即沒有出嫁的女子，是否應該為去世的未婚夫守節這樣的問題，竟然成為知識界長期討論的問題，支持「未婚守節」者竟然大有人在。以婦女改嫁為恥辱的觀念，深入到社會基層，成為一個牢固的民俗觀念。這樣的觀念，當然集中體現了男女的不平等，是典型的男權社會的產物，因為從來也沒有人提倡男子應該為女子「守節」。制定規範的人，往往會偏向於保護自己的利益，使規範有利於自己。所謂要求女子「從一而終」的規範，就是如此，是「周公」們制定的，而不是「周婆」們制定的。

這樣的規範，即使在主流社會的富貴者階層實行，也是殘酷的，是反人性的，根本就否定了相關女性生理和心理上的正當需求。將這樣的規範在民間社會推廣實施，除了其反人性的罪惡之外，還會導致種種直接的現實問題，例如生存的困難甚至危機。尋常百姓家的寡婦如果不結婚，家中沒有足夠的經濟來源，生活如何維持？家中沒有成年的男子，生產和生活中的體力活誰來幹？女子既然被認為不可以拋頭露面，那麼，涉及到社會層面的事情，由誰來出面處理？總之，家庭角色的缺位，由誰來補位？這些問題，是主流社會中富貴家庭寡婦所沒有的，或者，對她們而言，此類問題遠為少且輕微。

因此，民間關於婚戀的故事中，反對、嘲笑寡婦再嫁的極少，而同情寡婦、贊成寡婦再嫁的則很多。《新沂卷》之《蘇氏戲愣子》云，李家小寡婦蘇氏，和單身窮小夥子大愣比鄰而居，相互有情。某日大雷雨，牆倒而兩家相通，在蘇氏的誘導下，兩人住到了一起。這是一個輕喜劇，完全沒有嘲諷的意味。《啟東卷》之《寡婦賣瓜》中，寡婦賣瓜，買主回答她的問題，答案令她滿意，可以免除瓜錢，可是，沒有人的答案能夠令她滿意。某寡漢前往買瓜，其答案中有「夫妻恩愛最甜」和「寡婦最苦」兩條，寡婦很滿意，且被

觸動，最終和寡漢結婚。《海門卷》之《寡婦擇偶》，云婆婆和兒媳都是寡婦，兒媳擇一樵夫結婚，以支撐家庭。《新沂卷》所載《告狀》中，縣官准寡婦再婚，《銅山卷》所載《巧對結姻緣》中，縣官判早就對彼此有意的塾師和寡婦成婚。《鹽城市故事卷》之《朦朧塔的傳說》中，想嫁給流浪漢張邋遢的寡婦嘎娘，是正面人物，故事中也讚頌了她對張邋遢的愛。《徐州民間文學集成（上）》之《帶莊》中，寡婦帶著婆婆改嫁，過上了幸福的生活。《常州民間故事集（二）》之《三十六郎墩》中，男主人公當長工的時候，和東家寡婦結婚，生了十八個兒子。此類肯定寡婦再婚的合理性的作品，即使在通俗文學作品中，也是不常見的，在文言小說中就更加少了，而在傳統的詩文中，則幾乎是絕跡的。

至於寡婦私通，這在正統文化中，是無法容忍的。《鹽城市故事卷》之《端陽淚》云，龐某考中舉人的時候，收到匿名信，信中說他二十多歲的寡姐和人私通。龐某大怒，認為姐姐敗壞了他家的門風，未經核實，就威逼母親：他和姐姐中，只能活一個，讓母親選擇！母親非常痛苦，久久不肯表態。龐某苦苦相逼，母親只好讓龐某自己決定。龐某把姐姐騙到家裏，然後逼迫姐姐自殺！姐姐感到冤枉，更加感到傷心，絕望自殺。喪禮上，姐姐守寡的婆婆帶著年幼的孫子，大呼冤枉。見者無不傷心。很明顯，這故事的同情在姐姐，而譴責在龐某。如果認可寡婦和人私通，而私通的對象還是和尚，在正統文化中，則幾乎是不可想像的事情了。《常州民間故事集》之《渡僧橋》云，寡婦辛苦養大的兒子中狀元，在外做官。城隍廟裏的和尚和狀元的母親私通，經常劃著小船渡河，去幽會。狀元知道了，就造了一座橋，以方便他們私通，故名「渡僧橋」。這樣的「孝心」，和正統文化，完全是背道而馳的，且走得實在太遠了。可是，在民間故事中，這竟然成了美談。民間文化和正統文化，觀念上的差異，在有些方面，還是比較大的。這就是非常典型的例證。

關於某些宗教禮法。佛門是「戒色」的，有許多清規戒律，禁止僧尼產生愛情。《常州民間故事集》之《白頭翁》中，一對青年男女相愛，女方父母以男方窮而不同意他們結合。男青年遂外出經商，落水失蹤，被認為死亡。女方父母以打罵等逼迫女青年嫁給別人，女青年出走，出家為尼姑。這樣的反抗，不是為了婚姻，而是為了堅守愛情，也是為了捍衛人格的尊嚴。後來，被認為已經去世的男青年和當了尼姑的女青年相遇，他們之間，經過一番曲

折，又燃起了愛情之火。可是，尼姑庵的庵主命人把男青年抓起來燒死。女青年也自殺了。他們雙雙化爲白頭翁。可是，故事的傾向是非常明顯的，同情在男女青年一邊。家長、庵主的粗暴干涉，則是被譴責的。《徐州民間文學集成（上）》之《袁橋的來歷》中，徐州城東慧月庵尼姑月仙將私生子送給袁家後，每天晚上淌水過河給孩子餵奶，直到斷奶。孩子知道生母后，也利用晚間淌水過河探望母親，袁家爲造橋，以免其跋涉。這孩子後來中了探花。很明顯，這故事對這對母子都是讚揚的，對月仙沒有遵守佛門的色戒，沒有絲毫譴責的意味。於此可見民間故事和正統文化的某些不同。

## 第二節　逆襲的狂想曲

《鹽城市故事卷》之《二郎神換心》云，二郎神的妹妹華嶽三仙姑在人間嫁給了舉子劉應昌，二郎神以此被何仙姑嘲笑。於是，他將妹妹捉到天上，親自開刀，把妹妹的五臟六腑挖出來清洗，四十九天後才可以裝回去，如此方能脫去凡胎。《鎮江民間故事》之《袁公緣》云，天帝的女兒六仙女要嫁瓜洲到鎮江渡口的船工袁公，天帝道：「你是天堂的金枝玉葉，他是凡間窮苦百姓，門戶不相當，怎麼嫁給他？」這些其實就是古代現實世界中等級森嚴現象的隱喻。

人在社會階層之間的流動，在古今中外都是具有普遍性的問題。社會成員從較低的階層上升到較高的階層，最爲通常的途徑有兩條，一是當官，二是發財。早在春秋時期，貴族政治向官僚政治過渡，這就爲平民階層進入官僚系統、進入較高的社會階層提供了可能。此後，讀書做官就被廣泛而緊密地聯繫在一起，做官往往成爲知識分子的第一選擇。科舉考試的實行，更爲這樣的選擇提供了更加多的機會，「朝爲田舍郎，暮登天子堂」的上升喜劇，不斷地上演著，成爲激勵更多的人讀書做官的榜樣。可是，能夠通過讀書做官進入較高的社會階層的人，畢竟在全社會只是占非常小的比例，即使是讀書人中，也只有極少數人能夠如願。發財之路如何？同樣充滿艱辛。古代生產力落後，效率低下，物資和資金的流通滯緩，財富的積累緩慢，能夠和「朝爲田舍郎，暮登天子堂」相比美的暴富式的社會階層的提升，很難發生。和這樣的現實相一致，知識分子的狂想曲，主要體現在科舉考試高中，然後當高官，經國濟民，建功立業，治國平天下，相對而言，發財的狂想曲比較少。明代中葉以後，商品經濟發達，於是讀書人、商人的發財狂想曲，才較典型

地在通俗文學作品中出現。

在民間，普通百姓提升社會階層的可能，更加渺茫。他們無法享受足夠的教育，很難成為知識分子，當然，事實上也就很難通過科舉考試進入官僚系統以提升自己的社會階層。「書中自有黃金屋，書中自有顏如玉」，他們遙望而不可及。他們佔有的財產少，增殖就更為艱難。從兩間草房到三間瓦房，這樣的目標，經過幾代人的不懈努力，還未必能夠實現。可是，這樣的現實，並不妨礙他們就地位、財富和美色展開狂想。窮人和闊佬聯姻的「逆襲」成功故事，就是這樣的狂想曲。在這樣的狂想曲中，逆襲成功，黃金屋和顏如玉就都有了，因此，婚姻就被作為成功提升自己社會階層的捷徑，財富、美色和社會地位，通過婚姻一攬子獲得。因此，此類故事，在民間故事中特別多。

在傳統文化中，婚姻方面，男女性別的差異比較明顯。一般來說，婚姻中，男方的綜合條件，要好於女方，這樣的婚姻，被認為是正常的，否則，就被認為是女方「下嫁」男方了。古時候，在民間的階層，相比而言，男性找結婚對象，要比女性難度大得多，男性對女性的想像，可以比女性對男性的想像張揚。在戀愛和婚姻中，男性一般也處於積極主動的地位，而女性則相反。正是這些原因，使得在民間此類故事中，主角為男性者，占絕對的多數，且他們「逆襲」的對象，幾乎都是富貴人家的獨生女，因此幾乎都是當贅婿，進入富貴家庭生活，徹底完成「逆襲」。

在現實生活中，無論古今中外，「逆襲」都是很困難的。「逆襲」要成功，相對於對象而言，主角必須具有明顯而重大的優勢。一般來說，既然相對於對象而言，「逆襲」的主角社會階層低微，那麼，他們的優勢，只能在於他們自身，例如，過人的品行、相貌、才藝、見識，當然還有對對象的深厚感情等等。他們以自身的優勢，取得了對象或者對象的家長的認可，也許還要經歷這樣那樣的曲折，終於逆襲成功。《啟東卷》所載《趙財主考試選婿》中，趙財主家夥計陶英，身材高大，「身體壯實，皮膚白細，眉清目秀，念過幾年書，說起話來斯文得體，幹起事來乾淨利落」，且尊敬趙財主，和趙財主的獨生女關係良好，又見識過人，農業技術過硬，於是趙財主就選擇了他當贅婿。《中國民間故事集成》之《江蘇卷》所載《正月十五吃餛飩》中，夥計春生心地善良，獲得了知縣小姐玉琴的愛情，最終和玉琴結婚。《徐州卷》所載《一文亭》中，藥店夥計窮小夥子春生孝順、不貪財、對人富有愛心，被藥

店老闆杜善人選爲女婿。《海門卷》所載《一笑姻緣》中，員外家的小姐每天都聽一個小夥子唱歌，爲他的歌聲所打動，害了相思病。這小夥子儘管長得醜，但是，其歌聲很美，又治癒了小姐的相思病，於是，員外就以之爲婿。女子以自身優勢「逆襲」成功的故事，在江蘇民間也有之。《通州卷》所載《太子娶妻》中，姑娘多次幫助假扮乞丐的太子，太子認爲她德行高尚，富有同情心，遂與姑娘結婚。這些故事中，主角以過人的品行、相貌、才藝、見識，當然還有對對象的深厚感情等等「逆襲」成功，完全合情合理，這樣的事情，古今現實生活中，也有不少，還沒有鮮明地體現「狂想曲」的特色。

　　主角的優勢，可以表現於對象而言的優勢，換言之，和主角相比，主角所要「逆襲」的對象，具有某種劣勢。這樣的優勢和劣勢，可以是倫理方面的。「英雄救美」就是其中的典型。出身低微、家境貧寒的英雄，救下了出身高貴或家境富裕的美女，於這美女而言，這英雄就有了明顯的倫理優勢，他和這美女成婚，顯得順理成章。《如東卷》所載《王二巧遇虎哥哥》中，在老虎的幫助下，王二救下了被山東花花公子從遠在山西搶來的張員外的女兒張小姐後，張小姐感謝王二相救之恩，把自己的終身託付給了王二。可是，這樣的故事在江蘇乃至全國民間故事中，並不多見。反之，「美救英雄」而「英雄娶美」的倒在江蘇民間故事中有多個。女主人公出身低微，家境貧寒，而男主人公則出身高貴，或者家境富裕，在男主人公危難之際，女主人公出手相救成功，以此倫理上的優勢，最後和男主人公成婚。《蘇州民間故事》所載《網師園》中，大官宋宗元的兒子雙喜落水，漁民王思和女兒桂枝救之。雙喜和桂枝私定終身，並且在王思家拜堂成親。後來，雙喜攜兩個兒子見父親，得到了父親的認可。《睢寧卷》所載《害人反害己》中，書生趙生趕考途中住黑店，將爲強盜所害，強盜的妹妹救了趙生，無處可去，欲嫁趙生，趙生無奈娶之。《豐縣卷》所載《寸草遮丈夫，一女護三官》中的情節和《害人反害己》類似，只是女主角賢淑救了進京趕考的王公子等三人，王公子當即向賢淑跪下謝救命之恩，並表示若得一官半職，定報答大恩。王公子等三人分別中狀元、榜眼和探花。皇帝要把女兒嫁給狀元王公子，王公子以已經聘妻子辭，並獲准假期結婚，娶淑賢爲妻。淑賢的哥嫂因殺人過多，被依法斬首。《如東卷》之《掃帚星》中，劉曼中狀元後，被姦臣設計，奉命只帶了遠房叔叔劉安前去剿滅危害百姓的掃帚星。途中，劉曼和劉安被強盜所擒，將被死做

人肉包子，強盜的女兒金雀神救下二劉，欲與劉曼結婚，劉曼無奈答應。在金雀神的幫助下，劉曼剿滅了掃帚星。《新沂卷》所載《錢廷選趕考》中，錢廷選欲赴科舉考試，向族中叔伯借錢未果，又遭到奚落，遂上弔自殺，為二叔家丫環春紅所救，春紅又資助他赴考銀兩。錢廷選中了狀元，謝絕人家給他介紹的高門大戶的小姐，而和春紅結婚。

　　為什麼「英雄救美」而與美人結婚的故事不多，而「美救英雄」而英雄與美人結婚的故事多呢？在我們的傳統文化中，「受恩必報，施恩不望報」是處理人際利益關係的一項準則。〔註10〕受恩不報，近於忘恩，是被社會鄙視的小人行為。施恩望報，就算不了高尚，而施恩責報，則等而下之，至於「市恩」，為了謀取自己的利益而設謀施恩，則就是小人所為了。英雄救美而接受美人的終身之報，就有難以稱得上英雄的嫌疑，救美的行為，也就不足以被認為是英雄行為了，其人也就不足以被稱為英雄了。為美人所救，受美人救命之恩而不報，乃至拒絕美人以身相許，就違背了「受恩必報」的道德傳統。那麼，對女子也就是「美人」而言，不是也同樣存在「受恩必報，施恩不望報」的傳統嗎？是的。可是，儘管在特殊的時刻，男子處於弱勢，甚至處於危難之中，需要相助甚至相救，可是，就常態而言，就整個社會而言，男子處於強勢地位，而女子則處於弱勢地位。在傳統文化中，在社會觀念中，強勢者應該在人際利益關係中承擔更加多的責任和義務，因此，社會更加強調男子對於女子在利益關係中的責任和義務。「受恩必報，施恩不望報」的傳統道德責任，相對於女子，男子更應該承擔。在《王二巧遇虎哥哥》中，就社會地位而言，張小姐是強勢，王二是弱勢，但是，就社會關於性別的觀念看，就當時的具體情形看，則王二是男子，是強勢的一方，張小姐是女子，是弱勢的一方。他們之間的強勢和弱勢，難以顯然分明，王二救張小姐而娶之，有趁人之危、施恩望報、施恩責報的嫌疑。處於強勢地位的男子，娶處於弱勢地位而於己有大恩的女子，是報恩，也是拯救，是承擔責任。處於弱勢地位的男子，因為救了社會地位高的女子而接受其終身相報，是「逆襲」，是以此提高自己的社會地位，為自己謀利益，這就和「受恩必報，施恩不望報」的傳統相違背了。再者，在實際的社會生活中，男女有生理的差別，有社會的差別，這些差別，使男子欲娶中意的女子難，而女子欲

〔註10〕《非洲民間故事》中，有《受恩必報》的故事，可見那裡民間，也有「受恩必報」的觀念。

嫁中意的男子易，所謂「女想男，隔層單；男想女，隔座山」是也。世間男子，不妨展開狂想，既得到美人相助甚至相救，又得到美人託付終身，而世間女子，怎麼會展開讓一個社會地位比自己低的窮小子救自己、娶自己的狂想？正是這些原因，民間故事中「英雄救美」而娶美的故事相對較少，而「美救英雄」而嫁英雄的故事則相對較多，而後者就成了女子「逆襲」成功故事的常見模式。

主角的於「逆襲」對象的優勢，也可能體現在容貌和才藝等等的方面。例如，《南通卷》所載《美人蕉》中，富翁焦某的女兒焦美人極為醜陋，早已到了結婚的年齡而無人問津，所以焦某同意把女兒嫁給幾乎活不下去的虎侯。富貴家庭的有欠缺的青年，和才貌不俗而家庭貧窮或者出身低微的異性結婚，或者家境出身較好的青年出於報恩而和施恩或者施恩一方的異性結婚，這樣的現象，在現實生活中，也是有的。不過，如果是這樣，「逆襲」的意義就大為遜色，因此，這是狂想所不屑的。此類故事，在寫實的文學作品中比較常見，而在民間文學中，是極為少見的。即使是《美人蕉》中，醜女焦美人在臨上花轎的時候，變成了美女。

總之，一般說來，主角擁有超越常人的優勢，就成了「逆襲」成功不可缺少的因素了。可是，如果主角自身被社會認可的諸般優勢不足，那麼，只好憑藉別的的優勢或者運氣了。別的優勢或運氣，從哪裏來呢？以下分類闡述江蘇民間此類中主角「逆襲」成功的主要模式，幾乎都是匪夷所思，誇張地體現了此類故事「狂想曲」的特色。

此類故事中，主角常用的招數，就是以虛構的才能欺騙關鍵人物，或者是關鍵人物把主角誤當成才能高強的人物，使主角得以「逆襲」成功。例如，「神箭手」騙婚故事，在我國許多地方民間流傳，江蘇也是如此。《揚州民間故事集》所載《癩子花頭多》，《通州卷》所載《神箭手》等即是。在此類故事中，主角冒充神箭手，從打小動物發展到打老虎乃至嚇退強敵，雖然都不是其技藝所致，但是都僥倖成功，於是，主角因此娶了財主或者高官乃至皇帝的女兒。「皮匠駙馬」類故事，則是皮匠被認為學問博大精深，而做穩了駙馬或者高官的女婿。故事的關鍵之處，在於皮匠用手勢表達的意思，被誤解成大學問。《啓東卷》所載《小皮匠天官府成親記》，《銅山卷》所載《皮匠駙馬》，《如東卷》所載《皮匠對百官》，就是這類故事。此外，《睢寧卷》所載《金蛤蟆》中，窮小子金蛤蟆被人誤認為占卜高手，而得以娶妻子。《海安卷》

所載《彎彎曲曲》中，不識字的男主角假裝有大學問，娶了地主的女兒，當了掌櫃。這些故事，純粹是窮極無聊的百姓窮開心而作、而傳播、而聽聞而已，情節場景，都是出於他們經驗領域的想像，例如皮匠要表達的意思等等，都和皮匠職業有關，而和王宮、天官府等上層社會完全無關。

　　遇到了富貴人家以一次才藝表演選婚的機會，其才藝情感得到其家主人或者小姐的欣賞。《海門卷》所載《牧童得妻》中，富家小姐以「尖、圓、好吃、值錢」爲題讓教書先生、賬房先生和牧童作詩，優勝者可以和她成婚。教書先生以這些詞語作詩賦竹林，賬房先生賦荷花，都很高雅。牧童胸無點墨，當然不會作詩，只好呆呆地望著小姐。小姐喜歡牧童，以腳提示。牧童乃以這些詞語賦小姐，突出小姐身上的某些部位和笑貌，語言粗俗，情趣低下。可是，小姐以教書先生和賬房先生做的詩和她無關、牧童的詩顯示愛她爲由，選擇了牧童。這故事又見之於《啓東卷》所載《選女婿》，情節幾乎完全一樣。《啓東卷》之《喬小姐招親》，也是此類故事。喬員外的女兒喬小姐徵婚，面試應徵者的才華。題目是依次以「一」到「十」十個數字做一篇短文。七個秀才應徵，但是，他們花了一個時辰，還是做不出來。一個挑夫路過，則很快完成，內容全是寫喬小姐，形容喬小姐之美貌。秀才們評論，說太簡單了，但是他們自己仍然做不出來。喬小姐乃要求以「十」到「一」十個數字順序做短文，秀才們還是做不出來，而挑夫則很快就做出來，內容是奚落秀才並且希望自己和喬小姐成婚。有些內容，不免粗俗。可是，喬小姐卻很喜歡，於是選擇挑夫做她的結婚對象。《如皋卷》所載《三姑娘選女婿》中，富家小姐讓欲娶她的男子按照她的形式要求做文章，官家公子、富家公子、和尚、陰陽先生、醫生等所做文章，全部是說富貴浮名，而一莊稼人無意中說的話，卻既符合小姐所列形式上的要求，又體現了他對家人的關愛和責任，於是，小姐選擇了這個貧窮的莊稼人。《啓東卷》之《出對聯招親》中，一個富豪的女兒，以上聯徵求下聯，最佳者可以爲其婿，最後一個乞丐取勝。《啓東卷》所載《做紗童子與織布娘》中，財主的女兒對歌徵婚，許多人前去對歌，都敗下陣來，一個給人家送貨的童子獲勝。《蘇州民間故事》所載《如意菜》，財主家的小姐提出，能培育出「丈二韭菜盤龍筍」的青年，可以和她成婚。看守竹林的窮青年小黑子利用高超的農林技術和智慧，達到了小姐的要求，和小姐成婚。

　　以一次才藝比賽，來選擇女婿，這在現實生活中，幾乎是不可能的。民

間故事和通俗文學例如白話小說、戲曲中此類情節，純粹虛構以娛樂大眾。
和秀才、教書先生、賬房先生比賽作詩作文，牧童、挑夫等沒有文化的人，
明顯處於劣勢，怎麼可能取勝呢？其中蘊含著某些深意。例如，選擇結婚對
象，是才藝放在第一位，還是心中有她放在第一位？《牧童得妻》等故事中，
小姐不選擇才藝高而心中沒有她的教書先生、賬房先生，而是選擇心中有她
的牧童，這正是體現了「心中有她」重於「才藝高強」的選擇標準，這樣的
婚戀觀，無疑是正確的。當然，此類故事，還明顯體現了民間不鮮見的鄙視
知識分子的傾向，關於這一個問題，筆者將在其他部分展開詳細的論述，此
從略。

　　偶然事件或者偶然事件離奇的巧合成就「逆襲」。《如東卷》所載《林長
安討飯》中，少年林長安拾到了富豪王竹山遺失的重金，全部還給王竹山。
林家父母知道了，將林長安趕出家門。林長安只好以討飯為生。戲班子看中
林長安的歌唱和表演才能，讓林長安演戲，於是林長安又成了紅演員。王竹
山把獨生女兒王秀英許配給楊大人的兒子。楊大人的兒子殘疾醜陋，被稱為
「十不全」。楊家迎娶王秀英時，楊大人出錢請林長安代替楊公子前往王家迎
親。經過幾番波瀾，事情真相大白，王竹山也認出林長安就是當初拾金不昧
的少年，於是就真的把王秀英嫁給了林長安。此類故事，在江蘇民間多見，
例如，《中國民間故事集成》之《江蘇卷》所載蘇州地區的《劉百萬招親》，《海
安卷》所載《湯圓招親》，都和這個故事大同小異，甚至還增加了楊公子死亡、
楊大人認林長安義子、林長安中狀元之類的情節，盡狂想之能事了。《睢寧卷》
所載《害人反害己》中，也有類似的情節。《如皋卷》所載《女兒不斷娘家路》
中，因為和女兒鬧矛盾，王老闆就把女兒嫁給了貧窮的漁夫，王小姐居然也
從命。類似情節的故事，在民間的傳播也較為廣泛。此類「逆襲」，對男主人
公來說，是被動的，簡直是天上掉下的餡餅。

　　由神怪精靈等超現實的力量相助。「逆襲」成功的故事中，以此類故事為
最多。〔註11〕「逆襲」最為主要的障礙，在於「逆襲」者無法達到對方的要
求，而在我國文化中，神怪精靈，幾乎都是無所不能的，它們當然有能力幫
助「逆襲」者成功，不管是有意還是無意。某富貴者家的小姐生病，其家乃

〔註11〕《匈牙利民間故事》之《通天樹》中，牧豬童獲得神助，和公主結婚，自己
　　　　也成了國王。《愛爾蘭凱爾特傳奇》之《冒險》中，窮小子娶公主，也是通過
　　　　神助。此類故事，在西方很流行。

懸賞能夠治癒者，甚至以小姐的婚姻為懸賞。貧窮甚至走投無路的青年，無意中聽到神怪精靈之類的對話，知道了這樣的消息，並且知道了小姐的病因和醫治方法，前往醫治小姐，順利地使之痊癒。小姐的家長履行承諾，讓小姐和這窮青年結婚。這樣的故事，在江蘇民間很常見，例如《豐縣卷》所載《掉鍋鏟子》，《新沂卷》所載《憨二發跡》《人行好事奔前程》，《南通市區卷》所載《百寶山》等，大致都是這樣的情節，且都是嵌入「兩兄弟型」故事的情節。這樣的情節，歐洲甚至其他地方的民間故事中，也成為一種模式，可見在那些地方的民間，流傳也是很廣泛的。有些故事，則稍有不同，是神怪精靈之類有意地幫助主角。《沛縣卷》所載《青紅果》中，被兄嫂欺負的憨三在神仙的幫助下，醫治好了王家大樓王小姐的病，並且與之結婚。《新沂卷》所載《玉兔做媒》云，財主李能的女兒春豔，和其家長工趙善相愛，被李能所阻。李能把女兒許配給富家，將要成親之時，春豔痛苦而死。李能向趙善許諾，只要趙善救活春豔，就把春豔嫁給他。在曾經為其相救的玉兔的幫助下，趙善救活了春豔，但李能食言，不肯將春豔嫁給趙善，又將春豔關了起來。玉兔幫助趙善救出春豔，讓趙善和春豔私奔，過上了男耕女織的生活。很明顯，這是上面一種故事模式的變異。《南通卷》所載《金蕎麥》中，富家千金金蕎麥重病，其父親懸賞重金或者金蕎麥的婚姻，希望有人能夠治癒金蕎麥的病。窮青年鐵腳板有毅力，肯吃苦，懂方法，向名醫請教，終於找到了對症的草藥，治癒了金蕎麥的病，和金蕎麥結婚。其中雖有誇張，但是沒有涉及神異，看似類於寫實，實際上，是把精靈換成了名醫而已。

《通州卷》所載《農夫娶公主》中，農夫得其田中一龜警示，預先造船防洪水。洪水果然發生，他在洪水中救起了一個秀才和蜘蛛等若干動物。後秀才為謀取農夫的船，誣告農夫，農夫由此入獄。蜘蛛入獄告訴農夫，皇帝下詔，說誰治癒他女兒的病，他就把女兒嫁給誰。蜘蛛還告訴了農夫治癒公主的藥物和方法。農夫聲稱為公主治病，獄吏帶他見公主。農夫以他所救的龍給他的龍眼，治癒了公主，又在蜘蛛的幫助下，破解皇帝的刁難，娶到了公主，當然也昭雪了冤情。《海安卷》所載《李善人逢凶化吉》的情節，也和《農夫娶公主》相仿，只是農夫換成了救了一小烏龜的李善人，秀才換成了和李善人妻子勾搭的瞎子，皇帝換成了兵馬總督，公主當然換成了小姐，小姐的病是蛇傷，而幫助李善人治癒小姐蛇傷的，是李善人所救小烏龜的祖父龍王和蟒蛇。「報恩動物負恩人」模式的故事中，常有「逆襲」的情節。詳見

本書外編的有關部分。

治病成功而「逆襲」成功，主角都是男性，那麼，這不是和前所論「英雄救美」而較少娶美的之說相矛盾嗎？不是男子和女子相比更加應當體現「受恩必報，施恩不望報」的傳統美德嗎？首先，這不是典型的「英雄救美」，因爲缺乏「英雄救美」故事中英雄所冒的犧牲或者傷害的風險，因此這「英雄」難以被稱爲典型的英雄。其次，強勢者更應該體現「受恩必報，施恩不望報」的傳統美德，而這些故事中的強勢者，不是主人公，而是女主人公的父親，因爲和男主人公論強弱之勢的，已經不是女主人公，而是女主人公的父親了。

除了「治病」類故事外，神助「逆襲」故事中，「大采禮」故事也較爲多見。「逆襲」者欲和中意的對象成婚，對象的父母不同意，乃漫天要價，向「逆襲」者提出要按照常理根本不可能得到的采禮，並且以此作爲成婚的條件。在神怪精靈之類的幫助下，「逆襲」者竟然得到了這些財物，如數向對方提供了采禮，或者又經過一番曲折，「逆襲」成功。

「逆襲」者是如何在神靈的幫助下獲得常人不可能獲得的財物的呢？在江蘇民間此類故事中，最多的是「舀海」。《南通市區卷》所載《海水不可斗量》中，貧苦佃農兄弟三人，只有一個生了兒子寶侯，他們的宗族世系，都指望寶侯繼承。寶侯到財主家交租，偶然獲得財主家小姐一笑而相思。寶侯家傾其所有，聘請財主的丈人向財主家提親，財主不好斷然拒絕，卻提出要求：在兩家之間的五里路上，「搭上丈把寬的綵綢門，鋪上好走人的銀磚地，還要用金子嵌縫」，他才同意將女兒嫁給寶侯。寶侯家當然無法達到這樣的要求，於是，寶侯的相思病日深，眼看性命不保。觀音菩薩化爲醫生給寶侯治病，給寶侯一隻斗，叫寶侯去舀海，說把海水舀乾，就可以得到海裏的大量寶貝，滿足財主的要求。寶侯遂去以斗舀海，致使海水大幅度下降，龍王大驚，願意向寶侯提供財主所提出的財物，請寶侯停止舀海。寶侯由此獲得財主提出的財物，滿足了財主的要求，和財主家小姐成婚。《啓東卷》之《人不可貌相》中，夥計貌相愛上東家劉員外家的小姐，患相思病。劉員外提出，要三斗三升珍珠瑪瑙，才同意定親。貌相得一神斗，舀了海水身臥其上，海水迅速下降，龍王只得給貌相三斗三升珍珠瑪瑙。《啓東卷》所載《錢閣佬三難新婿》中，錢閣佬的女兒拋綵球選婿，中了一窮漁民。錢閣佬提出這樣那樣的要求，其中之一是龍王的鬍鬚，窮漁民都滿足了這些

要求，娶到了小姐。《啓東卷》所載《忍耐》中，忍耐爲生了麻風病且非常醜陋的兒子向世交王員外的女兒求親，王員外提出要龍肝鳳寶和大量的金銀作爲聘禮。忍耐多行善事，得神賜金玉斗，把海水舀乾，終於得到了龍肝鳳寶和足量的金銀，又治癒了兒子的病，如願讓兒子娶到了王員外的漂亮女兒。

此類向大海索要寶貝的情節，可能是從佛經中變化而來。《佛說大意經》云，一居士子名大意者出生墮地時即發誓救助貧窮者。十七歲時，爲普濟眾生，他入海採寶。經歷千辛萬苦，得三明珠，歸途中，經過大海，三珠爲海神所奪。大意乃發誓舀乾海水奪回寶珠，於是舀海不止。爲其精誠所感動，諸天王下助大意抒海。海水三分，已去其二。海神大恐怖，乃還其明珠。又《六度集經》卷十《布施無極》第一所載普施事，與大意事同。《摩訶僧祇律》卷五、《生經‧佛說墮珠著海中經》、《三慧經》所載舀海故事，亦大略相同。此類故事，命意和我國《列子‧湯問》中「愚公移山」的故事相同，而其中「逼迫龍王就範」的情節，爲我國文學作品所化用或者移植。文人作品中，如「張生煮海」等即是，主人公用這樣的方法，請求龍王允許他和龍女的婚事。民間故事中，則以此法解決高昂采禮的問題。高額采禮的情節，「逆襲」類婚事中固然普遍存在，即使一般的婚事中，也大量存在，只是程度差別而已，民間故事中作這樣的改編和移植，這和民眾實際的生存狀態以及婚事生態是完全一致的。沿海地區，此類故事尤其容易產生和流傳。

解決大采禮問題，民間故事中還有一類情節也值得注意，這就是「助人而利己」。《海安卷》所載《癩子娶老婆》中，貧窮的癩子愛上了員外家的小姐，員外提出的采禮是：四塊金磚填床腳，兩根金竹掛蚊帳，四升珍珠鋪新房，一根金索子戴在姑娘的脖子上。癩子根本無法得到這些財物，相思欲死，遂去西天佛國求助。路上先後遇到三個人和一隻鱉，他們有困難，未知原因，也不知如何解決，故託癩子到西天的時候代他們瞭解。到了西天，癩子瞭解了他們的問題，知道了解決方法，但是忘記了自己的事情。歸途中，癩子幫助那三個人和一隻鱉解決了問題，得到了他們的酬謝：一根索子，兩根枯竹，四塊黃磚，四升砂子，這些正是造成他們困難的事物。回家後，癩子發現，他得到的這些東西，原來正是員外提出的采禮！如此結構的故事，西方民間故事中亦有之。

除了以上「舀海」、「助人而利己」兩種模式外，江蘇民間，憑藉神助解

決大采禮問題而「逆襲」成功的故事，還有《邳州卷》之《王小賣豆腐》，《海門卷》之《石獅子面孔爲啥歪》等。

有些民間故事中幫助主人公「逆襲」成功的神靈，則是帶有邪氣，它們使用的方法也是不正當的。《沛縣卷》所載《影身扇》，《如東卷》所載《狐大仙》，《如皋卷》所載《秀才遇狐仙》中，都是精靈將主人公送到富貴人家小姐的臥室，小姐及其家庭懼怕聲譽受到損害，才成就了主人公的「逆襲」。《徐州卷》所載《鼇子的傳說》中，兔子精靈騷擾雲南公主，以給恩人樵夫救助公主的機會，讓樵夫得以「逆襲」公主。這些故事中，精靈這樣做，幾乎都是爲了報恩，體現「有恩必報」的道德觀，但是，這不免傷害了無辜的小姐們。

在這些「逆襲」成功的故事中，值得注意的是，有些男女並沒有在社會地位較高或者經濟條件較好的女方家庭過舒適的生活，而是離開女方家庭，過普通人自食其力的生活。這樣情節，突出了男主人公「逆襲」的目的，是愛情，而不是富貴，使男主角及其「逆襲」，顯得高尚。

此類「逆襲」狂想曲，除了處於下層社會的單身男女用以自我安慰「窮開心」的娛樂作用外，還有沒有什麼積極的意義呢？當然是有的，這就是民間故事「勸人爲善」的基本功能，這些故事同樣具有，且表現得尤其特出。例如《拾來的探花，撿來的夫人》中，主人公學問並不深，「但他心眼好，平時多行善事，尤其對老母親孝順」。《湯圓招親》《劉百萬招女婿》《林長安討飯》等故事中，主角拾重金而不昧，代新郎舉行婚禮而不願意和新娘有婚姻之實，這些都是難得的義舉。《徐州市區卷》所載《一文亭》中的主角，是個大孝子，拾金不昧。《人行好事奔前程》中的主角，忠厚仁義。上文所舉「逆襲」成功的女子，都是富有愛心乃至救助人而成功的。《鼇子的傳說》《農夫娶公主》《玉兔做媒》《王二巧遇虎哥哥》等故事中，主人公都是獲得所救動物的幫助才「逆襲」成功的，這些故事，提倡保護動物，愛惜生命。有些故事中，則體現正確的人生觀念和婚姻觀念。《如皋卷》所載《三姑娘選女婿》中，三姑娘的觀點是：「大姐夫錢再多，也是一家享福千家怨，捨不得給一點窮人。二姐夫勢再大，專門仗勢欺人，早晚也會遭到報應。我既不嫁給有錢的，也不嫁給有勢的，還是嫁個靠雙手掙飯吃的人好。」這些，對人民大眾，都是有明顯的教育意義的。

# 結　語

　　此類故事，反映了主流社會和民間社會在婚姻觀念等婚姻文化方面的巨大差異。儒家相關的觀念和文化，經過這麼多年的強勢教化，還難以在民間社會深入人心，主要原因，在於民眾的生活狀況、社會生態環境及其相應的思想感情，和儒家的此類觀念和文化，存在著巨大的差異。從這裡，我們也可以看出，在民間傳播思想文化，必須對民間社會有深入的瞭解，在此基礎上，調整傳播的內容和方式，才能提高傳播的效率。

# 第四章　精靈與人類婚配故事研究

## 引　言

　　這裡說的精靈，包括人們幻想出來的各種具有人的智慧和與人溝通的能力的生命體，例如神仙、鬼魂、動植物精靈等等。精靈與人類婚配的故事，在世界許多地方有之。《埃及民間故事》之《這顆芝麻種子》云：「婚姻或相類似的關係，在神怪和人類之間，是被相信爲可能的，也是我們經常聽到的。」在江蘇民間故事中，此類故事，數以百計。在我國其他地方的民間故事中，也是比較常見的。這個世界上，當然不存在所謂的精靈，但是，這些故事在民間普遍地流傳，其中肯定有原因在。通過對這些故事的研究，特別是與文言小說、白話小說中精靈和人類婚配故事進行比較研究，以及對外國民間故事中相關故事的研究，我們可以加深對我國民間社會的認識。

　　此類故事的社會解讀，對我們更好地認識現實社會中的道德觀念、婚姻觀念、宗族觀念、對外觀念等社會觀念，無疑是有很大幫助的。

## 第一節　常見情節類型分析

　　精靈與人類婚配故事中，有不少常見的情節模式，例如「螺女型」、「猿猴攝婦型」、「河伯娶妻型」等等。這裡，筆者則從性質的角度，對精靈與人類婚配故事中的主要情節作分類分析。

　　除惡類情節，是最爲常見的。在精靈與人類婚配故事中，精靈和人類的婚配或者性關係，以及與之相關的行爲，會危害人類，這樣的精靈，當然是

邪惡的，被作爲清除的對象。《中國民間故事集成》之《江蘇卷》之《掛鍾馗像的傳說》中，化爲姑娘的黃鼠狼精和牧牛人王小二睡覺，不久，王小二就「黃皮寡瘦」。板奶奶發現眞相後，指導王小二運用智慧驅除了這黃鼠狼精。《如東卷》之《狐狸精》中，一雄性狐狸精霸佔了某個已婚婦女，這婦女的丈夫讓妻子運用智慧驅逐了那狐狸精。其所用智慧，和《掛鍾馗像的傳說》中相似，而情節相仿的故事，還有《海安卷》所載《磚頭塊和狗屎垛》等。《如東卷》之《英姑母女鬥馬猴》中，馬猴強搶英姑入山與之婚配，英姑的母親進山找到英姑，騙爲馬猴治眼，用黏了膠水的白布纏繞馬猴頭部，治死了馬猴。《徐州市區卷》之《雲龍山廟會》云，黑魚精興風作浪，水淹徐州城，以此要挾百姓獻一美女給他作妻子。金牛和李小妹兩情相悅，但是，爲了百姓的利益，金牛讓李小妹前去應承和黑魚精的婚事，設計誘騙黑魚精進入一石洞，金牛和大家一起用巨石把石洞堵死，將黑魚精永遠困在其中。《新沂卷》所載《黑龍潭》中，黑魚精強搶民女，上帝命東海龍王派三太子殺之。《新沂卷》所載《黃臘樹》中，瑤池黃連仙下凡，致乾隆帝的女兒懷孕且生重病，高僧降伏黃連仙，使之在下界爲樹，不能爲害。《海門卷》所載《五郎子》云，太上老君戰勝強娶民女的十郎子。《沛縣卷》載《仁常仁短》中，鱉精和富家女睡覺，還讓她生病。仁常無意中得知這個秘密，幫助女子家擒殺了鱉精，治癒了女子的病。《沛縣卷》載《翁禿子》中，翁禿子用槍打跑纏繞女子的妖怪。《啓東卷》所載《白蛇和鳳仙》中，白蛇怪強搶民女，鳳仙花子和白蛇大戰，殺死白蛇，救出被搶的姑娘。《南通市區卷》之《青香塘》中，欲強娶民女的龍王被打敗。《南通市區卷》所載《通州無北門》云，鐵繩精化爲紅衣少女，攝取男青年，被張天師降伏。《海門卷》所載《狼山燒香的傳說》，蟒蛇化爲人強娶女子，被人們趕入江中後興風作浪，狼山大聖戰勝之，將他鎮在狼山下。

在歐美等地的民間故事中，精靈和人婚配，或者發生性關係，以及與之相關的行爲，如果損害人類的利益，人類也是不容的。《挪威民間故事》之《被打斷了的精靈婚禮》云，某姑娘即將舉行婚禮，一男性精靈假冒新郎，接走了新娘，在精靈社會舉行婚禮。參加婚禮的人，新娘都認識，因爲他們其實都是精靈假冒她的親友，唯獨新娘的狗不是原來的狗的樣子。新娘的未婚夫發現新娘失蹤，追趕到精靈婚禮現場，救回新娘。同書《被打斷的精靈婚禮》，情節略同。同書《黑與白》云，女性精怪逼婚人類男子，而陷害男子

前妻之子，欲除之而後快。最後，這女性精靈被除掉。同書《失落在山裏的母雞》云，一老婦人丟失了一隻寶貴的母雞，先後派三個女兒入山尋找。大女兒、二女兒不願意當山裏巨人的情人，被巨人所殺。小女兒被迫同意當巨人的情人，並且讓巨人給母親送吃的。後來，小女兒設計成功地將巨人置於死地。《德克薩斯的民間和民間傳說》之《野馬精》云，一匹野馬精靈化爲一個青年男子，將一個女子挾持到野馬中，並且逼迫她成婚。《匈牙利民間故事》之《星星男友》中，一農民見一星星落在他女兒住的穀倉裏，問其女，其女云有一青年和她相愛，常來和她幽會。農民自己守在穀倉裏，夜間，有人來上其床。農民摸之，其腿竟然是鵝腿，驚而起，其怪追，農民入屋反鎖而免。農民以一稻草人放其女床上，其怪噴火，久之而不來。《民俗——神話、傳統、風俗、習慣舉隅》之《庫薩之出生》云，一女妖將女子某甲打落海中，自己化成某甲的模樣，和某甲的丈夫同居。某甲漂流到一海島，艱難謀生，生一蛋，蛋中出一鳥庫薩。庫薩能飛後，給其母親打漁，並且飛到舅舅處，飛到父親處，讓他們知道某甲在那個海島。某甲的丈夫將某甲接回，並且知道了真相。女妖不知道事情已經敗露，出門迎接丈夫，被丈夫打死。魔鬼化成人的模樣和人婚配而最終被人殺死或者驅趕的故事，在西方民間故事中很常見。

精靈把婚配或者和人類的性關係作爲危害人類的一種途徑，他們對人類的欲望，並不是在婚配和性，至少不僅僅是在婚配或者性。這樣的精靈，當然是邪惡的。此類故事的主旨，在於除惡，相應的情節占很大的篇幅。這些故事中，邪惡的精靈，大多是女性的。《海安卷》載《石錐子》云，一個放羊的姑娘受人調戲而投河自殺，一母羊成精，爲主人報復社會，變成一個漂亮的小寡婦，引誘男青年背她過河，若男青年不軌，她就讓他淹死在河中。六個青年，因此喪命。後來，一石姓男子讓羊精顯出原形，揭開了六個青年溺死的秘密，也除去了羊精之害。《海門卷》所載《雞冠花》中，蜈蚣精以色相引誘男子和她結婚，一年多後，誘使丈夫和她一起入山，顯露原形，欲食丈夫。丈夫家先前的一公雞出現，和蜈蚣精鬥，同歸於盡。《海門卷》所載《公雞和蜈蚣》的故事，與之相仿。

和人類女性婚配或者發生性關係的男性精靈，幾乎都被認爲是邪惡的，這樣的婚配或者性關係，幾乎都被認爲是精靈對人類的危害，因此，即使這些男性精靈並沒有損害人類利益的行爲，甚至對人類有益、有恩，即使當時

女子本人並不認爲其男性精靈危害了她，但是，人類社會還是會把這些精靈作爲邪惡的精靈而除之，或者驅逐之，或者讓女子和該精靈脫離。例如，《中國民間故事集成》之《江蘇卷》之《趙家天子楊家將》中，漁家姑娘和化成白面書生的水獺精一起住宿而懷孕，眞相被發現，漁民們決定擒殺水獺精。姑娘和水獺精彼此「已經結下情分」，姑娘不忍心水獺精遭害，勸水獺精躲避。可是，漁民們還是將水獺精擒殺。《通州卷》之《獺貓精》，《如皋卷》之《獺貓精和趙匡胤》，《海安卷》之《趙匡胤的傳說》，情節都和《趙家天子楊家將》中所載大致相同，都表現出趙家姑娘對獺貓精的感情。《豐縣卷》所載《雞王廟》云，公雞精化成能夠隨口吟詩的翩翩公子，和富家千金荷花「你有心，我有意」，「共入羅闈」。荷花的父親發現眞相後，還是把公雞殺了。《太湖的傳說》所載《蠶桑娘子和白馬》，也就是在我國流傳很廣的馬頭娘的故事中，白馬爲其家作了貢獻，它所要的，只是其家兌現諾言，讓它和他們家姑娘結婚，但是，它卻因此被其家殺了。《鹽城市故事卷》之《蠶姑娘的來歷》、《常州民間故事集（二）》之《蠶姑娘和白馬》也是這樣的故事，僅僅是情節有所不同。《鹽城市故事卷》之《蟒蛇河的傳說》云，逃荒到此的張老人把女兒嫁給當地擁有莊園的書生佘旺。女兒說丈夫身上總是冰冷。張老人請張眞人看，張眞人發現佘旺是一蛇精，欲斬殺之。佘旺申辯，他雖然確實是蛇精，但是從來也沒有害人，也沒有害人的意圖。可是，張眞人還是將佘旺殺了。同書《張天師遭妖迷》云，張天師的妹妹誤嫁給一白蛇精。唐僧、孫悟空一行往西天取經，路過其地，孫悟空出手，將張天師的妹妹救出。此時，她已經懷孕，生下的孩子，就是白素貞，又成了《白蛇傳》的女主角。《南京民間傳說》所載《石駙馬》中，石頭雕像成精，因爲公主戲說要嫁給他，他就想娶公主爲妻，結果被砍了頭。《無錫民間故事精選》之《柳樹和槐樹的傳說》中，姐姐槐花和妹妹柳青在河裏洗澡的時候被一小夥子偷去衣服，柳青就嫁給了他，生活幸福。可是，小夥子原來是蛇精。槐花的丈夫知道眞相後，去殺這蛇精，最後同歸於盡。〔註1〕

----

〔註 1〕 男性精靈對人類無害，但和女性人類發生婚戀或者性行爲，人類也不能接受，這樣的故事，國外也有之。《挪威民間故事》之《火槍拒山精》云，姐姐和弟弟一起生活。一男山精愛上了姐姐，姐姐似乎也愛上了男山精，還隨男山精一起參觀了他的住所和農場，發現一切都好。弟弟回家，不見姐姐，知道姐姐被山精所迷，乃放槍，姐姐乃出現，就站在不遠處。此後，不見姐姐，弟弟就放槍，而姐姐就會在不遠處出現。後來，弟弟帶姐姐搬家，擺脫了那山

　　各類文學作品中，以愛情爲題材的，常常被加入其他的一些主題，這可以概括爲「愛情加」的模式。當然，這些所加的主題，也可以是多重的。人和精靈婚配故事，也是如此的。

　　淑世主題。婚配的雙方或者其中一方爲人們做好事。《常州民間故事集》之《山丫與柴郎》云，人參化爲女子山丫，和孝子柴郎結婚。黑蛇精水中下毒，且誣陷山丫放毒。山丫以自己修煉成的定風珠碾碎消毒救百姓，並且戰勝了黑蛇精，自己也身受重傷，幸虧得到了茯苓等的救助而保全了性命。

　　磨難主題。此類故事中，雙方在婚配之前或者之後，他們的愛情或者婚配，不被家族或者宗族成員認可，後者設置種種磨難，阻擾他們的結合或者拆散他們的結合。此類故事的主旨，在於頌揚愛情，譴責家族或者宗族對其成員愛情和婚姻的干預，是對當時人類社會中普遍存在的家族或者宗族尊長干預家族或宗族成員愛情和婚姻這樣的現象的反映和抨擊。《鹽城市故事卷》之《大魚尖的傳說》中，割草青年王小二救了化爲紅鯉魚的龍女，龍女就嫁給了他。龍王大怒，欲淹其地。王小二和龍女領導人們築堤壩捍海潮、築高墩讓人們避水。《邳州卷》載《姊妹樹》云，貧家子弟白郎和樹神之女果仙相愛，樹神知道後，囚禁果仙。果仙被放出，白郎已經去世。果仙乃在白郎幹活的地方，化爲一棵白果樹，而樹神將她強行拉走。臨去時，果仙留下兩條胳膊，化成兩棵白果樹。《邳州卷》載《瓜田配》中，青年農民沈良和狐女翠

---

精。同書同頁碼《仙草拒求婚者》云，一精靈男子愛上了某姑娘，展開追求，答應給姑娘非常幸福的未來。姑娘及其母親不勝其煩，乃聽從一智者的建議，用仙草拒絕了山精。姑娘婚後，生育了多個子女，生活艱辛。某日，姑娘正勞作，那山精出現，對她說，當年你如果嫁給了我，哪裏會如此辛勞！《非洲民間故事》之《大象與一女子成婚被騙》云，女子和一大象結婚，女子的兩個哥哥秘密訪之。女子怕哥哥遭到大象的傷害，將哥哥藏在柴堆中。半夜，他們三個攜帶錢財成功逃。大象追趕而未及，陷落石頭中而死。但有些民間故事中，則可以接受。《埃及民間故事》之《娶人爲妻子的動物》中，蛇和人間女子結婚。女子的父親探望女子，發現她很幸福地生活在宮殿中。《德國民間故事》之《來自維納斯鳥的金羽毛》云，士兵奉國王之命到鳥島取維納斯鳥的金羽毛，遇到先前認識的女管家，她已經嫁給了維納斯鳥。《挪威民間故事》之《與山精同居》云，山精取一已婚女子同居。一日，女子的丈夫在山中打柴，聞其妻子呼喚他的聲音而不見其人。妻子讓他伸出手來，將以前他送給她的一枚胸針還給他。丈夫求她回去，她說不能回去，但她一切都好。同書《到山精處的助產婆》云，姑娘被男山精取去做老婆。男山精邀請岳母訪之，因爲其妻子將生產。母親隨女婿訪之，看到女兒生活幸福，比嫁給其教區最爲富有的農夫還好。

翠成婚，沈良的伯父母請術士趕走翠翠，沈良因此而死。當然，有些故事中，這些磨難，也有對當事人愛情作考驗的意義在。《邳州卷》載《情人崖》中，樵夫潘情仁和山神的三女兒金愛相愛，情仁去向山神請求，允許他們結婚。山神很生氣，先後以讓情仁做三件世俗之人完全不可能做到的事情相刁難，說情仁做好這三件事情，他才答應他們的婚事。這三件事情是：在一天之內，把山頂的一個大凹坑灌滿水，使之成為天池；在一夜之間過九十九個山頭，在每個山頭立九十九個百斤石頭；從山門到山下修九十九個臺階。在金愛及其兩個姐姐的幫助下，情仁如期做好了這些事情，山神遂應允他們成婚。於是，情仁順利地娶回了金愛。《中國民間故事集成》之《江蘇卷》所載《震天鼓》《鳥郎子的故事》《狐女》，《通州卷》所載《飯郎山》，《沛縣卷》所載《金絲鯉魚》，《沛縣卷》所載《煙草的傳說》，《銅山卷》所載《張二遇仙記》等，都有磨難類型的故事情節。

　　抗暴主題。對財富和資源的貪婪，是最為普遍的醜陋人性，因此，在已知的任何社會，任何時候，財富和資源的分配和佔有，總是最為重要的社會問題。在古代社會中，強勢者以其權力、財富等等的優勢，利用當時社會規範的不公平，肆意掠奪弱勢者的財產和資源，甚至弱勢者的美色和性，也被作為一種資源而往往遭到強勢者的掠奪。精靈和人類婚配故事中，有很多故事，以誇張的手法，表現了這樣的現實，且也曲折地表達了弱勢者的不滿和反抗。《中國民間故事集成》之《江蘇卷》《蚌殼精》中，貧苦農民阿三在長嘴白頭翁嘴下救出了一隻蚌，此蚌乃一女性精靈，和阿三結婚生子，開墾海田耕種，生活漸漸好轉。太倉城裏一大財主知之，謀奪阿三夫婦開墾的海田，雙方幾番惡鬥，阿三入獄，蚌殼精被大財主的同盟者長嘴白頭翁精糾纏，被雷電所擊，喪失道行和所有法力，變成極為普通的蚌。《南通市區卷》之《紫菜》中，孝子漁郎和紫菜仙子成婚，漁行老闆見紫菜仙子漂亮，欲以之為小老婆，帶人強搶，逼得紫菜仙子跳海。《無錫的傳說》之《九龍十三泉》中，邵寶和九龍山山神的公主成婚，他們以公主的嫁妝九龍杯灌溉百姓土地。大財主知道後，強搶九龍杯。邵寶遵照丈人「九龍杯不能落入壞人之手」的囑咐，摔碎九龍杯，和公主雙雙死去。精靈和人類婚配民間故事中，男主人公在女主人公的智勇和法術的幫助下，戰勝強勢者，邪惡的強勢者遭到懲罰。這樣的結局，也是多見的。這些故事，反映了人們有效地抗擊強勢者的此類暴行、捍衛自己正當的權益的願望。《中國民間故事集成》之《江蘇卷》載淮

安民間故事《虎頭鞋》中，山陽縣運河灘上貧苦的擺渡人楊大和畫圖中的女子成婚生子。當地縣官大老爺垂涎畫圖中女子的美色，強搶畫圖歸衙門。經過一番曲折，縣官被畫圖中女子所繡虎頭鞋上的老虎叼到山裏去，楊大一家得以團聚。此類以抗暴爲主題的人和精靈婚配故事還有：《揚州民間故事集》載《小癩子和蚌姑娘》，《蘇州民間故事》載《田螺姑娘》，《太湖的傳說》載《盛阿憨造旺盛橋》，《新沂卷》載《怎麼了》，《新沂卷》載《十年河東轉河西》，《銅山卷》載《梨山》，《鹽城市故事卷》之《寶豬》等。國外故事中，也有此類情節。《希臘民間故事》之《甲魚和鷹嘴豆》云，老漁夫獨身，打到一隻甲魚。此後，甲魚在老漁夫不在家的時候，給老漁夫做飯。老漁夫驚訝，設計偵查，發現甲魚從殼中出來，變成美婦，給他做飯。他迅速進屋，打碎甲魚殼，和甲魚女結婚。國王舉辦繡花比賽，邀請姑娘們參加，甲魚女也在邀請之列。比賽結果，甲魚女奪魁。國王欲娶之，甲魚女告之已婚。國王屢次給漁夫出難題，漁夫都在甲魚女的幫助下完成。最後，貪婪好色的國王被精靈殺死。這簡直就是希臘版的《螺女》故事。

在有些民間故事中，反面角色不是人間社會的人，而是神靈世界的神靈，他們同樣憑藉著強勢，來掠奪主人公夫婦的財富或者女主人公的美色。此類強勢人物，正是現實世界某些強勢人物的寫照。例如《中國民間故事集成》之《江蘇卷》之《樟哥和臘妹》中，窮苦漁民樟哥和臘梅樹精靈臘妹結婚，龍王三太子垂涎臘妹的美色，用優厚的物質生活引誘臘妹失敗後，竟然帶著蝦兵蟹將強搶臘妹。樟哥和臘妹不願分開，龍王三太子請來的雷公電母用雷電將他們分開。三太子刺死樟哥，臘妹自殺。這些來自神靈世界的恃強凌弱的邪惡強勢者，正是人間社會不法官僚豪強的化身，人們藉以譴責他們，詛咒他們，發洩對他們的憤恨。《揚州民間故事集》載《傻哥哥和楗子姑娘》中，則是以男女主人公戰勝龍王爲結局。《鹽城市故事卷》之《石姑娘換心》中，小石匠和他雕刻的石頭姑娘相愛結婚，野狼精把石頭姑娘騙去，經過一番曲折，石頭姑娘又回到小石匠身邊。

教育主題。《鹽城市故事卷》之《王大寶的奇遇》云，王大寶放一黃鼠狼。一陌生姑娘帶財產來和他結婚，自此生活蒸蒸日上。富裕後的王大寶沾染了吃喝嫖賭等惡習，妻子屢次勸告，都遭到他的拳打腳踢。某次，他賭博，把妻子輸給了某位財主。當他回到家裏，發現一切都如姑娘沒有來的時候，只見一隻黃鼠狼朝他拜了三拜，戀戀不捨地離去。《南京民間故事》之《石臼湖

的來歷》云，沈小寶心地善良，樂於助人，龍王的女兒看中了他，嫁給了他。這女子很能得到公公婆婆的歡心。可是，她受到兩位嫂嫂的妒忌和中傷，最終只好離去。

陰謀主題。《鹽城市故事卷》之《狐大仙和鬼話劉基》云，劉基進京趕考，在荒野中被一狐狸精所迷。這狐狸精確實很愛劉基。得到一個神仙的指點，劉基和狐狸精結婚，伺機偷吃了狐狸精的仙丹，但是，狐狸精仍然非常愛劉基。後來，她還是常在劉基的左右，給劉基出謀劃策。

當然，也有相對純粹的情感主題的。此類故事情節，主要表現男女主人公相愛的過程，渲染他們之間愛情之深厚，往往以懸念和離奇取勝。《銅山卷》之《九里溝》中，青年男子在寸草不生的荒灘耕種屢遭失敗，水源難覓，一個姑娘使用法術給他引來了水種莊稼，和他結婚，兩人開發荒灘，生兒育女，後來，這女子告訴小夥子，她原來是狐狸精，因見小夥子勤勞忠厚而和他成就姻緣，但是注定要離去。小夥子以爲她在開玩笑，而女子竟然眞的離去。同書《白家橋》中，在父母的主持下，一女子和自稱來自利國的白面書生白公子結婚，婚後夫婦非常恩愛。後白公子回鄉探親，女子依依不捨，相送到十里長亭。此後，白公子一去不回，女子相思心切，隻身前往利國尋找。經歷許多艱辛而尋找不得，女子悲傷過度而昏迷，在夢中，白公子出現，並且告知他家所在。醒來後，女子找到夢中白公子所說的地方，來到一棵白果樹下，「一陣微風吹過，樹上發出陣陣輕聲，好似白公子的呼聲，她抬頭觀望，白果樹上掉下串串水珠，掉到她的臉上，姑娘恍然大悟，白公子原來就是這棵白果樹！」姑娘高聲呼叫她的「白郎」，「哭得死去活來，倒在橋下」。同書《魔鏡》，寫一個書生和一個能夠藏在鏡子裏的女鬼之間的離合過程，甚至並沒有涉及其他的角色。此類情感主題，當然不僅僅是愛情，也有親情在。例如《九里溝》故事就是，其中的女精靈已經有兒女，離開也是痛苦的。國外也有此類故事。《來自由利奧拓的故事》之《海豚姑娘》云，兩雌性海豚到一個海島看男子跳舞，她們先游到海灘上，摘其尾，藏於沙中，化成女子，觀舞結束，她們找出尾巴按上，遊走。這秘密被一男子發現。某日，兩海豚又如此。男子找到一根尾巴，藏起來。兩海豚看舞畢，其一找到尾巴按上，遊走。其一找不到尾巴，不得去，被迫嫁給這個男子，生一對男女。某日，男子和兒子出海打漁，妻子在家，偶然發現當年尾巴，就用海水浸泡，尾巴鮮活如前。女子告訴女兒眞相，要他們此後不要吃海豚，也不要隨她入水。母

女哭別，女子按上尾巴，入海，到其丈夫和兒子捕魚的地方，繞多圈，不忍去。丈夫知道是她，對她說，她可以去她想去的地方，他會善待兒女的。海豚乃去。父子歸家，全家哭久之。

## 第二節　性別差異及文體比較

婚配基礎中最爲重要的部分，當然是性。只要對這類故事進行系統的考察，我們不難發現，在這類故事中，人們對待男性精靈和女性精靈的態度是絕然不同的。下列幾種現象極爲明顯：

第一，作爲主角的女性精靈，遠遠多於作爲主角的男性精靈。女性精靈與人間男子婚配的故事，要遠遠多於男性精靈與人間女子婚配的故事。這在古代小說和民間故事中，都是如此，不過，在民間此類故事中，以男性精靈爲主角的故事，所佔比例要稍微高一些。

第二，善良的女性精靈，要多於邪惡的女性精靈，男性精靈則恰恰相反。這在古代小說中和民間故事中，都是如此。在古代此類題材的文言小說中，善良的男性精靈極少，甚至幾乎沒有，無害的也不多，於人類社會有幫助的，很難找到。邪惡的男性精靈則占絕高的比例，他們不是使人致病，就是敗壞社會道德，或者擾亂人們的生活。

可是，在江蘇民間的此類故事中，無害的、善良的甚至是對人類社會有很大幫助的男性精靈，也有不少。例如《豐縣卷》之《雞王廟》中化成才貌雙全的翩翩公子致使小姐懷孕的公雞精，《中國民間故事集成》之《江蘇卷》之《趙家天子楊家將》等故事中化成俊美書生致使漁家女兒趙紅英懷孕的水獺精，《邳州卷》之《大巧和小巧》,《如皋卷》之《蛇郎哥》等故事中的蛇化成的男青年蛇郎，它們都沒有強迫女子和他們婚配，對人類社會沒有什麼害處，《銅山卷》之《白家橋》中和女子成婚的白果樹精，《南通市區卷》之《獺狸廟》中化成打漁高手、幫助漁民打漁的獺狸精，它們不僅沒有強迫女子和它們婚配，沒有做什麼危害人類社會的事情，而且對人類社會還有很大的幫助。這些男性精靈，如果不是遠離人類，幾乎都會被人類消滅，而這些民間故事中，又有對他們明顯的同情在。

第三，人類社會較多地接納女性精靈，而排斥男性精靈。凡是邪惡的神靈，不管是男性還是女性，它們和人類婚配，人們總是排斥的，會千方百計擺脫它們，驅趕、拘禁甚至殺戮它們。這很容易理解。文言小說、通俗小說

中是如此，民間故事中也是如此，沒有什麼區別。

善良或者無益無害的女精靈，在有些故事中，也遭到消滅或驅除，但是在古代小說所載許多故事中，她們會爲人類社會所承認，所接納。例如，《太平廣記》卷四五一引《廣異記》中的《王璿》云，與王婚配的狐女美而知禮，人雖知其爲狐，「樂見之」而不加害。馮夢龍《情史》卷二十一中《狸精》云，崔三在確知其所配者爲狐精的情況下，仍然與她來往。蒲松齡《聊齋誌異》中，《嬌娜》《青鳳》《蓮香》《汾州狐》《巧娘》《紅玉》《胡氏》《狐妾》《毛狐》《狐諧》等許多篇章裏，人們在明知這些女子是狐女後，並不加以消滅或驅除，而是予以寬容和接納，像對待世間尋常女子那樣，和她們相處，有些善良仗義的狐女，甚至還被予以讚美和尊敬。

民間故事中，也是如此。《新沂卷》之《怎麼了》中的魚女、《睢寧卷》所載《何東與何西》中的葫蘆掛娘、《蘇州民間故事》所載《鳳里十八浜》中的彩鳳仙女、《銅山卷》所載《李二遇仙記》中的紙人女子等，都是爲人類社會接納的。有些民間故事中，善良的女精靈被人間社會這樣那樣的角色所排斥。例如，《邳州卷》所載《瓜田配》中，沈良和狐女翠翠結婚，翠翠也沒有做什麼危害人類的事情，而沈良的伯父伯母，請術士驅逐了翠翠，直接導致了沈良的死亡。《銅山卷》所載《張二遇仙記》中，和張二結婚的狐女幫助張家致富，對張二兄嫂的幫助尤其巨大，可是，張二的嫂嫂屢次加害狐女，導致狐女出走回娘家。很明顯，就這些故事的傾向性而言，同情明顯在女精靈，譴責的是排斥她們的社會角色，這些角色，都是反面角色，至少是故事作者、傳播者所批評的角色。因此，這同樣可以解讀爲民間社會對她們的接納，對她們的認可。

在外國故事中，人類社會也能夠接受精靈兒媳婦。《挪威民間故事》之《娶個精靈做老婆》云，某青年進入精靈世界，某個女精靈和他目成。後來，他將女精靈帶回人間成婚。婚禮上，人們注意到，新娘有條尾巴。在新郎和新娘通過教堂大門的時候，新娘的尾巴脫落了。婚後，男子性格暴躁，而女精靈則是一貫的好脾氣。男子發現老婆非常能幹，就更加愛她，他們的家庭也興旺發達起來。女精靈的尾巴，就是其精靈身份的象徵。尾巴脫落，就意味著她變成了人，人類社會也接納了她。《蓋力克仙話》之《曼特凡的牧人》云，海女從海中走出，和牧人結婚，一切都很正常。可是，牧人打了她三次，她就回了大海，不再回來了。《意大利民間故事》之《迷迭香姑娘》

中，西班牙國王和迷迭香樹女精靈結婚。《法國民間故事》之《魔鬼和他的三個女兒》中，魔女幫助青年完成魔鬼交給青年的一系列難以完成的任務，和魔女結婚，成功地逃脫了魔鬼的追捕，回到人間。此類故事，在西方民間故事中是常見的。當然，也有男子拒絕或者逃脫女精靈逼婚的故事。例如《挪威民間故事》之《逃離山精》中，一男青年在山中遇到一漂亮的女山精，女山精欲和他成夫婦，男青年不願意，況且他已經有未婚妻，於是就用女山精的滑雪板逃跑了。同書《被迷的男子》云，一男子入山被迷，和一女山精良宵一度後回家。四五年後，他尋找失蹤的馬到山裏，發現自己在一房子內，一女山精在忙裏忙外，又叫一個男孩將一杯啤酒給爸爸。這孩子原來就是這男子的！男子趕快逃走。

　　在古代文言小說中，男性精靈則沒有這麼幸運，即使是善良的，無益無害的，也免不了要遭到消滅或驅除。例如，《太平廣記》卷四四九引《廣異記》云，一狐化爲少年與李元恭外甥女崔氏婚配，其文化品位很高，李子還經常向他請教，「頗狎樂」，狐也沒有干什麼壞事，但後來還是被李家設法殺死。卷四六八引《三吳記》中，化爲少年的白魚精以禮與王姓女子結婚，對王家、對社會，都沒有什麼危害，但是，王家人在知道他的眞實身份以後，還是把他殺了。這表明，人類社會拒絕接受他們。蒲松齡《聊齋誌異》卷三《胡氏》中，雄狐化爲博學多才的美少年胡生，求與某巨室女爲婚，其家知道他是狐精，百計拒絕。後胡生請將其妹嫁該巨室公子，巨室竟許之，且見此女「溫麗異常，主人大喜」。這集中地反映了人們對待男性精靈與對待女性精靈的不同態度。

　　在江蘇民間故事中，即使是對人類社會無害甚至是有益的男性精靈，人類社會也是無法接納它們的。例如《豐縣卷》之《雞王廟》中致使小姐懷孕的公雞精，《中國民間故事集成》之《江蘇卷》之《趙家天子楊家將》等故事中化成俊美書生致使漁家女兒趙紅英懷孕的水獺精，都被發現眞相後的人們殺死。《邳州卷》之《大巧和小巧》，《如皋卷》之《蛇郎哥》等故事中的蛇化成的男青年蛇郎娶人間女子的蛇郎君，《銅山卷》中《白家橋》中和女子成婚的白果樹精，儘管在故事中都是正面形象，但是，他們被發現是精靈后，都沒有在人類社會中生活。《南通市區卷》之《獺狸廟》中化成打漁高手、幫助漁民打漁的獺狸精，漁民們知道其身份後，沒有排斥他，還幫助他抗擊龍王的攻擊，可是，他被龍王所殺，也沒有能夠在人類社會生存下去。可見，即

使是對人類有益的精靈，人們也很難想像其在人類社會生存，人類社會很難接納男性精靈。

第四，古代小說和民間故事中，人類社會都接納女精靈和人類所生後代；至於男性精靈和女性人類所生後代，在古代小說中，人類社會一般是排斥的，而民間故事中，則一般是接納的。

精靈和人類婚配後生出的後代，在民間故事中，大多是人。這和文言小說、白話小說中的同類故事，有明顯的不同。在文言小說乃至白話小說中，女性精靈與男性人類婚配所生育的後代，一般都是人類，人類社會能夠接受他們。《太平廣記》卷四二六引《五行記》云，袁某與虎女婚配，生二子。卷四二七引《原化記》云，天寶年間某選人與虎女婚配，生子數人。卷四二九引《河東記》云，申某與虎女婚配，生一子一女。卷四四五引《傳奇》云，秀才孫恪與猿女婚配，生二子。卷四五一引《廣異記》云，李某與狐女生一子，妻死，李某知其為狐，乃「取獵犬噬其子，子終不驚怕，便將入都。」「唐天寶末，子年十餘，甚無恙。」蒲松齡《聊齋誌異》卷一《嬌娜》中，孔生與狐女所生兒子小宦「貌韶秀，有狐意。出遊都市，共知為狐兒也。」卷二《蓮香》中，桑生與狐女蓮香生的兒子，卷四《青梅》中程生與狐女生的女兒青梅，都是正常的人，青梅還當了某官的夫人。卷五《鴉頭》中，某生與狐女生的兒子後來居然「鄉里賢之。」紀昀《閱微草堂筆記》卷十四云，某男子與狐女通，不願娶人間女子，云狐女言當為他生兒子，「於嗣續也無害。」

在江蘇民間故事中，人類社會一般都能夠接受女性精靈和人類所生後代，僅僅偶然有例外。牛郎織女故事、董永故事、沉香故事等仙女下凡和凡人成婚的故事中，仙女和凡人所生的孩子，都是人類。《新沂卷》之《小鬼洞》云，男青年入洞遊，和神女婚配，生了兩個兒子。女精靈和人類婚配，也是如此。例如，《白蛇傳》中就是如此。《銅山卷》之《九里溝》中，狐狸精和男子所生子女，《揚州民間故事集》之《望海樓》中，人和母猿所生的孩子，都是人類。其他女精靈和男子所生子女也是如此。《銅山卷》之《李二奇遇》中，男長工和紙人結婚，生了一男一女。《中國民間故事集成》之《江蘇卷》之《虎頭鞋》中，男子和畫上下來的女子所生兒子，《邳州卷》之《王三娶泥胎》中，王三和狐女所生一子一女等等，也都是人類。在這個方面，民間故事和古代文言小說並無不同。《鹽城市故事卷》之《老新河有三個塘》云，東

陳莊陳姓年輕人開糟坊，和一要飯來的女子結婚並且生兒育女。後來，這女子被發現是蟒蛇精，乃現出原形而離去。她遊走的時候，三次回頭看親人，留下了三個大塘。國外民間故事中，也有男性人類和女性精靈所生兒女爲人並且爲人類社會接受的例證。《非洲民間故事》之《莫問來處》云，一群野豬脫皮化爲人形進入村莊。在一位老人的指導下，發現秘密的人們偷偷將野豬皮用鹽、花椒等醃製，放在水中沖走。除了一個野豬醫生逃脫外，其餘化爲人的野豬都無法返回野豬的形狀，只好回到村里居住。久而久之，村上的男子娶野豬人女子，生兒育女。久之，一個和野豬女結婚的男子和老婆打架，男子罵其爲野獸，應該回到叢林去。野豬人聽到了這話，眼睛都變紅了，聯合起來和村人鬥，村莊幾乎被他們毀掉，許多村人被殺，僅僅留下來幾十人。這其實是部落之間恩怨情仇的曲折反映。不過，這樣的婚姻產生的後代，男方所在社會也是可以接受的。

除了很少的特例外，在古代文言小說中，男性精靈與女性人類婚配所生育後代，一般都不是人類，人類社會當然也不能相容。如《太平廣記》卷四四六引《續搜神記》云，一獼猴化爲一少年，與丁零王翟昭後宮妓女通，「前後妓女，同時懷娠，各產子三頭，出便跳躍。」昭方知是猴子所爲，乃殺猴及十子。卷四六八引《三吳記》云，一白魚精與王素女婚配，王女產一物如絹囊，中皆白魚子。馮夢龍《情史》有《馬精》云，一馬精與一孀婦通多年，該「孀婦復產兒，宛然人形，而容貌則如馬，」殺之。又《獺妖》云，一獺化爲美少年與女通，方士治之，獺現形而遁，而以還其子爲囑。後來，此女果然生一獺，其家欲殺之，眾人阻之，乃投諸江，老獺抱去。這些例證表明，人類社會拒絕接受男性精靈與女性人類婚配所生育的後代。至於唐代傳奇《白猿記》中所云，白猿精使歐陽紇妻懷孕，所生一子「聰悟絕人」，「及長，果文學善書，知名於時」，此乃是爲攻擊歐陽詢而作，是一特例，當另作別論。

外國民間故事中，男性精靈和女性人類所生後代，有非人類者，也無法爲人類社會接受。《美國民間故事和傳說的彩虹書》載一印第安傳說云，一毒蛇向一印第安女孩求婚，她嫁給了它，但是，沒有敢告訴父親。她把它藏在柴火堆下。後來，她生了一條小蛇，也將它藏在柴火堆下。小蛇的祖母領了很多蛇親戚來看她的孫子。她們走後，女孩的父親聞到蛇的氣味，找到了蛇女婿和蛇外孫，把它們都殺死了。毒蛇和這女子所生後代，還是蛇，也無法

被人類社會接受。這故事中說，這毒蛇就是西班牙人。可見，這個故事，有民族矛盾的內容在。

我國民間故事中，情形有所不同。在江蘇民間故事中，男性精靈和人類婚配所生的後代，則也是人類，也為人類社會所接受。例如，《豐縣卷》之《雞王廟》中，某富家的一隻公雞成精，化為才貌雙全的男子，和其家小姐私通後，小姐生的兒子，是人而不是雞，還中了狀元，為其公雞父親立廟，這就是雞王廟。《中國民間故事集成》之《江蘇卷》載吳江故事《趙家天子楊家將》，《通州卷》之《獺貓精》，《如皋卷》之《獺貓精和趙匡胤》等故事中，漁家女兒趙紅英和水獺精所生兒子，竟然就是宋朝開國皇帝趙匡胤的祖先，有的故事中，甚至就說是趙匡胤本人。《揚州民間故事集》之《癩蛤蟆精》中，癩蛤蟆精娶姑娘為妻子，生二子，能夠給收養他的老漢夫婦養老送終。《如皋卷》之《南海送子觀音》中，女子和公猴子生下的孩子，竟然成了東方許多人的祖先。

這樣的例證，國外民間故事中也有。《愛爾蘭民俗》，第二冊，《漁夫湯姆和漁夫約翰》云，一女子打到一大魚，魚化為人，和她成婚，生了兩個兒子湯姆和約翰後，此男子歸大海。湯姆和約翰長大後，入海找父親，經歷曲折，終於找到，送到母親那裡。此人上岸為人，入海化魚。《老撾、泰國、越南苗族民間故事》之《老虎偷去糯白萊的妻子》中，糯白萊的老婆回娘家，被老虎家族偷去，成了其家的兒媳婦，和一隻老虎婚配。糯白萊經過一番曲折，殺死了眾虎，將要殺妻子的虎丈夫的時候，被妻子阻攔。妻子云，她已經懷了虎丈夫的孩子。糯白萊終於殺了那公虎。糯白萊的妻子也能化為老虎的形狀，後來生了兩隻小老虎。這兩隻小老虎也能化為人形。糯白萊趁他們褪下虎皮化為人的時候，扔掉了他們的虎皮，帶領他們回到人類家族。

在筆者所見到的江蘇民間故事中，女性精靈和世間男子所生後代不是人類的，只有《蘇州民間故事》所載《烏郎子的故事》。漁民烏郎子和龍王的三公主美人魚在海中私自成婚，美人魚懷孕。美人魚對烏郎子說，她可以生人，但是這樣她就要變成一條魚；她也可以生魚，這樣她就可以變成人。烏郎子為了她生出手腳成為人，就選擇了讓她生魚。這是烏郎子為妻子考慮所作選擇的結果，故事的作者以此突出烏郎子對他妻子的愛，故作了這樣的處理。其餘的故事中，凡是女性精靈和人類生的後代，都是人類，且都能夠為社會所接納。這一點，和文言小說並沒有明顯的不同。

# 第三節　對男女精靈不同態度的社會文化分析

　　從以上現象可以看出，對待男性精靈和女性精靈，人們持有雙重標準：排斥前者，而對後者則有相當的寬容，其間存在著明顯的矛盾。兩性應該是平等的，但是，社會有關男女性別的意識，對男性女性並不是平等的，因此，此類故事中人們對待男女精靈的不同態度，其根本原因，還在於社會之中。我們還可以發現，對男女精靈性別差異的態度，古代文言小說和民間故事中，也有明顯的不同。這樣的不同，我們也可以在社會中尋找到其根本的原因。

　　首先，我們可以從社會兩性中男性處於支配地位這一狀況來分析。兩性之間的矛盾是社會最基本的矛盾之一。母系社會解體以後，到進入現代社會以前，我國一直是一個以男性為中心的社會。男性處於支配地位，而女子則處於被支配的地位。女性精靈幻化為人進入人類社會，只要他們是善良的，或者是無益無害的，就是增加了男性支配的對象，因此，男性占支配地位的社會，自然是樂意接受的。男性精靈幻化成人進入人類社會，這意味著他們會與人類社會的男性共享對人類社會女性的支配權，損害人類社會男性的利益。故事中寫到男性精靈與人類婚配，也幾乎都是他們支配其所婚配的女子，而不是女子支配這些男精靈。因此，男性占支配地位的社會，自然就會拒絕接受他們了。男性對女性支配的程度越甚，對男性精靈的排斥也就越甚。精靈與人類相婚配故事中對與人婚配的男性精靈的排斥，也從一個方面反映了當時男性支配女性的程度。

　　其次，我們可以從社會道德文化的角度來解釋這些現象。與男性占支配地位這一社會現實相一致，社會道德文化，也是向男性一方嚴重傾斜的。一則古代笑話中說，制「禮」的是周公，而不是「周婆」，因此，禮總是對男性有利而對女性不公平。其實，何止「禮」是如此，包括道德文化在內的主流文化，都是「周公」們或者被「周公」們改造過去的「周婆」們創造出來的，因而都是如此！

　　按照我國古代的道德觀念，男子即使結了婚，也還可以納妾，可以在秦樓楚館、歌筵舞榭遣興留情。這些都不算不道德，與女性精靈發生點什麼，性質又輕了許多。精靈與人類婚配這一類故事中，善良的女性精靈，幾乎都是國色天香，神通廣大，對異性熱情奔放，積極主動，充滿了魅力。她們實際上是男子精神世界的一種安慰。這些故事中與女精靈婚配的男子，大多是

在孤寂中接受女精靈的，而且其中絕大部分是單身或是在客中。江蘇民間故事中，和女性精靈婚配的男子，幾乎都是單身，且大多家中貧窮，因此而難以娶得上妻子。無論從感情上還是生理上說，還是從傳宗接代的傳統需求、從操持家務等實際需要說，他們都急需女性。因此，女性精靈既是他們精神需求的一種外化，又是對他們精神需求一定程度上的滿足。精靈當然事實上並不存在，是人們想像出來的，正因為如此，女精靈可以集中體現人間男子們的精神需要，趨於人們所認為的完美。善良的女性精靈，她們那些廣大的神通和在兩性關係方面的熱情奔放、積極主動，是現實世界中的女性所不具備的。在當時的道德觀念中，女子富有才華，並不總被認為是佳事，「女子無才便是德」！女性在兩性關係方面的熱情、勇敢和主動，更是被認為不道德的。在講究「男女之大防」、「男女授受不親」的社會裏，在有些情況下，男子也希望女子在兩性關係方面能積極、熱情、勇敢、主動。在男子承擔了太重的責任而又力不從心的情況下，他們也希望有強有力的女子幫助他們。因此，善良的女精靈，實際上也是對當時世間女子總體人格和能力的一種補充，男性從中找到虛幻的慰藉和暫時的感情寄託。正因為如此，在故事中，社會能夠接受善良的女性精靈。

男性精靈就沒有女性精靈那樣幸運了。誠然，當時社會也有思婦，也有怨女，但是，按照當時的社會道德，對女子而言，與除丈夫以外的男子發生愛情或兩性關係的欲望，是嚴重不道德的。當然，以虛幻的異性精靈安慰自己，也是被認為不道德的。因此，女子受社會道德的制約，哪怕是在幻想的世界裏，也不能像男子那樣，接受異性精靈的情愛和性愛，也不能編造女子與異性精靈婚配的故事來安慰自己空虛的心靈，當然也不會構想出完美的男性精靈的形象，來補人類社會中男性的不足，來獲得虛幻的滿足。她們即使會編出此類故事，此類故事也最終無法突破社會道德文化的層層密網而以文字的方式在社會廣泛、順利地傳播，因為其內容是與當時的社會文化道德嚴重相悖的。更何況，我國古代沒有文藝女神，女作家廖若晨星，至少現存的古代小說中的精靈與人類婚配故事，其撰寫者或編輯者，都是男性而沒有一個是女性！正因為如此，在精靈與人類婚配的故事中，社會無法接受任何男性精靈，哪怕是善良的男性精靈。更何況，男性精靈與人間女子婚配，這本身就被視為邪惡，他們對人間女子的愛慕，也被視為邪惡！至於人們在這些故事中描寫為非作歹的男性精靈，又有著警示女子的意圖和作用。

在民間社會，則情形又有不同。民間故事的創作者、傳播者和接受者，其中都會有女性，這些故事的傳播方式，就是幾乎不需要什麼平臺的講故事。因此，善良的男性精靈和人間女性婚配或者發生性關係的故事，也就可能會產生甚至廣泛傳播，這是女性心理需求的一種體現。因此，在民間故事中，於是就有了這一類的故事，儘管這類故事，從數量上說，是不多的。可見，這一類故事的創作和在民間的口頭傳播，也還是受到整個社會的文化環境所制約的。

再次，精靈與人類婚配故事中人們對男女精靈的不同態度，還可以放到宗族文化中去解釋。對宗族說來，父系血緣是連結宗族成員的最為重要的紐帶，至高無上。被視為神聖的姓氏，就是父系血緣的標誌。因此，保持父系血緣的延續和純潔，是宗族文化中最為重要的內容，也是宗族社會最重要的任務。對一個宗族來說，男性成員的父系血緣必須是該宗族的父系血緣。至於男性成員的配偶，不管來自名門望族，還是尋常百姓家，甚至是文化背景完全不同的區域或民族，哪怕是外國人，她們以及她們和該宗族男性成員生的後代，該宗族社會都能接受。只要父系血緣是該宗族的父系血緣的人，就是該宗族的後代，該宗族一概承認，而且還惟恐失之。但是，來自別的宗族的男子，不管是養子還是贅婿，宗族社會都拒絕承認他們的宗族成員資格，他們的後代，哪怕是與具有該宗族父系血統的女子所生育的後代，也都被排斥在宗族之外，因為這些後代的父系血緣已經不屬於該宗族，而是屬於另外一個宗族。這些，只要翻幾種舊家譜，就可以明白了。苛刻的宗族，養子、贅婿及其後代，是絕對被排斥在宗族和家譜之外的。寬容一些的宗族，或者在宗族人口不興旺的情況下，在家譜中收錄養子、贅婿及其後代，也是將他們打入另冊，編入美其名曰的「恩撫編」的。對養子、贅婿及其後代寬宏大量的宗族，把他們收入家譜，但還是要注明的，用詞也往往帶有貶義色彩，例如「恩撫」之類。當然，某些「低名小姓」的宗族，缺乏文化人的宗族，也可能不那麼講究。

把這種宗族社會的觀念擴大到人類社會層面上，於是就形成了這樣的觀念：人類社會能接納女性精靈，儘管她們來自另一個社會。男性人類與女性精靈的後代，因為其父系血緣是人類血緣，同樣為人類社會所接納。然而，與女性人類婚配的男性精靈，則人類社會無法接受，拒絕承認他們為成員，因為他們不具備人類的父系血緣。這些男性精靈與人間女子所生的後代，其

父系血緣並不是人類血緣，正因爲如此，人類社會無法接受他們爲成員。文言小說中的精靈與人類婚配故事中，人類社會能接受善良的女性精靈及她們與人類所生育的後代，不能接受男性精靈及他們與人類所生育的後代，道理正是如此。

在民間故事中，情形又有所不同。宗族文化屬於民間文化，但是，民間文化，卻遠遠不爲宗族文化所限。就我國絕大部分地區而言，宗族文化最重父系血緣，這確實是事實，宗法中的許多條款，例如不接納父系血統和該宗族不一致的男性和後代，這樣的規定，在宗法中普遍存在。宗法的制定者、維護者和實行者，一般是鄉間代表主流社會的知識分子，體現主流社會的觀念。文言小說的作者，一般來說，除了少數以外，也是主流社會文化觀念的體現者，因此，相關文言小說中體現的社會文化觀念，和宗法觀念是一致的。可是，宗族成員，即使不得不遵從宗法的統治，按照宗法辦理有關事務，可是，他們的思想觀念，卻是宗法所未必能夠統治的。例如，沒有兒子而有女兒的人家，希望贅婿來爲老人養老，希望贅婿可以承接他們這一房的世系，可是，他們宗族的規定，排斥其父系血緣和該宗族父系血緣不一致的男性和後代，拒絕贅婿進入他們宗族，甚至不允許該家庭招贅婿。如果這樣，該家庭也沒有辦法，只能遵從宗法，可是，他們未必從觀念上接受宗法，未必認同本宗族排斥贅婿的做法。民間故事中人類社會接納男性精靈和人間女性所生後代的情節，正是人們反抗相關宗法觀念的反映。江蘇民間關於趙匡胤是漁家趙姑娘和水獺精所生後代的故事，有多個版本，主要情節大體相同。《通州卷》所載《獺貓精》中漁家姑娘叫趙紅英，她和獺貓精的兒子出生後，其父母因爲沒有兒子，就把這孩子作爲兒子來養，「叫紅英不叫娘，叫她姐姐，當做姐弟兩個，取個名叫趙達」。這故事中說，這趙達，就是趙匡胤和趙匡義的父親。《海安卷》所載《趙匡胤的傳說》中，漁家姑娘叫趙鳳英，而其所生兒子，就直接叫趙匡胤了。《如皋卷》所載《獺貓精和趙匡胤》中，漁家姑娘也是叫趙鳳英，她和獺貓精的兒子出生後，「趙老頭看那伢兒方面大耳的，估摸長大後能有出息，就幫他取名趙天寶，叫女兒好好把他領大，將來好靠他養老」。《中國民間故事集成》之《江蘇卷》所載《趙家天子楊家將》中，漁家姑娘沒有名字，但是，其父親姓趙。姑娘和水獺精的兒子出生後，姑娘的父親就去世了。姑娘沒有嫁人，讓兒子姓了趙，叫趙兒，後來改名趙匡胤。在宗法社會中，某家女兒所生的兒子或者女兒，其家宗族是不予接納的，他們無法成爲該宗族的成員，他們的名字不能登錄到其宗

族的家譜或者族譜中去，他們甚至很難把這個宗族的姓氏作爲他們的姓氏。至於像《通州卷》版《獺貓精》中說的那樣，老頭把女兒的兒子作爲自己的兒子，讓這孩子叫他的親生母親姐姐，這在宗法社會中，是決不允許的。可是，不被宗族接納的人，未必不爲家庭所接納。名字登不了家譜，人進不了祠堂，其人卻未必不可以在家庭中生活。在宗法社會中，這樣的人，這樣的家庭，也是常見的。這些人，這些家庭，當然也是民間社會的組成部分，他們自然是宗法制度的受害者，因而也就容易產生對宗法制度的不滿和質疑，乃至反抗。男性精靈和女性人類所生後代爲人類社會所接受，這些故事，正是對宗法制度的反抗。人類與異類婚配的後代，有人類血統，尚且爲人類社會接受，那麼，宗族不接受母系血統爲本宗族父系血統、父系血統屬於其他宗族的人，當然是不合理的。宗法制度在不同宗族中的體現和實行，肯定不是完全一致的，有的宗族嚴酷，有的宗族寬鬆，差異可以是很大的。某些宗族人口稀少，缺乏有文化、有地位的人物，也許根本就不講究什麼宗法。有些自然移民集中的地區，許多人連宗族也沒有，更加不用說家譜、祠堂之類了，對他們來說，就更加沒有宗法了。因此，此類故事，也可能出現在那些宗法統治較爲薄弱甚至沒有什麼宗法可言的地方。

## 結　語

民間故事中的精靈和人類婚配故事，情節、主題或者感情等等，在對待精靈的性別方面，爲什麼會產生和古代文言小說中同類題材故事的諸多不同呢？其原因，在於文言小說和民間故事的作者、傳播者、受眾乃至傳播方式等方面的不同。

文言小說的創作和傳播，在封建社會中，幾乎是傳統文人的一統天下，他們幾乎都是男性，所以，他們的創作，會體現出強烈的男性意識，維護男權社會的種種規範和相應的觀念，在此類題材的故事中，排斥男性精靈及其後代，是可以理解的。可是，民間故事的創作者和傳播者乃至接受者，其主體乃是普通的民眾。他們的成份極爲龐雜，其中有男性，也有大量的女性。他們的社會地位、思想感情、文化程度乃至生存方式、思維方式等，可謂千差萬別。因此，民間故事中所體現的思想、觀念、精神、感情等等，要比文言小說豐富得多、龐雜得多，主流思想就薄弱得多。反映在精靈和人類婚配題材的故事中，對不同性別精靈的態度，也就有了這些不同。

# 附記：相關情節考證

　　《南通市區卷》所載《獺狸廟》中，趙姓漁家夫婦有獨生女鳳英，招贅天寶爲婿。天寶是捕魚高手，將捕魚技術傳授給漁民，漁民生活得以改善。龍王因此大怒，扮術士，將天寶是獺狸精的秘密告訴天寶的丈人趙漁公，並且讓趙漁公用符和毒藥殺死天寶。趙漁婆和鳳英知之，極力反對殺天寶。龍王率眾和天寶大戰，眾漁民助天寶戰龍王。龍王敗逃，天寶身受重傷而死。漁民乃造獺狸廟祭祀之。按此故事和江蘇多個「獺狸精和漁家姑娘生子」的故事之間，有明顯的淵源關係在。《通州卷》所載《獺貓精》，《如皋卷》所載《獺貓精和趙匡胤》，《海安卷》所載《趙匡胤的傳說》，《中國民間故事集成》之《江蘇卷》所載《趙家天子楊家將》，這些故事中，漁家也都姓趙，其家也都是獨生女兒，爲已經成年待字閨中的姑娘。《獺貓精》中漁家姑娘叫趙紅英，《趙匡胤的傳說》和《獺貓精和趙匡胤》中，漁家姑娘叫趙鳳英，這都和《獺狸廟》中的女主角相同。《獺貓精和趙匡胤》中，趙鳳英和獺貓精的兒子叫趙天寶，而《獺狸廟》中，獺狸精的名字也叫天寶。

# 第五章　夫婦關係故事研究

## 引　言

　　夫婦組成家庭，贍養長輩，養育後代，應對親友，自立於社會，共同承擔社會責任。可是，他們畢竟是兩個個體，同樣有各自的利益及其考慮，更有不同的原生家庭背景和教育背景。他們之間的關係，不僅僅是性，也不僅僅是經濟上的、感情上的，更加是觀念方面的和情操方面的。因此，他們之間，也會有這樣那樣的矛盾。如何處理夫婦之間的關係，包括避免、減少乃至解決夫婦之間的矛盾？民間故事也作出了相應的回答。

## 第一節　頌揚愛情

　　頌揚愛情，這是全世界範圍內文學作品的永恆主題。不過，同樣是頌揚愛情，在不同的地域、不同的文化環境中，也有這樣那樣的不同。江蘇民間故事中關於愛情的作品，除了未婚男女之間的愛情外，主要就是夫婦之間的愛情。當然，也有寫婚外情的，但是，在故事中，婚外情一般都是作爲抨擊的對象來寫的，被作爲頌揚愛情的反襯。和常用欣賞的筆調描寫多妻、縱慾、色情的通俗文學相比，江蘇民間故事中的愛情描寫，乾淨得多。

　　民間故事往往用超現實的情節，製造出震撼人心的效果。關於夫婦間愛情的故事，也是如此，將夫婦間的恩愛表現得熱烈、綿長。《無錫的傳說》之《金雞》云，金金和銀銀青梅竹馬，結婚當夜，新娘銀銀被蜈蚣精所劫。神仙云化爲金雞可以鬥敗蜈蚣精，金金明知自己化成金雞後，再也無法恢復人

身，但是，為了救銀銀，他在神仙的幫助下，毅然化為金雞，鬥敗蜈蚣精，救出了銀銀。銀銀也與他永遠相伴。《中國民間故事集成》之《江蘇卷》之《石婆婆的傳說》中，石公公為懷孕的妻子石婆婆外出撈蝦而入水化為一座山，石婆婆望夫而亦化為山。《無錫的傳說》之《金剛肚臍》中，妻子用麵粉做「金剛肚臍」給趕考的丈夫旅途中食用。丈夫中狀元做官後，把妻子忘記了。在金剛的指點下，妻子製作「金剛肚臍」沿途叫賣，使「金剛肚臍」成了著名美食。丈夫見到了「金剛肚臍」，想起妻子，回到了妻子身邊。女主人公，用她的愛情，喚回了丈夫，挽救了婚姻和家庭。《邳州卷》所載《蟋蟀》中，湯小被迫外出做苦役，因想到家裏無人照顧，欲逃回家而被抓打死。死後，湯小的靈魂化為蟋蟀，提醒缺心眼的妻子拆洗被褥衣服等。底層百姓的愛情，似乎要更加動人。《常州民間故事集》之《望夫鳥》中，丈夫出海捕魚不歸，妻子望而化鳥，名為「望夫鳥」。「望夫石」類的故事，很多國家有之。《希臘民間故事》之《法蘭多》云，丈夫出海，法蘭多天天到海邊迎候而不得。丈夫死於海難，她在海邊哭乾了眼淚，求上帝讓她變成了海邊的一塊石頭，受海浪衝擊。海的呼嘯中，有她的呼喊。「望夫鳥」和「望夫石」一樣，都是歌頌永恆的愛情。

賦予愛情故事更加深廣的內容。《銅山卷》所載《河心石》云，某漁民見一女投河，急忙相救，而女子已死。女子手心一紙上寫著：「打撈屍體者為我夫君，陽間雖不能結為夫妻，後世必侍候夫君。」漁民遂以妻子禮埋葬女子，並且發誓此生不結婚。某日，女子的靈魂化一小鳥，告訴漁民，這裡將被水淹，若將這消息告訴別人，漁民將化為石頭，滾入河心。漁民為救鄉親，把這一消息告訴鄉親們，鄉親們得以及時避開，而漁民化為石頭，滾入河心，那小鳥則變成青苔，緊緊依附在那石頭上。這是愛情和為救民眾犧牲的高尚精神融合在一起，這樣的而愛情，更有了崇高的內容。《蘇州民間故事》之《癡漢等老婆》中，巨人阿夯和妻子阿巧恩愛有加，靠過人的勞動技能和勤儉生活。秦始皇在全國挑選大力士，地方小官吏龔扁頭設計擒拿阿夯送咸陽，誘使阿巧上門，欲行霸佔。阿巧設計逃脫，而家已經被龔扁頭派人燒毀，阿巧只得外出尋找阿夯。阿夯到咸陽，秦始皇大喜，讓他做了衛士，可是，阿夯想念阿巧，逃出咸陽，回鄉殺了龔扁頭及其爪牙，在靈巖山上等待阿巧，而化為石。這樣的愛情故事，又和揭露社會黑暗、反抗統治者及其爪牙暴行結合起來。

生離死別或者生死相守的傳奇故事。《邳州卷》之《海棠花》中，丈夫桂棠種花，妻子棠花剪紙花，他們以此謀生。後桂棠看到商人販賣棠花剪的紙花賺了很多錢，就自己到外地賣妻子剪的紙花，不幸病死在外地。棠花知道後，傷心而死。《徐州市區卷》所載《燕子樓》云，張愔和關盼盼結婚不久，就奉命出征。盼盼常到城牆眺望，希望看到張愔回來。後來，盼盼索性命人在城牆上建一小樓，居住其中守候，且從來不見男客。十年後，她得到張愔戰死的消息後，絕食而死。《海安卷》所載《旗杆巷與題鶴庵》中，寫一對姐妹，等待為國出使敵方的丈夫歸來。《海安卷》所載《烈女橋》中，新郎在婚禮上猝死，新娘換上素衣，作詩二首，撞死在洞房。《睢寧卷》所載《號子與抽煙》云，農民陳更生經常幫助陸翠娥一家，後和翠娥成婚。翠娥難產而死，更生白天幹活哭，晚上到翠娥墳上哭，直哭到墳上草青草黃。墳上長出煙草，讓他聞其味而略解痛苦，抽煙由此而來。《睢寧卷》所載《夜流交枝》，就是著名的《韓憑夫婦》的故事，韓憑夫婦為了他們的愛情而犧牲。

尋常夫婦的愛情。《無錫的傳說》之《梁鴻的傳說》中，梁鴻孟光夫婦，志同道合，甘願過清貧簡單而又有文化品位的生活。《蘇州民間故事》所載《落瓜橋》云，富商千金劉月娥在綵樓上拋綵球選婿，中了赤貧的書生呂蒙正。結婚後，他們住在蘇州觀前街南一座破窯裏，丈夫寫字教書，妻子繡花織布，過清貧的生活。《睢寧卷》所載《大花臉說媒的》中，賣豆芽的趙家把巧姑娘嫁給做豆腐錢家愣小子，兩家都非常窮。兩個相互陌生的年輕人生活在一起，愣小子心眼好但尚不通人事，很難進入夫妻正常的生活狀態。巧姑娘設法，在土牆上畫媒人像，引導愣小子進入婚姻等話題，兩人由此進入婚姻的常態。兩個缺乏婚姻知識的新婚小青年，女的乖巧，男的憨厚，都活潑潑地，雖然生活在窮困之中，卻幸福快樂，洋溢著青春和愛情的美好。《銅山卷》所載《豆腐的趣事》云，小媳婦受婆婆虐待。某日，她偷偷煮豆漿喝，剛煮好，聽到外面響動，以為是婆婆來了，就趕緊把豆漿舀到一個罐子裏蓋上。她出門一看，原來是丈夫回來了，就拉丈夫進屋喝豆漿。罐子被打開，小媳婦發現，豆漿已經凝固，又嫩又白，一嘗，味道很好。原來這罐子本來是裝鹽鹵的，還有一點底湯，豆漿進去，就凝結了。丈夫問，這是什麼東西。小媳婦說，這是「逗夫」。後來，「逗夫」就成了「豆腐」。小媳婦背著婆婆搞小動作，但是，她並不瞞著丈夫，反而照顧丈夫，讓丈夫喝豆漿。年輕夫婦之間的親密和相互體貼，真切動人。《新沂卷》所載《醜妻也是寶》中，醜女王醜因為相

貌醜陋，無人提親。一日，王醜救一落水的盲人，盲人誇她心腸好，王醜動了嫁這盲人的念頭。經過父母之命、媒妁之言，王醜和盲人結婚。婚後，王醜無微不至地照顧丈夫，還請醫生給丈夫治療眼睛。沒有錢買藥，她一路要飯，到沂蒙山採集草藥，終於治好了丈夫的眼睛。丈夫獲得光明，王醜既高興又難過，擔心自己醜陋的容貌會使丈夫不悅，丈夫卻不但不嫌棄，還把她當作寶貝，恩愛有加。《中國民間故事集成》之《江蘇卷》之《咬線結》云，陸忠的妻子劉氏賢惠漂亮，他卻和本村婦女季氏勾搭，賣了十幾畝田貼了季氏。可是，他讓季氏給他補鞋墊時，季氏嫌臭，不願意補。他回家讓劉氏補，劉氏馬上就補了，還用牙齒咬線結。陸忠問他怎麼不嫌臭，劉氏回答，自家男人的鞋墊，怎麼會嫌臭？於是，陸忠和季氏斷絕了來往。這些故事中，大多散發著濃鬱的生活氣息，平凡夫婦的愛情，同樣動人。

## 第二節　譴責夫權、提倡相互包容

在江蘇民間故事中，這樣一個模式的「休妻」故事比較多見：男子某甲把妻子某乙休棄，某乙離開某甲家後，在另外的處所發展得很好，而某甲家遭變故破落，外出打工甚至要飯，在困難的情況下，巧遇某乙，得到某乙的幫助，為當年的休妻事羞愧。

這一模式的故事，其主題非常明顯，那就是譴責夫權。在主流文化中，夫權是夫妻關係中幾乎是絕對的權威。毛澤東將夫權稱為舊中國捆綁在農民身上的四大繩索之一。女子規範「三從四德」中的「三從」之一，就是「婚後從夫」，也就是要服從丈夫的意志。解除婚姻關係的主動權，全在丈夫，而不是在妻子。當然，丈夫要解除婚姻關係，也是有條件的，這條件就是所謂「七出」，即無子、淫佚、不事舅姑、口舌、盜竊、妒忌、惡疾。見《儀禮・喪服》，《大戴禮・本命》和《列女傳》卷二《宋鮑女宗》中也有之，稱「七去」。《公羊傳》莊公二十七年注中，稱為「七棄」。不難看出，這「七出」的內容，對婦女是很不公正的，「無子」的原因，未必在女子。「不事舅姑」，也許公婆難以伺候。「口舌」也未必就是這女子的錯。「妒忌」當然不是好的心理，但是，如果對丈夫的妾，妻子能不妒忌嗎？「惡疾」作為離婚的條件，不僅沒有道理，且根本就不講人道了。「盜竊」當然不是好事，但未必沒有不得已的原因在。「淫佚」當然是大過，但是，丈夫淫佚，妻子可以休棄他嗎？總之，「七出」之類，恰恰就是夫權最為重要的內容。在主流文化中，除了「七

出」，夫妻關係中還有「三不去」之說，算是對婦女權益的保護：「雖有棄狀，有三不去：一、經持姑舅之喪；二、娶時賤，後貴；三、有所受，無所歸。」這三條，都是不容易做到的。「經持姑舅之喪」，不是操辦公婆的喪禮而已，而是還包括給公公婆婆守孝各三年，在守孝期間，得嚴格遵守各種規矩，包括不娛樂、不吃葷菜等美食和不和丈夫同睡等等。「娶時賤，後貴」，那是和丈夫一起奮鬥過來的，一起從貧賤走向富貴。「有所受，無所歸」，指男子得到過妻子家裏的重要幫助，妻子離婚後，沒有地方可以去。妻子即使「七出」都占全了，只要在這三條中佔了任何一條，丈夫就不能和她離婚。可是，這三條中任何一條，都是很不容易做到的。再說，丈夫即使不和妻子離婚，他也可以討小老婆！

明白了主流文化中關於離婚的規定，我們可以來討論這些故事中的離婚情節了。

這些故事中，只有個別的情節，和「七出」沾邊。《沛縣卷》所載《灶王爺休妻》云，張郎娶郭家女爲妻，妻子賢惠勤快，「不幾年就攢下一份家業」，可是，妻子沒有生育，張郎就把她休了。從「七出」的規定來看，郭女不能生育，確實符合「無子」這一條。可是，「無子」的原因，未必在郭女啊！張郎後來要飯的時候，看見再婚後的前妻在和丫鬟繡小孩穿的肚兜，這就暗示著前妻已經有了孩子。就算「無子」原因是在郭女，可是，張家的家業，是郭女進了張家才掙下的，郭女也是佔了「三不去」中的「娶時賤，後貴」一條。張郎把她休棄，即使用這些規定來衡量，也沒有道理，何況這些規定本身，也是不合理的。

此類故事中的其他故事，丈夫休妻，就更加沒有道理可言了：有的是嫌棄妻子的容貌。《啓東卷》所載《仍喜歡標緻》云，姑娘某甲又黑又麻面，沒有人願意娶。後來，某甲許諾窮困的青年某乙，說如果某乙願意和她結婚，她可以設法讓他過好日子。某乙迫切希望擺脫貧困，遂和某甲結婚。婚後，某甲在山裏撿到烏金，家大富。某乙嫌某甲丑陋，遂休棄之。

有的是嫌棄妻子家裏窮。《睢寧卷》所載《拉辣》云，王家財主的公子和梁家財主的小姐由父母訂婚。梁家遭天災人禍而破落。結婚的時候，梁家把小姐送到王家。梁家的人一走，王公子就把梁小姐拉出了大門，梁小姐屢次進門，都被王公子拉出去，趕走了，原因是梁家窮了，沒有陪嫁。《通州卷》所載《九斤鯉》云，貧窮的風水先生孫某發現某窮苦漁民家的幼女九斤鯉有

富貴命，恰巧漁民家要把九斤鯉送人，風水先生就把就斤鯉抱回家，給孫子當童養媳。此後，孫家大富。孫公子和九斤鯉成婚後，嫌九斤鯉娘家貧窮且社會地位低下，就把九斤鯉休了。

有的是嫌棄妻子命運不好，怕命運不好的妻子連累自己。《南通市區卷》所載《灶君和灰堆婆婆》云，張大卦聽算命先生說，其妻子命中注定貧窮，於是，他就把妻子休了。《通州卷》所載《灶神與地神》中的相關情節類似，丈夫叫張三郎，妻子叫丁香女。同書所載《灶君菩薩上天》，也與此類似。

有的是感到妻子冒犯了自己，傷了自己的尊嚴。《新沂卷》所載《柳公子休妻》云，柳公子和王小姐由雙方父母定了娃娃親。他們成年後，柳公子在同學攛掇下，讓尚未過門的王小姐給他洗衣服。王小姐當時答應下來，後來忘記了。柳公子很生氣。結婚當晚，他就瞞著父母，把妻子王小姐給休棄了。王小姐就算有錯，那也是結婚之前的錯，何況，這錯誤和「七出」中的任何一條都不沾邊。《沛縣卷》所載《張才休妻》中的有關情節，也和這個故事類似，只是他們在結婚前，姑娘不願意給張才洗衣服，結婚當晚，又不願意給張才脫靴子脫帽子，張才就把她休了。其實，姑娘不願意做這些事情，僅僅是出於害羞而已。

有的更是荒唐，認為妻子的存在妨礙了他的優越感。《如皋卷》所載《四神本是一家》云，張生和葛丁香本是夫妻，家中豪富。張生不相信他們家的財運是葛丁香命中所定，竟然就把葛丁香休了。

有的是因為妻子的德行或者善舉和他們的醜陋本性相違。《中國民間故事集成》之《江蘇卷》所載《灶神的由來》云，張郎和葛丁香結婚後，家中迅速大富。於是，張郎吃喝玩樂，葛丁香是賢德夫人，苦口相勸，張郎由此嫌棄，把她休了。《南通市區卷》所載《灶君休觀音》云，灶君和觀音是夫婦，家中豪富。災荒之年，觀音建議開倉賑濟災民，灶君不肯，盤算如何利用災荒發財。觀音擅自開倉送饑民糧食，灶君大怒，把觀音休棄。

有的更是把妻子當作私有財產出賣，供自己揮霍。《啓東卷》所載《灶家菩薩的傳說》云，八敗星和十富星是夫婦。八敗星吃喝嫖賭五毒俱全，把家中能夠賣的都賣了，最後把妻子十富星也賣了。

以上這些故事中，女主人公之被休棄，都和「七出」沒有任何關係。在上層社會，丈夫休棄妻子，還受到「七出」、「三不去」之類的制約，在民間社會，實際上，夫權甚至連這樣的制約都沒有，體現得變本加厲。儘管其中

有的休妻情節很是荒唐，但這些故事反映了當時民間社會夫權無制這樣的現實。上層社會受到「七出」之類限制的「休妻」也好，民間社會無制的「休妻」也好，都完全漠視婦女的權益。

完全漠視婦女權益的「休妻」，能夠在社會成爲現實，其原因乃是女子社會地位的低下，而更加深層的原因，則在於，就整個社會外而言，女子沒有獲得經濟上獨立的能力。已婚女子依附於夫家，沒有獨立的經濟來源，甚至沒有經濟來源，哺乳、教育子女乃至家務勞動，不被認爲是有經濟收入的勞動。在大眾階層的民間社會，女子一般也參加農業等勞動，但是，這樣的勞動，一般也是和夫家的產業結合在一起的，例如，不管是自田還是租田，總是夫家的田，沒有夫家的產業，女子也很難獲得工作機會而獲得經濟收入。於是，丈夫和妻子的強弱之勢，就這樣形成了。如果有娘家的有力支持，女子就不至於如此輕易地被丈夫所休棄。例如《柳公子休妻》中，王小姐被柳公子休棄後失蹤，王家和柳家打官司，柳家因此敗落。可是，有強大的娘家作爲後盾的女子，畢竟是少的，且娘家也不可能支持其終身，因此，此類故事中的女主人公，在夫權面前，除了接受被休棄的現實之外，別無選擇。「七出」中的任何一條，任何女子攤上，都不是好事，都是被休棄的理由。女子被休棄，不管是否犯了這些條款，甚至不管是否犯了錯誤，她都蒙受了這些嫌疑。於是，女子爲丈夫所休棄，被當成一種恥辱，就是被休棄的女子自己也覺得如此，這是對被休女子的又一重傷害。這些故事中，多位女主人公被休棄後，不願意回娘家，也正是基於這樣的原因。

在民國年間，輿論界曾經討論這樣的問題：娜拉出走後會怎麼樣？魯迅先生的答案是：娜拉要麼回到家裏，要麼墮落。在女子獲得經濟獨立能力之前，也只能是這樣。在舊時代的民間社會，被丈夫休棄的女子，要生活下去，就更加艱難。女子既然被休棄，也就被趕出了夫家，夫家回不了。娘家呢？往往也無法回了。這不僅是因爲給娘家帶來恥辱，更爲重要的是，有這樣那樣的現實問題，特別是嫂嫂、弟媳等成了娘家的主人，事情就更加微妙。「嫁出去的女兒潑出去的水」，這樣的諺語，甚至在今天的民間社會，也會成爲離異的女子重回娘家的障礙，何況在舊時代？因此，此類故事中的女主人公，沒有例外，被休棄後，都沒有往娘家跑。在社會謀生？在那樣的社會，孤身女子，無所憑藉，何異於小白兔在野獸橫行的叢林之中？《柳公子休妻》中，王小姐被休棄後，險遭一個小販的計算，她機智求救，在好心人的幫助下才

脫險。再婚是現實的選擇，可是，同樣還是沒有經濟上的獨立，又如何避免再婚後可能來自丈夫的傷害？避免被休棄的悲劇重演？

那麼，這些故事，又如何讓女主人公有好的歸宿，讓她們在和前夫的關係中得到誇張的翻盤，足以突出她們的前夫把她們休棄之不當？《灶神的由來》《九金鯉》《灶神與地神》《灶君和灰堆婆婆》《四神本是一家》《灶家菩薩的傳說》《仍喜歡標緻》中，女主人公都再婚，再婚的丈夫，都是窮人，婚後卻都迅速大富。其中除了《灶家菩薩的傳說》和《仍喜歡標緻》是妻子輔佐丈夫經營產業而大發之外，其餘的，都是女主人公獲得意外的無主金子為發財路徑。《張才休妻》中，女主人公沒有再婚，只是認了乾娘，住在乾娘家裏，卻也是獲得了無主黃金，幫助乾娘家大富。《拉辣》中，女主人公被休棄後，被一富有的尼姑庵收留，執掌了這尼姑庵的財政等事務大權。這兩個故事中的女主人公，沒有再婚，為以後和前夫的復合留了餘地。為好心的老婦人收留，為作為宗教機構或者慈善機構的尼姑庵收留，也符合舊時的社會狀況。這些故事中，和女主人公發財相對應的，是男主人公的敗落，除了個別的男主人公出門打工外，其餘的，差不多都成了乞丐。如此一番消長，將雙方關係的強弱，完全顛倒過來。這也顯示出這樣簡單的道理，是彼此經濟的強弱，決定了彼此在相互關係中的強弱。那麼，經濟上的獨立，是女子衝破夫權籠罩、獲得人格獨立的關鍵。

那麼，女子如何獲得經濟上的獨立呢？獲得足夠的無主黃金等財富，當然是不可複製的。在當時的社會狀況下，女子通過輔佐丈夫的經營獲取足夠的財富，也是一條可行的路徑。可是，當時社會經濟不活躍，勞動生產率低下，工商業尤其落後，產業經營選擇少，因此，這種可能性儘管存在，卻明顯還是不大的。

這些故事中，經濟等方面的狀況，都被認為是決定於命運。一個家庭經濟等狀況，決定於家庭中的成員，可能是某些成員，也可能是某個成員。某個家庭成員的去留，關係到家庭的興衰。這些故事中，無不如此。因此，妻子即使在經濟上對家庭沒有多少明顯的貢獻，還不能夠達到經濟上的獨立，丈夫才是家庭經濟的頂樑柱，但是，未必不是妻子的命運，支持著家庭在經濟等方面的興旺。也正因為如此，丈夫休棄妻子，很可能就是捨棄了冥冥之中支撐家庭的頂樑柱，導致家庭的衰落，而妻子進入另外的家庭，其命運使那個家庭興旺起來。那麼，夫權無制，動不動就休棄妻子，實在是不明智的

舉動，既傷害了妻子，也會大大地傷害自己。民間大眾，就以這樣的方式，來維護家庭和社會的穩定。

封建夫權應該被譴責，在一個家庭中，如果妻子處於強勢地位，那麼，應該如何呢？

女子如何對待不般配的丈夫？巧女和傻丈夫的婚姻故事，在江蘇地區很流行。這類故事，還可以分為兩種模式，一是「傻女婿系列」故事，一是「因夫傻而受嘲諷」類故事。「傻女婿系列」故事，主要是表現傻女婿和岳父母等妻黨親戚之間的關係。在此類故事中，男主人公儘管傻，甚至因此得罪了岳父母等妻黨親戚，但是，他的妻子總是站在傻丈夫一邊，堅決維護傻丈夫和他們一家的利益，從不含糊。

「女子因夫傻而受嘲諷」故事，大致情節是：某聰明能幹美貌的女子，嫁給了傻子。傻子人好，心眼實，但人傻，女子以此受到人家的嘲諷，有的男人甚至對她不懷好意。女子也因此動搖，動了離婚的念頭，但是，最後在某些無關的偶然事件或言論的感動下，取消了離婚的念頭，好好和傻丈夫過日子。至於那些「偶然事件或言論」則有不同：《如東卷》所載《王二收賬》中的李氏，見人大冷天在河裏摸雖不值錢但是用了多年的煙袋；《南京民間故事》之《笨夫巧妻》中，是女主人公見客人尋找磨損了的煙袋頭，捨不得丟失；《揚州民間故事集》所載《羊肉燒藻荣》中，女主人公見有人費力尋找用了兩年多的竹扒耳；《海安卷》之《烈女不嫁二夫》中，女主人公聽到人家說「好馬不配雙鞍橋，烈女不嫁二夫君」。《沛縣卷》所載《蕎麥的來歷》中，女主人公嫁給了傻的丈夫，受不了婚前追求者的嘲弄，生氣傷心而死，但還是堅持了婚姻。《新沂卷》所載《蕎麥的來歷》中，則是嫁給呆子丈夫的女主人公被不懷好意的惡霸肆意嘲弄而仍然不為所動，悉心照顧丈夫和公婆，後來，惡霸用暴力硬搶，女主人公拜別丈夫和公婆，投井自殺。《啓東卷》《如東卷》《銅山卷》《沛縣卷》等所載的《鞋匠駙馬》類故事中，沒有文化知識的鞋匠遇到種種難關，其妻子總是幫助他過關。《江蘇民間故事集》之《聰明的媳婦》中，也是聰明的妻子堅持和丈夫的婚姻。對這些既聰明又漂亮的女子把和傻丈夫的婚姻堅持到底，這些故事中，明顯是肯定的。

如何對待丈夫的落魄？夫妻應該同甘苦、共患難，這是民間社會的普遍觀念。妻子或者丈夫不能做到這一點，就會受到譴責。《蘇州民間故事》之《馬前潑水》中，朱買臣用功讀書，但無力養家糊口，妻子既懶惰又不耐貧寒，

逼著朱買臣把她休棄。後朱買臣做了大官，回到家鄉，朱妻又要朱買臣和她復婚，朱買臣馬前潑水，以示婚姻不可復了。《揚州民間故事集》所載《唐伯虎的傳說》中，唐伯虎中了解元，富翁陸某千方百計要把女兒嫁給他。後來唐伯虎沒有考中狀元，且其解元也被革了，陸女就天天和唐伯虎鬧，不願意和唐伯虎過下去了。唐伯虎只好把她休了。後來，唐伯虎娶了窮人的女兒祝九娘，夫妻恩愛。朱買臣的妻子和唐伯虎的前妻陸某，當然都是反面人物。

女子如何對待丈夫的缺點和錯誤？首先是寬容，其次是設法幫助丈夫改正。《揚州民間故事集》所載《酒鬼戒酒》中，妻子以智慧協助酒鬼丈夫戒酒。《新沂卷》所載《聰明的妻子》也和《酒鬼戒酒》情節相同。《南通卷》所載《戒指》中妻子設計使丈夫戒賭。《揚州民間故事集》所載《夫君何故學牽牛》中，丈夫為生活所迫偷牛，被抓到官，妻子以自己的詩才，救了丈夫。

那麼，丈夫如何對待妻子的缺點和錯誤？答案同樣是包容和幫助妻子改正。《中國民間故事集成》之《江蘇卷》所載《鳳尾魚與黑知了》中，某女子下嫁某男子，某男子得以過上好日子，但該男子婚後知道妻子臀部有條小尾巴，心中不滿，在酒後洩露其妻子生理上的這個缺陷，導致其妻子自殺。很明顯，該男子是被譴責的對象，他對妻子，連「義」都沒有做到，更不用說愛了。《沛縣卷》所載《曹三訓妻》中，曹三的妻子虐待公公，曹三乃設計讓父親救下妻子，使妻子不再虐待父親，成為善良媳婦。

配偶有這樣那樣的缺點和錯誤，以至於引發夫婦間的矛盾，甚至夫婦間的愛情已經蕩然無存，這樣的現象，古今現實生活中，都極為普遍。江蘇民間故事中，關於此類現象，主旨都是主張當事人寬容，進而利用智慧解決問題，實在沒有辦法，也要忍耐，把婚姻堅持到底，而不是提倡個性解放，不是鼓勵人們掙脫婚姻的桎梏以追求自己個人的自由和幸福等等。在封建社會中，對下層百姓而言，他們能夠有個穩定的、平安的婚姻，夫婦相互照顧，相濡以沫，就不錯了，如果能夠傳宗接代，就簡直是美滿了。個性解放、個人的自由和幸福等，對當時的底層大眾而言，實在過於奢侈了。

## 第三節　關於貞節

我國自古重婦節，嘉節婦。劉向《列女傳》等書中，特別是方志、家譜等古籍中，節婦、烈女的相關記載很多。但是，對嫁過不止一個丈夫的女子，在宋代及其之前，也沒有明顯的貶義，相關的人，也都沒有覺得什麼不

光彩。先秦不用說，西漢宰相陳平的妻子，在和陳平結婚之前，嫁過多個丈夫。司馬相如和寡婦卓文君的結合，傳爲千古美談。在唐代，宮廷之中，武則天和楊貴妃，就更加不用說了。宋代，范仲淹的母親也改嫁過，陸游的前妻唐婉嫁給了宗室趙士程。《宋人小說類編》卷一《殃慶類》：「（南宋孝宗）乾道間，有一媵隨嫁單氏而生尚書夒，又往耿氏生侍郎延年。及死，尚書、侍郎爭葬其母。事達朝廷，壽皇曰：二子無爭，朕爲葬之。衣冠家至今爲美談。」錢泳《履園叢話》卷二十三云，宋代理學家程伊川（頤）云，婦人寧可餓死，不可失節。所謂「餓死事小，失節事大。」可是，程頤的哥哥程顥的兒媳婦亦改嫁。《羅馬的時髦生活》（《Fashionable Life in Rome as Portrayed by Seneca》，Marjorie Josephine Rivenburg，Philadelphia，1939）第二章《家庭和個人事務的社會性》中說，沒有婦女有必要爲離婚臉紅，因爲她在羅馬貴族婦女中有著榜樣。有些貴族婦女，計算時間，不是以年計算的，而是以丈夫的數目來計算的！可見在古羅馬，也是不以離婚和再婚爲恥辱的。

元人《西廂記》中，老夫人云：「俺家無犯法之男，再婚之女，怎捨得你獻與賊漢，卻不辱沒了俺家譜！」將「再婚之女」與「犯法之男」相提並論了，可見當時就漸漸以再婚爲「失節」，是很嚴重的事情了。明代陸容《椒園雜記》卷三：「華亭民有母再醮後生一子，母歿之日，二子爭欲葬之，質之官。知縣某判其狀云：『生前再醮，終無戀子之心；死後歸墳，難見先夫之面。宜令後子收葬。』」這與宋孝宗解決類似的事件來，就完全不同了。清中葉，統治者更是大力反對女子改嫁。明文規定，凡是改嫁的女子，兒孫即使做了大官，也不得請封。雍正元年，詔直省州縣，各建節孝祠，有司春秋祭祀。見陸以湉《冷廬雜識》卷一。

江蘇民間故事中，也有丈夫測試妻子忠貞的內容。例如，《沛縣卷》所載《重結夫妻》和《如皋卷》所載《試妻》中，都是寫離家多年的丈夫回到家鄉後，設法試探妻子是否忠貞，但並未明確追究「失節」與否。宣揚節婦烈女的極少。婦女即使反抗強暴而死，也是死於捍衛人格尊嚴，或者死於愛情，而沒有證據表明是爲了「守節」。關於貞節問題的故事，當然也有不少，以下分類論之。

有揭露統治者表彰的所謂「節婦」「守節」之虛僞者。《海門卷》所載《失節》云，明朝官員宋志高向朝廷申請，欲爲其寡嫂立貞節牌坊，說其嫂二十

歲守寡，從不出大門一步，且孝順公婆。朝廷批准了這個申請。立牌坊的時候，他對嫂嫂說，只要有一次失節，這牌坊就會倒下，無法立住，但可以禳解：每失節一次，就在牌坊的石基下偷偷放一粒麥子，如此則牌坊就能立住。嫂嫂道：「也不要數了，就用你手裏握的那些麥子吧。」《新沂卷》之《和尚還俗》中，某富家次日將舉行慶典，為兒媳婦豎貞節牌坊。那個號稱貞節的女子，原來早和情夫恩愛數年，在立牌坊的前夜還和情夫幽會歡愛如故。《啓東卷》之《口是心非的正經人》中，也有相似的情節。

認同寡婦改嫁，承認寡婦改嫁的合理性。《如皋卷》之《三字批》云，一寡婦想改嫁，又怕家庭和閒人干涉，就上書知縣：「公壯叔大，瓜田李下，我該嫁不嫁？」知縣連批三個「嫁」字。《啓東卷》之《風洛橋》云，雜貨店風少爺夫婦恩愛。風妻死後，風少爺不捨，竟到陰間尋覓，遇見妻子，而妻子說她剛和陰官結婚，勸風少爺也找人結婚。陰官回家，風妻謊稱風少爺是其哥哥。風少爺還陽後，也娶了妻子。即使是到了陰間改嫁給陰間的官員，也還是改嫁，這曲折地體現了寡婦再婚的合理性。

對妻子被迫「失節」，丈夫也應該予以寬容和理解。《新沂卷》所載《朱洪汪》云，朱洪武是唐善人家的長工，娶一要飯女子為妻。朱妻非常漂亮，唐善人、唐歪嘴父子都想霸佔朱妻，他們設計由唐歪嘴將朱洪武騙到外地殺害，唐善人將朱母害死，然後軟硬兼施，霸佔了朱妻。朱洪武幸免於死，巧遇朱元璋並且訴其冤情。朱元璋殺唐家父子，把唐家財產判給朱洪武。朱妻見到丈夫，訴說經過，欲自刎，被朱洪武所阻：「惡狗相強，誰能拒得？」於是和妻子重新過上平安生活。除了丈夫，其他人也應該予以理解。《常州民間故事集（二）》之《思墓橋》中，身為狀元、江南巡撫的兒子，對被惡霸長期霸佔的母親，還是孝敬有加。

對配偶不忠的行為，民間故事中同樣是予以譴責的，但是，「失節」與否不是重點，甚至不予關注。《海門卷》所載《蚊子的來歷》中，丈夫和妻子相親相愛，妻子暴病身亡，丈夫不願續娶，帶了裝在棺材裏的妻子乘船出外散心。在神人的幫助下，丈夫咬破手指，滴了三滴血在妻子身上，妻子由此復活，夫婦相愛如初。後來，妻子和宰相的兒子私奔，對丈夫毫無情意。丈夫提醒她，是他在她死後日夜陪伴她，又是他滴血救活了她。妻子竟然以還三滴血和丈夫作了斷。不料，三滴血出而妻子死，化為蚊子，專吸人血。這故事中，丈夫對妻子的愛，如此深厚，且有再生之恩，但是，這女子還是為了

富貴而背叛了丈夫，當然要受到譴責，但是，譴責的重點，似乎還不在失節，而是背叛和忘恩負義。《鹽城市故事卷》之《三滴血》所載，主要情節相似，僅僅人物身份有些不同。《通州卷》之《對詩鳴冤》中，張秀才和李家小媳婦通姦，李家小媳婦建議殺死其親夫，和秀才成婚，為秀才所拒絕。小媳婦乃將親夫毒死。案情大白，秀才無罪，小媳婦被重重處罰。《徐州市區卷》之《美人巷》中，小老闆的妻子柳氏美貌風流，見小老闆的結義兄弟理髮師俊美，欲和理髮師結婚，為理髮師所拒。柳氏乃要挾理髮師，要他殺掉小老闆。理髮師乃殺柳氏。後來，理髮師被判無罪釋放。此故事主要情節，與唐代沈亞之所作傳奇《馮燕傳》相類。這兩位女子，背叛丈夫，李家小媳婦毒殺丈夫、柳氏要挾她心愛的男子殺死丈夫，這故事譴責她們的重點在此，而沒有在「貞節」方面做文章。

如果女子僅僅是對丈夫不忠，甚至是感情和肉體的同時出軌，民間故事中，還是認同她們的丈夫對她們的寬容。《海門卷》所載《用計得金盆》云，裁縫的妻子很漂亮，財主欲娶之，裁縫的妻子也希望嫁給財主，過好日子。裁縫乃利用他們這樣的心理，巧妙設計，故意向妻子透露假的答案，和財主賭賽，贏得了財主家的金盆，也保住了妻子。《通州卷》之《夥計巧治貪色財主》中，情節關目相似，夥計教訓了妻子一頓，妻子認錯，夥計也就饒了她，此後，「夫妻倆恩恩愛愛地過日子」。《通州卷》所載《對詩和堆屎》中，教書先生和學生的母親勾搭成奸，想做長久夫妻，於是提出和學生的父親對詩，欲奚落學生的父親。學生的父親知道妻子已經和教書先生勾搭，故意向妻子透露假的答案，贏得了教書先生的白馬，也警告了妻子。《海門卷》所載《瞎子管娘子》中，算命瞎子知道其妻子偷漢子，乃故弄玄虛，使得妻子懾於他的神通，再也不敢偷漢子了。

那麼，對女子「失節」的態度，民間社會和主流社會，正統文學和民間文學，為什麼有那麼大的不同呢？

在兩性關係中，要求感情和性的忠貞和專一，女子如此，男子也應該如此。可是，所謂的「貞節」，實際上是專指女子而言，因為從來也沒有人論兩性關係中男子的「貞節」，也從來沒有人指責男性的「失節」，儘管事實上，在封建社會中，在性的方面，男子遠遠比女子自由得多，男子和青樓女子的愛情，與才貌雙全的姬妾的愛情，往往是才子佳人小說、戲曲津津樂道的所謂「佳話」。

　　即使社會底層的男子，能夠和別的女子發生性關係，特別是和富家女子發生性關係，也被認為是風光的事情。《如東卷》之《移花接木》云，富戶胡大使寡婦弟媳某甲懷孕，求救於智者曹瘦臉兒。曹乃設計，讓某甲在公堂上供稱吳裁縫是其相好，使其懷孕，騙過縣官，而吳裁縫被罰，卻保住了胡大和大戶人家的名譽。吳裁縫向曹瘦臉兒鳴冤叫屈，曹說，這不是醜事。男人嫖到女人是占上風的事情。裁縫睡了大戶人家的寡婦，更加上風。大堂上那寡婦主動伏在吳裁縫身上替吳裁縫挨打，儘管是寡婦演戲，但官員、看客都不明就裏，吳裁縫簡直是占盡了風光。那麼，寡婦某甲呢？不管是誰讓她懷的孕，她都是節操一地了。事情是兩個人一起做的，憑什麼一個無限風光，另一個節操一地呢？這就是兩性的不平等。

　　在封建社會中，已婚男子，可以娶妾，且沒有數量的限制。特別是在妻子不能生育而沒有兒子的情況下，娶妾更有堂皇正大的理由：「不孝有三，無後為大！」《銅山卷》所載《吃醋的由來》云，某生十七歲考上舉人，十八歲成家，妻子乃名門閨秀，知書達理，非常賢惠。他們成婚十年，一切都好，就是沒有孩子。公婆焦急。舉人夫婦商定，讓舉人納妾。納妾之日，賀客盈門，而妻子不悅。舉人乃請妻子寫詩。妻子寫道：「慶賀郎君又有她，為奴今後不當家。交出家中一切事，柴米油鹽醬與茶。」最後一句，較常言「柴米油鹽醬醋茶」少一個「醋」字，舉人以此為問。妻子道，那「醋」要留著讓她慢慢吃。這位妻子當時的心情，豈止是「不悅」而已，其痛苦可知，且這樣的痛苦是悠長的，所以說留著醋讓她慢慢地吃。古代男子休妻的條件「七出」之中，有「無子」。可是，「無子」的原因，一定就在妻子嗎？而且，男子可以娶妾，女子卻必須守身如玉，這種不平等，當然也是男權社會中性別不平等造成的。

　　在封建社會中，對下層社會的男男女女而言，「貞節」很可能是奢侈品。因為，除了性別的不平等外，還有政治、經濟、文化等等方面的不平等在。告子說：「食色，性也。」出於人性的本能，社會又缺乏有效的制約，富貴者會利用他們的種種優勢，進行性利益的掠奪。女性富貴者，受到社會文化的限制，除了武則天和若干位公主之類外，這樣的掠奪是不多的。可是，男性富貴者，這樣的掠奪就很多了。除了三妻四妾、青樓女子外，更加多的是，他們把手伸向民眾，特別是下層民眾。此類事情，在封建時代是常見的，在民間故事中，也是常見的。《鎮江民間故事》之《杜鵑花》中，一對男女青年

相愛，女的被選入宮中，鴛鴦被拆散。《無錫民間故事精選》之《鳳翔橋和鳳賓橋》中，惡霸強搶女子，拆散相愛的男女青年。《徐州民間文學集成（上）》之《墨河的傳說》《飛龍島的傳說》《石狗湖》《龍鳳鴨橋》，《常州民間故事集》之《梳郎和黃楊》，《鹽城市故事卷》之《薔薇姑娘淚成河》，《南京民間故事》之《雙叫門》，也都是寫惡霸干預婚姻，掠奪女性。《鎮江民間故事》之《十四字打贏官司》中，惡霸公然調戲有夫之婦。《常州民間故事集（二）》之《思墓橋》中，讀書人家的兒媳婦李玉也被惡霸長期霸佔，她的兒子中了狀元、當了巡撫，才將她解救出來。《揚州民間故事集》之《假佛像》中，某財主多次勾引雕刻匠的漂亮妻子，雕刻匠夫婦聯手，巧妙地懲罰了這個色鬼。上文所引《海門卷》所載《用計得金盆》等故事中，也有富貴者對弱勢者進行性掠奪的情節。這些性掠奪，是違背道德規範的。

可是，有些性掠奪，則是受到封建禮法和封建道德保護的。例如，富貴者娶三妻四妾就是。《通州卷》所載《中秋對詩戲舉人》中，七十三歲的老舉人死了妻子，娶十八歲的丫環桂秋做妻子。《豐縣卷》所載《宰相肚裏能開船》中，古稀宰相娶了十八歲的女子為小妾。這樣的性掠奪，簡直駭人聽聞，但是，在封建社會中，這並不奇怪。如果不是被迫，十八歲的姑娘，誰願意當古稀之年老頭的妻妾？老舉人的書童和桂秋兩人有情，被老舉人發現。中秋夜，老舉人賦詩譏諷書童和桂秋，書童和桂秋則賦詩挖苦老舉人，老舉人被氣死。書童和桂秋做了夫妻。老宰相的小妾和青年男僕私通，為宰相所知。中秋夜，宰相賦詩，暗示他已經知道此事，而小妾和青年男僕賦詩，規勸宰相，「年老莫娶年少妻」。宰相悟，乃成全他們的婚姻。儘管有富貴，有禮法和道德的保護，但是，這樣赤裸裸性掠奪的婚姻，即使對佔盡優勢的老丈夫來說，會幸福嗎？會安全嗎？能夠保證妻妾的貞節嗎？可是，書童也好，男僕也好，他們都沒有計較他們的妻子曾經是別人的妻子，已經「失節」。

在封建社會中，層層疊疊的政治壓迫、經濟剝削，再加性的掠奪，還有結婚的代價，在這些重壓下，下層社會的勞苦大眾，無論男女，要擁有女性的「貞節」，當然不是容易的事。書童，男僕，算命瞎子，夥計，窮苦百姓，能夠有個妻子安然過日子，已經是上上大吉了，還怎麼去奢求「貞節」？因此，民間故事中，在兩性關係方面，講究愛情，講究倫理，講究責任，講究寬容，但不強調女性的「貞節」，就不難理解了。

# 結　語

　　江蘇民間關於夫婦關係的故事，提倡夫婦間相親相愛，同甘苦、共患難，相互包容彼此的缺點；貞節觀念比較淡薄，和主流社會有明顯的不同；在一定程度上，體現出對男女平等的傾向。這些，和封建社會中民間社會的現實是一致的。維護家庭、家族、親族的安寧，維護社會穩定，維護倫理秩序，是民間文學最爲基本的功用，這些故事，也體現出這樣的功用。

# 第六章　親友關係故事研究

## 引　言

　　「親友」包括親戚和朋友。先爲這裡的「親友」劃定一個範圍，「親」即除了父母兄弟姐妹家人以外的親族成員，「友」即結拜兄弟姐妹的人，或是明確朋友關係的人，以及師兄弟姐妹。

　　親戚之間的關係，是一種自然關係，任何人都無法選擇自己的親戚。親族成員之間，不管是血親還是姻親，其基礎是親情。可是，親戚之間，除了親情關係之外，還有利益關係在。這樣兩種關係交織在一起，就形成了形形色色的親戚關係。

　　朋友屬於超自然的社會群體，其社會功用，在於彌補血緣兄弟姐妹之不足，朋友之間，相互幫助，以謀生存而圖發展。朋友之間的文化，明顯移植血緣兄弟姐妹之間的文化，「結義兄弟姐妹」就是最爲典型的例證，朋友之間，即使沒有明確他們是「結義兄弟姐妹」，也多以兄弟姐妹相稱，行事也多仿傚兄弟姐妹之間的準則。因此，朋友作爲一種社會群體，也是類宗法社會群體或者廣宗法社會群體。

　　家庭、家族、宗族、親族，是自然社會群體，結義等朋友、幫會、職業組織，是超自然的社會群體。這些超自然的社會群體，因爲大量移植宗族社會的文化，我稱之爲廣宗法社會或者類宗法社會。這些自然的和超自然的社會群體，其基本的作用和意義，在於成員之間相互幫助，以求生存和發展，這也維護了社會的穩定。社會成員人生中遇到的種種問題，如果本人無力解

決，經過家庭、家族、親族、宗族以及朋友等由近及遠的幫助，也許可以化解了，即使其餘波到達社會的層面，衝擊力也會小得多。在古代社會，生產和生活的社會化程度低，社會福利、社會救助、社會保障方面極為落後，社會安全系數又小，在這樣的情況下，人們一旦遇到三災八難，個人的力量不足以應對，就只好求助於家族等自然群體和結義等超自然群體了。我國傳統的家庭文化、家族文化、宗族文化、親族文化、結義文化、行業群體文化等發展得蓬蓬勃勃，正是人們在無奈中的選擇所致。

那麼，江蘇民間故事中是如何反映、如何評價親友之間關係的呢？

## 第一節　親戚關係故事

在江蘇民間故事中，關於親戚關係作品的主題，基本上有兩大類。以下分別論述之。

### 一、嘲諷吝嗇和勢利

《無錫民間故事精選》之《灶家老爺搗鬼》中，忠臣的妻子懷著孩子遭到追捕，「逃到兄弟處，兄弟眨白眼；逃到舅舅處，舅舅別轉頭」。在貧窮的親戚需要經濟幫助而求助的時候，有力量給予幫助的親戚拒絕幫助，當親戚富貴的時候，某些親戚趨之若鶩。在這樣的語境中，親情被利益所代替，至少為利益所壓倒而無從表現。封建時代科舉考試制度下寒士「朝為田舍郎，暮登天子堂」的人生悲喜劇，使某些親戚的吝嗇和勢利有機會充分地展示。民間故事中，就不乏這樣的作品，江蘇民間故事中亦然。

《中國民間故事集成》之《江蘇卷》所載邗江縣民間故事《瓜花水酒情義重》云，窮秀才某甲，奉母命到舅舅家去借進京趕考的路費，舅舅以無錢出借拒絕。某甲沒有吃午飯，口又渴，想在舅舅家梨樹上摘個梨子吃，被舅舅以「黃曆上說今個東風不能下梨」拒絕。無奈，某甲到窮朋友家，朋友以瓜花和水招待他，還把家中僅有的八十文錢借給他。某甲考上了狀元，舅舅送厚禮祝賀，被某甲拒絕，而窮朋友送了一點土產，某甲卻熱情接待。《揚州民間故事集》所載《可恨東風不下梨》，也是這個故事。《新沂卷》所載《錢廷選趕考》中，則是父親親族不願意幫忙。窮書生錢廷選欲進京趕考，到二叔、三叔和一個堂伯父家裏借錢，都被拒絕了，還遭到責罵和驅趕。後來，

錢廷選考中了狀元，他們又百般巴結。吝嗇和勢利，看似相反，實質是一樣的，那就是以利益關係為準則。

對親戚的吝嗇可能會導致嚴重的後果。《徐州卷》所載《財主周老四》中，周老四善於經營而成富豪，但是對「對窮親戚、窮朋友、討飯的叫花子等捨不得拔一根汗毛相助」。其親姑姑家破落了，表弟蕭瞎子隔三差五到周老四家吃飯且扛點糧食回去和其母親度日。周老四見了，常心疼不已。某日，蕭瞎子又來，扛了點糧食正準備走，被周老四攔下，又被周老四罵了一頓很難聽的話。蕭瞎子大怒，再加同莊的盛三也說周老四「六親都不認」，慫恿他上告。於是，蕭瞎子誇張地羅織罪名，說周老四「欺天、欺君」，在盛三的資助下進京告御狀。刑部官員以此不斷敲詐周老四，周老四由此窮了下來。

## 二、抨擊欺壓和算計

和吝嗇和勢利相比，欺壓和算計更為可惡。對某些人來說，親戚關係給他們實現欺壓和算計提供了方便。在親族文化中，講究尊卑長幼之序，尊者、長者對卑者、幼者而言，擁有優勢。因此，有些人就利用這樣的優勢，來欺壓和算計對方。親戚之間，關係密切，彼此信任，這些，也給有些人欺壓和算計親戚提供了方便。江蘇民間故事中，對此也有反映。

《無錫民間故事選》所載《大箕山小箕山》中，漁家孤女大妹為遠房嬸嬸收養，嬸嬸強迫她摸螺螄養雞，還奪去了大妹的神雞等寶貝。《銅山卷》所載《寶葫蘆》，是我國民間廣泛流傳的「兩兄弟型」故事中一種亞型「熟種子」的變形，故事中的哥哥，變成了嬸嬸，而弟弟則成了作為孤兒的侄兒。嬸嬸把煮熟了的高粱借給侄兒當種子，令人駭然。《沛縣卷》所載《貪心的人》，就情節類型而言，也是屬於「兩兄弟型」，可是，其中的反面人物不是哥哥，而是舅舅卜善。他為了霸佔成了孤兒的外甥的家產，竟然謀殺外甥。《海安卷》所載《一夜雌雄》中，舅舅想霸佔外甥女的財產，到縣衙誣告外甥女。《如東卷》所載《條魚傳說》中，表弟江龍為了謀取表兄金寶的未婚妻，在一起進京趕考的途中，欲謀殺金寶未遂。金寶考中狀元留在京城，江龍未及參加考試而回鄉。金寶乃託江龍帶家信回家。江龍回家，沒有把金寶的家信交給金寶家裏，反謊稱金寶得急病去世，騙取金寶父母的信任，將和金寶的未婚妻結婚。在他們舉行婚禮的時候，金寶回家，江龍的陰謀敗露。《常州民間故事集（二）》之《古井》，寫表兄弟外出做生意，表兄害表弟未成而反而給表弟

帶來了一系列的奇遇，當了駙馬。表兄也想仿傚，被神仙殺死。這實際上是把「兩兄弟型」的故事中的親兄弟，換成了表兄弟。《鹽城市故事卷》之《鍋蓋魚的來歷》云，表弟爲了霸佔表嫂，謀殺表兄，殺死表兄的母親和孩子。表兄脫險而歸，其陰謀敗露。

親家之間，沒有血緣關係，僅僅憑藉他們兒女之間的婚姻關係而成爲姻親，缺乏感情基礎，因此，利益關係的色彩比較鮮明，相互關係也往往難以親密。江蘇民間故事中，關於親家之間關係的，幾乎都是他們之間鬧矛盾的情節。《海門卷》之《兩親家》，《啓東卷》所載《一對小氣親家母》《兩親家母瞎話》，都是如此。《揚州民間故事集》所載《有事望人和》云，由揚州知府做媒，高郵知州的兒子娶了揚州舉人的女兒。揚州舉人爲了巴結親家，也給親家裝點面子，給了女兒豐厚的嫁妝，包括三百畝良田。可是，高郵知州只派人來收三百畝田的租，卻不繳納這三百畝田的賦稅，這賦稅仍然由舉人承擔。連續三年，舉人家底被掏空，無奈，和知州商量，要把女兒陪嫁田畝的賦稅劃撥到知州名下，爲知州所拒絕。舉人告到知府、宰相那裡，才解決了問題。《常州民間故事集》之《惲家花園的故事》云，劉家和惲家是親家，當惲家知道劉家開的錢莊資金不足，就馬上撤資，引發連鎖反應，導致劉家破產，花園也歸了惲家。

《沛縣卷》所載《披麻戴孝送侄媳》云，清朝光緒年間，夏鎮某富翁家只剩下他和孫媳兩人，「他的近族可不少，侄男侄女一大片，都想等他死後，圖他這份家產。老人沒死，他們就私下鬧糾紛，議論起家私來：哪處房子歸誰，哪塊地給誰，爭論不休。」孫媳婦買個丫環給爺爺做妾，生下一男孩，盡心撫養。後男孩中舉做官，保住了家業。老人的孫媳婦死後，作爲叔叔的官員給她送葬。其實，他們之間的親族關係，儘管從宗法和輩分講，是侄兒媳婦和叔叔之間的關係，但從感情和撫養看，則幾乎完全是母子關係了。

通過以上論述，我們可以看到，這些故事中的親戚關係，除了少數故事中之外，都是令人悲觀的。親戚之間，有血緣關係和姻緣關係，但是，和兄弟姐妹相比，明顯就遠了一些，親情也自然會淡薄許多。親情的表達，不可缺少物資利益。因此，親戚之間，就不可避免地有了利益關係，而這些利益關係，一般是建立在親情的基礎之上的。兄弟姐妹之間，尚未不免關係惡劣，更何況血緣關係較之爲遠、甚至是姻緣關係的親戚呢？

# 第二節 朋友關係故事

## 一、朋友之間的地位高下

《孟子・萬章下》云，萬章問友，孟子說：「不挾長，不挾貴，不挾兄弟而友。友也者，友其德也，不可以有挾也。」〔註1〕朋友之間，彼此不應該以自己的種種優勢當成和對方交往的資本。這就是說，朋友之間，應該是平等的。兄弟之間是同一個輩分，沒有輩分大小之別，也沒有尊卑之別，但是有長幼之序。其中作為兄長的人，對小弟有一定的倫理優勢，但是也有倫理責任。朋友之間也是如此。可是，朋友之間，當然要比兄弟之間複雜得多，也要比孟子說的理想的朋友關係複雜得多。

兄弟之間，有感情基礎，又有宗法、親族成員等相保駕護航，兄長利用其倫理優勢欺壓弟弟的現象，儘管存在，民間文學中也有不少作品予以譴責，但總的說來，還是不多的。可是，這樣的現象，在朋友特別是結義兄弟中，明顯要比在血緣兄弟中容易發生得多。再者，血緣兄弟之間的長幼，是明確的，按照出生日期就可以決定。可是，朋友之間、結義兄弟之間的長幼，儘管一般也是根據出生日期，但是，由於當時的年齡驗證機制很不發達，這也會給想利用長兄優勢占朋友或者結義兄弟便宜的人可乘之機。某些結義兄弟爭長幼的故事，就是為此而作的。《揚州民間故事集》所載《蚊子、知了和蒼蠅》中，這三樣昆蟲結拜兄弟，各舉自己所能，以爭當大哥。它們各自所舉的所謂了不起的本領，都是無聊甚至無恥的事情。這故事的貶意非常明顯。《沛縣卷》所載《四兄弟爭天下》云，老虎、雷、龍和人是結拜兄弟，卻相互爭做天下的主人。神仙請他們設法把其餘三個都引出屋子，誰就做天下主人。老虎、雷和龍都沒有成功。人在屋子四周放火，老虎等都逃出屋來，故人成了天下的主人。

朋友之間的差別，一般說來，要比兄弟之間的差別要大，因此，儘管從倫理上說，朋友之間是平等的，但是，實際上，由於財富、地位、能力、學識等等的差距，朋友之間要做到完全平等，理想的平等，是不容易的。但是，民間就會用這樣的倫理標準來要求朋友這樣的社會角色。《南通市區卷》所載《路遙知馬力》中，走投無路的路遙欲去投奔昔日知心好友、業已當了大官的馬力，「他想進府求見，看看自己一副寒酸相，怕門官不通報，更怕馬力不

---

〔註1〕《十三經注疏》本，中華書局，1980年影印本，第2743頁。

認他。正在這時，一聲鑼響，原來馬力回府了。路遙乘此機會，一咬牙跪倒在馬力的轎前，就這樣路遙進了馬府」。馬力還是對路遙熱情相待的，因此還是得到了肯定。一些發跡以後沒有能夠對昔日朋友平等相待的人，被民間作為嘲諷的對象。《如東卷》所載《三結義》云，三個窮苦青年結拜兄弟，發誓「有福同享，有禍同當」。後來，老三前去見已經當官的老大，一見面就責怪老大忘記了結拜兄弟，忘記了當初窮苦的日子。老大見老三衣不蔽體，又揭了他貧窮的過去，覺得丟了面子，命人將他一頓痛打，趕了出去。老二前去，衣服光鮮，當了老大部下的面和老大敘舊，把當年勞動和生活的俗事，表達成轟轟烈烈的事業。老大這才十分滿意，給了他很多錢。《如東卷》所載《割草的拜仁兄》，《如皋卷》所載《朱洪武和窮朋友》中，也有相同的情節。我國傳統文化中，等級森嚴，官場尤其如此。早年的窮兄弟要和做了官的人平等，確實是很難的。但是，彼此既然是朋友，就應該是平等的。

朋友之間的平等，是人格的平等，尊嚴的平等，其要在於朋友之間，相互尊重彼此的人格尊嚴。這樣的平等，和泛平等化，有性質的不同。不尊重朋友的人格尊嚴，怠慢朋友，看不起窮朋友，這當然是不應該的，固然是社會地位較高的人容易犯的毛病，也是社會輿論尤其是民間社會輿論比較喜歡和比較隨意給他們的帽子。可是，經濟狀況不佳、社會地位比較低的人，利用輿論同情弱者的特點和好譴責忘記窮朋友的人這樣的慣性，把自己的社會弱勢變成和擁有社會強勢的朋友交往中的優勢，事事處處要求和人家平等，自己不願意放棄粗俗低俗不文明的言行不說，甚至要求人家也和他一樣粗俗低俗不文明，才是所謂的平等待人，這也是很不應該的。

## 二、朋友之間的利益關係

朋友之間最為表層的關係，乃是利益關係。這樣的利益關係，也類似於血緣兄弟之間的利益關係。父子之間的利益關係，父親撫養兒子，兒子贍養父親，是一種倫理道德關係，更是一種法律關係。可是，即使是親兄弟之間，也沒有相互撫養或者贍養的法律責任，可是，有這樣的倫理道德責任。朋友之間，也是如此。不過，朋友之間畢竟不是血緣兄弟，這樣的倫理道德責任，自然比血緣兄弟特變是親兄弟之間這樣的倫理道德責任要輕。「殺狗勸夫」和相關類型的故事，在我國通俗文學和民間文學中，都是流傳較廣的。此類故事，源於佛經。《出曜經》卷十六云，某甲與朋友極為親厚，而不與兄弟言談。

某日，某甲酒後殺官府差人，闖下大禍，乃投朋友。朋友怕受牽連，不納，反云：「設事顯露，罪我不少。卿有兄弟，宗族昌盛，何爲向我，叛於骨肉！」某甲乃歸，求於兄弟、宗族相助。兄弟、宗族庇護之，並爲之設計逃往他國。某甲在他國謀生立業，「財寶日熾，僕從無數」。可見，某人需要幫助，最應該出手的，是其親兄弟等血緣兄弟，朋友是排在後面的。可是，此類作品，其主題是批評朋友不可靠。因此，當對方需要幫助的時候，在倫理道德上，朋友也是應該出手相助的。

在對方需要幫助的時候，朋友能夠幫助而不願意幫助，會受到社會輿論的譴責，而雖然力量不足而盡力提供幫助的，會受到輿論的讚揚。這在江蘇民間故事中，多所反映。《如東卷》所載《行得春風才有夏雨》云，富豪張春風和窮夥計李夏雨結拜兄弟，幫助李夏雨還清了欠款，又給他一百兩銀子。《沛縣卷》之《吳鳳柱的故事》云，吳鳳柱和其餘兩個人結拜兄弟，吳爲老二。生意不景氣，吳決定去投軍，到老大家裏，想借路費，並建議老大殺雞打酒，一起痛飲。老大吝嗇，有一窩雞，但是以「卯日不殺雞」爲藉口拒絕。吳只好到老三那裡想辦法，見到老大家幾棵梨樹上的梨子已經成熟，說自己要去看老三，建議老大摘幾個梨子，他帶給老三。老大以「下雨不摘梨」拒絕。吳來到老二家，老二家也很窮，但是，老二的妻子賣了罩衣給他打酒買菜，還把家裏僅存的六個錢給了吳。這些故事中的褒貶，其依據正是朋友之間應該相互幫助的倫理道德觀念。《論語・公冶長》中，孔子讓幾個學生「各言爾志」，子路所言之志是：「願車馬、衣輕裘，與朋友共。敝之而無憾。」〔註2〕按照儒家的準則，朋友之間，「貨則通而不計」。《禮記・中庸》中，孔子曰：「君子之道四」，其中一條，就是「朋友先施之」，〔註3〕孔子因爲多年奔波在外，經濟情況又不好，沒有能夠做到這一條，而深深遺憾。《鄉黨》中，孔子說，朋友死了，如果沒有人能夠幫他辦喪事，孔子就說：「於我殯。」〔註4〕「朋友之饋，雖車馬，非祭肉，不拜。」〔註5〕朋友之間是平等的，朋友給的財物，不管數量多少，價值幾何，都是饋贈，而不是賜予，所以不必拜。朋友送的祭肉，則是朋友的祖先或者神靈留下來的，所以要拜。關於朋友之間當慷慨、不當吝嗇，特別是在朋友需要幫助的時候，尤其如此，民間的認識

〔註2〕《十三經注疏》本，中華書局，1980年影印本，第2475頁。
〔註3〕《十三經注疏》本，中華書局，1980年影印本，第1627頁。
〔註4〕《十三經注疏》本，中華書局，1980年影印本，第2496頁。
〔註5〕《十三經注疏》本，中華書局，1980年影印本，第2496頁。

和儒家是一致的。

對朋友的幫助，是否需要回報？這比較複雜。朋友之間的利益往來，和商務活動是不同的。商務活動的雙方，講究彼此利益的對等性，而朋友之間的利益往來，則很難以這樣的對等性為行事準則。我國傳統社會中，就施恩者而言，應該是不望對方報答的，基於希望對方報答的施恩，叫做「市恩」，那是投資做買賣的商業行為了，甚至被視為小人的行為，君子，大丈夫，俠義人士甚至正派的江湖人士，是不屑為的。可是，就受恩者而言，有「滴水之恩當湧泉相報」之說，受恩不僅必須相報，還要重報。受恩不報，乃是小人行為，會受到社會輿論的嘲笑乃至譴責，「忘恩負義」歷來是嚴重的道德污名。朋友之間的利益關係，就總體上說，也是遵守這樣的倫理觀念。

在江蘇民間關於朋友的故事中，曾經施恩的一方，大多是在走投無路的情況下，才去向當年受恩的一方求助或者接受對方幫助的，而當年受恩的一方，也幾乎都「以湧泉相報」。《豐縣卷》所載《忠義林》云，三個乞丐結義，發誓「有福同享，有難同當」。他們以乞討積聚錢財，為老三娶妻成家。老三的兒女對兩位伯父如同父親，兩位伯父死後，他們披麻戴孝，喪事盡禮。這三位結義兄弟的墳墓所在地方，稱為「忠義林」，附近結拜兄弟的人，大多到這裡舉行儀式。《沛縣卷》所載《豐小樓十三碑》，情節和和《忠義林》類似。

《如東卷》所載《行得春風才有夏雨》云，富豪張春風救助過結拜兄弟李夏雨，後來，張春風家失火，錢款飛到李夏雨家。李夏雨守護好這些錢款。張春風要飯而來的時候，他們兩家分了這些錢款，各造了莊園，一起過上幸福的日子，並且經常周濟窮人。《如東卷》所載《五湖四海》云，五四海家財萬貫，卻因為仗義疏財、樂善好施，把田地房產都賣光了。有個叫五五湖的京城人，做生意虧本，無法回家，來向五四海求助。五四海留他住宿，和他結拜兄弟。知道五湖家中有老母，回家無路費，四海又讓妻子當了腰裙、賣了頭髮，湊錢送給五湖。後來，四海活不下去，乃到京城找五湖，五湖竟然已經是朝廷天官，但熱情接待四海。五湖又把四海仗義疏財、樂善好施的事蹟面奏皇帝，皇帝也封四海為天官，五湖為四海建造天官府。五湖被參充軍，四海放棄官位，和五湖同行，照顧五湖。路遇強盜欲殺五湖，四海毅然請代五湖受死。而這一切，都是五湖設計試探四海的。《南通市區卷》所載《五湖四海皆朋友》，情節大體相同，只是角色身份不同而已。還有，帥府少爺為王

四海歸途預付食宿費用的情節，尤其具有民間文學的傳奇色彩。《睢寧卷》所載《五湖和四海》的情節也相仿，但五湖不是天官，也不是帥府少爺，而是寨主，強盜頭子。《南通市區卷》所載《路遙知馬力》云，富家公子路遙和其家女傭之子馬力是好友。路遙逃婚，路家讓馬力代新郎行禮而馬力找藉口不和新娘入洞房。路遙和馬力參加科舉考試，路遙落第，馬力中狀元。路遙回家，發現家裏失火，房屋財產皆盡，家人不知去向，又知馬力代自己成親，心中生恨。為了謀生，路遙去依馬力。時間一長，馬力先是不常見他，後來數月不見，再後來則讓路遙回家。路遙心中不快。回到家裏，路遙方知馬力給他家造了一座漂亮的莊園，見到父母和妻子，知道馬力代他行婚禮的真相，感動不已。《中國民間故事集成》之《江蘇卷》所載灌雲縣《路遙知馬力》的故事，和這個故事相仿。富有的路遙給窮苦的馬力娶媳婦，提出以媳婦的初夜為代價，馬力只好同意，但是心中不快，直到第二天夜裏，才知道路遙並沒有進洞房的真相。路遙主動給馬力捐得知府官職，馬力當了知府。路遙家中失火，財產全無，投奔馬力。幾個月後，路遙回鄉，馬力僅僅給他二百錢，路遙不快。但是，馬力以讓路遙順道給他傳遞公文為名，實際上是讓沿途衙門接待，因此路遙回鄉途中，都受到了沿途官員很好的接待。回到家裏，路遙又知道馬力為他恢復了家業。《銅山卷》所載《路長和馬壯》的故事，情節也大致相仿。《豐縣卷》所載《張木匠戴枷》云，秀才李康進京趕考，途徑徐州境內小張莊發病，張木匠把李康背到家裏，請醫抓藥治癒了李康的病，還殺雞給李康調理身體。李康離開時，張木匠又送李康一頭毛驢代步。後來，張木匠接到李康的信，說他已經當了吏部尚書，張木匠如果有困難，可以找他云云。幾年後，徐州地方災荒，張木匠生活艱難，遂到京城向李康借錢，被李康拒絕不算，還被李康送如監獄，幾天後，又被李康命人戴上木枷，押送回鄉。在回鄉途中，遇到強盜，因為他們身上沒有錢財，得以保全性命。張木匠回家後，痛恨李康忘恩負義，遂斧劈木枷，才發現裏面藏了十六根金條。這些故事中，在前後兩段雙方利益關係來往的「施恩」和「受恩」中，不管是施恩者還是受恩者，都是故事「兩賢之」的角色。幫助者和需要幫助者，前後相互易位了。雙方既符合朋友需要幫助的時候應該出手的倫理道德，也符合施恩不望報、受恩必重報的倫理道德。

　　如果沒有施恩在前，僅僅是因為朋友有能力幫助自己了，其人就前往求助，這難以理直氣壯。《如東卷》所載《三結義》中，三個窮苦青年結拜兄弟，

儘管有「有福同享，有禍同當」的誓言在先，但是，後來老二老三知道老大做了官，就想去「借幾個錢用用」，其無賴氣是很明顯的。《如東卷》所載《割草的拜仁兄》中，三個窮苦青年結義後，老大老二一直對老三照顧有加。老大說：「我們三個窮光蛋，光靠割草，吃不飽，穿不暖，這苦日子幾時才能到頭？現在不如兩個人割草，讓一個靈巧的去念書，將來說不定能有個前途。這樣，其他兩個人也就好過了。」於是，他們覺得老大老二割草，讓老三讀書。老三讀書十年，老大老二就養了他十年。十年以後，老三參加科舉考試，連連高中，當了縣官。兩個大哥前往請求老三在經濟上予以幫助，這是合情合理的，因為他們曾經為老三付出了很多，老三的成功，離不開他們的那些巨大的付出。《沛縣卷》之《吳鳳柱的故事》中，吳鳳柱到結拜兄弟老大那裡借路費從軍被拒絕，富有的老大不肯殺雞，不肯摘梨。可是，當得知吳當了大官，結義兄弟老三在吳那裡發財後，老大心想：「老三去弄了這麼多錢，我去孬好給兩個也幹。」於是到吳處，明確提出利益要求。這樣的行為，就令人厭惡了。

利用朋友關係占朋友的便宜，從朋友那裡獲取利益的行為，江蘇民間故事中，也有作辛辣諷刺的作品。《揚州民間故事集》之《吝嗇鬼訪友》云，幾個角色競相比賽吝嗇的本事，例如「望梅止渴」、「畫餅充饑」之類，各出其極。《中國民間故事集成》之《江蘇卷》所載泗洪民間故事《拿我不當人》中，兩個吝嗇鬼為乾兄弟，乾弟弟想到乾哥哥家吃幾天酒，而乾哥哥千方百計尋找藉口拒絕，且隱含比較明顯的嘲諷和侮辱，乾弟弟則一一應對，且以牙還牙。《揚州民間故事集》所載《六個把兄弟行酒令》云，六個人結拜兄弟，老大是教書先生，老二是醫生，老三是風水師，老四是說書先生，老五是和尚，老六是農民。排在前頭的兄弟五人，經常尋找機會到老六家吃白食，老六不堪其擾。某日，老六的妻子過生日，老六進城買了三斤肉。老三偵得此事，就請眾兄弟又要到老六家吃白食。老五不肯去，老三說兄弟們要講義氣。老五怕擔個「不講義氣」的壞名氣，只好也去。他們五個人，以行酒令的方式，把老六夫婦準備的酒菜吃個精光。《豐縣卷》所載《不吃虧與占小巧》中，兩個結拜兄弟，甲拿了一籃子鵝毛鴨毛雞毛作為禮物去探望乙，說是「千里送鵝毛，禮輕情義重」，乙則以水招待甲，謂之「君子之交淡如水」。這些作品中被諷刺的人物，他們既不是確實需要朋友的幫助，又沒有施恩在先，卻千方百計謀取朋友的利益，這樣的朋友，當然絕不是真正的朋友了。

　　朋友需要幫助的時候，無私相助，並且不抱對方回報的希望，而自己，只有在確實需要幫助的時候，才能向朋友求助，且此後一旦有能力有機會，必須予以重報。自己施恩在前，受恩的朋友施予回報，也可以接受，但是，責求朋友重報，則非君子或者俠義行為。這是朋友之間利益往來的倫理道德。

　　朋友之間的利益關係，也是和「信」聯繫在一起的。《論語‧學而》中，曾子那著名的「三省」，其中之一就是「與朋友交而不信乎？」〔註6〕《學而》中，子夏也說：「與朋友交，言而有信。」〔註7〕《公冶長》中，子路問孔子之志。孔子回答的三條中，有「朋友信之」一條。《孟子》中儒家的所謂「五倫」是「父子有親，君臣有義，夫婦有別，長幼有序，朋友有信」。〔註8〕可見「信」是朋友之間最為基本的倫理準則。民間關於朋友關係的倫理準則，也是如此。利用朋友的信任，算計朋友、欺騙朋友乃至於加害朋友，以獲取利益，則不僅違反了朋友之間的倫理準則，也是違背了社會人際之間的倫理準則，對此類行為，江蘇民間有故事予以譴責。

　　《中國民間故事集成》之《江蘇卷》所載高淳民間故事《兩個月歸還》云，趙大和王五是知己好友。趙大向王五借一百兩銀子，借據上寫明「兩個月歸還」。趙大故意把「兩個月」曲解為「兩個月亮」而無限期拖延還款。《豐縣卷》所載《妻子心中有稈秤》云，清朝乾隆年間，商人張福和李貴結拜兄弟。張福買一女子小翠為妻。李貴垂涎小翠美貌，設計殺死張福，並且偽造張福和別的女人相好的證據和張福給小翠的休書，欲誘使小翠和他成婚，被小翠識破，受到法律懲罰。《啓東卷》所載《良心天地》云，貧苦青年良心巧遇自稱是夥計的天地，兩人結拜兄弟。被天地的偽裝所迷惑，良心多年當長工獲得的六十塊大洋，都被天地騙走。無奈之下，良心投井自殺，巧遇神助，經過一系列曲折，當上了駙馬。天地知道了，又找到良心，花言巧語為先前的欺騙行為辯解，通過良心得一押送軍糧的差使，卻在途中為強盜所殺。《通州卷》所載《善惡有報》云，王林和王榮武藝高強，是結拜兄弟。公主被蛇精所擄，皇帝出榜，云能救出公主者為駙馬。他們發現公主在一地洞中。王榮不敢入洞，王林乃縋入洞，殺死蛇精，讓公主縋上出洞。王榮扔下仍在洞中的王林，帶了公主入宮，當了駙馬。王林先是無法出洞，後來得到神助出

〔註6〕《十三經注疏》本，中華書局，1980年影印本，第2457頁。
〔註7〕《十三經注疏》本，中華書局，1980年影印本，第2458頁。
〔註8〕《十三經注疏》本，中華書局，1980年影印本，第2705頁。

洞，告了御狀。最後王榮被殺，王林當了駙馬。《如東卷》所載《張三李四》，情節也和《善惡有報》大體相同。《沛縣卷》所載《仁常仁短》云，仁常、仁短義結金蘭，合為一家，相互配合，種地經商，造房買地，很是興旺。仁短結婚後，妻子怕仁常分去財產，建議仁短殺死仁常。仁短果然謀殺仁常，仁常得神助而獲得富貴，巧遇落魄後的仁短，給仁短夫婦安身之處。仁短夫婦不甘，結果仁短為神人所殺，其妻子自殺。《睢寧卷》所載《天理和良心》云，良心和神人天理結拜兄弟，在天理的幫助下，他家大富。良心不滿足，欲做大官。皇后病重，需要天理的心做藥引，才能治癒。皇帝乃懸賞能得天理的心者。良心利用天理對他的信任，以同去做官享福為名，把天理騙入宮中。天理得知真情逃脫，皇帝乃殺良心。《徐州民間文學集成（上）》之《金銀石》云，兩個結義兄弟得到了神賜予的金子，為了獨吞而相互殘殺。

## 三、朋友之間的感情關係

江蘇民間，有讚頌朋友之間感情的作品。《海安卷》所載《木匠六》云，相傳魯班和師弟陸某感情甚厚。女媧請木匠補天，魯班就讓陸師弟上天修補。天補好了，但是，陸師弟永遠留在了天上。因此，木匠造的房子和家具，很多帶有「六」，以資紀念。

感情是人類之間最為深層次的關係，一般來說，正常而深厚的感情可以使符合倫理道德的行為成為自覺，而有悖於倫理道德的行為，也往往是缺乏正常而深厚的感情所致。《如東卷》之《朋友》中，兒子和父親都喜歡交朋友。父親讓兒子用雞血灑在身上，做剛殺人狀，到一個朋友家躲避，說自己殺了一個惡霸，朋友拒絕。兒子又到父親的朋友家救助，父親的朋友毅然接納。如此，兒子方知酒肉朋友和真朋友之別。上文所引《五湖四海》等故事中，有考驗朋友的情節。此類考驗，就是考驗朋友對朋友倫理道德的堅守和對彼此感情的忠誠。

朋友之間的感情，類同於兄弟姐妹之間的感情。維護朋友之間的感情，雙方都有這樣的責任。

如何維護朋友之間的感情？江蘇民間故事告訴我們，猜忌或誤會會嚴重傷害彼此的感情，而面對猜忌和誤會，最好的應對措施之一，是寬容。朋友之間的感情也是如此。《豐縣卷》所載《胡二馬月》云，胡二馬月是好友，也是鄰居。馬月媳婦想向胡二媳婦借金戒指，胡二媳婦發現金戒指丟了，就懷

疑是馬月媳婦拿的。馬月夫婦覺察到這樣的懷疑，遂賣田借債，買了個金戒指給胡二家，說是撿到的。後來，胡二家找到了金戒指，知道錯怪馬月媳婦了，遂把失去土地後要飯的馬月夫婦找回來，兩家合起來過日子。《海安卷》所載《三賢鎮》云，餅店店主尤敬國到外地收購小麥，住在朋友家裏。朋友家裏少了 50 大洋，朋友的妻子認爲是尤敬國拿的，尤敬國就承認了，說收麥子錢款不夠而拿的，並歸還了這 50 大洋。後來，朋友的妻子找到了那 50 大洋，要退還尤敬國 50 大洋，尤敬國堅決不受，堅持說是借的。後來，三官殿和尚建議，用這筆錢鋪了路。《銅山卷》所載《二賢莊》云，單友的妻子在單友不在家的時候留宿出門在外的單報，被單友誤會，自殺證明自己清白。單報知道了，把自己的妻子送來給單友作妻子。幸好單友的妻子死而復生，兩家遂成好朋友。《新沂卷》所載《人行好事莫問前程》云，雜貨店老闆陳布仁，見夥計蔣義能幹，覺得「若能和蔣義結拜爲兄弟，他會幫俺把生意做得更好」，於是，就和蔣義結拜兄弟。陳布仁外出時，陳的妻子勾引蔣義不成，待陳布仁回家，就誣告蔣調戲他。陳布仁借機把蔣仁推入井中。蔣義得到神助，成爲富翁。陳布仁夫婦落魄，巧遇蔣義，蔣義還是收留了他們，而陳布仁自責不已。《睢寧卷》所載《鎮宅石的由來》云，富家子弟王少爺和伴讀石敢當是朋友。後來，石敢當中進士，任翰林院大學士，王少爺家境敗落，無以爲生，乃入京依石敢當。某晚，王少爺洗手後甩手，並讚揚毛巾上的牡丹美。不料水珠飛出窗口濺到石夫人的臉上，石夫人誤認爲王少爺有調戲之意，遂命下人不敬王少爺並責其調戲夫人。王少爺乃留詩而去，走投無路，就在路旁松林裏自殺。石敢當夫婦見到王少爺的詩，方知誤會，乃追趕王少爺，卻發現王少爺已經自殺。《中國民間故事集成》之《江蘇卷》所載鹽城市民間故事《百納衣和薄皮材》云，一裁縫和一木匠是好朋友。裁縫請木匠給他製作一口棺材，木匠則請裁縫爲他製作一件皮襖。木匠見裁縫爲他製作的皮襖都是用銅錢大的碎皮製作的，就把皮襖放在破衣服堆裏了。裁縫見木匠送給自己的棺材又薄又小，也很是不滿。後來，木匠和裁縫才知道，對方送的禮物都是寶貝。《睢寧卷》所載《石崇范丹結拜》云，富豪石崇和乞丐頭目范丹結拜兄弟。范丹到石崇家去作客，石崇以金磚墊桌腿，范丹認爲這是在笑話他窮。石崇到范丹家作客，范丹以四個兒子墊桌腿，並且隨著樹蔭移動。石崇感到，范丹以此笑話他沒有後人。於是，他就把范丹一家接到家裏居住，解決了范丹一家的生活問題，范丹的長子也做了石崇的兒子。

　　《通州卷》所載《別離廟》云，某甲和某乙是好朋友，某甲發現，在他們的上一輩子，某乙殺了他。這一輩子，注定是他要殺某乙作爲果報。某乙知道後，坦然表示願意承受這樣的果報，但擔心兩人世世相殺。於是，某甲放棄了殺某乙的想法，兩人還是好友。《睢寧卷》所載《蘇吳廟》，情節相仿。連這樣的事情，寬容也可以消解，那麼，朋友之間還有什麼事情，寬容不能消解呢？

## 四、朋友之間的道德互動

　　《論語・衛靈公》中，孔子說：「群居終日，言不及義，好行小慧，難矣哉！」〔註9〕群居終日而言不及義，眾人競發非義之論，放肆無忌，推波助瀾，放僻邪侈之心遂大盛，就容易作奸犯科，他們的小聰明又足以使他們作奸犯科，其危險可知。《論語・子路》中，孔子說：「朋友切切偲偲。」〔註10〕先儒說，「偲偲切切」是「相切責之貌」。《孟子・離婁下》云：「責善，朋友之道也。」〔註11〕據此，朋友之間，應該以道德修養相互要求，相互勉勵，以共同進於道，共同提高道德修養。民間社會的朋友之道，也有這樣的內容。相反，在江蘇民間故事中，朋友之間聯合起來，一起爲非作歹的情節，是極少的，即使出現，也是以被否定的內容出現的。朋友之間以德相勉的情節，則多次出現。

　　《蘇州民間故事》所載《不器送禮》云，常熟楊子賢中了舉人，同學趙不器前來祝賀，送了一瓶水，卻得到楊子賢的熱情接待，眞誠地稱這是份「厚禮」，因爲楊知道趙的用意，寫下了「君子之交淡如水，點點清水銘心頭」十四字。中了舉人，就進入社會上層了，許多勢利之徒就會趨之若鶩，例如《儒林外史》中范進中舉，張靜齋之流，就是如此。趙不器以清水祝賀同學中舉，實在是很及時的。

　　《徐州市區卷》所載《袁橋》云，奎河旁邊的漁夫王三和水鬼袁寶山做朋友。水鬼在河裏受罪，卻能給漁夫趕魚，讓漁夫打漁豐收，漁夫則請水鬼喝酒。水鬼要得到解脫，必須有人淹死在這河裏，有人替代他。因此，水鬼讓人淹死，叫「討替身」。水鬼三年才能得到一次「討替身」的機會。漁夫知

---

〔註9〕　《十三經注疏》本，中華書局，1980 年影印本，第 2517 頁。
〔註10〕　《十三經注疏》本，中華書局，1980 年影印本，第 2508 頁。
〔註11〕　《十三經注疏》本，中華書局，1980 年影印本，第 2731 頁。

道水鬼要討替身，卻兩次出手救人，破壞了水鬼討替身的行動，因爲他認爲，這兩人分別是孝子、慈父，不應該被淹死。水鬼先是不滿，後來也認同了王三的觀點。第三次「討替身」的機會來臨，一個孕婦掉入河中，水鬼竟然寧可失去「討替身」的機會，救了這個孕婦。可見，水鬼在王三的影響下，道德方面有了根本性的進步。由於這樣的進步，水鬼奉命脫離了水中之苦，且晉升爲山西城隍，並且在王三的協助下，懲治了當年謀殺他的兇手。《中國民間故事集成》之《江蘇卷》所載太倉民間故事《不討替身》及其所附錄宿遷民間故事，也都有水鬼在朋友影響下放棄「討替身」機會的情節。

## 第三節　親友關係故事的重要不足和相應對策

江蘇民間關於親友關係的故事中，一個最爲重要的不足之處，就是很多故事沒有解決好如何給親友幫助的問題。

給需要幫助的親友提供幫助，接受了親友的幫助而予以回報，這些都是應該的，甚至幫助想陞官發財的親友陞官發財，也不是一概不可以。問題是，你給親友輸送利益，提供幫助，這些資源，來於何處？

這些資源來自你自己，你自己合法的經濟收入或者私有財產，你自己的學問和能力，甚至你自己的社會關係，都沒有問題。例如，《海安卷》所載《扒灰橋》中，隔河相望的窮苦叔公和侄媳婦相互照顧，以繩子繫木盆來回傳遞物品，後來叔公拆了一間房子造橋，方便彼此照顧，也方便行人。這樣卑微貧窮的小民百姓之間相濡以沫式的相互幫助，令人動容，他們用以相互幫助的，都是他們自己的財物和勞動。在我們上文所舉到的故事中，以建造莊園、重金回報曾經幫助過自己的朋友，這樣的情節不少，只要這些錢財是施報者自己的合法收入，也沒有問題。《新沂卷》所載《扳倒井》云，楊二郎曾經和義父一起生活六年，後來分別。某次，楊二郎遇到義父，義父口渴，旁有水井，但是沒有取水工具，楊二郎乃以神力扳倒此井，讓義父喝到了井水。楊二郎用自己個人的能力來爲義父服務，這當然也是應該的。你有學問，有技術，有力氣，來幫助親友，或者回報親友，完全應該。《睢寧卷》所載《太陽認舅》云，九日橫行，萬物難成，楊二郎奉命解決此問題，乃追上太陽後以山壓之。最後一個太陽逃到馬齒莧葉子下求遮蔽，初爲馬齒莧所拒，太陽認馬齒莧爲舅，馬齒莧這才遮蔽太陽，太陽逃過一劫。此後，太陽報恩，即使再熱再毒，也曬不死馬齒莧，因爲馬齒莧是太陽的舅舅。同書所載《楊二

郎擔山攆大爺》，還有馬齒莧代外甥太陽向楊二郎求情而楊二郎答應的情節，大家也就都知道馬齒莧是太陽的舅舅。你脾氣不好，但是，對待親友，特別是幫助過自己的長輩，自己特別地收斂一些，以免傷害他們，這當然更是應該的。

可是，利用擔任公共職務之便，幹與自己的職務相違背的事情，以此來幫助或者回報親友，那是不可以的。可是，江蘇民間故事中，就有此類作品。《揚州民間故事集》所載《喜鵲爲啥報喜》中，玉皇大帝命喜鵲傳旨：「人老脫殼，蛇老剝剝，牛老擱擱」。蛇是喜鵲的舅舅，作爲外甥，喜鵲不忍心舅舅老了被人剝皮當食品，所以，它就冒著殺頭的危險，把聖旨改爲「人老擱擱，蛇老脫殼，牛老剝剝」。於是，它的舅舅老了被「剝剝」的命運，被轉嫁給了牛，而人老了脫殼延長壽命的好處，被它給了蛇。《銅山卷》所載《彭祖爲啥能活八百歲》云，彭祖的姐姐去世後，彭祖收養了外甥。後來，外甥成了閻王殿的判官，執掌生死簿，專門管理世間萬物的生死。他上任後，爲了報答舅舅的養育之恩，就作弊，把舅舅的姓名藏起來，一藏就藏了近一千年。《沛縣卷》之《廣成殿》中，沛縣城南張寨鄉北部有古廟廣成殿。這一帶很少下重冰雹，因爲管理冰雹的神是廣成子的外甥。他看在舅舅的面上，儘量不在這裡下冰雹，即使奉旨下冰雹，也是下幾個小顆粒應付。《新沂卷》之《冷姑奶奶廟》云，謝家姑娘成了管冰雹的神冷姑奶奶，天再冷，也不在她娘家謝莊下冰雹。《睢寧卷》所載《土地爺的來歷》、《豐縣卷》所載《土地老爺韓文公的來歷》、《銅山卷》所載《二月二吃炒豆》，《新沂卷》所載《韓湘子貶叔叔》等情節基本相同，都是講韓湘子特別照顧叔叔韓愈、讓他當土地老爺的故事。這些故事中，對喜鵲、彭祖的外甥、廣成子外甥、謝家姑娘和韓湘子的做法，不僅沒有否定的意思，還有明顯的認同在，甚至有些許的讚賞在。彭祖的外甥隱匿舅舅姓名的事情暴露後，閻王「念他一片孝心在陽間沒能如願，便從寬處理了他，仍然命他幹判官」。《新沂卷》所載《韓湘子貶叔叔》中說，「豬蹄子煮一百滾還是往裡彎」。這就爲利用職務之便違反法規爲親友輸送利益提供了倫理方面的依據。

比利用職務非法爲親友謀求利益性質更爲惡劣的是利用自己掌握的公共權力爲親友謀取利益。這樣的故事，在江蘇民間也有不少。姜太公掌握了封神的權力，就大封其親屬成員，其姓張的表弟爲玉皇，其大舅子或者兒子爲「神上神」，其妻子爲螞蚱神等，見《睢寧卷》所載《神上神》，《新沂卷》所

載《姜子牙封神》等。《如東卷》所載《烏金蕩》中，興化高閣老的小舅子要到京城去找高閣老，在路上被給皇帝送鰣魚的官員責打，得到廣東一卸職知縣的照顧而到達京城，找到姐夫。高閣老故意說鰣魚不新鮮，讓皇帝殺了送鰣魚的官員，當面給小舅子報了仇。廣東卸職知縣則通過高閣老的小舅子得到了高官的職位，高閣老等也得到了高額的賣官賄賂。大大小小的官印，都在高閣老夫人的箱子裏，這小舅子想要哪顆就哪顆，這種極度誇張的民間想像，正是權力集中在極少數人手中被隨意支配的眞實寫照。《沛縣卷》之《吳鳳柱的故事》中，吳鳳柱以軍功當了襄陽提督，想周濟曾經盡力幫助他的結義兄弟老三，但是「給少了拿不出手，給得太多又怕他不要」。於是，他放出風來，說襄陽大街有幾處彎道，要加寬取直。這工程少說也要半年，而大買賣都在這街道上，商家怕影響營業，就託人說情，可是，誰說情都沒有用。後來，有人說去託老三，也許有用。於是，商家都給老三送禮，求他說情。一個多月，老三由此得了成萬兩銀子。吳這才說，准了老三的人情。商家也都感謝老三。老三拿這筆錢，回鄉造房買地，成了財主。《南通卷》所載《縣官不如現管》云，縣太爺病重，遂將考務委託主簿單淦辦理。縣太爺的妻舅去報名，仗著自己和縣太爺的關係，沒有行賄，被單淦所拒。縣太爺哀歎：「往年他的兩個哥哥，我不用吹灰之力便讓他們平步青雲，高中官爵，獨獨今年在他的手上卻通不過，眞是縣官不如現管！」這些，都是用自己掌握的公共權力來爲親友謀私利的情節。

那麼，皇帝爲幫助親友、報答親友而封官爵、賜皇糧等，又該如何評價呢？《徐州市區卷》所載《馬娘娘尋舅》云，朱元璋當皇帝後，爲他和皇后馬娘娘都沒有親人而感到煩惱，如果有親人，就可以把他們請進宮來，「一則可以親熱親熱，二則也好封他們個官做。免得人家笑話咱『得了天下，忘了親家』」。馬娘娘回憶，有個叫武四的男子，曾經收養過她，她稱他爲「武四舅」。朱元璋夫婦決定尋找這「武四舅」並且報答他。殺了許多冒名應徵的「武四舅」並且經歷若干曲折後，他們終於找到了眞正的「武四舅」。馬娘娘對武四舅跪下磕頭。朱元璋封武四舅爲一品官，要他全家都進宮居住，都爲武四舅婉拒。朱元璋讓武四舅回家後在山頭望，能夠望到的地方都歸他，而武四舅則在一個濃霧彌漫的早晨在山頭上望，所見地方自然不多。於是，朱元璋把徐州附近八個縣的皇糧都給武四舅，又爲武四舅一家造了七十二座樓房和一個大花園。這個故事的主旨，是讚揚武四舅的淡泊和「施恩不望報答」的

高風亮節，可是，對朱元璋的行為，明顯是認可的。在「家天下」的理念和社會中，「普天之下，莫非王土」，天下都是朱元璋的私有財產，當然，他想怎麼花就怎麼花，想給誰就給誰。只有這樣來看，朱元璋這樣的行為才是合理的。可是，天下是天下人的天下，官爵是為天下人而設，皇糧也是國計民生中的重要資源，他朱元璋就沒有權利如此支配，用來作為幫助親友或者報答親友之用。

如果僅僅是動用公共權力為親友撐場面，這是不是以公共權力為親友謀私利呢？《豐縣卷》所載《白辮子治喪》中，豐縣沙莊富豪白辮子的父親去世，欲請知縣主持喪禮，被知縣拒絕。白辮子感到沒有面子，遂請嫂嫂回娘家山東曲阜孔府，求助於嫂嫂的兄弟「小聖人」。經過「小聖人」的活動，皇帝賜供品，並下旨派四個總兵率軍隊前來上供，許多大官也前來參加葬禮，「小聖人」親自前來主持喪禮。知縣主動來喪禮服務，竟然被「小聖人」派去打雜。即使皇帝和各級官員給白辮子家出的賻儀都是出於他們自己的錢財，軍隊等的開銷也由白辮子家負擔，這仍然是利用公共權力為親友謀私利！文武官員和軍隊等，都是國家重要的公共資源，他們放著應該做的公事不做，去參加一個土財主的喪禮，這本身是公共權力和公共資源的濫用！白辮子家即使沒有在這場喪禮中獲取直接的經濟利益，但是，皇帝和文武官員們給他們家撐起來的場面，無疑為他們以後的巧取豪奪提供了便利，為他們在此後的生存和發展競爭中提供了優勢。別的不說，那裡的知縣辦理政務的時候，敢依法辦事而不顧忌他們家的權勢嗎？

如果為親友租借公共權力以保護他們的合法權益，這樣的事情可行嗎？合理嗎？《豐縣卷》所載《蔣念言借龍鳳燈》中，光緒年間，豐縣李樓財主蔣念言率領戲班子到黃河南岸某地演戲，當地有權有勢的大寨主喜歡這戲班子，便把戲班子扣留下來據為己有。蔣念言求助於本家兄弟、當過夏邑和內鄉縣令的蔣念熙，經蔣念熙幫忙，蔣念言借得蔣念熙岳父家曲阜孔家一對皇帝賜的龍鳳燈籠，憑藉這對燈籠，懾服了大寨主，奪回了戲班子，也保住了面子。在這個故事中，這一對龍鳳燈籠是公共權力的象徵，這大概不會有爭議。大寨主搶了蔣念言的戲班子，肯定是不對的。在當時缺乏法律保障和司法公正的社會中，蔣念言要奪回戲班子，沒有動用武力，而是採用了這樣的方法，也算是體制內的一種變相的解決方法，可是，類似的事情，在那樣的社會中，是不鮮見的。在那樣的社會中，權力就是制勝的法寶，誰租借到能

夠勝過別人的權力，誰就可以為所欲為，甚至實現自己的快意恩仇。於是，全社會爭相獲取公共權力、爭相租借公共權力，這樣的爭奪，就愈演愈烈。這樣的社會，類似於弱肉強食的叢林，當然是可怕的社會。我們設身處地地為蔣念言考慮，除了這樣的方法，還有更好的方法嗎？在那樣的社會裏，這樣的方法，有其一定的合理性，但是，不具有合法性，正如叢林裏動物世界的弱肉強食一樣。

從民間故事中來看，利用公共權力為親友謀私利，已經被舊時的民間社會所認可，甚至被視為當然。這對現代社會，也是有影響的。看看那些腐敗官員利用公共權力為親友輸送利益的案例，就可以明白這一點。

那麼，我們如何來解這樣的困局：一方面，要繼承我國傳統文化中重親情、重友情的傳統，幫助那些確實需要幫助的親友，繼承「滴水之恩當湧泉相報」的傳統，鼓勵報答曾經受過的恩惠；另一方面，又要有效地防止利用公共權力為親友謀私利的現象發生？

筆者想到四種措施。首先是健全的法制。這又可以分為兩個方面。第一，豎立法制的權威，掌握公共權力的人和不掌握公共權力的人，都知法守法，沒有人會用公共權力為親友謀取私利，也沒有人會要求別人利用公共權力為自己謀取私利。沒有這樣的供需，也就沒有這樣的交換了。第二，所有的矛盾，都按照法律法規公平公正地解決，任何個人意志和強權不能凌駕於法律和法規之上，由此杜絕蔣念言式的「租借公共權力以維護自己的合法權益」的必要。

其次是建立健全的社會保障體系。建立健全的社會保障體系，讓全社會所有的成員生活都有保障，如此則可以最大限度地減少確實需要別人幫助的人，這樣，掌握公共權力的人幫助他們親友的必要性就會最大限度地減小，相應地，利用公共權力去為親友謀取私利的必要性也就減小了。對需要幫助的弱勢群體而言，幫助他們的是社會，而不是任何親友，也不是任何別的個人。那麼，當這些弱勢群體的人一旦掌握了公共權力，他們要報恩，也是向社會報恩，而完全沒有必要向某個親友或者某個個人報恩，因為無恩可報！

再次是實現真正的社會公正和公平。社會每個成員得到相應的資源和發展機會，從程序到過程，以及程序和過程背後的理念，都是按照公正和公平展開。任何個體所得到的，都是公正、公平地得之於社會，而不是得之於任

何個人。於是，對每個掌握公共權力的人而言，沒有任何人等待甚至責成他們的報答，他們當然也就沒有必要利用公共權力來報答了。

最後，視利用公共權力幫助親友、報答親友為當然的觀念，必須在全社會徹底清除。

這四種措施同時實行，在親情、友情、報恩、人性等堂皇大旗下利用公共權力為親友謀私利的現象，也許會大幅度減少吧？可是，這四種措施紮實地全面推廣，人作為個體，和整個社會之間的利益關係會明顯增強，而人和人個體之間的利益關係，會明顯減弱，那麼，相應地，人和人個體之間的感情就不可避免地趨向淡薄，我們重親情、重友情的傳統也會受到影響，而樂善好施、滴水之恩當湧泉相報等美好的傳統，也難以發揚得蓬蓬勃勃了。略陳利害於此，以供參考。

與以公共權力幫助親友這樣的行為密切相關的，是常見的「幫親不幫理」的狹隘的觀念。任何人，如果具有這種觀念，面對親友的利益，他很可能會採取失範的行動，不限於錯誤地使用公共權力而已。這種觀念，在當今社會，有哪些體現？如果人們普遍地理直氣壯地奉行這種觀念，社會又將如何？為在全社會清除這種觀念，我們又可以做些什麼？

# 第七章　江湖題材故事研究

## 引　言

　　就一般情況而言，人必須生活在社會之中，才能生存，從更高的層次說，才有可能得到肯定，實現自身的價值。在典型的小農經濟社會，人們生活在鄉里社會，生活在宗族、親族之中。後來，有些人出於種種原因，離開家鄉，離開自己本來所在宗族和親族，到外地謀生或者尋求發展的機會，於是，他們就不可避免地進入到與先前不一樣的社會之中。這樣的社會，有體制內和體制外之分。體質內的，例如官場、軍隊等，體制外的，例如江湖。

　　江湖最大的特點，就是其流動性。江湖社會中人，爲了生存和發展，可以像水一樣自由流動，到不同的地方生活，且像水一樣隨物賦形，變換身份，出沒於各種圈子，和不同的人打交道。一般來說，江湖社會成員，有行商、僧道、乞丐、藝人、盜賊、武林人物等等。因此，江湖社會，就和鄉里社會、宗族和親族社會、代表體制的主流社會，有很多的不同。

　　在上個世紀五十年代之前，從總體上說，除了若干城市之外，江蘇基本上是小農經濟社會，且民風淳樸，因此，江湖題材的民間故事，並不算多，但是，這些故事，也能反映出江湖社會的一些基本特點，看到江蘇民間對江湖社會的認識和評判。由於商人和商業活動，筆者將另外作專題論述，所以，本部分論述，就不包括本來也在江湖社會中的行商了。

# 第一節　江湖道德和規則

　　鄉里社會、宗族和親族社會，都有其規則（禮）及其所體現的道德觀念，以維持這些社會的存在與和諧，其成員必須遵守這些規則和道德。封建社會，都是以鄉里社會、宗族和親族社會為基礎的，更為重要的是，封建社會的主流文化，是以儒家思想為主的，而儒家思想，正是建立在宗族和親族文化之上的，鄉里社會的文化，又往往是和宗族、親族文化相一致的，或者是其延伸，因此，封建社會的主流文化，就本質上說，是和當時的鄉里社會、宗族和親族社會的文化相一致的。可是，江湖社會的形態，和鄉里社會、宗族和親族社會相比，是有不少很大的不同的，因此，儘管江湖社會大量移植宗法社會的文化，我稱之為「類宗法社會」，但是，如果我們稍加觀察，就不難發現，江湖社會的文化，和鄉里社會、宗族和親族社會、體制內社會所代表的文化，也是有不同的。這些不同，突出地體現在其規則及其反映的道德觀念上。

## 一、信的凸顯

　　「信」是儒家所強調的道德觀念之一，所謂「仁義禮智信」是也。《論語・述而》中說：「子以四教：文，行，忠，信。」〔註1〕可見「信」是孔子的四大教學內容之一。孔子也強調「信」的重要，《為政》中，他說：「人而無信，不知其可也。大車無輗，小車無軏，其何以行之哉！」〔註2〕可是，《論語》中講「信」，一般是就朋友一倫而言的，或者是從社會治理而言的。《學而》中，「與朋友交而不信乎」是曾子的「三省」之一。〔註3〕孔子所謂治國之道中，有「敬事而信」一條，〔註4〕又說「弟子入則孝，出則悌，謹而信，泛愛眾，而親仁。」〔註5〕孔子說：「主忠信，毋友不如己者，過則勿憚改。」〔註6〕子夏說，「與朋友交，言而有信」。〔註7〕孔子又說：「主忠信。無友不如己者」。〔註8〕《公冶長》中，孔子言志說：「老者安之，朋友信之，少者懷

---

〔註1〕　《十三經注疏》本，中華書局，1980年影印本，第2483頁。
〔註2〕　《十三經注疏》本，中華書局，1980年影印本，第2463頁。
〔註3〕　《十三經注疏》本，中華書局，1980年影印本，第2457頁。
〔註4〕　《十三經注疏》本，中華書局，1980年影印本，第2457頁。
〔註5〕　《十三經注疏》本，中華書局，1980年影印本，第2458頁。
〔註6〕　《十三經注疏》本，中華書局，1980年影印本，第2458頁。
〔註7〕　《十三經注疏》本，中華書局，1980年影印本，第2458頁。
〔註8〕　《十三經注疏》本，中華書局，1980年影印本，第2458頁。

之。」〔註9〕《衛靈公》中，子張問出行之事，孔子回答：「言忠信，行篤敬，雖蠻貊之邦行矣；言不忠信，行不篤敬，雖州里行乎哉？」〔註10〕《陽貨》中，子張問仁，孔子說：「能行五者於天下，爲仁矣。」〔註11〕這個五者就是恭、寬、信、敏、惠。總之，有關「信」的這些言論，主要是就超越鄉里社會、宗族和親族社會和社會治理而言的。

當然，這並不是說「信」對鄉里社會、宗族和親族社會不重要，在這些圈子內，立身行事，同樣需要「信」。可是，確認某個人是否誠信，這對這些圈子中的其他成員而言，一般來說，這不是困難的事情，因爲大家都長期甚至從小就生活在同一個圈子內，彼此已經熟知。況且，其人的房產田產都在，父母兄弟姐妹以及其他親戚都在，跑得了和尚跑不了廟，人家也不怕其人有失信之患。因此，在鄉里社會、宗族和親族社會中，人們沒有必要耗費神思關注某人是否誠信，因此，「信」也就沒有其他如「孝」、「仁」之類被關注和強調。朋友和社會治理，其範圍已經超越鄉里社會、宗族和親族社會，有關人員不熟悉某人，當然，他們首先要關注的，就是其人的眞誠與否，然後採取相應的策略來應對。

江湖社會，魚龍混雜，人們彼此萍水相逢，卻爲種種利益所驅使，又不得不打交道，「信」當然是人際交往方面的首要問題，因此，在江湖社會，「信」是最爲重要的道德觀念。在江蘇民間故事中，表現「信」的內容最多。大家都按照約定行事，比武之類的結果，大家都得承認，反悔、違約等，都是江湖社會所不允許的。違背約定暗算對方，會受到譴責。在這些故事中，以欺騙手段獲得利益的人，幾乎都是沒有好結果的。

## 二、義的複雜

「信」當然重要，但是，還有更爲重要的內容。因爲，「信」僅僅是眞誠，如果一味強調眞誠，而忽視了所言所行的性質，後果可能是嚴重的。《論語・學而》中，孔子的學生有子說：「信近於義，言可復也。」〔註12〕這就是說，只有合乎「義」的「信」，才是有意義的，其言論或者諾言才是可以去實

---

〔註9〕　《十三經注疏》本，中華書局，1980年影印本，第2475頁。
〔註10〕　《十三經注疏》本，中華書局，1980年影印本，第2517頁。
〔註11〕　《十三經注疏》本，中華書局，1980年影印本，第2524頁。
〔註12〕　《十三經注疏》本，中華書局，1980年影印本，第2458頁。

踐的，否則，可能就有害「義」之患。《衛靈公》中孔子所說「君子貞而不諒」，
〔註13〕也是這樣的意思。據朱熹的解釋，「貞」是「正而固」的意思，正確而
堅定，「諒」是不擇是非而必信。《子路》中，孔子說：「言必信，行必果，硜
硜然小人哉！」〔註14〕這樣的人，就是把「信」奉爲至高無上的觀念而不顧
一切地付諸實踐，所以，孔子就作了批評。《孟子·離婁下》中，孟子更加明
確地說：「大人者，言不必信，行不必果，惟義所在。」〔註15〕在這裡，「義」
就是一種價值理念，體現言行的性質。

那麼，「義」是什麼樣的價值理念呢？儒家的「義」有儒家的內容，體現
儒家的價值觀念。江湖社會的「義」比較複雜，和儒家的「義」，還是有所不
同、有所側重的。大體而言，「義」就是「契約」，即包括共同的理念，價值
觀念，也包括約定和對約定的遵守，這樣，也就把「信」包括了進去。於
是，「信」和「義」，往往就被混爲一談了。這樣的「契約」，當然有範圍的不
同，有時空的不同，有參與者的不同，因此，其內容及其性質，都是非常複
雜的。

江湖社會中人，「義」當然有高下之別。「替天行道」、「劫富濟貧」、「護
弱鋤強」，當然是「義」，當然是被江湖社會所推崇的。《論語·爲政》云：「見
義不爲，無勇也。」〔註16〕在江蘇民間故事中，此類故事很多。例如《常州
民間故事集》之《白泰官的傳說》中，就有白泰官除暴安良的大量故事。同
書《丐者鄭七》中，鄭七也是如此。《常州民間故事集（二）》之《李貴林的
故事》中，也有此類內容。《徐州民間文學集成（上）》之《三打凶徒》，《無
錫民間故事精選》之《潑皮和尙受懲記》《震懾群氓》《石獅錯位》《裁縫力敵
惡和尙》等，都是江湖人物見義勇爲的故事。

但是，「替天行道」、「劫富濟貧」、「護弱鋤強」等「見義勇爲」，肯定不
是江湖社會中所有的人都推崇的，更不是他們都奉行的。竇爾敦搶劫，給人
留下回家的路費，這也被稱爲「義」，甚至被推崇。《常州民間故事集（二）》
之《李貴林的故事》中，神偷李貴林「一不偷窮人，二不偷當地人」的原
則，也被人稱讚，認爲是「義」。實際上，從正常的社會秩序看，任何偷盜、
搶劫的行爲，都是違法的，都是「不義」的行爲，但江湖社會不是這樣認識

---

〔註13〕《十三經注疏》本，中華書局，1980年影印本，第2518頁。
〔註14〕《十三經注疏》本，中華書局，1980年影印本，第2508頁。
〔註15〕《十三經注疏》本，中華書局，1980年影印本，第2726頁。
〔註16〕《十三經注疏》本，中華書局，1980年影印本，第2463頁。

的。因此，我們只能就江湖社會通行的內容，結合江蘇民間故事中相關情節而論之。

「義」最爲基本的內容，幾乎爲整個江湖社會所推崇的內容，仍然是「信」。《中國民間故事集成》之《江蘇卷》載丹徒民間故事《蔣瓦片》云，一對父女到丹徒蔣家村賣藝。女兒坐在笆斗中，父親說，把笆斗舉過頭頂的人可以娶他女兒，但在舉笆斗前必須付十兩銀子。當地青年蔣瓦片，武藝高強，乃上前舉笆斗。笆斗裏的姑娘看中了蔣瓦片，設法讓他把笆斗舉過了頭頂。那老父親儘管很不願意蔣女兒嫁給蔣瓦片，但既然有言在先，還是不得不答應，沒有任何反悔之言。他沒有對蔣瓦片作任何瞭解，僅僅是蔣瓦片將笆斗舉過了頭頂，就把女兒嫁給了蔣。作爲父親，以這樣的方式作賭注，這不是太輕率了嗎？他置女兒的終生幸福於何地？唯一的理由是，女兒的終身儘管重要，可是，和「信」比起來，「信」更加重要。「當眾說的話，走江湖的全靠信義嘛」！

《如東卷》之《沈伯雅仗義盜珠寶》中，川廣京雜貨店少爺沈伯雅，武藝高強。太湖大盜欲盜白蒲當鋪珠寶，但難度很大。大盜乃費了一番周折，前來請沈伯雅相助，並且答應「事後永不相忘」，沈伯雅「出於義氣」，就答應了大盜這個要求。沈父發現此事，狠狠訓斥了沈伯雅，並且令沈伯雅的妻子嚴密防止沈伯雅外出。後來，沈伯雅仍然設法參與了盜竊珠寶的行動，並起了最爲關鍵的作用。這些，其父親、妻子，竟然沒有發覺。後來，沈伯雅無意中丟失在作案現場的扇子被偵破人員發現，官府進行偵查。爲了不連累家人，沈伯雅服毒自殺。很明顯，在鄉里社會、宗族和親族社會（其父親和妻子）看來，在社會管理者（當局）看來，沈伯雅參與偷盜，當然決不是「義舉」，而是嚴重的犯罪行爲。可是，在江湖社會，沈伯雅這樣的行爲，卻被認爲是「義舉」。

沈伯雅用慘重的代價，實踐了江湖社會的「信」。既然他已經答應了大盜參與盜竊，那麼，即使在遭到父親的斥責後，他已經認識到這行爲的嚴重性質，也還是要堅持參與這盜竊行爲，其原因，可以用「信」來解釋。參與該盜竊行爲，這是他和大盜的約定，是彼此間的契約。在江湖社會，既然是契約，就必須履行，否則，其「信」就會受到嚴重損害，甚至破產。爲了保全其「信」，明知盜竊是嚴重的違法行爲，他也只好如約參與。這是江湖社會對「信」的理解和尊奉使然。如果用「信近於義，言可復也」的觀點來看，用

「言不必信，行不必果，義與之比」的觀點來看，盜竊危害社會，擾亂社會
秩序，損害他人利益，當然不合仁義，不符合道義，即使有約定在先，也是
不可付諸實踐的。這是主流社會和江湖社會在道德觀念上的明顯區別，在「信」
上的明顯區別。

　　《如皋卷》之《夏老鼠》中的情況，和沈伯雅故事有類似之處。如皋西
鄉夏家埭夏士衡武藝好，是俠客，但有可觀的家業。一夥強盜又是給他送禮，
又是對他威脅，想拉他入夥，都被他拒絕。在故事中，他是正面人物，民間
社會自然肯定他的行爲，即使是江湖社會，也認可「人各有志，不能勉強」，
對他的選擇，是沒有非議的，並不認爲是「不義」，因爲，他從來沒有答應強
盜拉他入夥的請求，因此沒有「信」的問題。

　　我們繼續探討《沈伯雅仗義盜珠寶》中沈伯雅的行爲。他又爲什麼要答
應大盜參與那次盜竊呢？這其中又有什麼「義」在呢？應該還是有的。這就
是所謂的「知遇之恩」。大盜欲盜的當鋪大門，只有頂級的武林高手才能開啓。
爲此，大盜派人四出探訪尋覓，通過測試，他們選定了沈伯雅，然後大盜親
自登門拜訪，並以「事後永不相忘」那樣高規格的待遇，邀請他參加。「士爲
知己者死」，大盜的行爲和許諾，這樣的「知遇之恩」，如果依據江湖社會注
重「相報」的規矩，沈伯雅除了答應參加外，何以相報？

　　大恩不言謝，但不能不報。《豐縣卷》之《紫砂鳴蛙壺》云，徐州製壺名
家李源的封刀之作紫砂鳴蛙壺乃無價之寶，李源本人視爲性命。徐州知府胡
某費盡心機，出重手奪得該壺，呈送皇帝，以謀升遷。無名大俠爲了報答李
源長子李大安醫生讓其妻子起死回生之恩，兩次出手干預，甚至殺搶劫該壺
的人，奪得該壺，送還李家。可見這大俠爲了報恩，是冒著生命危險而爲的。
《沛縣卷》之《傅西銘與褚玉璞》中，山東江湖人物褚玉璞在家鄉犯了案，
逃到沛縣。乞丐傅西銘在知道他身份、知道當局懸賞捉拿他的情況下，收留
了他，騙過了捉拿他的官兵，對褚玉璞有了救命之恩。後來，褚玉璞投靠張
作霖後發跡，當了直隸督辦。以前和他在一起的許多綠林人物等朋友、熟人，
到他那裡擔任一官半職，可於他有救命之恩的傅西銘，則謝絕了褚玉璞的多
次邀請，也拒絕褚玉璞的巨額饋贈。褚玉璞臨死前說：「誰的恩情我都不欠了，
只是傅西銘的大恩未報，看樣子只有等來世報吧。」他爲已經報人家的恩而
欣慰，感到輕鬆，但傅西銘的恩還沒有報，爲此感到莫大的遺憾，希望來世
相報。其實，並不是他不報此恩，事實上，他一直在試圖報此恩，只是傅西

銘不肯接受，才導致他報恩的願望，沒有能夠實現。關鍵不在他，而是在對方。即便如此，他也對此耿耿於懷。

於此可見，江湖社會的「義」，其最為基本的內容之一，就是「受恩必報」，盡可能對等的「相報」，這是江湖社會的一種契約，江湖社會成員，都應該嚴格遵守。鄉里社會成員之間的利益和情感往來，有地緣的依據，「人不親土親」。宗族和親族社會成員之間的利益和情感往來，有血緣關係或者姻緣關係為依據。官場成員之間的利益和感情往來，有法規和禮制等為依據。因此，儘管在鄉里社會，在宗族和親族社會，在官場等，成員之間也講究相報，所謂「禮尚往來」，但是，畢竟還有利益或者感情以外的因素。可是，江湖社會就不同了。其成員之間，未必有地緣、血緣、姻緣等關係，也未必有法規、禮制的制約，他們之間，純粹是利益和感情的往來，沒有其他的因素。因此，這樣的利益和感情的往來，應該盡可能是對等的，於是，「受恩必報」就顯得尤其重要。

既然「受恩必報」是「義」，那麼，接受人家的報答，當然也是符合「義」的。那麼，傅西銘為什麼拒絕接受褚玉璞的報答呢？也許有這樣那樣的原因。可是，「施恩不望報」，是層次更加高的「義」。江湖社會之人遠離鄉里社會、宗族和親族社會乃至行政社會的扶助，遇到危難，接受人家的幫助，也是必要的。但這樣的幫助背後，沒有血緣等其他因素的支撐，受助者不能心安理得地無償接受，因此，他必須相報。從效果說，如果受恩而不報，施恩者就可能會缺乏積極性，導致在有人需要相助的時候，沒有人相助。因此，「相報」在江湖社會，就成為一種共識，一種契約。可是，如果把施恩和報恩，看成一種純粹的利益往來，那麼，施恩可能會變成一種投資，甚至有人會將其演變為放高利貸式的投資，如果是這樣，當然會危害江湖。因此，「施恩不望報」也就成了江湖社會的共識和契約。施恩求報，那就是「市恩」，會被江湖社會唾棄的。

弱肉強食和扶弱鋤強，都被認為是「義」。江湖社會，遵守弱肉強食的自然法則，承認弱肉強食的合理性。許多事情，不按照其本身是非定可否，而是按照彼此實力定高下決可否，而這在江湖社會會奉為準則。

《無錫民間故事精選》之《智奪江陰碼頭》云，各方請拳師格鬥，勝者獲得碼頭的經營權，而不考慮經營者的資質等。《銅山卷》之《智奪清江碼頭》中，也是如此。《如東卷》之《孫準手》中，孫準手仗著武藝超群，弟子眾多，

成爲掘港鎮一霸。凡是到掘港鎮打把戲賣藝之類的人，都要徵得他的同意，才能在那裡營業。某個馬戲班沒有經過他的同意就在那裡營業，孫準手率領眾徒弟前去拔場子，被馬戲班老闆打敗。孫準手不甘心，次日又拔場子。老闆說：「撤場子不難，只要你能勝我，我立即就撤。如若你不能勝我，別說在這裡演三天，就是三個月你也管不著。」結果是孫準手反敗爲勝，老闆就馬上撤場子離開。《如東卷》之《李八大力士》中，一外地賣藝人，到海安縣李堡鎮敲詐當地富戶唐正祿。唐家佃戶李八打敗賣藝人，賣藝人遂發誓再也不到該鎮。賣藝人是否在當地營業，應該取決於其資質和當地的需求情況，和武藝沒有任何關係。可是，這些故事中，此類事情，竟然通過比武來決定可否。在封建時代，法律法規不健全，實行方面更加鬆弛。大量的衝突，難以解決，於是只能實行幾乎是原始的叢林法則，就是弱肉強食。當然，這是落後、野蠻的存在。

弱肉強食的弊病，是顯而易見的。如果一個人的武功足夠高，那麼，他就可以隨意奴役乃至殺戮武功比他低的人，人就墮落到動物的境地了。這當然是反人類的。於是，「扶弱鋤強」也就成了江湖社會的「義」。這「強」就是利用自己之「強」欺凌弱小的「強者」。這當然有反對弱肉強食的意思在。可是，誰來「扶弱鋤強」？誰有能力「扶弱鋤強」？當然是更強的強者。《海門卷》之《胭脂虎憤除禿金剛》云，和尚禿金剛仗著武藝到當鋪勒索，被當鋪少年夥計海生嚇退。禿金剛三年後來報仇，下殺手重傷海生。如果不是海生的姐姐胭脂虎救助及時，海生必死無疑。胭脂虎認爲禿金剛欺人太甚，此仇不可不報，乃向禿金剛挑戰，使其重傷致死，由此爲民除害。很明顯，禿金剛這樣的人必須除掉，而只有武功比他強的胭脂虎才有能力除掉他。那麼，如果胭脂虎爲非作歹，誰來制約她呢？當然，「扶弱鋤強」，對強者來說，畢竟也是一種制約：如果恃強凌弱，那麼，更強的強者會懲罰他。《銅山卷》之《李受習武》中，李受的武藝師父告誡弟子：「習練武藝，只可防身，千萬不可欺負人家。」至於對武林之外的人動武，江湖社會認爲是「不義」的行爲。

## 三、孝的衰微

在社會的主流文化中，「孝」的觀念，無疑是至高無上的。「仁」是儒家思想的核心，而「仁」是從「孝」開始的。如果把「仁」比喻成一棵參天大樹，那麼，其根部，就是「孝」。《論語・學而》中，有「孝悌也者，其爲仁

之本與」〔註17〕之說，就是這個意思。後來，「孝」又被注入了對皇帝、對朝廷「忠」的內容，其意義就更加重大了。漢代，有「舉孝廉」的制度，有「求忠臣於孝子之門」的說法，認為孝子出仕後，會「移孝作忠」，會把對父母的孝，轉化成對君主、對朝廷的忠。

可是，在江湖社會中，孝遠遠沒有在主流社會中那樣重要了。《如東卷》之《沈伯雅仗義盜珠寶》中，沈伯雅違抗父命參與盜竊，使父母蒙羞，後又自殺，放棄了自己應當承擔的對父母和家族的責任，這些，在鄉里文化、宗族和親族文化、官方文化這些主流社會文化中，都是嚴重不孝的行為，可是，在江湖文化中，卻是「義舉」。人們用江湖社會的「義」去評價他的這些行為，而不以主流社會或者鄉里社會的「孝」的標準去評價。又《中國民間故事集成》之《江蘇卷》之《蔣瓦片》中，賣藝姑娘明明知道她的父親是靠她賺錢，不是希望她真正用賭賽的方法找合適的夫君，但是，她看中了青年蔣瓦片，還是違抗父命，假裝失手，讓蔣瓦片成功獲勝，娶到自己。這和「父母之命，媒妁之言」、「三從四德」之類，當然是完全不同的。

在江蘇民間故事中，此類違背孝道而不受譴責的內容，還是很少的。原因何在？因為江湖文化，畢竟僅僅是民間文化中一個很小的部分，其中和民間主流文化不相符合的部分，很難在民間廣泛流傳，更難得到人們的普遍接受。在江蘇民間主流文化中，孝道是被高度尊崇的，儘管孝道的內容，鄉里社會和主流社會有所不同。

# 第二節　江湖的智慧

## 一、互助精神

孟子認為，人性本善；荀子認為，人性本惡。人性到底是善的還是惡的，爭論了兩千多年，還沒有結果。其實，孟子和荀子在性善、性惡問題是的爭論，其關鍵之處是他們對「人性」這個概念的理解不同，而他們的觀點，實質上竟然是相同的。孟子認為，仁義禮智等人的社會性是人性的全部，排斥人的動物性，因此，得出了人性善的結論。在荀子那裡，人性就是動物性，是排斥社會性的，因此，他得出了人性本惡的結論。其實，他們都是認為仁

義禮智是善的，而動物性則是惡的。人性肯定應該包括社會性，否則就無法區別於動物；人性也應該包括其動物性，否則社會性也無從談起。因此，人性有善的部分，也有惡的部分。推本溯源，人本來是生物的人，是動物，其本性是惡的，那麼，「惡」是如何生「善」而使人有善性而終於成為「人」的呢？關鍵在於人有足夠的智慧。人和許多動物不同，必群居相助而後能夠生存，而智者發現，如果沒有仁、義、禮之類社會規範，人類無以維持群居相助的狀態，於是仁、義、禮之類觀念和社會規範生矣。是智慧使人們認識到非群居互助不能生存，而無仁、義、禮等社會規範則無以維持群居互助，同樣是智慧，創造了仁、義、禮等善的觀念和相應的道德規範。歸根到底，是人的根本利益催生了種種善的社會規範。江湖社會，也是如此。

身在江湖，其人脫離了鄉里社會、宗族和親族社會，乃至官場這樣的主流社會，儘管獲得了充分的自由，不必受這些社會中種種禮制的制約，但是，也失去了來自這些社會的支持，不免顯得勢單力薄，特別是遇到這樣那樣的生存危機，僅僅靠自己個人的力量，就很難度過難關。於是，互助就成了必要。上文所論「受恩必報」，其實也是互助的一種方式。此外，江蘇民間故事中，還有另外一些形式的互助。

《揚州民間故事集》之《修鍋不斷風，補碗不斷弓》云，修鍋子、補碗這兩樣手藝的祖師爺都是李老君。李老君收了三個徒弟，最小的徒弟腿腳不靈便，生意都被兩個師兄搶先了，於是就向師父哭訴。李老君鑒於小徒弟走得慢，於是定下規矩：修鍋子手藝人甲到現場的時候，修鍋子手藝人乙用的風箱還有風，那麼，他也可以參與乙的工作，並且和乙分享報酬。補碗手藝人亦然，只要同行補碗的弓還在拉，他就可以參與這筆生意，並且分享報酬。此類做小生意的江湖社會成員，生活都比較困難，即使以年計之稍微有餘，但是，以日計之，則肯定有不足的時候，即使就業務來源而論，也是如此。可是，飯卻是每天都要吃的！怎麼解決這樣的最為基本的生存問題呢？只有這樣，在同行中相互自覺地「損有餘以補不足」，他們才能生存。自己在必要的時候接受人家的幫助，人家需要幫助的時候，自己也幫助人家。在江湖社會，「見者有份」的說法很流行，並不局限於修碗手藝人和補鍋手藝人內部。

《豐縣卷》之《忠義林》云，封城西北十二里，有忠義林。有三個不同姓氏的乞丐，一起行乞，合力攢錢，用所攢之錢為其中年紀最輕的李姓乞丐成家娶妻，然後他們生活在一起。李妻所生孩子，待兩個異姓伯父一如生父，

為他們養老送終。後來，李姓家族興旺，就為這三個異姓兄弟之墓立碑。其地就被稱為「忠義林」。這三個乞丐，如果不用這樣的互助方法，則他們年老的時候，生活肯定沒有保障，沒有人可以給他們養老送終，李姓乞丐，更加無法延續後代。如此相互幫助，最終堪稱共贏。

　　在宗族和親族社會，一個人有了困難，可以向家族、宗族或者親族中的其他成員求助，對來自這些人的幫助，他可以坦然接受，未必要作出回報。為什麼？有血緣、親戚關係、長輩、祖宗等在，其人抓住這些，也就具有了某種道義優勢，人家就應該幫助他。他還甚至可以用這些優勢，向宗族或親族中強有力的人求索不已，貪得無厭，稍有不滿，他就可以利用這些優勢發洩對強者的抱怨。其他的成員如果有了困難，如果宗族和親族中還有比他力量強大的人在，他也未必要出手相援。這樣的人，在我國的宗族或親族社會中，不管是古代還是現代，都是不鮮見的。在江湖社會中，這就行不通了，因為血緣、親戚關係、長輩、祖宗等因素，統統都不存在了，人家憑什麼幫助你？你憑什麼怨恨人家不幫助你？於是，互助也就顯得必要了。就總體而言，江湖社會的互助，比鄉里社會、宗族和親族社會的互助，更加必要，也更為理性，因此也就更具有生命力。自給自足的小農經濟，是和宗族或親族社會相一致的。商品經濟社會，生產和生活的社會性大大增加，人們在生產和生活中的互助，在規模、層次和方式等幾乎各方面，都早已大大超越了小農經濟社會，和小農經濟社會相適應的宗族或親族社會，其功用早已大大消退，當然，其種種消極作用，還是大量存在的。從這個意義上說，江湖社會的某些內容，和社會的發展，有一致之處。

## 二、強中還有強中手

　　鄉里社會、宗族或親族社會，規模都是有限的，一般也是可以瞭解的，甚至是可以熟知的。在小農經濟社會，自給自足，一個人的活動範圍有限，接觸的人有限，其人瞭解其範圍、其接觸的人，也是不難的。可是，江湖社會就不同了，其範圍，即使不是無限的，也是個體所無法窮盡的，江湖的流動性，更大大增加了種種不確定性。

　　在鄉里社會、宗族和親族社會中，一個人自己的能力處於什麼樣的位置，不難知道的。在江湖社會，那就不同了。江湖社會中人，技藝乃立身之本，就武林而言，正如上文所說，甚至在某些範圍內和一定程度上實行弱肉強食，

於是，武藝就顯得特別重要。更何況，包括武藝在內的技藝，還和其人的聲譽緊密聯繫在一起。《國語‧周語中》，單襄公說：「夫人性，陵上者也。」常人總是希望自己能夠勝過別人。於是，江湖中人，就不免希望自己的技藝能夠勝過別人。但江湖廣大，不管自己的技藝到什麼樣的境界，都很難有勝過人家的把握。因此，江湖題材故事中表達得比較多的智慧，就是山外有山，天外有天，強中還有強中手。

《豐縣卷》之《鏢師與快手》云，光緒年間豐縣興隆鏢局主人兼鏢師魏大興，擅長使繩鏢，曾經在護鏢過程中用繩鏢打敗過劇匪。某日魏大興在部下慫恿下表演繩鏢武藝，被縣衙門捕快班頭黃田抓住繩鏢而無法施展。《如皋卷》之《夏老鼠》中，如皋西鄉夏家埭夏士衡有一身好武藝，曾經嚇退過前來敲詐的江湖人物，因此，他覺得自己的武藝不錯，想上江南以武會友，揚名立萬。可是，他在江邊被一個洗衣服的婦女所窘，逃到蘇州，在一個和尚幫助下，才得以脫險，逃回江北。於是，他才認識到「強中還有強中手」，不再出去闖蕩了。《徐州市區卷》之《糞耙子三爺》中，有外地人到徐州市西門口賣藝，大吹大擂，貶損徐州人，結果被拾糞的三爺出手打敗。《銅山卷》之《鐵指黃五的傳說》，也是詮釋「強中還有強中手」的道理。

《南通市區卷》之《各有一手》中，武舉焦頭兒王射箭百發百中，於是趾高氣揚，到處炫耀，以為自己天下第一。一個賣油翁和孫子、一個賣肉漢子路過當地，看到焦頭兒王的射箭表演，也各顯露絕技。焦頭兒王於是得到教訓，再不自以為了不起了。這武舉不是江湖中人，儘管身歷科場，也可以說是見多識廣的人，但所見所知，和江湖相比，當然差得遠了，故難免有類似井底之蛙那樣的優越感。這個故事，形象地詮釋了鄉里社會、宗族或親族社會和江湖社會的不同，以及由此產生的相關認知的不同。和鄉里社會、宗族或親族社會中人相比，江湖社會中人，更加容易領會「強中還有強中手」的智慧。

## 三、和為貴

「和為貴」出於《論語》，「禮之用，和為貴」，〔註18〕意思是說，在禮的諸項作用中，創造和諧，最為可貴。後來，「和為貴」被理解成儘量避免對抗和爭鬥，以和諧、和氣、和平為貴。這是我國傳統文化中的思想智慧，在人

〔註18〕 《十三經注疏》本，中華書局，1980年影印本，第2458頁。

類社會普遍適用，而在江湖社會，尤其顯得重要，因爲在江湖社會，沒有鄉里、宗族、親族等自然形成的組織，人際之間的合作顯得尤其重要，而對抗的代價，則尤爲巨大，往往是生命。因此，江湖人特別是武林中人，他們會儘量避免對抗，即使交手也是不盡所能，給雙方留有餘地。

扶弱鋤強、排難解紛，江湖社會成員，特別是武林中人，常以這些使命自任。可是，他們在完成這些使命的過程中，也儘量不和敵手發生正面衝突，而是運用智慧，設法懾服對方。例如，《海門卷》之《胭脂虎憤除禿金剛》中，武功高強的惡和尚禿金剛，仗著武功好，經常向人勒索錢財。某日，他把隨手攜帶的重達數百斤的鐵木魚放在某當鋪櫃檯上，向當鋪勒索。當鋪少年海生武藝高強，但是，他沒有和禿金剛正面接觸，只是在撣櫃檯灰塵的時候，撣落了那鐵木魚。禿金剛見此，知難而退。夥計以雞毛撣帚掃落櫃檯上「重器」嚇退來敲詐的武林高手這樣的情節，在江蘇民間故事中，多次出現，例如《南京民間故事》之《達子敬鬥和尚》中，達子敬就如此。

即使在自身利益面臨嚴重威脅的時候，武林中人，也會儘量避免和敵手正面交鋒。《銅山卷》之《張鏢師智退毛賊》云，徐州往北利澤白家橋，清光緒年間有興遠鏢局。某次，鏢師張衛護送兩萬兩官銀到天津，在山東德州地界發現被一夥強盜跟蹤。張衛乃設計，和師弟王五顯示武功，嚇退了強盜。後來，張衛在某次保鏢途中，和強盜交手失敗，財產和聲譽毀於一旦，因而自殺。《豐縣卷》之《巧補彈孔》中，武藝高強的商人黃胡瓜販賣珠寶，準備在豐縣華山老街程姓人家開的客棧住宿，發現有人欲搶劫他的珠寶。黃胡瓜用彈弓打破店家放在街上的缸，缸水直流。店家大叫，黃胡瓜笑著再打一彈，恰好就把缸上的彈孔嚴嚴實實地堵住，無滴水流出。劫匪見此，覺得不好惹，悄悄退出。《銅山卷》之《李受習武》云，李受學成武藝回鄉，途中通過比武招親娶了同樣武藝高強的妻子。回到家裏，同村大姓又在勒索他的父親，李受正要動武，被他妻子勸阻。夫妻倆展示武功，嚇退了勒索者。

如果涉及到利益、恩仇和聲譽等而引發的角鬥，也還是盡可能地避免正面衝突，甚至設法讓對方成爲自己的朋友。《如東卷》之《孫準手》中，孫準手打敗了馬戲班的老闆，老闆被孫打斷了三根肋骨，便如約帶領其戲班離開，臨走時扔下一句「三年後再會」。三年後，老闆前來報仇，孫準手假扮徒弟，顯露了用兩個指頭把碗口粗毛竹捏成細竹片燒火的工夫，以此威懾老闆，並以「不在家」爲名，讓老闆離開。以「捏毛竹」威懾敵手這一情節，江蘇民

間故事中亦屢次出現，例如《南京民間故事》之《達子敬捏毛竹》就是。《無錫民間故事精選》之《智奪江陰碼頭》中，汪才官和師弟捏碎桅杆燒茶。《如東卷》之《孫準手智服蛇花子》中，被孫準手打敗的蛇花子前來復仇，孫準手裝死，引得叫花子向棺材發功而導致重傷。孫準手出手相救，和他成爲朋友。《通州卷》之《比武會友》中，清朝嘉慶年間，南通武林高手姜站兵，應山西武林高手王寶兒的邀請，到山西和王比武。王被姜打敗。後來，王邀約好手，一起到南通和姜站兵比武。姜認爲「比武會友是交流武藝，取長補短，不在出風頭壓制別人。況且強中還有強中手，若事事計較恩怨圖報復，這樣何時了結」？於是，他請高手徒手折碎碗口粗的毛竹燒火，懾服王寶兒等，且熱情招待他們，使對方火氣全消，和他結拜兄弟。

這些故事的大致模式是：一場惡鬥就會發生，可是，主人公運用智慧和武藝，懾服對方，或者是讓對方失去鬥志，或者是讓對方得到心理上的某種滿足，於是，惡鬥消弭於無形。最爲典型的是《徐州民間文學集成（上）》之《高文燦打猴》。雙溝鎮高文燦，大半生在關東仗義行俠，殺了不少強盜惡霸山賊之類，和山海關西竹林寨結下了深仇大恨，其兒子又在他指導下殺死了竹林寨的猴子。最後，他還是以智慧化解了雙方的怨仇。《南京民間故事》之《達子敬打馬猴》等系列故事，和高文燦故事有不少情節相似，包括殺馬猴、最後雙方和解等。《鹽城市故事卷》之《武舉蔡施潤的傳說》中，也有類似的情節。這幾個故事，其間必有聯繫在。《無錫民間故事精選》之《楊小龍和獨腳大盜》中，楊小龍和獨腳大盜之間仇怨甚深，但楊小龍主動化解，甚至把獨腳大盜養在家裏。

即使不可避免地發生正面衝突，也要盡可能地留有餘地，甚至主動示弱，化敵爲友。《新沂卷》之《十月十八會》云，新沂球山郝湖村武師郝賴驢，和山東郯城武師相約在十月十八日比武，連比兩次，都沒有分出高下。到第三個十月十八日再比，仍然勢均力敵，兩人乃停止比武，都主動認爲武功不如對方，成爲朋友。《徐州市區卷》之《糞耙子三爺》中，三爺出手教訓狂妄自大、貶損徐州人的賣藝人，後來，賣藝人的師父出頭，欲和三爺比武，以挽回面子。「武場上有武場上人的規矩：你敬我一尺，我敬你一丈。不管遇到什麼麻煩，大夥兒都想大事化小，小事化了，儘量不傷和氣」。三爺無奈，只得和師父比武。師父見三爺武藝高強，且無拼鬥之意，遂見好就收，算是平局。但兩人分別時，又都露了一手，各向對方顯示實力，掙得面子。

這些故事宣傳的主題，正和《孫子兵法》中「不戰而屈人之兵」的思想是一致的。其有諸利而無一弊：減少自己的損耗甚至很大可能的損傷；消除了自己落敗的可能，仍然給人高深莫測之感；達到了自己的目的；也給對方留了面子。

## 第三節　對江湖的批判和江湖人物的回歸

站在鄉里社會、宗族和親族社會的角度看，江湖社會具有另類的色彩。事實上，江湖社會，也確實魚龍混雜。但是，江湖社會是客觀存在，鄉里社會也好，宗族和親族社會也好，甚至官場也好，都缺不了江湖社會，都不得不和江湖社會打交道。人們希望淨化江湖社會，也希望大家認識江湖社會的黑暗面，因此，民間故事中，就有了揭露或抨擊江湖社會黑暗的內容。

古代白話小說中，有《江湖杜騙新書》之類，專門揭露江湖騙局，以警醒世人。此類內容，民間故事中，也是極為常見的。《啓東卷》之《靈巧姐妹智鬥騙子兄弟》中，兩個騙子爭論常識性的問題，帶著孫子的老者為他們解決。他們以感謝為名，請老者喝酒，帶著老者的孫子，到商家賒帳購物，騙取財物。類似故事，筆者從小就耳熟能詳，可見流傳之廣。《如東卷》之《終究要報應》中，王某游手好閒，到油坊裏，用胡椒使牛流淚，然後說牛是他父親轉世，利用人家的迷信，把這牛騙到手。這和《儒林外史》中的一個騙局相近。他又以小恩小惠騙一個要飯的老嫗做他的母親，殺了這老嫗陷害客棧老闆，敲詐錢財。結果事發身死。《南通市區卷》之《蚶子、文蛤》中，兩個乞丐撿到了二十五個金銀元寶，他們為了獨吞，竟然設計謀害對方，結果一起死亡。《邳州卷》之《花子兄弟》中，兩個異姓叫花子一起發現藏金發了財，老大結婚後，其妻子想獨佔家產，乃迫使老大設計趕走老二，結果老二得神助發跡，老大遭到火災敗落。

算命先生之類術士矇騙百姓的把戲，民間故事中揭露尤其多。《揚州民間故事集》之《父子算命》，《如東卷》之《馬易相面》和《算命先生的秘訣》等，揭露算命之類的荒謬。此類作品的內容，也合乎儒家的相關思想。「子不語怪力亂神」，理學家更是反對迷信。因此，此類揭露，也是站在儒家立場上「攘斥佛老」的擴展，倒也體現了理性精神，很有意義。

對江湖社會弊病的揭示，有些故事是通過江湖社會和鄉里社會等的利益衝突來實現的。當然，是江湖社會侵犯了鄉里社會等的利益。

　　其中最為常見的模式，是江湖人物自恃武功高強，到地方以恐嚇手段勒索錢財，主角顯露武功，嚇退敲詐勒索者。其次是江湖惡人和地方惡霸相勾結，充當惡霸的打手，侵害公眾利益，主角戰勝惡霸，維護了公眾利益。當然，也有直接寫盜賊侵犯良家，被主角擊退的。《如東卷》之《孫準手智服蛇花子》中，蛇花子自恃武功高強，用在櫃檯上放毒蛇的手段，向掘港鎮一京貨店勒索錢財。孫準手和叫花子約定，只要孫把那毒蛇拿掉，叫花子就離開。孫準手頭一側，用辮子將毒蛇打出兩丈多遠。叫花子當然只好離開。《南通市區卷》之《王鬼兒》云，王鬼兒是南通城南外段家壩某茶館的夥計。一個自稱九華山鐵頭陀的和尚用一根三四十斤的鐵禪杖，以化緣為名，向茶館勒索錢財。王鬼兒用雞毛撣帚掃掉鐵禪杖，鐵頭陀只好知難而退。《睢寧卷》之《崔兔床的傳說》中，一夥強盜搶劫退休大官李條侯家，被李家保鏢崔兔床擊敗。《揚州民間故事集》之《鐵拳夏世凱》中，說當地有口古井，據說其水能夠「治百病」，百姓常取之治病。財主錢百萬霸佔古井，向取水者收費。夏世凱打敗看守古井的奴才，為公眾奪回古井。錢百萬請來武藝高強的和尚向夏世凱挑戰。夏世凱打敗和尚，為公眾成功地保衛了古井。當地有外來的強盜，在收穫棉花的季節搶棉花、擄牲口。夏世凱以其非凡的智勇懾服強盜，迫使強盜停止在其地為害。《如皋卷》之《夏老鼠》中，一個賣拳的向油坊主人夏士衡挑釁，以敲詐金錢，被夏士衡的武藝嚇退。強盜軟硬兼施，欲拉夏士衡入夥，都被拒絕，搶劫夏家時，還被夏士衡殺了一個強盜。強盜被擒，竟然誣告夏士衡是他們同夥。在牢頭禁子的幫助下，夏士衡才得以雪冤。

　　江湖社會成員往往有「身在江湖，身不由己」的感歎。他們遵守江湖道德，在江湖道德和主流社會道德取捨之際，也會遵從江湖道德，可是，在他們心靈深處，占上風的，往往還是代表主流社會或者鄉村社會文化的道德觀念。於是，他們就很有可能向主流社會、鄉村社會及其文化回歸。

　　回歸的方式是多樣的。例如，商人、藝人甚至盜賊，發了財，回家鄉造房起屋，購置田產，出資修橋補路，興辦鄉塾，修造祠堂，修訂族譜等等，這些，都是向鄉里社會、宗族和親族社會的回歸。土匪盜賊接受政府招安，得個一官半職，光宗耀祖，這更是回歸。

　　江湖社會成員的此類回歸，在江蘇民間故事中，也有反映。《南通市區卷》之《簪花緣》中，女強盜強行和被擄來的書生張獻保結婚，婚後，張獻保參加科舉考試，考取狀元，女強盜也被皇帝封為武狀元。《如東卷》之《掃帚星》

中，狀元劉曼奉命剿滅危害中原百姓的妖魔掃帚星，途中被女強盜金雀神所擒，被迫和金雀神結婚。在金雀神的指點和幫助下，他終於剿滅了掃帚星。《睢寧卷》之《崔兔床的傳說》中，崔兔床是明朝武舉人，清初參加抗清活動失敗，被清廷通緝。崔兔床乃求見康熙帝的老師李條侯，請他設法讓當局停止對他的通緝。李條侯乃以崔兔床不值得通緝為藉口，讓康熙帝不再通緝他。崔兔床就當了李條侯的家將，為李條侯看家護院。

　　強盜出家，為僧為道，儘管還在江湖，還沒有回歸到主流社會和主流文化，可是，畢竟是向主流文化走近了一步，因為和江湖文化相比，已經完全中國化的佛教文化，儘管和儒家文化有不小的區別，但是，也為民眾和廣大的士大夫所接受。因此，他們放棄強盜生涯皈依佛教，還是受到讚賞的。此類故事，通俗小說中不少，江蘇民間故事中，也有一些。《如東卷》之《一米渡十八盜》中，十八個強盜到王員外家搶劫，被王員外所講佛教故事感化，於是斷然放棄強盜生涯，出家修行。《海安卷》之《十八羅漢和三池蛙》中，則是十八強盜突然醒悟，出家修行。《南通市區卷》之《摘發僧雪藏法輪寺》中，一個在洪澤湖中劫富濟貧的大盜，某次把一個要飯老人當成官兵的探子殺了，真相大白後，他良心受到譴責，到寺廟為老人超度。寺廟高僧乘機點化，他便脫離強盜生涯，出家為僧。

　　我國封建社會中的主流文化，包括鄉里文化、宗族或親族文化，內容實在太豐富，力量實在太強大，江湖文化，根本不具備與之抗衡的實力，再者，江湖文化本身，也有不少嚴重的缺陷，因此，江湖社會成員向主流文化和主流社會的回歸，也是完全可以理解的。

## 第四節　江湖對社會的干預

　　江湖對社會的干預，是指江湖人物對鄉里社會、宗族或親族社會和政府及其管理下的社會的干預，亦即對不屬於江湖的社會的干預。

　　這樣的干預，最為常見的，甚至至今仍然存在的，就是思想文化方面的干預。佛教道教對社會的影響，很大程度上，就是通過和尚、道士這些江湖人物來實現的。這樣的干預，還僅僅是江湖人物的「傳道」而已。此類干預，在江蘇民間故事中，也有不少。勸世警世，是這些故事最為基本的主題，內容不限於佛教、道教。《如東卷》之《二次測字》云，江北雞鴨販子周有才讓測字先生測字，結果是周有才不久會死。周有才因此回家鄉，途中出錢救了

一對母子。十八年後，周有才重見當年測字先生，說他測字不准。測字先生說，並不是他測字不准，而是周有才有救人的善舉，所以其壽命就延長了。周有才找到那母子倆，那兒子已經中狀元做官。作為恩人，周有才自然受到他們的厚待。《揚州民間故事集》之《三個秀才圓夢》《考相公問卦》，分別寫和尚、賣卦先生諷刺狂妄自大、官迷心竅的秀才。同書《測字先生寫字》中，測字先生諷刺吝嗇的秀才和和尚。

更加多的問題，不是思想文化的干預就可以解決的。鄉里文化、宗族和親族文化即使盡善盡美，現實的鄉里社會、宗族和親族社會，總會有這樣那樣的問題。政府的社會治理，肯定也會有種種問題。怎樣解決這些問題？當然可以從體制內解決。例如，鄉里出賢達，宗族出賢才，朝廷委派賢能清廉的官員，都可能解決此類問題。百姓也是這樣期盼的。因此，白話小說中多清官形象，戲劇中有「清官戲」一類，民間故事中，有大量既能幹又清廉的官員。可是，當這些力量不足以解決這些問題，或者這些力量都無所作為，或者束手無策。在這樣的情況下，百姓也會把解決這些問題的希望放在體制外的力量有限介入。最為常見的，就是俠客題材的通俗文學作品，古往今來都盛行於社會。民間故事中，也有不少俠客等江湖成員介入鄉里社會乃至社會治理，由此實現對社會的批判。路見不平，拔刀相助，乃至所謂「替天行道」，是江湖社會成員的行為準則，這不僅僅限於在江湖社會，而是適合於他們在整個社會的準則。江蘇民間故事中，就有此類故事。

鄉里社會的惡霸，歷來是鄉村治理的頑疾。在封建時代，地方政府、宗族或親族、紳士、豪傑，不是束手無策，就是在清除惡霸的過程中產生了新的惡霸。因此，百姓常把希望寄託於江湖人物。《南通市區卷》之《望仙橋》中，通州城外東南南園有妖怪為害，甚至吃童男童女。城南東寺的燒火道人燕道人捉拿妖怪，為民除害。這其實就是體制外的江湖人物清除地方惡霸的曲折反映。《南通市區卷》之《軍山羅漢僧》中，軍山西坡禪院和尚玉環，出手懲罰以武藝欺貧凌弱、橫行鄉里的地痞閻羅手，使他氣焰收斂。《通州卷》之《氣死張六狗》中，地痞張六，無惡不作，「當地的老百姓是又恨他又怕他」。外地來一個賣藥的，經常被張六敲詐。後來，張六牙痛，向那人白要藥物。那人用藥使張六的牙齒全部脫落。當張六發覺上當，賣藥人早已遠走高飛，僅僅留下寫著「氣死張六狗」的木牌。《揚州民間故事集》之《烏龜章張》中，當地惡霸章張到書場，說書剛結束，章張逼迫說書先生為他說書。說書先生

乃編故事，狠狠諷刺了這惡霸。沒有出三天，說書先生就被他趕跑了。《銅山卷》之《荊山橋》中，姚老黑本是和尚收留養大的棄嬰，闖蕩江湖，後來在大黃山鎮荊山下擺渡。他給當地大財主張伯亮擺渡時，船到河心，先是以自己的威名恐嚇，再以高超的武藝打敗對方的隨從，最後以自己把鐵底銅幫的擺渡船拖上山頭底朝天打賭，逼迫張伯亮出錢造橋，以方便行人，張伯亮只得從命。這些就是直接寫江湖人物懲罰地方惡霸。

江湖人物和地方人物相比，在和地方惡霸的鬥爭中，有其明顯的優勢。他們的家庭、家族、親族等關係不在當地，沒有任何財產在當地，他們自己也隨時可以遠走高飛，因此，不必擔心惡霸的反撲之類，也不必擔心失敗會導致的後果，他們是無產階級，沒有什麼可以失去的。他們和惡霸之間，沒有任何瓜葛，因此，也不必考慮到諸如情面之類的關係問題。於是，他們也就敢於向惡霸開戰。

江湖此類對社會的干預，人們不難作出價值判斷。江蘇民間故事中，他們所為，幾乎都是正面的。

如果此類干預上升到官府的層面，情況就比較複雜了。《銅山卷》之《微山島傳奇》中，農家女兒梁小環出門學習武藝後回家，當地惡霸之子欲取小環為妻，遭到梁家拒絕。惡霸之子糾集狐朋狗黨，前來搶親，引起衝突，惡霸之子及其隨從四十多人被殺。知縣受惡霸賄賂，欲捉拿小環，又被小環殺敗。小環逃離家鄉，其父母隨即被官府所殺。小環乃在微山島舉起義旗造反，殺縣官，開倉濟貧。此事驚動朝廷。皇帝欲得到小環，竟然以當地百姓性命相威脅。為了保護百姓免受傷害，小環乃自殺。這是典型的官逼民反，是江湖對現實中黑暗的社會治理的反抗。這樣的反抗，當然無法從根本上改變社會治理的狀況，但是，其積極意義是不可否認的。在封建社會中，除了這樣的形式外，對被不良的社會治理所傷害的人而言，還有別的道路可以走嗎？如果社會的整體政治清明，他們當然可以走法律的程序。殺人也好，和官府對抗也好，特別是殺政府官員，當然為法律所不容。

有些故事中，江湖對社會的干預，評判就更為複雜了。《南通市區卷》之《摘發僧雪藏法輪寺》中，摘發僧童年時，父母為官兵所殺，只得淪落為乞丐，後為在洪澤湖中販運私鹽和搶劫的強盜師父金剛羅漢收留為盜，「跟江湖兄弟一道，幾次抗拒官兵的圍捕，血染洪澤湖，又劫了幾次富商的貨船，把財寶、金錢散發給窮苦百姓」。《啟東卷》之《賣私鹽婆》中，賣私鹽的女子

搖船出港,遇到官方緝私官員,她以虛構的身居高位的親戚,成功地震懾住對方,安全通過。於此可見當時官場的醜態和黑暗。《揚州民間故事集》之《義俠姚小辮》的故事,在俠客故事中,比較典型地詮釋了「義」的重要內容。姚小辮是清朝雍正年間長江瓜州一帶的強盜首領,「豪俠仗義,只搶貪官與不仁的富商,不搶窮苦百姓」,至於「貢銀和皇糧」,他「非搶不可」。姚的部下搶劫了揚州府知府,可這知府是個清官,姚小辮就釋放了他,財物如數奉還。該知府因為清正而得罪了當地豪門,姚小辮知道後,親自前往見知府,表示知府一旦有困難,他會盡力相助。後來,巡按大人的船在揚州江面被劫,揚州知府必須對此負責,當地豪門乘機實施陷害。揚州知府乃請姚小辮相助。姚小辮知道這是太湖強盜所為,他知道,「江湖上的人講義氣,看交情。夠朋友的,兩肋插刀,在所不辭。不夠朋友的,人站對面,心隔千里,一刀捅死」。於是,他親自赴太湖強盜巢穴,請求歸還巡按的財物。太湖強盜為姚小辮的「仗義疏財,為人豪爽」,以及膽氣和武藝所折服,歸還了所搶巡按的財物,還和姚小辮結為生死之交。

　　人們的言行所依據的準繩,大致有這樣幾種。一是全社會的共識,大家共同推崇的理念,常被稱之為「理」或者「天理」,這當然是最為崇高的層面。一是政府的法律。法律的背後是法意,法意的背後是法律精神。一是其人所處行業、地域、宗族和親族以及其他種種共同體的規則例如禮制等及其背後的觀念等等。從理論上說,法律應該體現全社會的共識,乃至體現天理,可是,實際上,沒有一部法律是完全體現這些的,法律的實踐,也許離這些更遠。至於行業等種種共同體的規矩,同樣不可能體現全社會的共識,更加不可能完全體現天理的,當然,和法律相比,也不會完全一致。在封建時代的江湖社會,強盜搶劫商販,當然違反法律,更違背天理,但是,在江湖社會是被認可的。有些強盜堅持不搶窮人、不搶寡婦、不搶教師等等,或者給人留回家路費等等,還被認為是「義舉」。在社會實踐中,普天之下莫非王土,全社會都要受到法律的制約。許多矛盾衝突,由此產生。

　　落實到這些故事中,摘發僧、姚小辮當強盜,不管搶劫誰,不管搶劫什麼東西,都是嚴重的違法行為,在任何社會,任何時代,都應該受到法律的懲罰。就江湖社會而言,他們僅僅是搶劫,沒有傷害江湖同道,也沒有違背江湖規矩。那麼,他們是否違背江湖社會的共識呢?當然沒有,他們是強盜,遵守的是強盜的邏輯,強盜的道德標準。

可是，他們所為，是否符合全社會的共識，是否符合「天理」呢？貪官和為富不仁的商人，是不是應該受到懲罰？當然是應該的。這可以認為是社會的共識，甚至是「天理」。誰來懲罰他們？當然是當局按照法律來懲罰他們。類似的問題，孟子已經解答過了。《孟子·公孫丑下》云：「今有殺人者，或問之曰『人可殺與』？則將應之曰『可』。彼如曰『孰可以殺之』？則將應之曰：『為士師，則可以殺之。』」〔註19〕「士師」是當時的執法官員。除了執法官員，別人不能來執行此類懲罰任務。可是，貪官和為富不仁的商人，沒有受到當局應有的懲罰，那麼，這些人應該受到懲罰這樣的社會共識，甚至天理，沒有得到實現，這當然會引起人們的遺憾。於是，強盜搶劫貪官和為富不仁的商人，使他們受到懲罰，豈不是符合這樣的社會共識，乃至符合這樣的「天理」？至於幫助清官免遭處分，當然更加符合社會的共識或者「天理」了。宋江等梁山人物的「替天行道」，這「道」當然是「天道」，也就是「天理」。既然當局不能行「天道」、「天理」，「天道」、「天理」不行於世，那麼，有人起而行之，這不是很好嗎？也正因為如此，宋江等梁山好漢，乃至摘發僧、姚小辮等搶劫貪官、為富不仁的商人的行為，才被民間社會所津津樂道，此類故事才容易得到傳播，甚至他們這些人，也會在一定程度上得到人民的擁護。可是，他們用搶劫等方式，懲罰貪官和為富不仁的商人，是不是罰當其罪？當然未必。他們從貪官和為富不仁的商人那裡搶來的錢財，即使確實是分給貧苦百姓，當然也不是合理地造福社會。因此，儘管他們所為一定程度上體現了社會總體上的民意，但是，他們畢竟不是合理的社會存在。當然，在江湖社會，他們和那些為了錢財不分青紅皂白地殺人越貨的盜賊，確實是有高下之別的。

## 結　語

當今社會，大量的人離開鄉里社會、宗族和親族社會，到外地謀求生存和發展的機會。相應地，他們在一定程度上脫離了鄉里社會、宗族和親族社會各種禮法和價值觀的制約，獲得了個人的自由，其流動性和個人職業等身份選擇的自由度大大增加。由於來自鄉里社會、宗族和親族社會文化的干預大大減少，人際關係也就漸趨簡單、理性和務實，個體的活力得到了有效的

---

〔註19〕《十三經注疏》本，中華書局，1980年影印本，第2697頁。

釋放。可是，脫離家族、親族和宗族的個體，在遇到危機的時候，難以得到來自家族等自然組織的足夠援助，又沒有家族等自然組織文化的有效約束，如果得不到其他超自然組織的幫助以應對危機，其人就容易以違法的方式來應對危機，社會的不安定因素，於是就增加了。由於當今生產和生活組織模式、社會治理、媒體干預等等方面的因素，使這些人群組成的社會，其性質和形式，大大有別於封建社會的江湖社會。可是，二者之間，仍然有不少相似之處。例如，由於人際之間難以全面瞭解，在利益關係中，誠信缺失的現象是嚴重的。再如，社會治理者掌控這些人群的難度明顯增大，治理的難度也明顯增大，因此，有效治理的盲區也會增加。相應地，違背社會法紀的事情、社會保護和社會救助的缺失等等，也會明顯增加。這些，幾乎都已經成為不得不引起人們關注的社會問題。在封建社會中，江湖社會自身對這些問題的某些應對方法，例如通過各種方式提倡「信」，尊崇「義」，實行多種形式的互助等等，其中有我們可以繼承的部分。當然，對「義」等的內容，我們有必要剔除其中落後的、不合理的部分，增進新的內容。總之，民間故事中的江湖文化，於我們今天應對相應的社會問題，還是有參考價值的。這就是我們研究此類民間故事的意義。

# 第八章　故事中的生態倫理研究

## 引　言

　　所謂生態，指有機體與其周圍環境之間的全部相互關係，以這些關係爲研究對象的科學，就是生態學，或者生態科學。這些關係背後的倫理關係，就是生態倫理。和民間故事中相關內容相一致，本文要研究的生態倫理，主要是指動物之間、人和動物之間關係所體現的倫理，也有少量涉及植物的。

　　動物倫理是生態倫理的一個重要組成部分。其內涵是不同的，主要包括這樣幾個部分：其一，動物與動物之間的倫理關係，包括動物和同一種群動物之間的關係和與不同種群動物之間的關係；其二，動物和人類之間的倫理關係；其三，動物和其生活的環境中的植物、非生命體之間的倫理關係。

　　本部分主要探討這樣幾個問題：江蘇民間故事中，體現了那些生態倫理的內容？是如何體現的？對相關生態倫理問題，是如何處理的？這樣處理的主旨何在？弊病又何在？

## 第一節　比德及其延伸

　　「比德」是我國古老的倫理思維方式，乃是將人類社會的倫理道德觀念，賦予相關的物，這「物」可以是動物植物，也可以是沒有生命的自然物，也可以是人工化的物。人們認爲，這些物的性狀等等，體現了相關的「德」。最爲有名的是「玉」，人們認爲玉有這樣那樣的德行。

　　在民間故事中，這樣的「比德」思維得到了充分的發展。人們根據某些

動植物的性狀，讓它們承載人類社會的某些倫理觀念，並且以此編爲相關的故事。

《中國民間故事集成》之《江蘇卷》所載《苦哇鳥》中的苦哇鳥，《蚯蚓的來歷》中的蚯蚓，《楊辣子、螞蟥、蚊子》中的這三種動物，《罵娘魚和罵婆魚》中的這兩種魚，都是承載「不孝」的社會倫理觀念，《鹽城市故事卷》之《黃鶯孝母》中的黃鶯，是「孝」的承載者，從而宣傳「孝」的重要。同書《鸛鳥的故事》，則是宣揚夫婦之間要相互信任，不能相互猜疑。動物借器官而不還的故事，在世界各地民間都很流行。《海門卷》所載《母雞生蛋咯咯咯》中，鹿多次受有角的雞的保護，但以自己軟軟的冠借了雞的角而不還。《啓東卷》之《黃牛和水牛》中，黃牛偷換水牛的衣服。《啓東卷》之《羊借狗角》中，羊借狗角不還，連累證人公雞。《啓東卷》之《公雞爲何天亮要啼》中，是龍借了公雞的角不還，《海安卷》所載《雄雞啄百腳》中，又增加了蜈蚣做擔保人的情節，以此解釋雞爲什麼是蜈蚣的天敵。《通州卷》所載《蚯蚓和蝦兒》中，是蝦借了蚯蚓的眼睛不還。此類故事，就讓借器官不還的動物，承載「失信」的道德缺陷，從反面宣傳「信」這個在人際交往中起碼的道德觀念。

江蘇民間故事中，動物承載的其他的社會倫理道德觀念還有不少。《南通市區卷》所載《蚶子、文蛤》，此二物都是爲了財富加害對方。《睢寧卷》所載《人爲財死，鳥爲食亡》中的鳥，以貪欲致死。《如東卷》所載《河豚和鱘魚》中，云此二魚乃是爲財產毒死對方的人所化。《揚州民間故事集》所載《龐公龐婆變河豚》中，利用擺渡行搶劫的龐公夫婦，被觀音罰成了河豚。《南通市區卷》所載《駝背龍蝦》是奴顏婢膝者的形象。同書《紅眼魚》中的紅眼魚承載「妒忌」。《睢寧卷》所載《雞紅臉和鴨扁嘴》中，雞愛說假話好誇耀，鴨則默默幹實事謙虛低調。《海門卷》所載《癩蛤蟆想吃天鵝肉》中，天鵝救了癩蛤蟆，癩蛤蟆羨慕天鵝的漂亮和飛翔的能力，這本無可厚非，但是，它聽信妒忌天鵝的鷹的教唆，恩將仇報欲吃天鵝肉而變成漂亮又會飛翔的動物，愚蠢可恨。《海安卷》所載《老虎、猴子和梅花鹿》中，老虎霸道、猴子狡猾、梅花鹿機智。《中國民間故事集成》之《江蘇卷》所載《大麥、小麥、元麥和蕎麥》中，前三種麥因爲怕受凍而不肯助人，只有蕎麥不怕吃苦，樂於助人。同書所載《桑樹和楝樹》中，劉秀受了桑樹的好處，但誤封了楝樹爲王，楝樹因此抖威風，樹蓋很大，而桑樹氣炸了心。同書《桑樹流水烏鴉

叫》中，桑樹和烏鴉幫助了困難中的劉秀，但劉秀後來誤封了椿樹和鳳凰爲王，桑樹氣炸了，烏鴉氣得一天到晚大罵。《南通市區卷》所載《龍蝦沒脊背》中，龍蝦因爲驕傲而受到懲罰。《海門卷》所載《蚊子的來歷》中，蚊子是一個不忠且忘恩負義的女子所化。《啓東卷》所載《泥潭污郎》中，好處污穢泥潭的水生物泥潭污郎，乃是自甘墮落的漁霸公子所化。《如皋卷》所載《銀杏樹掛金酒壺》中，鳳凰受神仙之託，命眾鳥守護有人遺忘在樹上的金酒壺，而眾鳥恪盡職守，此體現了「信」和「忠」。

在大量的民間故事中，承載社會倫理道德內容的，並不是某動植物本身，而是根據這些動植物性狀等所編的故事情節，在這些故事中，諸多角色一起承載社會倫理道德的內容，亦即讓他們或者它們之間的關係和互動，來體現社會倫理道德的導向。這類故事，大多是關於動植物物種起源的故事。

此類故事中最多的，就是譴責婆婆對童養媳的虐待。在江蘇民間故事中，《海門卷》之《蟋蟀的來歷》中的蟋蟀，《南通市區卷》所載《苦丫鳥》中的苦丫鳥，《啓東卷》之《婆悍焦》中的小鳥婆悍焦，《養媳婦變蟶》中的蟶，《中國民間故事集成》之《江蘇卷》所載《黑丫頭魚》中的黑丫頭魚，都是被婆婆殘酷虐待的童養媳變的。同書《雪裏紅》云，一女子產下一女嬰，公婆不喜而不願照顧產婦，產婦乃從雪裏取菜以活命，其菜被染血而變紅，而成雪裏蕻。同書《哥哥我苦》中，後娘欲殺其夫前妻所生之子而誤殺己子，被誤殺者化爲鳥，聲聲叫喚「哥哥我苦」。同書《找姑鳥》，寫姑嫂情深，一起外出而小姑失蹤，嫂嫂到處尋找而化爲鳥，永遠找小姑。這些都是關於家庭倫理的。

《中國民間故事集成》之《江蘇卷》所載《鰟鮍魚眼睛爲啥紅》中，乾隆帝吃了太湖中鰟鮍魚的王，眾魚爲王哭泣，所以都哭紅了眼。這就是人間社會的「君臣」或者「帝王和臣民」的一倫了。《啓東卷》所載《爪鳩》中的爪鳩，乃被富家虐待的貧家女子所化。《啓東卷》所載《河豚》乃冤死者所化。《海安卷》之《舞妹與甜仔》中，舞妹與甜仔相愛，天帝欲娶舞妹爲妾，舞妹不從，天帝乃殺甜仔，其肉化爲青蛙，天帝又罰舞妹爲烏龜。押解舞妹的天兵，則化爲蒼蠅。《中國民間故事集成》之《江蘇卷》所載《烏賊魚贖罪》中，烏賊魚是強權壓迫下卑微的小人物的形象。這些，都是反映社會中的強權壓迫了。《豐縣卷》所載《華山和棲山的來歷》中，馬蜂菜（馬齒莧）不怕太陽曬，乃是因爲它曾經救了太陽的緣故。《中國民間故事集成》之《江蘇卷》

所載《海蜇頭裏的聽事蝦兒》中，海蜇爲了救蝦，受傷致盲，蝦遂藏在海蜇中，爲海蜇指路。《中國民間故事集成》之《江蘇卷》所載《貓和狗見面就打架》中，人爲了報答狗從天上帶回稻種的功德，餵比較多的飯給狗吃，這引起了貓的妒忌，貓設計損狗，卻反而導致自己吃不飽，只好偷吃，被忠於職守的狗追咬。這些，都是人間社會的恩恩怨怨糾葛了。

## 第二節　動物之間倫理關係的社會倫理言說

動物之間，有沒有感情？肯定是有的。例如，父母和子女之間的感情，配偶之間的感情，以及天敵之間的感情等，都會表現得比較突出。動物對其父母、配偶、子女、天敵乃至其他的動物，所懷的感情是有不同的。因此，動物之間，也確實存在著倫理關係。

民間故事中，常常突出此類感情，甚至使用誇張的手法表現此類感情，利用人們的移情心理，打動人們的心，其關鍵之處，就是將動物之間的倫理關係，詮釋爲人和人之間的社會倫理關係。將動物的母子之情、配偶之情，有意地描繪成人類的母子之情、配偶之情，或者誇大其間的共同點。《如皋卷》所載《鵝兒吃素》云，孔子帶了幾個學生到顏回家作客，顏回準備次日殺鵝招待孔子一行。夜間，群鵝鳴叫不息。孔子問公冶長，方知母鵝知道將要被殺，對小鵝留下遺囑，種種叮嚀，小鵝則不忍母親赴死，生離死別，難分難解，令人酸鼻。次日，顏回將要殺鵝，孔子制止，說自己吃素了。母鵝免於一死，眾鵝都很高興，母鵝乃要眾鵝效法孔子吃素，於是，鵝就不吃葷了。類似的故事，江蘇民間有多個，如《邳州卷》所載《鵝爲啥不吃葷》,《海安卷》所載《鵝不吃葷》等，僅僅是人物有變化，主要情節都一樣。《海安卷》所載《鳳山和鳳凰墩》中，雌鳳凰被抓後葬身火海，雄鳳凰灑淚成河，傷心而死。《睢寧卷》所載《九龍二虎金鴨汪》云，青龍被兩隻老虎攻擊，將死之前，對小龍訴說痛苦，流下眼淚。九小龍爲老龍報仇，圍困兩老虎。《啓東卷》所載《大洋港的來歷》中，呂四北邊的茅草蕩柴堆中的兩條蛇，在柴堆被焚燒的某個雨天遊出，蛇媽媽從西往北遊，蛇孩子從東邊往北遊，會合後一起入海。它們遊過的地方，形成了河道。蛇孩子遊出的河道有七十二個彎，因爲它在遊的時候，不斷回頭望它的媽媽，所以形成了這麼多的彎。當地有「七十二個望娘灣」的說法。

那麼，人們爲什麼要刻意突出動物之間的這些美好感情呢？答案是爲了

強化相關的社會倫理觀念的教化。《豐縣卷》所載《石公巧斷案》云，道光年間翰林院大學士沈忠和其弟戶部尚書沈義爲了爭奪遺產打官司三年，經六部處理無效，委託清河縣知縣石公處理。石公讓沈氏兄弟次日到大堂領取批覆。沈氏兄弟如約到大堂，看到影壁上寫著：「烏鴉反哺，鵁鶄呼雛，仁也；蜂見花而聚眾，鹿遇草而鳴群，義也；羊羔跪乳，馬不配母，禮也；蜘蛛羅網而得食，雁非舍而不至，信也。禽獸尚知仁義禮智信，何況人爲萬物之靈乎？」兄弟讀後，抱頭痛哭，承認「不如禽獸」，乃罷訟回家。

有些動物爲天敵。在民間故事中，這樣的天敵關係，被社會倫理化了。貓和老鼠，是最爲常見的天敵，因此，民間關於它們的故事很多，大多是詮釋它們成爲天敵的原因，而幾乎都是以社會倫理詮釋之。《揚州民間故事集》所載《鼠仙和貓仙》中，貓是奉天帝之命抓老鼠的。《中國民間故事集成》之《江蘇卷》所載《貓、虎、水獺貓》中，五隻老鼠爲害，貓被天帝派下擒殺老鼠。貓四個爪子各抓一鼠，口咬一鼠，而無法殺死任何一隻老鼠。神仙對貓說，只要放走一隻，就可以殺死其他四隻。貓不願意放棄，神仙說，老鼠都死了，你「就會餓死。你想要今後有得吃，有事做，就得放掉一隻」。於是，貓放走一隻老鼠，殺死了其餘四隻。此後，老鼠繁殖，貓也繁殖，維持了生態平衡。貓奉天帝之命捕殺老鼠，這就是以社會倫理關係中的君臣倫理，來闡釋貓和老鼠的動物倫理關係，以突出君臣倫理觀念。

老鼠設計謀取本來屬於貓的十二生肖位子而導致貓捕捉老鼠，這樣的故事，在我國各地廣泛流傳，在江蘇各地民間，都有流傳，且有很多版本，例如《海門卷》所載《貓兒和老鼠》，《通州卷》所載《生肖爲啥無貓》，《海安卷》所載《貓兒老鼠是世仇》，《啓東卷》所載《貓鼠恩仇》，《啓東卷》所載《貓爲什麼捉老鼠》，《如東卷》所載《貓爲什麼抓笤帚》等。其中的老鼠，就被賦予了詭計多端、背信棄義等負面的倫理道德觀念。這就是以社會倫理中的朋友倫理觀念，來闡釋貓和老鼠之間的動物倫理關係，以突出朋友之間正常的倫理關係之重要。

昆蟲柳牛是楊柳樹的天敵。《中國民間故事集成》之《江蘇卷》所載如皋民間故事《楊樹不蛀要撐天》云，楊樹因爲得到仙丹的滋潤而瘋長，神仙就用柳牛兒蛀楊樹，讓楊樹的頭蛀死後枯萎，於是楊樹就長不高了。這當然不是科學的解釋，但是，從這個故事，我們可以看到，當時的人們，還是模糊地認識到了生態平衡的現象，以及天敵在維持生態平衡中的作用。該故事結

尾引用當地的俗語：「楊樹不蛀要撐天，到時候就有人來蛀它！」但是，這個故事的主題，明顯是信仰和期待社會強權維持社會秩序這樣一種社會倫理觀念的體現。

## 第三節　人與動植物之間關係的社會倫理言說

　　動物於人，在一定的條件下，會產生依戀、喜愛或者厭惡、懼怕、憎恨等感情，這樣的感情，可以延續其終身，還有可能產生與之相關的行動，例如警示、救助、守護、酬報之類，或者是攻擊、危害、報復之類。反過來，人於動物亦然。人和動物之間的依戀和救助等，多見於家養動物和主人之間的關係，被人傷害過的野生動物，更容易襲擊人類，特別是當初的傷害者。人和動物之間的關係，對動物和人來說，性質是不一樣的。動物對人的這樣的種種感情和相應的行為，我們亦稱之為動物倫理，但是，這是動物的屬性的一個部分，就同一種群的動物而言，其屬性並沒有多少差別，因為它們的進化和退化，畢竟是緩慢的。例如，同一種狗，在同樣的條件下，對人的感情，沒有多少不同，人對它們好，它們也對人們好，反之亦然。人對動物的種種感情和相應的行為，是人性的一個部分，它既和人的生物性有關，也和人的社會性有關，是人的倫理觀念亦即動物倫理觀念的體現。例如，有人會喜歡狗，但是，有人無論如何都不喜歡狗，即使狗對他很好。有的地方的人喜歡吃狗肉，有些地方的人則視吃狗肉為不道德，作為禁忌。

　　人和動物的關係，和人與人之間的關係，性質是不同的，前者是動物倫理，後者則是社會倫理。可是，此二者在形式上，有若干相同的地方。例如，人和動物之間，人和人之間，都很可能產生一定的感情，這樣的感情，和彼此相待的態度和行為之間，是存在對應關係的。人和人之間交往，相互以惡聲惡氣待之，感情很難好了。人如果虐待某些動物，這些動物對其人，很可能也就沒有什麼好感，而是畏懼、提防甚至攻擊了。《呂氏春秋》卷四《誣徒》云：「草木雞狗牛馬，不可誰詬遇之。誰詬遇之，則亦誰詬報人。」〔註1〕「草木」未必如此，「雞」亦未必如此，但是，「狗牛馬」等動物，則是一定的。人如果能夠善待某些動物，這些動物也就很可能對人友好，甚至為人服務。

---

〔註1〕 許維遹《呂氏春秋集釋》卷四，北京市中國書店，1985年影印，1935年清華大學版。

當然，動物對人，有「忘恩負義」的，人對人，也有「忘恩負義」的。某些家畜，在人們的生活中扮演非常重要的角色，例如狗和牛馬等長期為人服役的大牲口就是如此，有些這樣的動物，甚至幾乎成了某些家庭的半個家庭成員了。因此，在民間，動物倫理和社會倫理經常在意識中被牽扯在一起，動物倫理往往被有意無意地誤解成社會倫理。這是民間故事中動物倫理的社會倫理言說的思想和心理方面的基礎。

　　江蘇民間，有不少表現人和動植物倫理的故事。關於狗從天上為人類偷下稻種而人類有以新米飯報答狗之俗的故事，在江蘇民間有多個版本。例如《中國民間故事集成》之《江蘇卷》和《南通市區卷》分別所載《天地是怎樣分開的》，《中國民間故事集成》之《江蘇卷》所載《稻和麥》等。《如皋卷》之《牛的生日》中，人們為了報答牛的服務，以四月初八為牛的生日，這一天，不用牛勞動，給牛增加精飼料，夜裏給牛吃露水草，以給它過生日。《海安卷》所載《李漁題匾》中，李漁和一隻鸛相處得很好，分別的時候，彼此依依不捨。《啓東卷》之《吼海》中，發生大海潮的時候，牛拉車離群朝別的方向跑，趕車人狠命打牛，而牛拼命奔跑，把車和人拉到安全地帶後累死，而其他的牛車都被海潮淹沒，這牛跑的方向沒有錯，於是，趕車人很愧疚，給這牛立了墳墓。這些關於人和動物倫理關係故事的敘述，沒有明顯的社會倫理化的色彩。

　　可是，將人和動物之間的倫理關係社會倫理化的民間故事，是大量的。《徐州市區卷》所載《義犬救主》中家犬救護主人的事情，《如東卷》所載《義犬為主伸冤》中，《徐州民間文學集成（上）》之《石狗湖》中，主人被謀殺，家犬主動幫助破案的事情，《豐縣卷》所載《義狗墳》中狗從亂葬崗上救助小主人的情節（這狗死後，少東家為它披麻戴孝，修墳立碑），都很可能是真實的，這也是動物和人之間關係的典型體現。此類「義犬」以及「義」字冠頭的動物和人關係方面的故事，全世界許多地方都有之，除了民間故事外，文人作品中，也不是少見的，我國明末清初人的文集中，就有不少。其實，這就是動物倫理的社會倫理言說了。「義」是社會倫理的觀念，是遵守人類之間契約、公理的一種道德準則。動物救人也好，為人報仇也好，都是出於它們的屬性，而不是他們對社會倫理的自覺遵守。當然，以我們人類利益為價值判斷標準來衡量，它們這些出於屬性的行為，遠遠勝過某些人違背社會倫理道德的行為。讚揚它們的這些行為，當然無法激勵它們的同類或者其他的動

物，但是，卻有助於激勵人類實踐社會倫理道德。這正是人們將動物倫理作社會倫理言說的主旨，此類言說的意義也正在於此。《南通市區卷》所載《烈燕池》中，燕子因恩人去世而自殺，故冠以「烈」字，而「烈」也是社會倫理的觀念。

為了更好地突出動物「報恩」以宣揚「受恩必報」的社會倫理觀念，民間故事中常用兩中方法。一是誇大甚至虛構動物報恩的情節。例如《睢寧卷》所載《義狗申冤》中，狗銜了紙筆給主人寫狀子，又把狀子銜到縣官那裡，對申冤起到了關鍵的作用。《睢寧卷》所載《秀才救螞蟻》中，秀才考試不佳，他所救的螞蟻們爬在答卷上成文章，故秀才得以考取狀元為官。《豐縣卷》所載《雁插林》云，老人蔣柱救助了一隻受傷的大雁，取名蔣雁，人雁之間，感情深厚。老人去世後，雁選風水寶地並且插毛作標識，作為老人的葬地，後老人之子中狀元。《南通市區卷》所載《巧斷公案》中，好食蛙之人謀殺放生蛙之人，蛙助人破案。《南通市區卷》所載《螺兒告狀》，情節也和《巧斷公案》相仿。《通州卷》所載《螞蟻補點報恩》的情節，也和《秀才救螞蟻》相似。《睢寧卷》所載《義蛇築墳》中，和尚救一條被凍僵的小蛇並且豢養之，後來，這蛇能夠不惜中毒，吮吸和尚身上的膿瘡，和尚去世後，又為和尚築墳。徐州所載《豬拱泉》中，和尚救助了一頭小豬，小豬乃在寺旁拱出一泉，免寺僧到十幾里路外取水之勞。《南通市區卷》所載《十八羅漢》云，虎食老嫗之子，乃為老嫗賺錢以補其過。

有些故事中，動物具有了神的能力，可以致福致禍，如此，則動物和人的關係及其效果，就有效地被突出了。《徐州民間文學集成（上）》之《金鳥》云，看林窮老漢張老三從老鷹爪下救下一金絲鳥，金絲鳥以財寶相報，又懲治了敲詐張老三的青皮牛二。《南通市區卷》所載《七月半接月兔》中，孟老太愛兔，玉兔讓她發財。《海安卷》所載《郎中的祖師》中，孫思邈為虎拔口中獸骨，讓老虎不吃人，為他看門。《揚州民間故事集》所載《藥渣為何倒在路上》的情節，也大略相同。《海安卷》所載《放牛塘》中，人救小蛇，小蛇乃龍，變牛服役三年而去。《中國民間故事集成》之《江蘇卷》所載《五狼神路》云，狼請接生婆為母狼接生，並且銜雞鴨報之。《如東卷》所載《癩寶》中，一學生養護一隻蛤蟆，以蛤蟆殼上的文字對考題，考中了狀元。《蘇州民間故事》所載《金雞湖》中，漁民金哥從蜈蚣那裡救下了金雞並且幫它療傷，得到金雞的幫助而發財。《蘇州民間故事》所載《澱山湖》中，窮苦農民殿山

收養了一條蛇，蛇爲他吐白米。《海安卷》所載《鹿汪》中，村人救助一小鹿，小鹿長大了，幫助村民獲得糧食豐收。

二是將動物人化，用超現實的手法編寫故事。動物不僅具有了人性和神性，而且具有人的語言等表達能力，或者是人有懂得動物語言的能力，人和動物之間，能夠很好地溝通。在這些故事中，動物儘管還是具有動物性，實際上就是神和人的結合，體現的是社會倫理道德。《海安卷》所載《銅環》中，一隻鶴吃了一對老夫婦家的米，鶴教老夫婦家如何發財，還讓財富的主人降生其家，作老夫婦家的後代。《如東卷》所載《小洋口港》中，蟒蛇吃了海神廟的供品成了人，化成老人爲人服務，以報答人類。《無錫的傳說》所載《黃埠墩的故事》中，巨大的黃鱔得要飯的孩子一個湯糰，在孩子擺渡遇到風浪的時候相救，並且應孩子的要求，在渡船經常遇險的地方長出了一個土墩，讓人們避險。《沛縣卷》所載《狐友》《影身扇》，《通州卷》所載《金環還主》，《如皋卷》所載《秀才與狐仙》《海水是怎麼變鹹的》，《如東卷》所載《善有善報》《王二巧遇虎哥哥》，《揚州民間故事集》所載《鳳凰山上飛鳳凰》，《蘇州民間故事》所載《洞庭枇杷》，《銅山卷》所載《太湖村》，《南通市區卷》所載《八哥救人》等故事，都是動物向人報恩的故事。《美洲民間故事和傳說的彩虹書》之《熊的故事》，是一個孤老太和熊的故事，類似於我國小說中常見的「義虎」，這是「義熊」。

《銅山卷》所載《石榴樹》中，張騫出使西域，在安石國澆水救活了因缺水行將枯死的石榴樹。石榴樹化爲仙女見張騫，請求帶她到中國。途中，石榴樹屢次救助張騫。《啓東卷》所載《桃花洪的傳說》中，有衛康者好桃，桃花仙子遂投胎爲其女兒。《新沂卷》所載《墨河》中，牧童楚勤在桃杏二樹旁讀書，經常澆灌二樹。後惡霸謀殺楚勤，爲二樹所化仙女所救。二仙女又送楚勤進京考得狀元。惡霸欲娶二仙女爲妾，楚勤救之，移二樹於府邸園內。這些，乃植物和人之間的倫理關係的社會倫理化了，一併列於此。

當然，在民間故事中，許多動物承載「有恩必報」的社會倫理觀念，但是，同樣，許多動物也承載「有仇必報」的社會倫理觀念。公冶長通鳥語的故事，在我國非常流行，江蘇地區也是如此。大致是說，公冶長通鳥語，烏鴉發現了一隻已經死去了的無主羊，告訴了公冶長，希望公冶長把羊的腸子給它吃。公冶長取了這羊，但是並沒有把羊腸給烏鴉。出於報復，烏鴉騙公冶長，某處又有一羊，公冶長信以爲眞，前去取，卻發現一具屍體，由此被

作爲殺人嫌疑犯逮捕。《啓東卷》所載《鳥語案》,《如皋卷》所載《公冶長通鳥語》,《揚州民間故事集》所載《懂鳥語的公冶長》,皆此類情節。《沛縣卷》所載《老鴰與王二郎》,情節也和公冶長故事幾乎一樣。《通州卷》所載《傷燕報恩》中,燕子報恩,也會報仇。《啓東卷》所載《小燕子和西瓜籽》,《如皋卷》所載《雁橋、長巷與百歲巷》,《如東卷》所載《燕子報恩》,《揚州民間故事集》所載《傷燕報恩仇》,情節和《傷燕報恩》略同。

在有些故事中,人救助或者豢養的動物救助主人,或者給主人報仇乃至爲民除害,是出於其本能,它的攻擊對象是其天敵,但是,民間故事中,往往作社會倫理的言說。《啓東卷》所載《叫人蛇》中,爲人豢養十八年的蜈蚣,爲了救人和蛇鬥,同歸於盡。《沛縣卷》所載《蛇鬥青蛙》中,流浪漢救助一蛇並且豢養之。某村莊有一大青蛙爲害,乃至於吃人。流浪漢過該村,其蛇和大青蛙鬥,同歸於盡。《海門卷》所載《雞冠花》中,男子爲蜈蚣所化美女所迷惑,趕走了攻擊該妖精的家養公雞。當蜈蚣精要吃男子的時候,公雞出現,和蜈蚣精同歸於盡。

如果動物有恩於人在先,人沒有能夠報答它,甚至有負於它,那怎麼辦呢?《南通市區卷》所載《獺狸廟》中,水獺化爲人,和人婚配,教漁民打漁,後來被龍王殺死。人們乃爲它立廟。《海安卷》所載《花魚村》,《如皋卷》所載《花魚墳》,《揚州民間故事集》所載《魚兒墩》,都是講漁民誤殺爲他們帶來魚群的魚精,悔恨不已,給魚精築墳。《睢寧卷》所載《老鼠山》中,一個年輕姑娘到張安夫婦所開的飯店無償勞動數月,端午節姑娘喝了雄黃酒醉眠,現出老鼠原形,張安夫婦殺之而覺不安,乃葬之,其山名爲老鼠山以紀念之。《睢寧卷》所載《羊山和羊山廟》和《獅子紅眼沉下邳》中,分別云羊救了一位得道的和尚和一位清官,故人們爲羊立廟且山以羊名。《如東卷》所載《白馬廟》中,白馬鬥害人的蟒蛇,與之同歸於盡,人們立廟祭祀之。《南京民間傳說》所載《金雞鬥蜈蚣》云,南京地方有蜈蚣爲害,天上的金雞欲爲民除害,下界鬥蜈蚣,和蜈蚣同歸於盡,人們乃立金雞寺紀念之。《太湖的傳說》所載《小箕山和大箕山》云,爲了幫助善良的長工,使他們有足夠的時間休息,錦雞推遲鳴叫的時間。人們遂以金雞名山。《徐州民間文學集成(上)》之《呦鹿山的傳說》云,邳縣北部呦鹿山,行人容易迷路。一鹿常引人得路,救人無數。一商人也曾經獲救。可是,他想抓此鹿獻給皇帝討封賞,假裝迷路,欲引鹿出來。可是,他沒有成功,且摔在山澗,摔死了。立廟築

墳，或者是以其名字命名某地，這是紀念人的行為，用於動物，這也是一種
對動物倫理的社會倫理化。《太湖的傳說》所載《貍貓大戰老鼠精》云，太湖
周圍鼠災嚴重，神仙派神貓去剿滅老鼠。《南京民間傳說》所載《仙鶴織錦》
云，天神命仙鶴下凡，幫助善良的織工人織錦。這些故事中，動物都是奉命
助人，而「奉命」本身，也是體現社會倫理的行為。《南通市區卷》所載《蛤
蟆蟹》中，毒蛇化為生病的姑娘引誘荣農劉海而欲毒殺吞食之，金蟾捨身救
劉海，死後變成蛤蟆蟹。金蟾的行為，類於人類的捨身救人。

　　有些故事中，以動物和某些人的作為相比，凸顯某些人的所為，反不及動
物所為，符合社會倫理道德。「報恩動物負恩人」一類的故事，這樣的主題，就
更為突出了。此類故事的大體情節是：洪水等災難中，某甲救助了若干小動物，
例如螞蟻、蛇等等，還救助了一個人某乙。某乙為了謀取利益，忘恩負義，設
計加害某甲。某甲在其所救動物的幫助下，得到昭雪，並且獲得財富乃至美麗
的妻子。此類故事，在江蘇民間流傳的有：《海安卷》所載《李善人逢凶化吉》，
《沛縣卷》所載《郭一蛟》，《啓東卷》所載《張郎和烏龜》，《銅山卷》所載《人
無情義，不如扁毛蟲蟻》，《通州卷》所載《農夫娶公主》等。此類故事，其源
實出於佛經，筆者在《佛教與文學的交會》中，已經有詳細的考證。

## 第四節　人類中心的生態倫理

　　《沛縣卷》所載《四兄弟爭天下》云，老虎、雷、龍和人是結拜兄弟，
卻相互爭做天下的主人。神仙請他們設法把其餘三個都引出屋子，誰能夠做
到，誰就做天下主人。老虎、雷和龍都沒有成功。人在屋子四周放火，老虎
等都逃出屋來。故人成了天下的主人。這個故事，正是人類中心觀念的形象
體現。

　　在必要的時候，人可以使用暴力手段和其他手段，和動物爭生存空間。
人類要生存和發展，需要合適的生存空間，這就很可能和某些動物發生爭奪
生存空間的矛盾。在無法和動物和平相處的情況下，人類只好驅趕甚至殺戮
相關的動物。古人正是這樣做的。《左傳‧襄公十四年》戎子駒支對范宣子曰：
「（晉惠公）賜我南鄙之田，狐狸所居，豺狼所嗥。我諸戎除翦其荊棘，驅其
狐狸豺狼，以為先君不侵不叛之臣，至於今不貳。」《孟子‧滕文公上》說：
「當堯之時，天下猶未平，洪水橫流，氾濫於天下。草木暢茂，禽獸繁殖，
五穀不登，禽獸偪人。獸蹄鳥跡之道，交於中國。堯獨憂之，舉舜而敷治焉。

舜使益掌火，益烈山澤而焚之，禽獸逃匿。禹疏九河，瀹濟漯，而注諸海；決汝漢，排淮泗，而注之江，然後中國可得而食也。」〔註2〕對這樣的做法，如果不是極端的動物保護主義者，都應該是認同的。

江蘇沿海、沿江地區比較多，江海有新漲的土地，這些土地形成的時候，當然很快就會成為動物的棲息地。人類發現了這些土地，加以開發利用，那麼，勢必從根本上改變那裡的生態環境，許多動物就無法適應那樣的生態環境，於是，人和動物爭奪生存空間的事情，也就不可避免地發生了。如果站在非人類中心的立場看，是人類侵犯了動物的家園，錯在人類，人類不應該這樣做。可是，站在人類中心的角度，人類要生存和發展，就必須爭取足夠的生存空間。動物畢竟和人類不同，動物和人的關係，和人與人之間的關係，畢竟有本質的不同，動物倫理和社會倫理，絕不能相互比附，更加不能混同為一。也正因為如此，才有了江蘇沿海、沿江地區許多繁榮的地區，包括像南通那樣新興的著名城市。如果按照極端的動物保護主義者的觀點，那麼，這些地方，至今仍然應該是鳥獸的天下。

江蘇民間故事中，有幾篇很有價值的作品，正是沿海或者沿江地區開發初期人類和動物矛盾鬥爭的反映。

當然，最好的方式，是人和動物能夠和平共處，擁有共同的家園。《南通市區卷》所載《法空伏蟒》云，在清代康熙紀年之前，南通狼山等五山中的軍山，尚是處於長江中的山島，「荒涼可怖，葛藤叢生」，是野生動物的樂園。法空禪師上島修行，用法力降伏了一條巨蟒，使這巨蟒成為法空的侍衛。可是，和動物和平共處，是要條件的。這樣的故事，即使確實是事實，也是個案而已，不具備普遍推廣的價值，因為人和蛇都需要繁衍，人和巨蟒世世代代雜居，如人和牛羊之類家畜那樣，是不可能的事情。

如果無法和平共處，殺戮也是一個選擇。《海門卷》所載《彌陀山》中，明朝萬曆年間，落第書生張秦柏到餘東場北邊泥沙淤積成的荒灘上，雇工墾荒耕種。東海龍宮逃出的一隻癩疤（蛤蟆）精欲霸佔其地，乃以毒漿污染其地及水源，張秦柏和百姓都中毒。在彌勒佛的幫助下，張秦柏和百姓死裏逃生，重開河道，引進潔淨水源，並且鬥敗了癩疤精，讓人們可以有較為安全、良好的環境，更好地開發利用那裡的土地。這告訴我們，在人和動物爭奪生存空間的鬥爭中，在必要的情況下，例如在人的生命與健康等重大利益受到

威脅的時候，人們可以殺戮動物。《南通市區卷》所載《藏劍的山》中，軍山上一條巨大的毒蛇，吞食人畜，一青年經過一番曲折，用劍殺了這毒蛇。《南通市區卷》所載《支雲塔爲何只有五層》中，蝦精欲霸佔狼山等五山，興風作浪，危害百姓，天帝乃命雷公等神靈，殺了蝦精。這其實也是當年人們開發此地和自然鬥爭的反映。

　　殺戮當然不是最好的方法。如果無法和動物和平共處，驅趕也是一個不錯的選擇。《南通市區卷》所載《大聖借狼山》云，狼山本是惡狼盤踞之地，大聖菩薩來到狼山，向老狼精提出借「一衣之地」修行，得到同意。大聖菩薩施展法力，把袈裟拋向空中，籠罩了整座狼山。老狼精驚恐萬分。大聖菩薩就這樣把狼趕走了。這個故事，有不少版本。《啓東卷》所載《狼山的傳說》云，狼山本被群狼佔據，人們不敢上山墾荒。一流浪漢以觀音所授法寶，趕走了群狼，讓人們可以開發狼山。其實，這就是南通地區開發之初人和動物矛盾的曲折反映。當然，眞實的情況，肯定沒有如此簡單，人們面對的動物，也不會是狼一種。像狼一類的動物，到任何地方，都難以和人和平共處，不是被殺戮，就是被驅趕。總之，不管如何，在那樣的時代，人和動物爭奪生存空間的實踐，我們是必須肯定的。

　　在人類的生命和健康等重大利益受到動物威脅的時候，殺戮、驅趕、控制動物，都是必要的。民間故事中，這樣的作品很多，江蘇民間故事中，當然也是如此。即使是極端的動物保護主義者，也應該不會有異議，他們面臨這樣的威脅的時候，也會這樣做的。願意「捨身飼虎」、「割肉救鴿」的人，也只是傳說中的佛和高僧而已。《如皋卷》所載《法寶寺的巨蟒》中，神秘人物殺死害民的巨蟒。《海門卷》所載《鳳仙姑娘》云，鳳仙姑娘才貌雙全，被作爲祭祀蟒蛇的祭品，爲蟒蛇所吞，但其衣服上預先插了許多繡花針，蟒蛇遂被刺死。《中國民間故事集成》之《江蘇卷》所載泰興民間故事《蛇怕鳳仙花》，情節大略相同。《豐縣卷》之《鄧襄臣捕蚱蜢》中，記載了鄧襄臣發明用挖溝等方法消滅蝗蟲的技術。《南通市區卷》所載《閘蟹》云，某地螃蟹危害莊稼，且常引起農民之間的糾紛，當地遂捉了當肥料。一商人示範吃螃蟹，螃蟹遂成美味。《啓東卷》所載《陳七大老爺吃蟹》中，廣東錫鎭蟹災嚴重，甚至嚴重影響到社會安定。啓東呂四出身的官員陳七奉命前往處置，也是讓當地吃螃蟹來消除災害。《海安卷》所載《張天師懲治蠍子精》中，張天師以法力控制了蠍子精。利用武力鬥對人類構成威脅的有害動物的故事，在江蘇

民間也是很多的，上文所列舉的故事中，就有不少這樣的作品。人們有意識地以有害動物的天敵來對付有害動物。《中國民間故事集成》之《江蘇卷》所載蘇州《七狸山塘街》中，人們以狸降伏老虎。《蘇州民間故事》所載《鼠島除害》，某海島一老鼠爲害，甚至吃食孩子，一個青年得到神人指點，殺死了老鼠精。

爲了生存和健康，人類到現在，還無法放棄所有的肉食品，這也是人類中心生態倫理思想的體現。江蘇地區，以狩獵爲生的百姓不多，舊時的交通運輸又不發達，因此，人們沒有普遍的食用野生動物的習慣。正因爲如此，江蘇民間故事中，關於食用野生動物的作品是極少的。

江蘇百姓食用的肉類，主要是豬羊和家禽，特別是豬羊。因此，也有的民間故事，爲人們食用豬羊尋找倫理依據。《新沂卷》所載《牛和豬的來歷》云，玉皇大帝派牛和豬下界幫助百姓做事，牛勤勤懇懇，豬好吃懶做，土地爺將它們的表現報告玉皇大帝，玉皇大帝乃下旨，讓百姓養豬殺了吃。《中國民間故事集成》之《江蘇卷》《豬怨羊不怨》云，豬爲自己挨刀被吃肉不平，羊則說：「咱們什麼活也幹不來，不就是長了一身的肉嗎？」它們相約去問閻王。閻王認爲，「你們嘛天生就是給人吃肉的，要不幹嘛喂你們哪？」所以說「該殺」！既然這些都是權威的神靈甚至至高無上的神靈定的，那麼，食用豬羊，就有了充分的倫理依據了。

人類中心的生態倫理觀念，並不是意味著人可以憑藉自己智慧和力量的優勢，爲所欲爲地折騰動物植物等自然物，任意地支配一切，恰恰相反，既然是人類中心，那麼，對環境，對環境中的其他生命體和無生命體，人類就負有別的生命體無法承擔的種種責任。這些，在江蘇民間故事中，也得到了體現。

人可以使用動物爲自己的利益服務，例如用牛馬驢子騾子等大牲口來犁地拉磨運輸等等，甚至可以殺戮並且食用家禽家畜，可是，人們也要善待它們。《啓東卷》所載《四怪物昇天》中，騾子、狗、貓等動物受到主人的虐待而出逃，這對虐待動物的行爲，批評的意思是很明顯的。《如東卷》所載《西溪只爲兒殺母》中，富豪們窮奢極欲，用殘忍的方法殘殺家鵝等生靈製作食品，受到了天譴。這就是對殘害動物的行爲明顯的譴責了。西方有「動物福利」、「動物權利」之類的說法，可見，江蘇民間故事中，也有類似的思想。

　　對動植物等自然資源，要「取用有度，取用有時，取用有法」，利用之中，寓保護之意。這些，也都在江蘇民間故事中有所體現。《海安卷》所載《人心不足蛇吞相》云，山哥飼養一蛇，蛇長大後，山哥將蛇放歸山野。得到蛇的暗中幫助，山哥考中了狀元，當上了宰相。他為了用蛇眼當夜明珠裝點自己的居室，謊稱皇帝要蛇眼，取不到就會被殺頭，向蛇索取眼睛。蛇給了他一隻眼睛。後來，山哥不顧蛇會失去性命，還要向蛇索取另外一隻眼睛，蛇見他貪心不足，就把他吞了。類似的故事，在江蘇有《銅山卷》所載《人心不足蛇吞象》，《如東卷》所載《人心不足蛇吞相》，《徐州卷》所載《黛蟒橋》，《沛縣卷》所載《貪心的人》，《蘇州民間故事》所載《人心不足蛇吞象》等，這些故事，具體的情節不盡相同，但是，都是主人公為了陞官發財，向自己施恩過的蛇求索無度，不惜取蛇的性命，結果被蛇所吞食。如果讓蛇活著，並且繁衍更多的後代，那麼，蛇類資源就會越來越豐富，人們可以取之不盡，用之不竭。反之，如果取之無度，不惜讓蛇喪失生命，那麼，蛇類資源就容易枯竭，對人類來說，就很可能是災難性的後果。這些故事，都有利用動物資源，要「取之有度」的道理。《啟東卷》所載《長江口為啥北塌南漲》中，石大郎在江北岸種兩畝薄地，經常受江潮侵襲，莊稼歉收，只能靠打漁補貼生活。石榴花開的季節，某日，石大郎順利地打了一船鱭魚。一鱭魚跳到船裏，對石大郎說，他所打的鱭魚，都是去產卵的，它願意代替它們死一千次，只要求石大郎放了那些去產卵的鱭魚。石大郎發現，這些鱭魚確實都是懷孕的鱭魚，便惻隱之心大發，毅然放了這些鱭魚。此後，石大郎所在的江岸，就沒有江潮之災了。石大郎去世後，他墳墓附近的江岸就不再坍塌。寶山的商人發現了這個秘密，以重金把石大郎的墳墓遷到了長江南岸，此後，北岸就開始坍塌，而南岸只漲不坍塌。這是對石大郎保護鱭魚的回報。這個故事，體現了對動物資源「取用有時」的思想。《通州卷》所載《鯉魚改道跳龍門》中，東沙場進鮮港漁民祁某，在鯉魚大量出現的季節，竟然用毒藥拌糧食毒殺群魚，結果全家吃魚被毒死。這個故事，從反面說明「取用有法」的重要。《鹽城市故事卷》之《西溪為何木匠多》云，西溪金百萬一家以口腹之欲殘殺大量生靈，玉帝讓他家遭火災等災難，便貧窮。這是從反面說明「取用有度」的重要。

　　《蘇州民間故事》所載《桃子世界日腳勿能過》，則是闡發人們應該維護生物多樣性的道理。故事中說，猴子吃桃子過日子，應老猴子的請求，孫悟

空施展法力，把世界上的樹統統變成桃樹。可是，桃樹大量枯死，沒有枯死的桃樹，結的桃子又苦又酸。孫悟空以爲有妖魔來搗亂，遂問土地神。土地神說：「桃樹吃的是楊柳樹給它的滋養，楊柳樹還能吸掉它身上的苦汁，所以桃樹能年年開花結果，結出的桃子又甜又鮮，」楊柳樹沒有了，桃樹缺乏滋養，苦汁猶存，所以會如此。孫悟空提出，恢復楊柳樹，來解決這樣的問題。土地神說：「桃樹靠楊柳養活，楊柳也靠別的物事養活。世上萬物之間都有聯繫，缺掉啥也不成功。」這個故事中講的楊柳樹和桃樹之間的關係，未必符合科學，可是，土地神講的「世上萬物之間都有聯繫，缺掉啥也不成功」，是符合生態科學理論的，是強調生物多樣性的重要。

此外，江蘇民間故事中，還有提倡保護環境的內容。《鹽城市故事卷》之《海嘯的發生》附錄摘自《錢毅的書》云，船上人將糞便等污物撒落海中，污染水晶宮，龍王發怒，於是就有了海嘯。《南通市區卷》之《楚奶奶廟》中，窮苦漁民楚奶奶要求家人不能讓大小便流入江中，因此成神，能夠保祐船民在長江中的安全。在該故事的《附錄》中，「楚」又作「褚」，褚太太成神后，又被當作「天后」，和起源於福建湄洲的天后信仰混淆在一起了。

# 結　語

江蘇民間故事中的生態倫理，範圍比較廣，包括動物和動物之間的關係、動物和植物之間的關係、人和動植物之間的關係、人和環境的關係等，堅持了人類中心的生態倫理觀，這樣的觀念，既突出了人類自身的根本利益，又強調人類對保護動植物等自然資源、維護和修復環境的責任。這樣的生態倫理觀，無疑是正確的。以人類社會的倫理觀詮釋動植物倫理，一方面強化了對社會倫理觀念的宣傳，另一方面，也強調了「善有善報，惡有惡報」等人際相處經驗，同樣在一定程度上適用於處理人和動植物之間的關係、人和環境之間的關係，由此引導人們善待動植物，善待我們的環境。當然，將動植物倫理等生態倫理觀念作社會倫理的詮釋，其弊病也是明顯的。前者和後者之間，有本質的區別，不能相互比附，更加不能將二者混淆在一起。例如，弱肉強食是生態倫理，動植物倫理無不如此，而如果在社會倫理中也推崇弱肉強食，那麼，這就意味著人類社會倒退到動物社會，這是人類決不允許的。再如，人類可以使用動物，可是，任何人不可以像使用動物一樣使用任何人。把動物當成人來對待，更是愚蠢的行爲，因爲人性和動物之性，畢竟有本質

的不同。「善有善報，惡有惡報」，是經驗，不是科學，更加不是規律，對人、對動植物，都未必有效，著名的西方寓言《農夫與蛇》的故事中講的，就是這樣的道理。此外，這些故事中刻意宣揚的社會倫理觀念，都產生在舊時的社會，其中有些內容，早已被時代拋棄，和我們今天的時代格格不入的了，例如君臣之間、帝王與臣民之間有關倫理觀念等，就是如此。

# 第九章　帝王故事研究

## 引　言

　　江蘇和帝王的緣分較爲密切。西漢開國皇帝劉邦，就是江蘇沛人。項羽以江東子弟八千人爲起家的資本，江東就是現在的蘇南地區。南京是六朝古都，南朝中齊梁兩個小王朝的帝王，都是江蘇人。隋煬帝和揚州的關係，非常著名。南京也是明朝最初的京師，朱元璋就是在南京做皇帝的。明代的正德皇帝喜歡遊玩，也到過江蘇。清代的康熙帝也到過江蘇，而乾隆帝則屢次下江南。因此，江蘇民間故事中，關於帝王的故事，還是很多的。

　　在封建社會中，對鄉村民衆或者市井百姓而言，帝王是一種既虛幻、又現實的存在。說虛幻，是因爲見過眞正的帝王的普通民衆，是非常少的；說現實，是因爲他們難以擺脫來自帝王的種種壓力，包括政治、經濟、文化等方面的壓力。朱元璋建都南京，乾隆帝出巡江南等地，對民衆說來，這些壓力是實實在在的。別的不說，這樣那樣的供給就會給他們帶來很大的困難，還有出於皇帝安全方面考慮所採取的種種措施，也會給百姓造成困擾，更不用說精神方面的壓力了。

　　通過民間故事中有關帝王的部分，我們可以看到民衆關於帝王的想像和對帝王的認識。

## 第一節　對帝王的神化

　　在江蘇民間故事中，對帝王的神化，主要有以下一些模式：

　　先人墳地風水好。《豐縣卷》之《劉邦挪祖墳》云，金財主家看中了好墳地，劉邦知道了，就偷偷地移動了標誌物，誤導金家錯過好墳地，而在好墳地葬了自己的曾祖父。《豐縣卷》之《鳳凰點穴，螞蟻築墳》云，劉邦向金家討得一塊地葬祖父，出現了奇異現象，那是塊寶地。《豐縣卷》之《漢劉二十四帝》云，劉邦的祖上好救濟窮人，多積德，有葬風水寶地者，故劉邦以下，劉家出了二十四個皇帝。《豐縣卷》之《孝子抱雞》云，朱元璋母親葬在鳳凰落處，故朱元璋能夠當皇帝。後來孝子抱雞的風俗，由此而來，蓋以雞像鳳凰也。《南京民間故事》之《朱元璋出世》云，朱元璋的母親吃了風水寶地上的鯽魚頭尾，注定要生天子。

　　神奇的父母和出生時、幼時的神奇。《如皋卷》之《項羽出世》云，項羽是秦始皇和龍女所生血球，被棄後球被老虎咬破後嬰兒出，老虎奶之，故項羽力大無窮。《徐州民間文學集成（上）》云，項羽是秦始皇和龍女所生兒子，有「龍生虎餵鷹打傘」之異。他夢中得到神人的指點，說到某地等他的母親，母親會送他三道紅符，吃了可以得天下。他把這個秘密告訴了一起要飯的劉邦，劉邦乃冒充項羽前去赴會，吃了項羽母親給的三道紅符，於是後來當了皇帝。項羽去的時候，紅符已經沒有了，他的母親只能給他麵龍麵虎，讓他吃了力大無窮。《豐縣卷》之《劉邦出世》云，劉邦是龍和他母親生的兒子，出生時有種種靈異。《沛縣卷》之《龍種》《劉邦降生》等也是如此。《如皋卷》之《獺貓精和趙匡胤》云，趙匡胤的祖先趙天寶，是漁家女兒趙紅英和獺貓精的後代，趙天寶奉母命將獺貓精的屍骨葬在龍口裏，所以，他的後代趙匡胤等做了皇帝。

　　帝王上應天象等天命。《沛縣卷》之《壓服王氣》云，秦朝星象官員看到東南有王氣，秦始皇乃斷彭城龍脈，又欲壓其王氣。王氣當然就是應劉邦。《睢寧卷》之《真龍天子過關卡》云，元朝星象官發現真命天子已經出世，並且知道大致地方。當局乃三襲鳳陽，七襲遼陽，殘殺嬰兒。星象官言，某日有兒童騎白龍馬、打青陽傘過滁州西關路。當局乃設重重關卡嚴查而無所獲。其實，一個頑童騎剝皮麻杆、舉荷葉，和其他頑童嬉鬧而過，他就是真命天子朱元璋！

　　命相就應該當皇帝。《海門卷》之《送泥賀壽》云，相面人預言送泥賀壽的窮小子是壽星的女婿，將來要當皇帝。此窮小子就是後來的宋仁宗。《豐縣卷》之《劉邦和樊噲成連襟》云，算命先生從劉邦的大便，就可以知道他會

當皇帝，從樊噲的大便，就知道他以後也是大貴人，所以就把兩個女兒分別嫁給了他們。《豐縣卷》之《龍泉劍》云，劉邦獲得神人贈龍泉寶劍，神人預言他會當皇帝。此劍就是斬蛇劍。

危急之中天命不該絕，神異出現得到救助。《新沂卷》之《劉秀逃難》云，大羅神仙搭救了劉秀並且預言他會當皇帝。《新沂卷》之《桑樹和螻蛄》云，是這兩種生物救了劉秀。《揚州民間故事集》之《桑樹和棟樹》中，也說桑樹救了劉秀。《豐縣卷》之《桑樹爲啥流眼淚》。皇帝蒙塵，吃桑葚活命。亂定，皇帝封桑樹爲樹王。大臣錯掛樹王牌子在椿樹，桑樹傷心流淚。《中國民間故事集成》之《江蘇卷》載沭陽民間故事《桑樹流水烏鴉叫》中，也有這樣的情節。《睢寧卷》之《農夫救了朱元璋》中，朱元璋兵敗逃命，睡在犁溝裏被泥土所埋，螻蛄穿空鬆土，使他免於悶死。《豐縣卷》之《龍駒救主》寫其馬危急之中救了劉邦。《豐縣卷》之《劉邦戀酒》云，劉邦逃役，住一酒店。秦兵追來，他藏在井中。秦兵檢查，井中出現青龍。後來，井中又出龍泉寶劍，歸劉邦。《豐縣卷》之《劉邦出世》云，劉邦剛出生，就被秦兵追殺。他母親和他在逃難過程中，得到各種神異的幫助，例如城牆現出城門、蜘蛛封廟門、馬停下不犁地、螻蛄爲通氣、烏龜馱過河等。《沛縣卷》之《蜘蛛封門》及其下《雞鳴臺與曉鳴寺》《土地爺帶王冠》《劉邦店》《坐席結義》《龍屎》等，都是關於劉邦的神奇故事。《沛縣卷》之《劉秀村的公雞爲啥叫明早》言劉秀，也是此類故事。

發生在有帝王之命的人身上的神異現象。《睢寧卷》之《戚姬苑》中，還沒有當皇帝的劉邦睡著後，頭上有赤色小蛇，穿七竅出入。戚父見之，就把女兒嫁給劉邦。那所爲赤色小蛇，當然就是龍了。

此類故事的產生和流行，是有其原因的。除了上古神話中就已經有的對部落首領的神化外，我國史書中大量存在的志怪色彩，是個重要原因。人們常說，西方古代神話發達，而規範的史書和史學不發達，我國古代則相反，神話不那麼發達，沒有西方荷馬史詩那樣的作品，可是，史書和史學，則發生得很早，而且，發展得蓬蓬勃勃。其實，西方古代的神話中，有史實在，我國發達的史書中，有神話的內容在。《尚書》《國語》《國策》等史書中，都有超現實的記載，《左傳》中，超現實的記載就更加多了。《史記》等二十五史，是規範的歷史著作，但是，幾乎都有超現實的內容，只是多少罷了。超現實內容最少的，是《資治通鑒》，但此書還是記載了武則天當皇帝的讖語。

江蘇民間故事中說的劉邦是龍和他母親交配後生的，劉邦斬蛇等情節，《史記》中有明確的記載。這些故事，不少是由史書中的超現實記載踵事增華而來的。

「天人感應」、「君權神授」等思想是另外一個重要原因。戰國末期，呂不韋根據先秦典籍中的某些超現實內容，首先提出「天人感應」的思想，企圖用這樣的思想來限制嬴政無制的王權。西漢初年，陸賈總結歷史經驗，欲利用包括各種自然現象在內的「天」來制約君主，發展了「天人感應」的思想。董仲舒將「天人感應」理論發展爲一個思想體系，認爲社會上的一切都是和包括自然在內的「天」一致的，政治尤其如此，是「天」的安排，當然，誰當帝王，也是「天」的安排，「君權神授」的思想，於是更加明確。當時萌生的讖緯學說，則以神秘主義解釋儒家經典，把儒家經典解釋成對政治狀況的預言，包括誰當帝王之類，都是神秘力量早就安排好的。「天人感應」思想和讖緯學說合流，關於政治的迷信，就甚囂塵上了。特別是東漢和魏晉南北朝，此類神秘主義就更加在社會政治中流行。《後漢書》和魏晉南北朝的史書中，《五行志》之類的部分，此類內容就特別多。後來的史書中，此類內容，也遠遠沒有完全絕跡。這些內容，這樣的風氣，這樣的思想，反映到民間故事中，就是包括帝王在內的政治人物和相關政治事件的神化故事，就大量出現了。

以白話小說和戲曲爲主的通俗文學中的同類情節，也是一個原因。通俗文學作品中，對帝王類人物的神化，也是常見的。例如四大南戲中的劉唐卿《白兔記》云，李員外收留流浪漢劉智遠牧牛，某日，劉智遠睡在臥牛崗上，「一道火光，透入天門」，他的鼻子裏「蛇鑽進鑽出」。李員外見了，覺得「蛇穿五竅，五霸諸侯。蛇穿七竅，大貴人也」，就認爲他有帝王之命，乃把女兒三娘嫁給了他。這些情節，和江蘇民間故事中戚夫人的父親看見劉邦睡著後蛇穿七竅而把女兒嫁給他的情節相仿。不要說帝王了，施惠《幽閨記》，也就是四大南戲中的《拜月亭》中，當個寨主，也是要符合天命的。強盜寨中，缺一個寨主。某強盜巡山，發現某地「霞光萬道，瑞氣千條」，在那裡掘得一頂金盔和一把寶劍。他們約定，能戴這金盔者爲寨主。在一連串「欽賜」、「皇家氣象」、「垂簾聽政」、「推位讓國」、「堯舜」、「有虞陶唐」、「坐朝問道」、「寡人」、「駕崩」、「龍床」等帝王話語的鼓譟聲中，強盜們輪流試戴這金盔，沒有一個戴了不頭疼的。命中要當這個寨主的人出現，他戴了，才

平安無事。江蘇民間故事《海門卷》之《順治皇帝的傳說》中的相關情節，有點類似，云，玉帝派十八羅漢下凡，成了十八個賣鹽的。他們到京城，皇帝被吳三桂打跑了，北斗星南歸。十八個賣鹽的分別試坐皇帝的座位，十七個都頭疼難熬，只有第十八個坐了快活，這就是順治皇帝。至於白話小說中，帝王神化的情節，就更加多了。受其影響，民間故事中多此類情節，就很自然的了。

那麼，此類神化帝王的民間故事，有哪些意義呢？非常遺憾，沒有什麼積極意義。在對鄉賢的神化故事中，有某些優良道德的導向作用。可是，對帝王神化的民間故事中，此類道德導向作用，明顯是微弱的。在江蘇民間故事中，《豐縣卷》之《漢劉二十四帝》中，劉邦及其子孫二十四人當皇帝，原因之一是，他們的祖宗好救濟窮人，多積德，而鄉賢故事中，此類道德導向是多見的。原因何在？首先，在封建時代，鼓勵人家多積德，以便讓子孫當皇帝，這不是明目張膽地鼓動人家作亂麼？那可是誅九族的罪行！其次，當皇帝，是何等的大事，豈是積德就能夠做成的？唯《無錫民間故事精選》之《送灶神》云，元末陳友諒和朱元璋都是皇帝的候選人。兩家的灶王爺向天帝匯報，陳家的說陳家行善三代，朱家的說朱家受氣三代。天帝認為受氣三代更為不易，故讓朱元璋做了皇帝。這對消釋人們的怨憤，是有作用的，也不怕當局追究想當皇帝，因為受氣是被動的，甚至是被迫的。

此類故事的消極作用是很明顯的。首先，這些故事有愚民的作用。這些故事在民間反覆流傳，讓人們以為，帝王真的是「天」定的，人如何可以對抗「天」？於是，他們儘管遭受來自帝王及其政府的重重壓迫剝削，也不敢想到反抗，無奈地當暴政、惡政等的順民。

其次，某些想入非非的愚蠢野心家，妄圖用法術操控「天命」，依樣畫葫蘆，來讓後代當皇帝，或者是自己當皇帝，結果給自己造成悲劇，也給社會造成悲劇。《海門卷》之《曹公河》云，風水先生曹仁義之子小乙問父親為什麼不為自己家裏找一真龍地，曹乃尋得王發財所開飯店地基，認為是可以出皇帝的風水寶地，乃和兒子設計行事。曹仁義到那飯店內尋釁自殺，訛詐得飯店地基歸小乙。小乙乃於其地葬其父親，又按照其父親的指點，做了一系列裝神弄鬼之事，最後事情敗露。海門等地這一故事流傳甚廣，有名《曹王墳》者。《南通市區卷》之《鄭家亮月子》云，土財主鄭東海，求張天師給他圓皇帝夢，張天師貪其禮物，乃面授機宜。鄭東海按照張天師指點，造數丈

泥龍，買四十九個黃花閨女赤腳踩泥龍，怠則毒打。天庭見下界妖龍爲非作歹，乃以天火滅之。鄭東海的皇帝夢破滅。《如皋卷》之《鄭東海弔棺之謎》所載情節更加豐富，大致是鄭東海欲做皇帝而裝神弄鬼作法。故事中認爲，是其舅舅偶然擊翻馬桶而洩露機密，天象有變，被清廷知道而導致失敗。此類故事，並不否定帝王的神化，恰恰相反，正好宣揚了帝王的神化，人們會把他們失敗的原因，歸結爲偶然因素，例如「舅舅不知道而打翻靈座臺上的馬桶」之類，故事中也幾乎都是這樣詮釋的。

經過包括民間故事在內的各種文化形式的渲染，帝王的神化，可謂普及而深入人心。《南通市區卷》之《出一計，救一命》云，丫環給正在睡覺的財主送茶，跌倒而茶碗打破。丫環怕財主毒打，求救于窮秀才於家元，家元爲出一計，教丫環說，因爲看見床上有一龍，所以驚嚇而跌倒。丫環依計而行，財主竟然以爲自己有帝王之分，非常高興，沒有追究丫環打破茶碗的責任。土財主如此被愚弄，自然是對帝王的神化深信之切。土財主沒有見識，也罷了。那麼，上層社會的人呢？破風水的情節，在江蘇民間故事中，也是不少見的。這些故事，大致情節是：風水大家發現某地風水好，其地會出危及當朝統治的人物，於是，朝廷或者皇帝，就派人按照風水先生的指點，去破壞那裡的風水，以免那裡會出那樣的人物。《銅山卷》之《劉伯溫斬石牛》《姜集古井》，《南京民間傳說》之《一百隻石貓》，都是劉伯溫爲朱元璋破風水。《如東卷》之《赫餘安》云，乾隆帝派風水先生赫餘安巡行，見風水寶地就破。乾隆帝怕他把皇帝家的風水也破了，就把他殺了。當然，這是民間故事，未必是事實。可是，看看當今社會迷信風水之類神秘文化的各類人物，關於當時社會各階層對風水之類神秘文化的信仰，我們可以作如何想像呢？

## 第二節　對王權的誇張

在民眾的心目中，王權至高無上，無所不能。因此，對王權的誇張，在民間故事中，是極爲常見的。

許多故事中，把王權誇張到超現實的程度。人們把王權理解爲一種神秘的力量，這種神秘的力量，有帝王之命的人，都是擁有的，在他還沒有成爲帝王之前，就已經存在且顯露出來，成了帝王，就更是如此了。大致而言，有這些模式：

　　他們可以改變天體的運行，可以大幅度、高速度地改變地形地貌。《沛縣卷》之《趕山鞭》云，秦始皇嫌築長城的進度慢，拿出定陽針，把太陽定住不動，民工連續幹活。至於秦始皇手拿趕山鞭，把一座座山趕到海中，以擴大陸地面積，此類情節的故事，在江蘇民間流傳甚廣，許多書中，都有記載。《銅山卷》之《燕王避》云，明初燕王赴藩，到吳橋鄉，大雨。黃山頂上有蛟龍。燕王投鞭向龍，峭壁崩塌，蛟龍去而雨止。《銅山卷》之《拔劍泉和馬扒泉》云，劉邦人馬缺水，劉邦拔劍刺地而泉水出，馬扒而泉水出。

　　鬼神也由帝王統御。《啓東卷》之《大禹王牙籤定四海》云，大禹訓斥眾龍王爭地盤，用牙籤給他們分疆界。《大禹王養魚蝦》中，大禹令龍王每天送一斗金、一斗銀海貨出水，讓漁民捕撈，違者斬首示眾。《銅山卷》之《朱元璋和清涼寺》中，朱元璋在清涼寺做雜役，在佛堂掃地，神像自動走出去，打掃完畢，再自動走進來，離奇地服從他的意旨。《如皋卷》之《痘神殿》云，常遇春之子患痘，朱元璋命常遇春東征倭寇，乃將其子接到宮中調理，並求痘神保祐。不料此兒夭折，朱元璋乃下令廢痘神之祭祀。痘神現身，告訴常遇春，他們離開神殿幫助常遇春戰勝倭寇，不知道常子病亡。皇帝廢了他們的祭祀，斷了他們的香火，他們無處棲身。常遇春乃奏請恢復痘神祭祀，得到朱元璋批准。通州就建造了痘神殿。《如皋卷》之《五路神》中，也有皇帝封神的情節。此類帝王封神等的情節，在民間故事中是常見的。

　　他們可以做違反常理和常規的事情，甚至規律在他們那裡也似乎不起作用。例如，打草的孩子們用打草的工具迭起來當金鑾殿坐，別的孩子坐不了，有帝王之命的孩子卻可以坐穩。《沛縣卷》之《劉邦坐皇位》就是如此，《通州卷》之《朱洪武的故事》中也有類似情節。

　　「金口」是民間對帝王權力誇張理解最爲典型的表述。所爲「金口」，就是其人所說的話，都會成爲現實，而有帝王之命的人，都有這樣神奇的力量，不管他當時是否是帝王。民間故事中，此類敘述極多。他們一句話，可以決定或者改變某些自然現象，包括某些或者某地某種生物的習性。《沛縣卷》之《朱元璋借臘八粥》中，朱元璋讓天黑，天就果眞黑了。《蘇州民間故事》之《偷牛暗》云，朱元璋因爲偷牛的需要，希望天不要馬上亮，天果眞延緩了黎明，後來也是如此，就是黎明前的黑暗，人們稱之爲「偷牛暗」。《新沂卷》之《駱馬湖的青蛙》，朱元璋經過其地，討厭青蛙叫，就讓「別叫了」！此後，駱馬湖的青蛙果眞就不叫了。《新沂卷》之《駱馬湖的青蛙》所載略同，說這

是朱元璋沒有發跡的時候的事情。《沛縣卷》之《運糧河裏的蛤蟆乾鼓肚》,《如皋卷》之《麥芒茶》,《睢寧卷》之《黃墩廟》中有類似的情節,皇帝則成了乾隆帝。《常州民間故事集》之《栗子爲啥長刺》《水稻和稗草》中,栗子長刺、水稻只能生長在水中、稗草旱不死水不死,都是皇帝金口說的。《睢寧卷》之《白彎麥早熟》云,睢寧的白彎和蕭縣的黃口麥早熟,是因爲乾隆在那裡說麥黃了的緣故。《沛縣卷》之《徐達廟》云,燕王和徐達經過一小廟休息,蚊蟲很多。燕王說如果沒有蚊蟲就好了,那裡就再也沒有蚊蟲了。徐達戰死,燕王就給他在那裡造廟。燕王就是明成祖朱棣。甚至即使是所謂的「天命」,帝王們也能用嘴巴改變。《太湖的傳說》之《日出萬綢,覆衣天下》云,劉伯溫知道,吳江蘆墟將有千軍萬馬,黎里的官要多得像芝麻綠豆,盛澤日出萬侯,這些都表明,那裡會有人造反。於是,朱元璋動用他的金口優勢,來破解未來的危機說:「蘆墟千磚萬瓦,黎里出芝麻綠豆,盛澤日出萬綢」。後果然如此。〔註1〕

　　「如意秀才」模式故事,在江蘇民間也很流行。大致情節是:某少年有帝王之命,因爲其母親或是別的家人,或者是他本人,缺乏仁心,言行不當,其人帝王之命被上天取消,其渾身帝王的筋骨被上天換掉,但因爲其母親讓他咬住某污物,其牙齒沒有被換掉,所以,其帝王的「金口」神秘功能被保持了下來。於是,他說什麼就是什麼。他給人家放牛,把牛吃了,卻把牛頭或者牛尾巴塞在山洞口,要牛在主人來的時候叫幾聲,然後彙報主人,說牛鑽進山洞,出不來。主人到現場查看,果然如此,牛還叫了幾聲。給主人家放鴨子,和小夥伴把鴨子煮熟吃了,招了一群野鴨下來充數。次日,他對主人說,鴨子不能放,一放就會飛走的。主人不信,開鴨棚,野鴨當然就飛走了。《海門卷》之《開金口》《羅運秀才》,《通州卷》之《如意秀才》,《海安卷》之《埠頭港》,《如皋卷》之《甘露的故事》等,都是此類故事。筆者家鄉江陰東鄉所廣泛流行的「小王知縣」的故事,也是屬於此類。《豐縣卷》之《地牤牛爲啥學牛叫》,《通州卷》之《朱洪武的故事》中,就把「吃牛」情節稍微修改,按到了朱元璋的頭上。《如皋卷》之《少年朱洪武》《朱洪武吹牛皮》也有此類情節。

---

〔註1〕 國外此類故事,筆者見過的很少。《挪威民間故事》之《國之聖人奧拉夫王》中說,佛達爾河和斯交達爾河之間的區域至今沒有蛇出沒,是因爲國王聖奧拉夫曾經把那裡的蛇驅趕進了一個大洞。

此類對帝王權力作誇張的故事，是對帝王進一步的神化，其效用是在民間，強化了帝王的神性，以及帝王統治的依據，對鞏固帝王的統治，消解人們對帝王的不滿乃至怨恨，以及對帝王權威的企圖，是有很大的作用的。

## 第三節　對帝王的抨擊

民間對帝王的神化，對帝王權力的誇張認識，對帝王之所以成為帝王的依據的認識，這是他們所認識、所感受到的事實判斷，在他們看來，這些或許是事實，因為他們實實在在地感覺到帝王的權威和力量是何等巨大，只要看看他們對官員及其權力的認識，就可以明白其間的道理了：官員尚且如此，何況是帝王！可是，這些認識，決不是他們對帝王及其權威或權力的價值判斷！也就是說，在民眾看來，這些也許是事實，帝王權力至高無上，是客觀存在，但是，他們未必認為這樣至高無上的權力及其運用是正確的。

除了傳說中的聖人外，人都有醜陋的人性，帝王也不例外。至高無上的權力，誇張的權力，可以使帝王醜陋的人性，圖解得更加誇張。在江蘇民間故事中，對帝王濫用其權力的抨擊，不僅僅是對相關帝王的抨擊，也是對這種權力的抨擊，對醜陋人性的抨擊。

反理性。帝王的權力為什麼如此誇張？據說是因為他代表「天命」，體現「天命」。何謂「天命」？作唯心主義的解釋，就是天帝的意志，作唯物主義的解釋，就是規律。天帝的意志也好，規律也好，都體現了一種必然性。這些必然性有種種體現。社會規範，就是其體現之一。那麼，帝王的權力，果真是「天命」的體現嗎？果真符合社會規範嗎？如果不符合，那麼，人們的價值判斷，是在社會規範一邊，還是在帝王一邊呢？例如，財富的往來，社會自然有其法則。愛財並不是醜陋的人性，古語云，君子愛財，取之有道。但是，如果帝王為了謀取財富，利用其至高無上的權力而不以道，破壞既有的社會規範，人們是否贊同呢？有借有還，要借不難，這是普通的社會規範吧。《蘇州民間故事》之《焚化紙錠的來歷》中，朱元璋向百姓借真元寶，卻還百姓紙元寶。《新沂卷》之《不打五更》，朱元璋向沈萬三借聚寶盆修築南京城牆，約定「三更借五更還」，聚寶盆被壓山下，故南京從此不打五更。《中國民間故事集成》之《江蘇卷》之《沈萬山和聚寶盆》《沈萬山的金絲蛤蟆》，都是說朱元璋不遵守借貸規矩，用王權勒索別人財產。誠信是社會運行的基礎之一，帝王也不能利用其權力違背誠信吧。《海安卷》之《順治當皇帝的傳

說》中，順治帝許諾吳三桂，他當皇帝，就每天給吳三桂送斗金斗銀。這樣，順治帝就很快窮了，然後，他下令，金銀一律廢除不用，改用毛竹做的籌碼。吳三桂將金銀都換成籌碼，順治帝皇帝馬上宣佈，回復到從前，用金銀，不用籌碼了。語言文字的正確運用，這也是最爲基本的社會規範吧。可是，《蘇州民間故事》之《滸墅關》云，因爲乾隆帝把「滸」誤讀成「許」的讀音，所以，沒有人敢正讀，於是一直錯下來，直到今天，「滸墅關」的「滸」，還是讀「許」音。帝王利用他們的至高無上的權力，公然違反社會規範。從這些故事中，我們可以看出，人們的判斷，是在社會規範一邊，他們對帝王利用權力公然違反社會規範，是持否定態度的。

　　殘暴。凌上也是醜陋的人性之一。帝王有至高無上的權力，一旦感覺到自己的尊嚴被冒犯，或者自己稍覺不滿，就動用這樣的權力，踐踏別人的尊嚴，任意剝奪別人的生命，所謂「威尊命賤」是也。這樣的故事，在江蘇民間不少。《海安卷》之《過年插芝麻杆》云，劉邦冬至微服私訪，聽到有人怨恨自己，就插芝麻杆爲記號，想殺那人。《揚州民間故事集》之《門上貼福字的由來》云，正月十五朱元璋微行，見一幅畫，認爲是諷刺他和皇后的，就欲把那家人家滿門抄斬。《無錫的傳說》之《掛燈籠的傳說》，云因爲張士誠在無錫和朱元璋作戰，朱受了傷，他當皇帝後，欲派兵到無錫屠城三日。《海門卷》之《清明節插柳》云，朱元璋的馬娘娘清明前夕遊玩，村人譏其腳大。馬娘娘乃欲殺全村人，只留一個大腳婦女，讓她插柳爲記號。其他人特意仿傚而插柳，以避免被殺害，遂成風俗。《如東卷》之《插鋼鞭》云，朱元璋聽窮夫婦吵架，在說他要飯的事情，他竟然做記號想派人殺了他們。《常州民間故事集》之《人口團子》《彎了射箭符》，都是說朱元璋好濫殺無辜。此類因爲皇帝欲濫殺無辜而形成風俗的故事，在江蘇民間還有不少。《如皋卷》之《鹽的故事》云，皇帝嫌廚師做的菜不合口味，連殺三十六個廚師。《啓東卷》之《錢公太保》云，錢某發現鹽，獻給皇帝，皇帝以其戲弄，殺之。後知道鹽的價值，乃封錢某爲太保，爲鹽神。《無錫的傳說》之《二泉》《竹爐》，都有反映皇帝奢侈、殘暴的情節。《海安卷》之《土城》云，明末海安縣南莫鎮土城村黃河生，是有名的孝子和清官。他的母親想看看京城的樣子而不可能去京城，黃河生乃仿照京城造了一座土城，以此被告發，被誅九族，家族四十九人被殺，城被平掉。《中國民間故事集成》之《江蘇卷》之《朝天宮》云，朱元璋因爲御廚做不出他在南京玄妙觀吃到的素面，連殺三個御廚。後來，

他派人發現玄妙觀的素面中乃放雞肉和野雀，朱元璋乃殺其中全部道士，改玄妙觀爲朝天宮。《邳州卷》之《狗碑》云，黃湖墩一帶連年水災，人們求減免皇糧而不得。南京道臺進貢珠寶獲得賞賜，太監奉命到南京頒賞，經過黃湖墩，被百姓所劫奪。乾隆下江南，欲殺盡黃湖墩周圍四十里內百姓，因地方人士據理力爭而免。《太湖的傳說》之《七子山的傳說》《東山廿四灣和龍頭山》，都是寫太湖漁民反抗皇帝及其隨從的霸道、殘暴而殉難的悲壯故事。《中國民間故事集成》之《江蘇卷》之《鼓樓大鐘亭》云，皇帝信佛，限一百天內造出巨鐘。老工匠和他的三個女兒因此而死。鐘聲似斥皇帝「荒唐」！《中國民間故事集成》之《江蘇卷》之《青茉秧救命》《徐達和徐達巷》，《新沂卷》之《救徐達》，都是說朱元璋殺戮功臣。帝王對待臣民，愛之欲其生，惡之欲其死，可以加膝，也可以墜淵，都在帝王的一念之間。《海門卷》之《死裏逃生》中，皇帝讓清官用抓鬮的方式決定生死。

很明顯，這些故事，都是譴責帝王的殘暴，而不是認可這樣的殘暴。在這些故事中，帝王都是反面人物。《南通市區卷》之《鄭家亮月子》中，想做皇帝的財主鄭東海，剛開始做皇帝夢，還在裝神弄鬼的階段，他就毒打被他奴役的民眾，拆除民房爲他自己建造「金鑾殿」，造了「陷人井」、「惡狗巷」、「百腳坑」、「毒蛇穴」、「黃蜂壑」等殘暴設施，以待他做皇帝的時候鎮壓百姓之用。從這個故事看出，在民眾看來，殘暴幾乎是皇帝固有的屬性，甚至想當皇帝的人，這樣的屬性就會如此赤裸裸地表現出來，難以收斂。皇帝和民眾根本利益的尖銳對立，民眾是有深刻的認識的。

好色。《孟子‧告子上》中，告子說：「食色，性也。」〔註2〕幾乎所有動物，都有這兩樣屬性，人也是如此。如果說「食」在有的情況下，社會性未必突出，那麼，「色」在任何情況下，都具有鮮明的社會性。「食」尚且有種種社會規範加以限制，不能自由氾濫，「色」就更是如此了。於是，進入文明社會以後，關於兩性、婚姻，相關的法律、禮節、民俗等社會規範就逐漸完備了。帝王也是人，「食色」也是其屬性。至高無上的權力，使他們能夠以超越社會規範的形式聚斂財富，當然，他們也可以超越相關的社會規範，來滿足他們「色」的欲望。於是，在不平等的社會規範例如保證帝王三宮六院的制度之外，他們還利用自己的權力，掠奪女色。於是，民間故事中也就有了此類內容。

---

〔註2〕　《十三經注疏》本，中華書局，1980年影印本，第2748頁。

　　《銅山卷》之《茅草莊》云，秦始皇統一中國後，到江南搶了一百多個美女，一同押往阿房宮，到茅草莊，引發反抗。至於秦始皇欲強行霸佔孟姜女的故事，則在各地都很流行。《南京民間傳說》之《莫愁女》中，梁武帝強娶民女。《蘇州民間故事》之《傀儡湖白魚神》云，正德皇帝調戲採菱姑娘，被姑娘打耳光。姑娘因此被千刀萬剮，其肉入水，化大白魚。鄉民造白魚神廟。《沛縣卷》之《李鳳姐》云，正德皇帝出巡，和鳳姐風流而生子，是爲嘉靖皇帝。《中國民間故事集成》之《江蘇卷》之《七星街和乾隆皇帝》云，乾隆帝在鎮江微服出行，調戲婦女，被眾人責打。乾隆帝記住那個女子家門口有石鋪成七星狀，欲行報復。張玉書知道後，讓鎮江居民家家門口以石鋪成七星狀。《啓東卷》之《海神廟的傳說》云乾隆下江南，私民女程彩蓮，導致其懷孕自殺，乾隆乃封其爲海神娘娘。在同書同名故事中，民女爲秦素珍。《銅山卷》之《潭山娘娘墓》云，乾隆下江南的時候，霸佔了一個民女，後藉故將民女賜死，給千兩白銀建墓地，是爲潭山娘娘墓。《啓東卷》之《百鳥衣》故事中，皇帝見畫像上美女漂亮，利用權力拆散人家恩愛夫妻，將這美女強搶進宮，佔爲己有。《沛縣卷》之《虹的傳說》中皇帝欲強行霸佔做花邊的姑娘，遭到姑娘的堅決拒絕。

　　非常明顯，民間故事中，對皇帝的此類行爲，是堅決譴責的。

　　昏庸。帝王的智商、學識等，未必和其權力、地位相稱。民間對帝王昏庸的譴責，首先表現爲嘲笑他們的無知。《通州卷》之《菠菜豆腐湯》云，乾隆帝吃村婦做的菠菜豆腐湯而覺得很鮮美，問其名，村婦答曰「清湯白玉瓣，紅嘴綠鸚哥」。乾隆帝回宮後，令御廚做此菜而御廚莫能辦，請教村婦，才知底細。《南京民間傳說》之《梁武帝餓死臺城》云，米、柴、燈、水都有，可是，梁武帝到臨死才知道，燈也是火，可以點火做飯。《睢寧卷》之《朱元璋數山頭》云，劉伯溫說九頂山有王者氣，朱元璋數九頂山的山頭，只數了八個，把自己腳下的忘記了。數不出就坐不得，故沒有在那裡建都。

　　其次，表現爲容易被別人利用。帝王擁有至高無上的權力，而智商和學識不能相稱，或者，利令智昏，在利益和女色等面前喪失了應有的辨別能力，導致他們生殺予奪的權力被人盜竊，而釀成禍患。《中國民間故事集成》之《江蘇卷》之《天官賜福》云，明崇禎間，泗州大旱。戚天官求免泗州皇糧，皇帝不許。西宮出遊四川而求免四川皇糧三年，皇帝竟然允諾，而天官冒死改四川爲泗州，當死而僥幸免死。天官與西宮下棋，西宮誣陷天官調戲，這是

死罪，天官吞金自殺。泗州百姓感之，貼「天官賜福」紙條紀念他。《揚州民間故事集》之《隋煬帝下揚州看瓊花》云，王世充殺人放火，但找到了瓊花所在，隋煬帝就赦免了他，當即封他爲瓊花太守。《中國民間故事集成》之《江蘇卷》之《蘀荣》云商紂王在妃子的蠱惑下，任憑妃子設計殺害忠臣比干。《啓東卷》之《拜懺》中，梁武帝爲美色所迷，爲皇妃謀害高僧提供機會。《啓東卷》之《眞人的故事》云，皇帝被蛤蟆精所迷惑，爲蛤蟆精提供害忠臣張眞人的機會。《中國民間故事集成》之《江蘇卷》之《孟城和埤城》中，大臣奉命到常州附近造城，「孟城有門無城，埤城有城無門」，大臣貪污了大量銀子，而皇帝被矇騙。《蘇州民間故事》之《雙陽》云，某官犯罪，發配丹陽。主審官說發配雙陽，皇帝同意，某官就回到家鄉吳江雙陽。

再次，表現爲虛榮。出身於草根社會的人成了帝王，過去的窮朋友來訪，說起當年一起做的那些苦事、俗事、卑賤事，甚至醜事，揭了帝王的老底，帝王大怒而殺之。後來的窮朋友吸取教訓，把那些事情高雅化、富貴化、高大化地講述出來，得到了帝王給的富貴。《如皋卷》之《朱洪武和窮朋友》，《通州卷》之《朱洪武的故事》中，《海門卷》之《張龍趙虎見陳王》中，都有這樣的情節。陳勝和朱元璋，都是起自草根，都有類似的經歷。陳勝和當年窮兄弟的故事，儘管沒有這些故事中說的那麼誇張，也和《史記·陳涉世家》中的記載可以相互印證的。

江蘇民間故事中那麼多神化帝王的故事，那麼多誇張帝王權力的故事，這是對封建社會中帝王權力至高無上這一現實的誇張反映。可是，在關於帝王運用這些權力的故事中，幾乎都是對帝王的抨擊，除了大禹外，很難找到對其他帝王的歌頌。因此，江蘇百姓還是很理性的，他們明白最爲基本的社會道德等社會規範，並且以這樣的規範衡量所有的人，包括帝王。對超越社會規範的人，哪怕是帝王，他們也會予以抨擊。這體現了民間一定程度的平等觀念，這當然是難能可貴的。

當然，這些是民間故事，不是歷史事實。可是，儘管如此，也決不全是憑空捏造，胡亂講述。例如，譴責帝王殘暴的故事，主要集中在秦始皇、朱元璋和乾隆帝的身上。歷史上，秦始皇和朱元璋的殘暴是出名的，朱元璋殺戮功臣之多，歷史上有翔實的記載。和他們先比，乾隆帝的殘暴，也不遜色多少，文字獄就殺了不少人。在譴責帝王霸佔女色的故事中，當事帝王集中在梁武帝、正德皇帝和乾隆帝身上，因爲這幾個皇帝，歷史上都是以風流出

名的。因此，儘管這些民間故事大多是出於虛構的，或者是捕風捉影的，對
這些皇帝來說，也並不算是太冤枉。

## 第四節　對帝王的利用及其幻想

### 一、利用帝王做廣告

　　首先，這些故事中，某些地名、建築名和帝王的活動等有關，爲地方增
色，也是旅遊廣告。《中國民間故事集成》之《江蘇卷》之《試劍石》云虎丘
試劍石是吳王試干將寶劍之處。《蘇州民間故事》中與靈巖山相關的許多故
事，都說靈巖山上的種種名勝，以及附近的許多地方，都和吳王、西施有關。
《蘇州民間故事》之《犁轅撐日頭》《穿山的傳說》，云太倉穿山和秦始皇有
關，有相關名勝在。《蘇州民間故事》之《青銅葫蘆鎭寶塔》云北寺塔及其附
近相關地名，和孫權有關。《中國民間故事集成》之《江蘇卷》之《雨花石》
云雨花臺和雨花石，和孫權有關。《中國民間故事集成》之《江蘇卷》之《偃
人石》云，無錫惠山寺名勝偃人石和金兀朮有關。《蘇州民間故事》之《萬年
橋》云此橋乃乾隆帝爲取名。《中國民間故事集成》之《江蘇卷》之《莫愁湖
和勝棋樓》云，這兩個地名和朱元璋有關。《中國民間故事集成》之《江蘇卷》
之《駙馬莊》云此地名和乾隆帝有關。《通州卷》之《斷鞭石》云，南通狼山
上斷鞭石等許多名勝，得名於秦始皇，乾隆也核實過。《通州卷》之《石港的
來歷》云唐太宗命尉遲恭到石港造行宮。《睢寧卷》之《柴王販傘子仙賣》云，
三月十五是睢寧子仙村廟會，如果下雨，某段路上會有車轍印子，相傳爲當
年柴王趕集賣傘留下的。《徐州市區卷》之《珍珠泉》云，珍珠泉是乾隆帝催
促下尋找成功的。《徐州市區卷》之《楚霸王在彭城》中，徐州許多地方，和
楚霸王有關。《中國民間故事集成》之《江蘇卷》之沭陽民間故事《楚霸王削
山點將》中，其地在沭陽顏集。《南京民間傳說》之《項羽失姬》云，南京高
旺鎭、蘭花塘、失姬橋等地名，起源於項羽之事。《南京民間傳說》之《八卦
錢》云，燕子磯附近八卦洲等地名，起源於朱元璋的皇后馬娘娘。《南京民間
傳說》之《胭脂染井欄》云，此爲陳後主亡國的時候所投井。《海安卷》之《躲
龍橋》云，唐朝太子李旦逃避追捕，躲在海安東街一小木橋下，後來他做了
皇帝，人們便叫那小橋爲躲龍橋。《如東卷》之《薛家岸》云，乾隆遊江南，
某次，困海邊泥淖中，附近薛老爺出主意救之，乾隆乃將其地命名爲薛家岸。

《南通市區卷》之《通州得名》《秦始皇遊劍山》,《徐州市區卷》之《回龍集與乾隆》,《徐州市區卷》之《皇藏峪》,《無錫的傳說》之《馬跡山》,《揚州民間故事集》之《送駕橋》,《太湖的傳說》之《篦箕巷的故事》等。這些故事中的地名、名勝,都和帝王有關。

利用帝王給商業作廣告,商家和商品,都可以。《蘇州民間故事》之《松鶴樓的全家福》云,乾隆曾經到松鶴樓用此餐。《啓東卷》之《朱元璋吃呂四黃花魚》,很明顯是爲呂四黃花魚做廣告。《南通市區卷》之《嵌桃麻糕》云,慈禧太后做壽,江蘇巡撫送了南通麻糕,得到慈禧青睞,她封南通麻糕爲貢品。從此,南通麻糕名揚天下。《沛縣卷》之《烏龍潭》云,劉邦當了皇帝還是覺得沛地的酒好。《常州民間故事集(二)》之《封缸酒的傳說》云,金壇的封缸酒,曾經得到朱元璋的讚賞。同書《常州麻糕與雙桂坊》云,麻糕得到乾隆的讚賞,而雙桂坊,則還是乾隆命名的。《南京民間故事》之《通天招牌》云,乾隆爲「老財陳傘店」題寫招牌。

給某些民俗做廣告,以促進這些民俗的傳播和接受。《中國民間故事集成》之《江蘇卷》之《青灰摺子圈連圈》云,二月二龍抬頭在院子中畫青灰圈子的風俗,起源於乾隆帝南巡。《中國民間故事集成》之《江蘇卷》之《天官賜福》云,貼天官賜福的風俗,和崇禎帝有關。同書《龍燈的來歷》,云龍燈是范蠡鼓動吳王等玩起來的。《海安卷》之《清明節上墳》云,這個風俗起源於朱元璋,他在這個日子給母親上墳。同書《六月六吃餅》云,這個風俗起源於唐太宗。《蘇州民間故事》之《八月半爲啥要吃芋艿》云,這是唐肅宗下令紀念安史之亂中艱苦經歷。《中國民間故事集成》之《江蘇卷》之《筷子的由來》云筷子的使用和推廣和商紂王有關。《海安卷》之《筷子一頭圓一頭方》云,這樣的筷子,是朱洪武規定的,爲了紀念當年危難中削竹子吃飯。《徐州市區卷》之《徐州人愛吃烙饃的緣由》云,這個風俗的起源和楚霸王有關。同書《屋簷的來歷》云,朱元璋要飯時避雨,讓牆頭往裏挪三尺,果然。此後人家造房子,就有了屋簷。《中國民間故事集成》之《江蘇卷》之句容民間故事《朱元璋改栽秧》云,育秧栽秧的耕種方法,是朱元璋下令推廣的。《蘇州民間故事》之《鳳冠霞帔的由來》云,這個風俗起源於武則天的提倡。《啓東卷》之《蘇北攆雞爲何用喔斯》云,這是起源於罵秦二世。同書《新皇帝吃魚》云,新皇帝問魚身上哪個部分最好吃,三個重臣的回答都不同,被打入死牢。老漁夫回答分季節,最爲符合事實。《中國民間故事集成》之《江蘇

卷》之《鰟鮍魚眼睛爲啥紅》云，鰟鮍魚紅眼、好藏蘆葦草叢的習性，和乾隆帝有關。

利用名人做廣告，是當今廣告中十分常用的手法。皇帝當然是名人，用他們做廣告，和用名人做廣告的道理是一樣的。此外，還有別的一些原因在。民間社會，儘管對帝王沒有什麼好感，但是，帝王的權威和影響，這樣的事實，人們還是充分承認的，甚至也不免有若干企慕的成分在。看看當今社會廣告中那些「御園」、「貢品」、「皇家」之類的陳詞濫調歷久不衰，我們就可以知道其中的奧妙了。皇帝制度被推翻一百多年後的今天尚且如此，那些民間故事，是產生在皇帝仍然高高在上的封建時代啊！此外，國人「史」的情結非常深重，看看那麼發達的史書和史學，更加發達的歷史題材文藝作品，還有汗牛充棟的史實、史論文章，我們就能明白這一點。帝王是和「史」聯繫在一起的，和帝王有關的事物，自然也就容易引人注目了。

## 二、以帝王抬高某些行業的社會地位

此類故事，在江蘇民間很多。

演藝行業：《中國民間故事集成》之《江蘇卷》之《戲神的由來》《蝗娘娘看戲》云，演戲行業的保護神是唐明皇。同書《小花臉的豆腐乾》云此乃起源於唐明皇命小太監演戲。同書《聞太師蒙賜貼金臉》云，京劇《太師回朝》中的聞太師貼金臉，是商君帝乙當眾封的。《豐縣卷》之《喜子》《戲班裏爲什麼不說夢》《九龍口的來歷》《小丑爲啥可以隨便坐》等，都是以唐明皇等皇帝抬高演員的社會地位。《南通市區卷》之《南通童子》云，唐代文成公主病，莫能治，朝廷貼出皇榜，能治癒者，封官賜賞。南通說唱巫人母子二人以說唱治癒公主的病，唐太宗封他們爲說唱巫人「洪山堂」的開山始祖，至於金銀珠寶等賞賜，母子全部拒絕了。他們認爲，有皇帝的封號，所到之處，他們不受歧視，就可以了。《中國民間故事集成》之《江蘇卷》之《淮海鑼鼓的由來》云楚莊王爲昏君，大學士崔公在發配淮陰途中，說唱社會弊病，講述經國濟民的道理，後人效法，乃成淮海鑼鼓。《江蘇民間故事集》之《乾隆皇帝聽說書》云，乾隆下江南到蘇州，聽評彈藝術家王周士說書，大悅，命王周士隨駕進京，並且賜給他七品頂戴。王周士回到蘇州後，就有資格和知府、知縣等打交道。他通過官府發文件、立石碑，成立評彈業的組織光裕社，弘揚評彈藝術，提高評彈藝人的社會地位。這些故事，除了王周士故事

可能有些歷史事實外，其他的，幾乎都是出於杜撰。

服務行業：《揚州民間故事集》之《三把刀比膽大》云，廚師說：我吃剩的菜給乾隆帝吃！理髮師說，我敢在皇帝頭上動刀！修腳師說：我在皇帝跟前有座位，將皇帝抓腳、挖肉、剝皮、鏟骨頭！《中國民間故事集成》之《江蘇卷》之《對君坐》云，修腳師傅為順治皇帝修腳，滿朝文武站立而師傅獨得賜坐。修腳的凳子就叫「對君坐」。皇帝封修腳行業為三百六十行中的老大。《睢寧卷》之《剃頭匠旗幡的來歷》云，為小太子剃頭，很難，有的剃頭匠因此被殺。某剃頭匠幹得很好，獲得武則天封剃頭之王，並且被賜旗幡一面，還有許多財物。《無錫民間故事精選》之《剃頭師傅》中，也有相似的情節。《海安卷》之《剃頭祖師》云，朱元璋封呂洞賓為剃頭祖師，還賜一面旌旗，並且奏請玉帝封他為上八洞神仙。《通州卷》之《瞎子敲錫鑼》云，皇帝聽信姦臣的話，要殺一萬個盲人，保證築壩成功。王禪老祖以算命瞎子的身份警告患病的皇帝，讓皇帝取消這個決定，皇帝從命而其身體痊癒，為了感謝老祖，乃特許算命先生在行走江湖的時候敲錫鑼。《中國民間故事集成》之《江蘇卷》之《昏君傳》所載略同，而以算命先生隨身攜帶的錫鑼為「昏君傳」。《常州民間故事集（二）》之《王糞佬三討乾隆封》云，乾隆下江南，遇到暴風雨，落水。王糞佬駕糞船救之。乾隆先後封了他三次：吃粥；免除水陸稅而不免橋稅；糞船破了爛泥糊。於是，當地有了一句歇後語：王糞佬討封——空喜歡。

以帝王抬高行業的社會地位的民間故事，在江蘇都是集中在這兩個方面的行業。其中當然是有原因的。

我國漫長的封建社會中，最為缺乏的思想文化之一，就是平等。天下臣民，分為四等，是為士農工商。商人已經是四民之末了。遲之清代，作為「士」的讀書人家和商人家聯姻，還是要被「正人君子」恥笑的，《儒林外史》中，就有這樣的情節。「商」以外的人，地位就更加低微了，至於如演員之類，其人和子孫，連參加科舉考試的資格都沒有。直到今天，名演員有那麼高的經濟收入，有那麼多人追捧，有那麼多人嚮往演藝生涯，可是，不時有人還會稱他們為「優伶」、「戲子」。「三把刀」之類的服務行業，也一貫被人視為「賤業」，士農工商「四民」人家的子弟，如果不是實在沒有辦法，是不入這些行業的。

那麼，這些被世人輕賤的行業，如何建立自信心呢？也許有這樣那樣的

方法。帝王的權力、權威和影響，都是天字號的。那麼，爲什麼不可以利用呢？於是，利用帝王來抬高這些行業，就是其中的一種。如何利用，編撰相關的故事，就是一條途徑。於是，這些民間故事，就這樣產生了。至少在江蘇民間故事中，這些故事，都是屬於被世人輕賤的行業，因爲世人尊崇的行業，例如做官，例如教書等，是不必編此類故事再來抬高自己的社會地位的。當然也似乎有例外。《睢寧卷》之《朱洪武封木》云，朱元璋早年和九個窮朋友結拜兄弟，各執同一原木上取下的一塊木板。朱元璋當皇帝後，朋友們拿著木板來討封。朱元璋乃封自己的木板爲「鎮山河」，大將的爲「虎威」，大理寺的爲「驚堂木」，中藥鋪的爲「押方」，和尚的爲「清規」，說書的爲「醒木」，染坊的爲「壓布」，私塾先生的爲「戒尺」，大臣的爲「笏板」。大將等，不是也是強調朱元璋封的嗎？可是，細細品讀這個故事，其著意抬高的，不是大將、大臣，他們也無須抬高了，而是中藥鋪、染坊這樣的「商」，還有更加低微的「說書的」和「和尚」：他們的祖師所用木板，居然是和皇帝、大將、大臣等祖師用的木板源於同一根原木，這些行業的祖師，當年都是結義兄弟，又同時受朱元璋所封，所以就沒有什麼高低貴賤之分了。於是，「說書的」等行業的社會地位，也就被抬高了。當然，這些故事中，明顯有自欺欺人的成分，但是，畢竟是有關人員捍衛尊嚴的一種方式。在等級森嚴的社會，他們用這樣的方式向世人宣告他們的尊嚴。

## 三、利用帝王權力的幻想

和其他公共權力相比，帝王的權力，不僅是至高無上的，是絕對的，是可以支配一切的，而且，這權力掌管著包括所有公共權力在內的所有利益的分配。如果能夠利用這樣的權力爲自己謀取利益，那當然是天大的好事！在封建社會中，公共權力的利用，常見的是承租和假借。承租就是以一定的代價把相關公共權力租下來，然後利用這樣的權力謀取更大的利益，獲得盡可能多的盈利。向帝王承租公共權力，例如出錢買官、買科名之類，在封建社會中，很多時候是合法的，並且有制度保證的。可是，民眾沒有本錢用買官之類的方式從朝廷承租公共權力啊！沒有關係，還有假借一途徑。公共權力的假借，和掌權者是親友或者被他賞識的人，才有可能實現，如果要假借帝王的權力，那麼，要成爲他的親友和被他賞識的人。如果這樣，掌握天下公共權力等利益分配的帝王，就會分其人一杯羹，這也足以讓其人發跡起來了。

於是，許多奇麗的夢就這樣開始了。

這是窮書生奇麗的夢：《南通市區卷》之《富曰安》云，窮秀才的學生都是狀元了，他還是個窮秀才。番邦向皇帝進貢了一件怪物，滿朝文武無人認識。這窮秀才知識廣博，知道這個東西叫「富曰安」，通過當狀元的學生上京師，當堂指認，挽回了天朝的面子。皇帝就讓他當御史。《啓東卷》之《賜進士》中，書生破廟苦讀，微服私訪的皇帝看到，出對子讓書生對，書生對得令皇帝滿意，皇帝當即賜他進士。《鹽城市故事卷》之《山村薦寒儒》，也有類似的情節。窮書生三更燈火五更雞苦讀，從秀才考到進士，千軍萬馬過獨木橋，走過來的才有可能當官，當然很不容易，失敗的是大多數。買官又缺乏本錢。於是，幻想有朝一日得到帝王的賞識，就可以一步登天。可是，如何得到帝王的賞識呢？就設想有幸遇到帝王，然後在帝王面前顯示自己的才學，得到帝王的賞識，而被帝王任用。和苦讀並且參加科舉考試相比，當然是捷徑了。

農民的奇麗夢：《睢寧卷》之《龍鳳戒指》云，某窮青年在洪水中救了微服私訪和隨從失散的朱元璋，得了賞，當了地方官。朱元璋好微服出行，這樣的機會，當然也是可能出現的，但概率畢竟太小了。《如東卷》之《張二》云，農夫張二給相爺解決了皇帝的難題。皇帝考張二稀奇古怪的問題，張二都能夠回答。皇帝做媒，相爺的女兒嫁給了張二。《無錫民間故事精選》之《皇帝做媒人》云，江陰周莊窮人周元在不知情的情況下，招待了正德皇帝。正德皇帝問他缺什麼，周元說缺個老婆。於是，正德皇帝就命曹御史招周元爲女婿。《鹽城市故事卷》之《望夫臺》云，孤兒游泰因爲奇遇，力氣很大。明朝英宗南巡，龍舟擱淺在海灘，游泰獨自將龍舟推入水中。皇帝遂招他爲駙馬。

皇親國戚，當然就可以假借帝王的權力。可是，民眾可不是皇親國戚。那麼，「擬血親」、「擬姻親」之類的「仿皇親國戚」，在認乾親風俗較爲盛行的民間，也是一個展開想像的依據。《徐州市區卷》之《馬娘娘尋舅》云，朱元璋當皇帝後，皇后馬娘娘尋找舅舅，許多人冒認，被殺。馬娘娘終於找到當年認的乾舅舅武四舅，但是武四舅不願意爲官，不要賞賜。後來，武四舅還是被皇帝賜予了許多土地。馬娘娘認武四舅的時候，還是在貧賤之中，武四舅怎麼知道她後來會成爲娘娘呢？

《中國民間故事集成》之《江蘇卷》之丹徒民間故事《駙馬莊》，則是在

皇帝微服出行的時候，認了普通農婦爲乾親。乾隆帝在張玉書的陪同下微服私訪，到鎮江附近一個山村，進入一戶人家，女主人以農家食品招待，很是熱情。乾隆帝乃認其爲義女，而此女未知他們的眞實身份。後來，女主人的丈夫某甲挑柴進城門時，因爲扁擔打滑而打死守門小兵，被關進監獄。女主人進入張玉書家求助，張玉書的妻子讓人打著宰相府的燈籠給某甲送飯，縣官見了，大驚，瞭解情況後，趕快放了某甲。乾隆帝認某甲的妻子爲義女的事情傳開後，鎮江、丹徒政府爲他們在當地造了駙馬府。某甲知道張玉書喜歡喝大麥茶，炒了兩斗大麥，背了上京城送禮。路上，某甲結識了任滿的南京制臺。南京制臺請某甲通過張玉書再讓他擔任南京制臺，報酬是三石金子、三石銀子。某甲見到張玉書，說明情況。張玉書果眞幫助南京制臺連任，回南京任職，路上帶了一條空船專門收受沿途官府豪紳送的禮品。某甲也得到了制臺許諾的報酬。張玉書知道後，急忙和某甲撇清關係，而這時的某甲，已經和南京制臺是把兄弟了。他把妻子接到王宮居住，不久發生矛盾，經過一大段有趣的曲折，他們夫婦回到丹徒居住，所在的村莊就叫做駙馬莊了。駙馬有了皇帝作靠山，掌握實權的大官宰相、制臺的權力，也可以容易地假借，且可以變成物質利益。其成功的關鍵之處，就是在不知情的情況下，其妻子對皇帝的熱情招待。《南京民間故事》之《乾隆賠情》中，也有乾隆認農婦爲乾女兒的情節。

小匠人的奇麗夢：《如東卷》之《皮匠對百官》中，皇帝出榜招考駙馬。小皮匠以簡單、拙劣的手勢之類表演，讓百官和皇帝誤會他有大學問，娶了皇帝的女兒，當上駙馬。《皮匠駙馬》的故事，流傳甚廣，情節大致類似。皇帝和百官，成了被戲弄的對象。這是貨眞價實的駙馬，不是乾親了，自然能夠得到富貴。可惜，這是在夢中。

叫花子的奇麗夢：《如東卷》之《柏樹枝》云，叫花子柏樹枝和王公子結拜兄弟後，做好事，獲奇遇而發財，此後大做好事，甚至送財寶給皇帝，獲得皇帝的嘉獎，和王公子一起過好日子。叫花子最大的問題是吃飯問題。結識了王公子後，這個問題基本解決了。他又有奇遇發了財，出乎其所望了。按理說，對他來說，這應該是完美了。可是，必待皇帝的嘉獎，才算完美。皇帝的肯定，才是人生追求的最高境界。

慣賊的奇麗夢：《中國民間故事集成》之《江蘇卷》之《南捕廳捕頭賊撈賊》云，慣賊王二在酒樓遇到微服私訪吃飯沒有帶錢的乾隆帝，爲乾隆帝付

了飯錢。乾隆帝知道他是個賊後，向江寧知府推薦，讓他當了捕頭。他當捕頭後，盜賊絕跡，路不拾遺，夜不閉戶。既然成了慣賊，即使想擺脫這樣的身份，如果沒有足夠大的外力的幫助，也是無法做到的。什麼樣的外力最大？當然是皇帝。由皇帝的外力，慣賊不僅能夠擺脫這樣的營生，還可以成為體面的警察局長，為社會建功立業。

可是，「趙孟之所貴，趙孟能賤之」，帝王隨時能很容易地給富貴，帝王也能夠隨時很容易地拿掉富貴，甚至施予包括殺頭在內的懲罰。《南通市區卷》之《伴君如伴虎》云，乾隆帝遊江南，覺得鎮江一個隨從很聰明，就帶回京城，讓他做了翰林。這翰林稱乾隆為「老頭子」，對「老頭子」稱呼的解釋讓乾隆開心，給乾隆吃他嘗過的桃子，說甜的才敢給乾隆吃。這些，都得到了乾隆的讚揚。可是，後來，這些又成了乾隆殺他的理由。這個故事，用誇張、形象的方法，詮釋了前人詮釋過無數次的「君恩無常」、「伴君如伴虎」的道理，假借虎威的人，也隨時有可能被老虎吃掉。於是，更加大膽的夢就展開了。《如皋卷》之《呆三兒做皇帝》和《通州卷》之《百鳥衣》，情節大致相同：農民呆子夫婦恩愛，呆子出門勞作，也要把妻子的畫像帶上。畫像被風吹走，為皇帝所得。皇帝將呆子的妻子強搶入宮中。按照妻子的臨別贈言，呆子穿了百鳥衣到宮中尋找妻子。呆子和妻子哄騙皇帝和呆子交換衣服，使呆子當上了皇帝。故事情節固然可笑，但是，其中的內涵還是很豐富的，既抨擊了皇帝利用權力肆意侵犯臣民的利益，又顯示了這樣一個事實，這就是，即使是像這故事中的主人公一樣出身和社會地位低微、知識淺薄、智力不健全的人，也有皇帝夢。

落魄的書生，平庸的農夫農婦，尋常的小手藝人，甚至乞丐、慣賊，如果能夠得到帝王的青睞，就能獲得富貴，擺脫此前平庸甚至可悲的狀態。此類故事，正是這些下層社會生活不如意的人們自我陶醉展開幻想「窮開心」的產物。當然，其中也會有道德導向在，例如不能勢利、要樂於助人之類。

此類小人物巧遇皇帝得到賞識而獲得富貴的故事，白話小說和戲曲中也是多見的。元代高文秀雜劇《好酒趙元遇上皇》中，酒鬼趙元，被岳父母和妻子嫌棄，妻子勾搭上了東京臧府尹，要和趙元離婚，而趙元不肯。岳父母、妻子和臧府尹設計，欲害死趙元。趙元在酒店裏幫三個秀才打扮的人付了酒錢，其中一個自稱姓趙的和他結拜兄弟。那自稱姓趙的，原來是皇帝趙匡胤。在趙匡胤的幫助下，幾乎一無所能的酒鬼趙元當上了東京府尹，其岳父母、

妻子和臟府尹受到了重罰。爲微服出行的皇帝代付酒錢、和皇帝結乾親等情節，在以上所引民間故事中皆有之。

可是，故事畢竟是故事，不是現實。如果有人把這些當成了現實，當成了獲得富貴可行的捷徑，那麼，後果可能是很嚴重的。如何獲得皇帝的賞識呢？有些人相信了此類故事，不免打這樣的主意。皇帝出榜招賢而村夫野老、落魄書生鹹魚翻身之類的情節，現實中幾乎不會發生。微服出行的皇帝，當然是可遇而不可求。可是，知道皇帝出行，主動出擊，要求見皇帝，向皇帝獻詩賦文章等著述，爭取獲得皇帝的賞識而鹹魚翻身，還是可行的。於是，皇帝出巡，不少讀書人這樣做，有些人也以此收穫了一些小富貴，例如被賞個舉人資格等等，但是，也有人因此遭了文字獄，甚至被殺頭，還殃及家族。至於想得到皇帝賞識而上書獻策獻著作而遭到文字獄的，就更加多了。《清代文字獄檔》中，就記載了很多這樣的事情。魯迅《且介亭雜文》的《隔膜》中，就有對此類文字獄精彩的介紹和論述：「有的是鹵莽；有的是發瘋；有的是鄉曲腐儒，眞的不識諱忌；有的只是草野愚民，實在關心皇家。而命運大概很悲慘，不是凌遲，滅族，便是立刻殺頭，或者斬監候，也仍然活不出。」〔註3〕其實，在他們之前和在他們之後，都有難以計數的類似的倒楣蛋。不管是他們，還是他們前後的倒楣蛋們，他們的動機，多多少少，還是在於借皇帝等掌握大權者的力量，獲取富貴等利益而已。值得注意的是，和民間故事和通俗文學作品中不同，現實版的此類喜劇和悲劇，其主人公大多不是農民、手藝人、江湖人物等，而幾乎都是讀書人，甚至有尹嘉銓那樣的著名儒學家、三品大員，見魯迅《且介亭雜文》之《買小學大全記》。〔註4〕魯迅說的「草野愚民」，其實也是讀書人，否則他們如何會撰寫文字而遭「文字獄」？那麼，這些悲喜劇，根本原因，到底何在呢？爲什麼民間故事中此類故事的主角，都是下層百姓，且幾乎都是喜劇，而現實版的主角，幾乎都是讀書人，且幾乎都是悲劇？原因到底何在呢？這些大概都是非常複雜的問題。

# 結　語

江蘇民間故事中，多神化帝王、神化並且誇大帝王權力和權威的故事，

〔註3〕魯迅《且介亭雜文》，人民文學出版社，1973年版，第33頁。
〔註4〕魯迅《且介亭雜文》，人民文學出版社，1973年版，第39頁。

這是他們對當時社會王權的感受和誇張表達，但這並不意味著民眾認可帝王至高無上權力的合理性。大量抨擊帝王的故事，就是對帝王沒有制約的權力及其運用的否定，而是非判斷的標準，則是常識性的公理和起碼的社會規範。關於利用王權做廣告、抬高某些社會地位低微行業的地位，則是民眾對存在的帝王影響這些資源的利用，其中也有企慕帝王權力和權威的因素在。以帝王的權力和權威為自己謀利益的故事，是在帝王對社會具有絕對權威的時代，下層百姓的奇麗幻想，其中對帝王權力和權威的企慕，更加明顯。

# 第十章　官員故事研究

## 引　言

  在我國歷史上，在正常的社會中，政府總是最爲強大的社會力量，而官員就是代表政府來使用這些力量的人，其重要性自不待言。江蘇民間故事中，官員爲主角的故事不少。這一部分所論，主角是鄉賢而爲官員的，不在其中。通過這一部分的分析論述，我們可以看到民間對官員及其相關的官位、權力等的認識和評價，進而對這些認識和評價作剖析，深入挖掘其中深層的內容，爲現實中的相關制度建設和文化建設，提供參考。

## 第一節　「官位乃通行王牌」在故事中的展現

  在許多民間故事中，官位是王牌，且這王牌通行於官場和公務以外的其他場域，幾乎沒有邊界。幾乎是在任何場域，誰的官大，誰就可以爲了自己的利益，任意處置官位比自己低的人，當然也包括沒有官位的普通百姓。至於對方自身的利益，包括聲譽、尊嚴甚至健康等等基本的權利，可以作沒有底線的任何犧牲，他們和任人宰割的動物，沒有什麼區別。至於公理、法律、事實等等，強勢的官員都可以棄之不顧。

  在官場和公務活動中，官員可以根據自己的利益需要，肆意愚弄、欺壓、凌辱、剝削百姓，除了官位和相應的權力之外，他們不需要任何理由。例如，《豐縣卷》之《蟠龍集的故事》云，黃河在蟠龍集決口，朝廷派河院官馬坡前來負責治水。馬坡讓民工抬土抓作爲報酬的錢，一筐土三四百斤，抬著土

彎腰抓錢就很不容易，跌倒就要挨打。要用石滾護堤，馬坡貼出告示，官方以一斤石滾一兩銀子的價格收購。按照常理，一個石滾三四百斤，那就值三四百兩銀子。因此，大家踴躍往堤壩運石滾，三天下來，堤壩就有了足夠的石滾。到開秤稱重量的時候，大家才發現，那秤的秤桿是一根杉木，秤砣則是一個石窩子，秤桿上的刻度是馬坡讓人刻的。稱的結果是，一個明明是幾百斤重的大石滾，在那超級大秤上，還不足一斤重。按照告示出的價錢，那還賣不到一兩銀子。把那石滾辛辛苦苦從外地運來的人，只能賣到不足一兩的銀子，支付盤纏都不夠。許多人於是就不想賣了。這當然也可以，但是，馬坡規定，不想賣，就趕快把石滾運走，否則，每個石滾，在堤壩上擱一個時辰罰款一兩銀子，壓壞堤壩滿門抄斬，膽敢鬧事就開刀問斬。「當官的嘴大，說出來就是王法」。馬坡用這樣的方法，騙來了兩千多個石滾，貪污了兩萬兩銀子。度量衡制度是社會最為基本的制度，其重要性自不待言。可是，這位官員為了貪污銀子，竟然敢擅自改變這樣的制度，另搞一套以愚弄百姓。這樣重要的制度竟然也可以說廢除就廢除，隨心所欲地別設一套，還有什麼制度或規則，他不敢廢除或者建立的？除了他的上司以外，還有什麼可以制約他的？可見官位在身權在手，可以如此無法無天！《如皋卷》之《東城門朝東南》中，寫奉命到如皋查案的朝廷官員，借冒家祖墳風水太好，向知縣敲了幾百兩銀子。《如東卷》之《辮子尖兒墊中柱》云，某貪官大肆刮地皮。《如皋卷》之《秀才笑縣官》中，縣官利用求雨攤派錢糧，中飽私囊，秀才作三句半詩歌譏嘲之，縣官罪之。

在審理紛爭時，官員竟然以雙方的官位和權力背景決定勝負。《徐州市區卷》之《朝牌》云，惡霸霸佔某窮人的土地，窮人告狀。縣官受惡霸的賄賂，準備讓惡霸贏官司。窮人沒有來得及吃早飯，把鍋貼揣在懷裏出庭。縣官把窮人懷裏的鍋貼當成了朝牌，也就是大官上朝時用的手板，也叫笏，以為他大有來頭，於是判窮人贏官司。惡霸也這樣誤認，把土地還給窮人。於是，徐州人把那種鍋貼叫朝牌。這儘管不免誇張，也未必是事實，但揭露了「官位乃通行王牌」這一當時的社會現實。

官員在其私人事務中，他就是個普通的人，不存在官方和他作為官員所代表的公共權力的內容。可是，在民間故事中，不是如此，他仍然具有強烈的官氣，並且，這樣的官氣，也決定著其私人事務的成敗。《睢寧卷》之《狗腿子的來歷》云，宰相的腿病了，會危及生命，必須盡快換上一條健康的腿。

宰相召集眾官員，問他對待他們如何。不少官員說：「猶如再生父母，恩重如山」，因此，「只要大人器重，下官願意效犬馬之勞」，甚至有人說「要下官的頭，下官也情願」。於是，宰相從他們中選擇一人，讓外科醫生王禪截取其腿，爲宰相換上。那位失去了一條腿的官員，就如法炮製，讓王禪截取他下屬的腿，給他補上。於是，其下屬也如法炮製。最後被截取腿的，是鄉下一位可憐的辦案小卒，沒有人截腿給他補上，哭訴於王禪，王禪只好給他補了一條狗的後腿。於是，此類跑跑腿的人物，就被稱之爲「狗腿子」。狗缺了一條腿呢，王禪就給捏了一條泥腿給安上。因爲那腿是泥土做的，遇到尿液會融化，所以，狗撒尿要舉起那後腿。《睢寧卷》之《鬼谷子》中，也有知縣需要換腿而命鬼谷子從衙役的腿中選擇截取給他換上的情節。《常州民間故事集（二）》之《狗腿子的來歷》中，情節也類似。官員身體出了問題，這應該是他的私人事務，不應該利用其公共權力，動用公共資源，爲其醫療服務。至於利用權力侵犯他人最爲基本的權利如健康權者，就更爲不應該了。可是，在民間故事中，這些是理所當然的。即使在自己的腿被上司利用權勢換去的人看來，自己吃虧固然吃虧，但是，也沒有認爲這有什麼不妥，僅僅是自己命運不好而已。

官員利用自己的權力，肆意侵害民眾的利益，更是司空見慣。《銅山卷》之《金公雞下蛋》云，窮孩子小山子得到一隻能下金蛋的公雞，徐州知府知道後，帶了人馬來搶，小山子乘此公雞飛走。《如皋卷》之《老眼看魏紫》云，如皋孝里莊一戶養花人有一株牡丹魏紫，爲牡丹之王，地方長官以爲是天降祥瑞。杭州推官欲移至杭州，見其下石頭上有「此花瓊島飛來種，只許人間老眼看」而罷。《豐縣卷》之《宰相肚裏能撐船》云，年逾古稀的老宰相以權勢娶十七八歲的少女爲妾。《啓東卷》之《正月半爲啥掛紅燈》中，寫將軍欲強娶民女，眾人戮力相救，此女方才得脫。《銅山卷》之《三座墳》云，徐州府都察院張布理小姐出嫁，請蔡木匠的三個女兒來做嫁衣。張布理竟然想對這三姐妹非禮，逼死了這三姐妹。《睢寧卷》之《魏集街沒有西門》云，縣太爺見西門一位窮女孩很漂亮，加以調戲，又欲強娶，導致該女子自殺。

在純粹的民間場域，一旦有具有官員身份或者官方背景的人以任何方式介入，那麼，該場域就會被官場化，官位最高的人，就會被當作該場域最爲尊貴的人。民間禮儀中，長幼尊卑，自然有一定的規矩。在民間某個禮儀

中，參與該禮儀的每個角色，自然都有自己規定的定位。可是，如果有官員參與其間，這樣的定位，就會發生改變，例如，尊貴或重要的位置，可能會不屬於原來禮儀中規定的角色，而是屬於官員了。《邳州卷》之《新女婿上門坐下席》云，當地民間禮儀，女兒出嫁後，新女婿首次上門，一般是滿月後，女兒和女婿一起回來，吃飯的時候，新女婿是坐上席的，因爲這一天他是主角，是最重要、最尊貴的客人。當地有俗語說：「女婿半邊兒，登門坐上席。」爲了顯示隆重，主人家除了好好擺酒外，還要請村上或者族中輩分高或者有名望的人作陪，貴客有面子，主人有光彩。乾隆朝的禮部尚書劉墉奉命微服私訪，由當地知縣推薦，以窮秀才的身份，在某富家當私塾教師。東家女兒出嫁後，新女婿上門。因爲劉墉是知縣推薦過來的，又是個秀才，東家就給知縣一個面子，就請他作陪。新女婿張秀才見劉墉是教書先生，年紀又大，就謙讓，請他坐首席。劉墉非常瞭解當地的風俗，但是也竟然同意了。新女婿有點意外，甚至有點窩囊，於是就想譏嘲劉墉，問他坐過幾次首席。劉墉回答，這是第三次。第一次是自己做新女婿的時候，第二次是紫禁城喝酒坐上席，正宮娘娘斟酒，喝了三杯。說畢，亮明自己「吏部天官」的身份，嚇得新女婿求饒命，東家也跪著代女婿求情。劉墉說聲「老夫今天坐這上席，有失家鄉大禮了」，就走了。因爲據說劉墉祖籍邳州，上三代逃荒到山東的，故他稱邳州「家鄉」。從此以後，邳州新女婿上門坐首席的風俗改變，新女婿坐下席了。就這個故事中的語境而言，新女婿坐上席，是禮儀的規定，張秀才坐上席，當然是應該的。新女婿謙讓，請劉墉這個教書先生坐上席，這也不錯。這不是違反禮，而也是符合禮的。鄉黨尊老，且新女婿是讀書人，讀書人尊重同樣是讀書人的前輩，是美德，當然是應該的。出於這樣的原因，新女婿讓劉墉坐上席，符合情理，也體現了他的修養，這「讓」本身，也是「禮」。可是，劉墉在新女婿的謙讓下公然坐此上席，就不應該了。爲什麼，人家「讓」，這是人家的「禮」，你應該「辭」，這是你的「禮」，體現你的修養。約束和文飾，是禮諸般功用中的兩個。這一「讓」一「辭」之間，就體現了雙方的修養，增進了雙方的感情，此番儀式，也就顯得雍容和諧，再加幾句文采斐然的說辭，簡直就完美了。可是，劉墉沒有讓就公然坐了上席。新女婿既失掉了原本是他的上席，又使他的這般預期落空，怎麼能夠不掃興？他的譏嘲，儘管動機不那麼厚道，但也是有理由的，譏嘲幾句，讓對方以後知禮守禮，也是不錯的。劉墉沒有能夠像新女婿預期的那樣，而

是老實不客氣坐了上席，這就是他的不是了。爲什麼，因爲他違背了禮。那麼，他爲什麼有如此違反禮的行爲呢？原因不是在他不知這樣的禮，他很清楚這樣的禮，而是在他自恃自己官位之高。其背後的邏輯是，官位在任何場域都是通用的王牌，即使在民間禮儀中也是如此。他官大位尊，因此，即使在新女婿坐上席的禮儀中，上席也應該由他來坐，他覺得如此，自己有這個資格，當然連謙讓一番的客套也免了，公然坐了上席。最後他自己亮出自己的身份，無疑是爲了震懾新女婿及其眾人，也是爲自己的行爲辯護。可是，新女婿，還有在場的那麼多人，竟然都認同他這樣的行爲，並且爲此改變了此前的禮儀，新女婿不再坐上席，上席由德高望重的陪客坐了。那麼，大官的身份，是否可以作爲違禮的資本或者理由？作爲規則的禮，是可以由官位來任意破壞的嗎？

在壽宴上也是以官位定座位。《鹽城市故事卷》之《私訪鹽場》云，三十六場總場官張長仲慶祝四十大壽，揚州府、常州府知府以下許多官員參加。公開身份爲張家塾師的張玉書坐了首席，遭到官員們的譏嘲。張玉書亮出眞實身份，官員們統統跪下。類似「座首席」的故事，在江蘇民間有不少。總之，以官位大小，決定座位的尊卑。

在一般的民間宴席上，官員也坐上席。《海門卷》之《縣官跪門外》云，正德皇帝派宰相顧鼎臣微服私訪，在大戶人家做賬房先生。東家請客，縣官參加，而賬房先生坐了首席。縣官不滿意，想折辱賬房先生。次日，縣官傳賬房先生上堂，顧鼎臣以身體不好爲由，拒絕上堂。五六個差人奉命而來，要抬顧鼎臣上堂。顧鼎臣在一個差役手掌寫字：「小畜生，小畜生，你知代朝三月是何人？」讓差役給縣官看。縣官看了，知道所謂賬房先生就是顧鼎臣，大懼，竟然主動跪在顧鼎臣住所的門外請罪。大戶人家請客，不是什麼公務活動，也不涉及公共權力。縣官接受邀請參加，也只是普通的客人而已，不是以縣官的身份參加的。《鹽城市故事卷》之《張玉書的故事》中，情節也類似。《孟子‧公孫丑下》：「天下有達尊三：爵一，齒一，德一。朝廷莫如爵，鄉黨莫如齒，輔世長民莫如德。」〔註1〕既然這不是朝廷事務，也和「輔世長民」沒有關係，是名副其實的「鄉黨」請客，那麼，在這樣的場域，「爵」和「德」應該是不能起作用的了，而應該論「齒」，也就是年紀。年紀誰大，誰就爲尊。按照這樣的規定，顧鼎臣年紀應該最大，也就應該坐在首席了。縣

---

〔註1〕《十三經注疏》本，中華書局，1980年影印本，第2694頁。

官在這些客人中，儘管「爵」最尊，輪不上坐首席。可是，這縣官因為沒有能夠坐上首席而遷怒按照年紀和禮儀而坐了首席的顧鼎臣，竟然要找理由懲罰他。其背後的邏輯仍然是：誰的官大，誰就應該是最尊貴的，即使在百姓請客這樣的場合，也是如此。有人不遵守這樣的「官位王牌」的法則，就應該受到懲罰。

可是，實際上，官場或者公務活動場域，和民間場域，是不同的。同樣一個人，在這兩個場域，角色不一樣，表現也就會有不同。《論語‧鄉黨》：「子於鄉黨，恂恂如也，似不能言者。其在宗廟朝廷，便便言，唯謹爾。」〔註2〕孔子還是孔子，為什麼僅僅在說話方面，在鄉黨和在朝廷，會有這麼大的差別？原因就是場域不同，角色不同，表現也就不同。於鄉黨恂恂如者，乃鄉黨中之賢弟子；於朝廷便便言者，乃國家之賢大臣。就是孔子，他當時還當著大官，也沒有以他的官位權力聲望，在官場和民間兩個場域通吃。

在封建社會中，農村某一個自然村的命名，鄉間定期集市地點和時間的確定，都是自然而然約定俗成的，或者是由地方民間社會協商決定的。但是，即使是在官方不介入的情況下，官位背景在其中也是王牌。《睢寧卷》之《張圩集》云，其地有張家，出官員。紀曉嵐的一個女兒就嫁到張家的。其家族有個叫張亮基的，做過多地的封疆大吏。不過，那裡姓張的不算大族，人口不多。可是，因為張家一直有做官的人，因此，地名就成了張圩。本來那裡沒有集市，集市在那裡向北二里遠的陳油坊村。但是，張家依仗著勢力，把集市遷到了張圩，叫張官圩集。《啟東卷》之《顧鼎臣聽月樓題詩》云，顧鼎臣的老師在鹽商家教書，醉中誤題鹽商新居為「聽月樓」，鹽商疑其謬，老師求助於顧鼎臣。顧鼎臣作《題聽月樓》詩歌釋之。老師不僅保住了飯碗和面子，鹽商還表示要給他養老。聘請家庭教師，這僅僅是東家的家務，擁有官位和權力的大人物出面，竟然也有如此顯著的效果。

江湖社會，游離於宗法社會、鄉里社會、市井社會之外，當然也不受主流社會種種禮法的約束，對主流社會而言，是異己的力量。江湖社會中人，甚至喜歡和官府作對，甚至打著「劫富濟貧」、「替天行道」等旗號，懲罰貪官污吏、土豪劣紳等等。可是，有的江湖社會中人，甚至強盜土匪，也會為官勢所懾服。《睢寧卷》之《官山》云，官山原名墓山。一個老頭帶兩個兒子逃荒到此居住。第二個兒子當兵陞官，官位越來越高。大小官員經過其地，

---

〔註2〕《十三經注疏》本，中華書局，1980年影印本，第2493頁。

總要前去拜訪。土匪山賊，都不敢光顧，都說怕其家官大。來來往往，無非是官，於是山名也改為官山了。

總之，從這些民間故事中看，官位和權力，是通行的王牌，幾乎沒有什麼邊界可言。可以說，幾乎整個社會，都被泛官場化了。

## 第二節　「官位乃通行王牌」背後的叢林法則

官位是沒有邊界的通行王牌，這樣的觀念和現象，其背後的原則，仍然是「弱肉強食」的叢林法則，所謂「大魚吃小魚，小魚吃蝦米」是也。皇帝處於這條食物鏈的最高端，百姓則處於最低端，其間是各級官員。即使基層吏胥之類，也可以憑藉那一點點的權力，魚肉百姓。《南京民間故事》之《三不管街口》中，江寧縣湖熟鎮地保王福，丈量倒斃的乞丐和店家的距離時，收受了三家店的賄賂，丈量的結果竟然是屍體離三家店的距離一模一樣，因此處理屍體的費用由百姓負擔。《南京民間故事》之《起水鮮》中，鄉下百姓說：「一世不見官，是個有福人。」於此可見，封建社會中，官員在百姓心目中是什麼樣的形象了。

在無政府又無文化制約的情況下，弱肉強食的叢林法則得到普遍化的實行，人類社會和動物世界，沒有多少區別。在那樣的狀態下，暴力是唯一的也是直接起作用的因素。雙方相手，力量強者獲勝，力量弱者失敗，甚至喪失生命。如此簡單明瞭。這當然是一種非常可怕的社會狀態。在封建社會中的鄉里社會，由於法治不健全，執行更是不到位，民眾的文化素質落後，故在許多情況下，弱肉強食的叢林法則還是大行其道。例如，魯迅的小說《離婚》中，女兒在婆家被欺負，父親就帶了一群兒子，去把女兒婆家的灶給扒了。在那樣的社會裏，崇尚的還是暴力。

從民間以暴力決勝負、定高下的弱肉強食，到官員對全社會的無邊界干預的情況下以官位和權力決勝負、定高下的弱肉強食，其間還是有明顯的進步的。至少，在前面一種狀態中，弱肉強食具有極大的普遍性和暴力性，其破壞性是顯而易見的，在後面一種狀態中，其普遍性當然要小得多，因為官員畢竟是社會的少數，其暴力性也遠遠不如帶有原始性的弱肉強食那樣明顯，因而相對而言，其破壞性要小得多。當然，這樣的進步是遠遠不夠的。

弱肉強食的叢林法則，崇尚的都是力量，力強則勝，力弱則敗，甚且

死。無政府狀態下的弱肉強食，崇尚的是暴力。封建社會中有政府狀態下的弱肉強食，崇尚的是政府官員的權力。官員的力量之所以如此強大，因為他代表的是政府。在封建社會中，「朕即國家」，皇帝就是朝廷。《儒林外史》等小說中，就直接稱皇帝為「朝廷」。總督代表總督衙門，巡撫代表省政府，以此類推。即使小小的知縣，也代表縣政府。不僅如此，他們都是朝廷命官，背後是朝廷，代表朝廷來面對百姓。那麼，作為社會個體的成員，或者是家族、宗族等，如果沒有其他政治力量的支撐，怎麼可能和政府抗衡，即使他們面對的是一個小小的知縣？在任何時候，在各種社會力量中，最為強大的，是政治力量。在正常的社會狀態中，最強大的政治力量，就是政府。政府如果缺乏制約，政府官員如果缺乏制約，導致以官位和權力弱肉強食，是難以避免的。

官位王牌的法則，會給官員帶來種種實際利益，因此，絕大多數官員會努力維護這樣的法則。可是，這樣的法則，其缺陷是致命的。在這樣的法則之下，官位或權力是決定勝負乃至生死的唯一因素，公理、法治、章程、禮儀、道德乃至人的各種基本權利，至少是不被尊重的，在實際上，往往是被完全漠視或者徹底排斥的。任何人都有可能導致被傷害。某官員在以此傷害相對於他的弱者的權益的時候，也許志得意滿，但是，相對於他的強者，就同樣有可能以這樣的法則來傷害他的權益。例如《無錫民間故事精選》之《許太眉杭州燒香》云，孝廉方正許太眉奉老母乘船往杭州燒香，一路上多次遭到關卡的勒索。到蘇州附近，他們又被一關卡勒索。許太眉就派人去找蘇州知府。蘇州知府是許太眉父親許仲青的學生，而許仲青又是朝廷相國周祖培的學生。蘇州知府認為，他的師母和師兄在他的轄區被勒索，那還了得？正好有人告那關卡人員通匪，於是，他把那個關卡的兩個負責人抓起來殺了。許母大驚，燒香本應是修行的事情，因為他們去燒香，路上多出事情來，知府殺了兩個人，他們不造孽了麼？於是，許家母子只好返回。利用權勢在關卡勒索，自然有罪，但是罪不至死。既然有人告發關卡人員通匪，那麼，蘇州知府就應該立即組織偵查，這和他們是否勒索許太眉沒有直接的關係。即使他們真的通匪，也未必一定就是死罪。關卡人員依仗權勢勒索無度，當然可惡且可怕，但是，知府利用權勢，沒有經過一系列司法手續就把他們殺了，這更加恐怖。例如，《狗腿子的來歷》中，那些官員，面對強者的索要，連到自己的腿都保不住，只能做可憐的犧牲了。在這樣的情況下，即使想到要用

公理、法律或者人的基本權利等來自救，也已經不可能了，因爲，這些可以
保護人的權益的東西，早已被包括這些受害官員在內的人所拋棄，不起作用
了。更何況，這些東西，連到他們自己也不記得了，因爲壓根兒就從來不會
考慮這些東西。

　　在官場或者在社會，一個官員所擁有的官位或權力這張王牌，所到之處，
未必是最大的，他完全有可能被更大的王牌所傷害。更何況，在封建社會，
宦海風波是常見的，官員也很難終身擁有官位或權力這張王牌。例如，《豐縣
卷》之《蘇北花鼓爲什麼常喊二哥哥》中，明朝大臣李文輝被誣陷而遭到滅
門，僥倖逃出來的兄妹倆以唱花鼓戲爲生。《徐州市區卷》之《哭頭》云，鄭
集的鄭志前在徐州當道臺的時候，八面威風，告老還鄉後，卻風光不再，無
人理睬。看戲看到趙匡胤酒醉後錯殺了鄭子明而對著那頭哭的時候，鄭志前
也哭了，說「我也沒頭了」，「戴烏紗帽的叫頭，不戴烏紗帽的叫蛋，冤蛋、
肉蛋、王八蛋！」即使某官員能夠當大官終身，甚至子孫官二代、官三代當
下去，但君子之澤，五世而斬，袁紹四世三公，最後還是完蛋。想要子子孫
孫永遠擁有這樣的王牌，明顯是困難的。再說，以這樣的王牌，在以官位或
權力的弱肉強食法則下無往而不勝，可能使人們畏懼，但也肯定使人們側目。
在公道尚存民心的社會，這也不是什麼光彩的事情。處於這弱肉強食的食物
鏈最高端的皇帝，也是如此。在我國封建社會中，政治的力量確實最大，但
是，社會上出現不止一個政治力量的時候，哪個政治力量最大，那就難說了。
看看歷史上那些末代皇帝的慘狀，就不難明白這樣的道理了。總之，在官位
王牌，以官位或權力大小決勝負、定高下那樣的弱肉強食的社會，誰都不可
能有充分的安全感，因爲誰都有可能被這樣的力量所傷害，包括皇帝。唐文
治《孟子大義》卷四有孟子關於「獨於富貴之中，有私龍斷焉」的論述，云
「（此）道破千古庸俗人之思想，最爲痛切。蓋庸夫心理之中，不獨欲己身之
富貴，且欲傳之子孫，富厚累世不絕。天下庸有是理乎？夫剝而必復者，道
也；盛而必衰者，數也；進而必退者，幾也。一晝一夜，花開者謝，一秋一
春，物故者新，人惟不知安命，於是以爲政不用爲大戚，而又使其子弟爲卿。
豈知公卿者，危具也；富貴者，危機也。人人欲使子弟得高官厚祿，而使子
弟不立品，不讀書，性情氣骨，日積於卑污，以致亡其身破其家者，比比皆
是。鐘鳴漏罷，興盡悲來，此非福其子弟，實乃害其子弟。老子曰：金玉滿
堂，莫之能守。富貴而驕，自遺其咎。功成名遂身退，天之道。富貴，人之

大欲也,而獨於富貴之中,有私壟斷焉,此天道之所不容也。人孰不爲子孫計,然與使其辱也,無寧使之榮;與使其危也,無寧使之安;與使其滅也,無寧使之存;則與使其富貴而無恥也,無寧使之貧賤而有志。吾欲爲沉酣富貴者流涕以相告也。」唐老夫子是筆者業師的業師,他在晚晴官至尙書,宦海生涯幾十年,又是著名的教育家、理學家,對官場、對人生乃至對整個社會,都有精深的瞭解和深切的體驗。這些話,無愧金玉良言,但是,這話說了也有一百年了,這一百年中,這樣走向毀滅的人,難以計數!

當然,事實上,一個社會如果完全、徹底地奉行這樣的叢林法則,其朝廷和政府是很難長期存在的。朝廷、政府和官員,多多少少,還總是要講一些公理、法律、道德之類。至於官位或權力的弱肉強食,和公理、法律等各占多少,那要看具體情況了。但是有一點可以肯定,朝廷也好,政府也好,官員也好,如果官位和權力的強權王牌用得越多,公理和法律等用得越少,那麼,垮臺就越快。這樣的官員越多,政府和朝廷垮臺得越快。

那麼,民間爲什麼有這麼多表現「官位王牌」的故事的呢?爲什麼會有這樣的觀念的呢?原因也許是多方面的。首先,這些故事,也許是民間的想像。暴力型的弱肉強食,在我國封建時代的鄉里社會,還是不鮮見的。民眾以這樣的體驗窺想官場和公務,把這樣的生活體驗投射上去,也可能產生此類故事。其次,民眾處於社會的最底層,在封建社會中,他們受壓迫被剝削,因此,對壓迫者剝削者,自然懷有仇恨或怨憤,將這樣的心理擴大到對整個統治者,此類故事也可能產生。再次,在封建社會中,也確實存在大量的此類現象,這些故事,不過是對這些現象的藝術再現,有些很可能就是實錄。這和我們上個世紀五十年代以後所接受的關於封建社會中官僚地主階級壓迫和剝削人民的教育,是完全一致的。不管如何,民間較多地存在此類故事,是事實。

那麼,此類故事及其所表達的思想意識,會對民眾產生什麼樣的影響呢?首先,官位崇拜的觀念,會得到強化。民眾可能信奉「官位王牌」,承認官位的王牌地位。他們受到「王牌」傷害的時候,會認爲這是理所當然的。這當然符合擁有這王牌的人的利益。可是,民眾既然認可這樣的王牌,那麼,也可能加入到爭取這樣的王牌的隊伍中來。相對於官員及其後代而言,在爭取這樣的王牌的過程中,民眾自然會處於劣勢。官員可以利用其優勢,盡量壟斷官位資源。民間故事中所言,他們簡直不擇手段。《睢寧卷》之《邱生造律》,

就是寫主考蕭何見邱生才華出眾，怕他做官後超過自己，就故意讓邱生落榜。《啓東卷》之《鹽包場的傳說》中，傳說某地風水好，將要出貴人。場官就請風水先生「破風水」，殺死尚未出世的「貴人」。朝廷或者官員請風水先生「破風水」以防止其地出官員、皇帝及其他人才，這樣的故事，在江蘇民間故事中，有很多。

可是，人們在體制外爭取這樣的王牌呢？如果太多的人，特別是太多的人才在體制內競爭王牌失敗，轉而爲體制外的競爭，如黃巢、李自成、洪秀全等所爲，那將是皇帝和整個體制內所有官員的噩夢。秦始皇炫耀其巨無霸式的王牌，劉邦見了，說「大丈夫當如此也」，項羽見了，說「彼可取而代之也」。這是值得深思的。

其次，民眾即使不認可這樣的觀念，否認「官位王牌」的合理性，但是，也很可能視這樣的現象爲積重難返，這樣的觀念在社會根深蒂固，這樣的法則在社會大行其道，因而放棄對其的批判，採取犬儒主義的態度。那麼，這樣的狀態，伊於胡底？

再次，既然官位王牌的法則和觀念無視公理、法律和人的基本權利等等，那麼，民眾如果認同了這樣的法則和觀念，他們也就不知道、至少不會尊重公理、法律和人的基本權利等等，那麼，他們就有極大的可能，實施暴力型的弱肉強食這樣的叢林法則，因爲他們沒有官位和權力，只有暴力，暴力和權力都是賴以取勝的力量。如果一個社會有大量的此類民眾，將會是什麼樣的一個社會？

此外，如果體制外的某個強權利用這些暴力工具，將會如何？或者，有人給他們以公理、法制、人的基本權利等的思想和相應的願景，那又會如何？其實，歷史已經回答過這些問題了。

## 第三節　權力的購買、承租和假借

官位既然是王牌，那麼，如何獲取這樣的王牌呢？在封建社會中，一般有科舉和軍功兩條途徑。民間關於科舉的故事很多，儘管民間顯然不瞭解科舉，這些故事，幾乎都是出之於想像，圖解和簡單化，都是不免的，但是，這些故事中在科舉道路上成功的人物，幾乎都是正面的形象，可見民間對他們還是以肯定居多。對於官員由軍功起家，民間故事中，也幾乎都是肯定的。

《無錫民間故事精選》之《蛟橋雪恥》云，宜興徐釚仗著當宰相的哥哥徐溥的權勢，在家鄉無惡不作。某日，徐釚正調戲婦女，范某躲避不及，被徐釚命人拔去鬍子。范某最小的兒子已經二十歲了，可是，范某還是重金聘請名師，教小兒子苦讀。小范終於考取進士，官御史，上書控告徐釚的不法事，皇帝批准殺徐釚。文件到達宜興，宜興知縣方逢時大喜，因為他身為知縣，卻被宜興那些高官家屬欺負夠了，忍氣吞聲已經多年了。他趕在赦免到來之前，殺了徐釚。范某沒有官位和權力，所以，被以官位和權力為後盾的徐釚拔了鬍子。范某要報仇，就要獲取官位和權力。他自己和兩個年長的兒子，當然來不及了，就不惜重金培養最小的兒子。小范有了相應的官位和權力，就有了報仇雪恥的本錢，於是就啟動了復仇，終於成功。可是，通過科舉獲取官位和權力，當然是不容易的。通過軍功呢？當然更加不容易。那麼，要在以官位和權力為力量的弱肉強食中取勝，至少是自保，人們如何獲得官位和權力呢？

## 一、權力的購買

除了科舉和軍功這兩條途徑之外，獲得官位，還有捐納一條途徑。這一條途徑，比科舉還要古老得多。簡單地說，所謂捐納，就是以錢向朝廷買官做。這樣的故事，江蘇民間也有一些。

《徐州民間文學集成（上）》之《賴個翰林搭個爹》云，豐城縣西北黨樓蔣念天上北京參加科舉考試，蔣父也準備了錢去捐官，一些有錢人也託他買官。《啟東卷》之《卜亂風小傳》云，崇明堡鎮上的屠夫卜亂風，是一個潑皮無賴，做買賣橫蠻霸道，根本沒有什麼文化修養。他在明代洪武二十三年花錢捐了海門縣令，此後為官三年，貪贓枉法，製造了很多冤案。後來，他被含冤者告到吏部大堂，遭到審判。在審判過程中，他竟然直言，放棄商業而捐官，是因為做官比經商來錢快。被大官施以杖刑的時候，他公然叫囂，欲要回捐官所花費的銀兩。後來，他被罷黜後入獄，死於獄中。《新沂卷》之《我賣我》云，土財主看到了立春日下鄉打春牛的縣官的排場，動了當官的心思，知道錢可以捐官，就賣了大部分土地和牲口，交錢給中介為他捐官，結果錢全被騙光，官沒有捐到，家也窮了。

沒有錢的官迷，會愚蠢地打別的算盤。《如皋卷》之《起鳳門》云，丁埝鎮冒家巷頭落一鳥，冒家認為是鳳凰。他們相信俗語，「鳳凰不落無寶之地」，

就在那裡挖掘，沒有得到寶貝。冒家老先生就認爲，那裡的泥土就是寶。於是，他就以繡有「萬壽無疆」等祝頌皇帝語言的錦緞包了那裡的泥土，進京獻寶給皇帝。沿路大小官員知之，都以討「喜封」爲名敲詐。冒老先生官沒有得到，先耗費銀子千餘兩。到京城後，冒老先生向皇帝獻寶，遭到皇帝怒斥，被打屁股，逐出京城，沒有到家而死。子孫要面子，僞稱獻寶成功，皇帝欲封官，冒老先生淡泊名利而沒有接受，御賜「起鳳門」名，冒老先生當殿謝恩，榮歸故里。「起鳳門」也就造了起來。

那麼，那些人爲什麼要買官呢？冒老先生不僅出錢，還要冒那麼大的風險，吃那麼大的苦頭，去從事如此沒有把握的事情？因爲官位是王牌這樣的社會規則和觀念在起作用。官位王牌，遇著通吃，也包括錢財。卜亂風就是因爲做官比經商來錢快而去捐官的。錢財如果沒有官位或權力的保護，就缺乏必要的安全感，保不定什麼時候，就成了官位或權力的美餐。《啓東卷》之《沙玉沼當官》，說沙是久隆鎮人，其家大富而沒有做官的人保護，因此常受州縣保甲豪強地痞無賴之類的欺壓敲詐。海門廳同知李煥文一次就逼迫沙家交白銀三千兩，下沙父於監獄，逼迫交銀子。沙玉沼到京師，以錢財和藝術結交達官貴人，通過陳御史，下達查辦李煥文的公文，李得到信息後逃跑。沙玉沼買官四品，在兵部車駕司任職，一年後辭官回鄉，以其身份震懾地方官和豪強地痞無賴之類，從此不僅沒有人敢欺負沙家，而且，連他家的佃戶，也無人敢於欺負。海門廳官等地方官到任，地方辦案，官府有所舉措，先要諮詢他。官位或權力的購買者，大多出於貪婪，有些是出於無奈，當然，更多的是兩者兼而有之。《我賣我》中的土財主，羨慕縣官的排場而去買官，那麼，縣官的排場爲什麼值得羨慕呢？歸根到底，還是官位或者權力是通吃一切的王牌！很明顯，這些買官行爲背後的欲望，都是自私且陰暗的，也許正因爲如此，這些故事中，對這些買官者的行爲，貶義是比較明顯的。

買官需要本錢，捐錢也是不容易的。對已經是官員的人來說，晉升有多種途徑。正常的途徑是，做出顯著政績，通過正常的考核，實現晉升。可是，要取得顯著的政績不容易，上級考核、提拔官員的程序及其運作，也未必合理，更加未必公平。誰掌管官帽的取予？實際上，品級較低的官帽的取予，只是掌握在地方行政長官手裏或者是中央政府各部長官手裏。可是，所有的官帽，最終都要經過皇帝的批准，所以，各級官員都是「朝廷命官」。因此，民間的想像就簡單化了：官帽的取予，都是掌握在皇帝手裏。那麼，一個人，

只要能讓皇帝賞識，甚至只要能讓皇帝高興，皇帝就會給他陞官。如何讓皇帝賞識或者高興？當然是要資本的。已經當官的人，就向治下開發相關的資源，作爲向皇帝謀官的資本。於是，相關的故事就產生了。

有些故事，有相似的模式：某地某普通人，甚至是窮人，因爲心地善良等原因，得到了某個寶物。知縣、知府之類地方官知道了，就利用權勢，奪取這個寶物，欲向皇帝獻此寶物，以謀求升遷。最後，他的企圖當然不會得逞。例如，《新沂卷》之《石臼》云，窮人旱生因爲好心而遇到神仙，獲得一隻如聚寶盆的石臼。縣官奪之，先以此獲得滿屋子金銀，再向皇帝獻寶求官，因爲寶物到了皇帝那裡不靈驗而被殺。《徐州市區卷》之《臥牛山》云，臥牛山化爲大青牛給貧苦農民耕地。縣官知道後，想奪神牛獻給皇帝以謀升遷，未成。《蘇州民間故事》之《望佛來》《穀雨三朝看牡丹》，《南京民間傳說》之《鬼臉》，《無錫民間故事精選》之《寶金獅》《犀牛毛》《金匱山》，《鹽城市故事卷》之《寶甕》，《徐州民間文學集成（上）》之《九十九頂鐵塔山》，同書《臥牛山的故事》等，都是此類故事。

官員在管轄的地方發現具有超自然功能的寶物，當然只能是想像，但是，在管轄之地發掘可以用來討好皇帝或者上級的資源，向他們進貢，以圖升遷等好處，還是切實可行的，事實上這樣的事情，也會發生的。給朝廷的各種貢品，不就是這些東西嗎？《太湖的傳說》之《二泉茶和石公墜履》中，地方官每月給皇帝進貢三十二罐二泉水，大旱之年還不能減少。同書《二泉之水泉中泉》云，無錫的地方官因向朝廷進貢二泉水，限百姓七日送到，而獲得晉升府臺。第二任官員限百姓五日送到，而晉升巡撫。第三任官員限百姓三日送到，激起民憤，被削職爲民。《無錫的傳說》之《太湖石的故事》寫朱勔因爲進貢太湖石而得大官，回鄉繼續搜羅太湖石進貢，大擾民物。進貢珍寶錢財等，就更加常見了。《邳州卷》之《狗碑》中，在邳州等地遭受水災之年，南京道臺還向朝廷進貢大量珍寶，道臺夫人因此獲得鳳冠霞帔的獎賞。

關於官員在其管轄的地區發掘資源以取媚於皇帝，以求升遷這一類購買官位或權力的故事中，相關官員的形象，都是負面的，幾乎沒有例外。最爲直接的原因是，他們直接給所轄地區的百姓加重了負擔，甚至造成災難！其實，這些官員的罪責，不僅僅如此。除了加重百姓的苦難外，他們還引導皇帝享樂，這等於把皇帝引向邪路，有可能給社會造成更加深重的災難！

## 二、權力的承租

權力的承租和購買，是有區別的。權力的購買，是以物質等代價取得權力，並且可以保持得比較長久，這權力在被剝奪之前，就是屬於買主的了。承租則不同。承租者付出代價，比如說出錢，租用某官員的權力爲其進行某事所用，具有很強的短暫性和針對性，不具有長期性和普適性。最爲常見的方式，就是承租者以行賄的手段，讓官員利用權力爲其做某一件事情。當然，長期租用某官員的權力爲其所用，不限於某具體的事情，這樣的事情，實際上還是存在的，但就民間故事中來看，幾乎沒有這種長期承租某官員權力的內容，這和民間故事短小性的特點是一致的，它不適合表達繁複的內容。

關於封建社會中當事人以行賄的方式，試圖承租官員權力的故事，在江蘇民間不少。《通州卷》之《爲啥取名叫金餘》云，運鹽河某段橋的一端是衛家，另一端是趙家。這地方漸漸成了一個鎮，州政府要爲這個鎮命名。衛家買通州官的父親，要州官把此鎮命名爲衛家鎮，而趙家用小車送銀元，買通了州官的妻子，讓州官命名爲趙家鎮。州官哪一方都不能得罪。在傭人的建議下，州官只好命名爲金餘鎮，因爲西邊是金沙，東邊是餘西。在封建社會中，「父命」的重要性和地位，特別是其神聖性，簡直是僅次於「君命」，不遵從「父命」，就是「不孝」！而「不孝」是嚴重的罪名！因此，賄賂官員的父親，實際上就是賄賂官員。妻子對丈夫的影響力，儘管在封建禮法中來說，是遠遠不及父親的，可是，實際上，也大體可以和「父命」相當，甚至有時會過之，因此，賄賂官員的妻子，就是賄賂官員本人。在這個個案中，「父命」和「妻言」相當，故官員也很無奈。

打官司行賄的故事，就更加多見了。《新沂卷》之《太太斷案》中，哥哥吞了妹妹的錢，妹妹告狀，知縣受了哥哥的賄賂，判妹妹輸。《蘇州民間故事》之《月亮池裏大烏龜》云，知縣、師爺和學官串通，在秀才考試中收受賄賂，讓文章和書法都不好的人名列前茅，而有才學的人卻不被錄取。《銅山卷》之《縣官訓斥頑兄弟》中，兄弟兩個爭家產，打起官司，競相向縣官行賄，被縣官訓斥。

在關於權力承租的故事中，承租者和出租者的形象幾乎都是負面的。官員處理公務，審判案件，其所根據的準則，是公理和法律，還是當事者承租權力的錢款？民眾的回答，當然是前者。民眾的仇官、仇富心理，與此有很大的關係。

## 三、權力假借

權力的假借，和購買、承租都有較大的不同。假借者無須出錢購買權力，也無須出錢承租權力，僅僅是要使用的時候假借而已。他不出錢，自己也不擁有，卻可以隨時假借，來達到自己的目的。但是，值得注意的是，實現這樣的假借，是要條件的。江蘇民間這樣的故事，大致可以分成兩類。

第一類是權力在親屬之間假借。例如：《海門卷》之《百鳥衣》中，老大和老二分別是東臺御史和西臺御史，而老三是王員外家的長工。老三看上了東家的女兒，但東家不肯把女兒嫁給一個長工。老三乃兩次故意放牛吃了李員外田的莊稼，挑起事端，讓東家和李員外家打官司，然後，利用他兩個哥哥的權力，讓分明是理虧的東家獲勝，以此娶到東家的小姐。這個故事，江蘇多地有流傳。《通州卷》所載《百鳥衣》，情節大致相同。《南通市區卷》之《平政橋》云，通州馬家，一門多人當大官。馬御史之子馬公子，在通州城仗勢欺人，無惡不作。《新沂卷》之《五華頂》云，山東沂州某富和尚，因為親戚在朝廷做大官，故橫行鄉里，霸佔良田，建造聚寶樓貯藏財物。《豐縣卷》之《蔣念言借燈籠》云，豐縣城西二十里處李樓土財主蔣念言辦戲班子。當時，玩戲班子的，要有錢有勢才行，「沒有勢力，沒有後臺靠山也是玩不長的」，因為勢力大的人會來搶演員，而演員越是被搶越是紅。蔣念言領著戲班子到黃河邊某地演戲，被某老寨主把整個戲班子扣下了。蔣念言無奈，到單樓本家兄弟、做過夏邑和內鄉縣令的蔣念熙那裡想辦法。蔣念熙介紹蔣念言到山東孔府去借御賜的龍鳳燈籠，因為蔣念熙的夫人是孔府孔祥堅的妹妹。蔣念言把借來的這對御賜龍鳳燈籠掛到戲臺上，老寨主大驚，只好服軟，歸還戲班子。《豐縣卷》之《白辮子治喪》云，豐縣沙莊土財主白辮子死了父親，準備治喪事宜。他先是請知縣來主持喪禮，衙役說白辮子是個土鼈，於是知縣就拒絕出席。白辮子感到委屈，乃通過其嫂嫂，請嫂嫂的哥哥衍聖公請皇帝幫忙。皇帝下旨，四路總兵各領五千人馬出席喪禮，衍聖公主持喪禮，四總兵帶皇帝的祭品上供，州官府官全部出席。知縣只好出席，向主持喪禮的衍聖公討差事。衍聖公看看沒有什麼角色適合他，就讓他去打鼓接祭禮，那本是小孩幹的活兒。《無錫民間故事精選》之《蛟橋雪恥》中，徐釚依仗著他哥哥徐溥在朝廷當宰相，在鄉間無惡不作。

在這一類故事中，假借者和被假借者之間，具有親族關係。對親族關係較近的雙方而言，這樣的假借，完全可能是由社會相關人員實現的，而不是

他們雙方執行的。例如，《平政橋》中馬御史的兒子馬公子，《百鳥衣》中東臺御史和西臺御史的弟弟老三，社會上的有關人員特別是官員，即使在他們和他們當官的親人沒有任何實際要求的情況下，也會給予他們特別的關照，提供特別的幫助。例如，《平政橋》中，有些州官明明知道馬公子的罪惡，也有百姓告他，但是，他們就是不予立案審理，有意放馬公子一馬。爲什麼？即使馬御史和馬公子不說什麼話，州官也會如此，因爲州官明白，馬御史地位高，能量大，官位和權力是王牌！老三有兩個當御史的哥哥，他什麼也不用說，包括地方官在內的人，誰能不怕他三分？

《通州卷》之《爲啥取名叫金餘》中，衛家爲了把鎮命名爲衛家鎮，出錢賄賂了州官的父親。擁有官位及其權力的是州官，而不是州官的父親。州官的父親，可以從州官那裡假借權力，然後出租給衛家。趙家和衛家相爭，買通了州官的妻子，道理也是一樣的。他們都是利用近親關係假借權力，然後出租謀利。這正是《官場現形記》中的官太太之類「出賣風雲雷電」的勾當。

親屬的權力可以假借，但是，親屬中沒有做官的人，怎麼辦呢？還有兩手。一是虛構。《啓東卷》之《賣私鹽婆》中，賣私鹽的女子虛構當大官的親戚背景，嚇退稽查私鹽的官員，這是向虛構的「親戚」假借「權力」，利用這樣的虛假「權力」爲自己謀求利益。用現代的法律術語，這就是「招搖撞騙」，要吃官司的。可是，如果不是虛構的呢？二是攀附，認乾親。《徐州民間文學集成（二）》之《賴個翰林搭個爹》中，蔣念天認李鴻章爲乾爹，李鴻章利用權勢舞弊，才幫蔣念天入了翰林。這未必是歷史事實，但是，這樣的現象，在封建社會中也是存在的。

權力的假借，出借的一方可以可以沒有實質性的游說等干預活動，僅僅向有關方面暗示他們雙方之間有比較密切的關係，這就足夠了。「假借」的其餘部分，可以由包括矛盾對方在內的社會力量去完成。例如，孔府並沒有出面幫助蔣念言去和老寨主說理或者爭搶，僅僅是借給了蔣念言一對御賜龍鳳燈籠。這就足夠了，其餘就是老寨主的事情了。與孔府和蔣念言預期的一樣，老寨主服軟了。《無錫民間故事精選》之《拜年》云，馬山高家是常州劉綸的舅舅家，劉綸是吏部尚書。他到舅舅家拜年，總是一身平民打扮，不驚動地方官員。他的舅媽不滿，要他擺了儀仗去拜年。次年，劉綸早早放出要去舅舅家拜年的風聲。到他去舅舅家的時候，地方大小官員迎送陪同，船接

連幾里路長。馬山附近的豬羊都被高家買光，捉魚船所捉魚都被高家買光。高家耗費鉅資，正是為了把他們和劉綸的親密關係「廣而告之」，這樣就大大有利於他們對劉綸權力的假借。他們要假借劉綸權力的時候，劉綸不必出面，甚至不必知道，這樣的假借，也可以通過那些官員們，順利地實現了。《徐州市區卷》之《沾光》云，豆腐店張老闆去世，老秀才寫碑文：「本朝聖祖康熙丁丑文狀元授翰林院修撰李蟠之鄰居豆腐府當家張某神道碑」，而「鄰居」及其以下的字，寫得特別小。於是，人們傳言，李蟠什麼親戚去世了。一時欲攀龍附鳳的人，競相給張家送賻儀。根據當地風俗，賻儀是不能拒絕的。張家只好收下，竟然達幾千兩銀子。後來，李蟠被充軍，那些給張家送賻儀的人，堅決否然給張家送過賻儀。張家本來經濟條件一般，從此富甲一方，幾代人都是富戶。老秀才寫這樣的碑文，人們給張家送賻儀等等，李蟠卻全然不知。

當然，就親族關係比較遠的雙方而言，這樣的假借，可能是沒有代價的，也可能是有代價的，如果是有代價的，那麼，這樣的假借，實際上就是承租了。例如，蔣念言向孔府借御賜燈籠，故事中沒有說給孔府多少好處，因為他們是親戚關係。如果蔣家因為這事情給孔府一筆錢財，那就是對孔府權力的承租了。因此，承租和假借之間，也是沒有鴻溝之巨的。我們很難斷定，多少錢財往來是屬於親族成員之間的禮尚往來，多少錢財往來是屬於權力的承租。

親族成員之間對公共權力的假借，無疑和公理、法治、公平、公正等相違背的，會對社會和民眾造成傷害。馬公子作惡多端而逍遙法外，老三依仗兩個哥哥是御史而傷害鄰居的利益，和尚仗著當大官的親戚而橫行鄉里霸佔良田，誰如果認為這些是應該的，那麼，他很可能就是和他們同類的貨色！如果有人假借公共權力侵害了他的利益，他又會怎麼認識？

我們如果認定了公共權力的假借是不合理的，那麼，這樣的假借，原因何在？為什麼在我們國家的歷史上，這樣的假借發展得蓬蓬勃勃？看看每個朝代的世家大族，就可以明白了。

筆者認為，其中有文化方面的深層原因。我國以孝悌為核心的家族和親族文化，極為發達。有的著名學者甚至認為，這是中國文化特有的瑰寶，可以用來補西方文化之不足的，因為西方文化缺少這些內容。其實，如果對西方稍作瞭解，就可以發現，人家何嘗不講究孝悌。如果再用些工夫，動些

腦筋，就不難痛苦地發現，我國以孝悌爲核心的親族文化，如此發達，這是人們無奈的選擇使然。歷史發展中，在社會和政府沒有提供必要的安全條件的情況下，人們如何度過生存危機？家族和親族成員之間的相互幫助，就是法寶。翻翻史書中的《孝友傳》之類表彰孝悌的部分，幾乎都是以孝悌度過生存危機的記錄。遇到生存危機，從家庭而家族，而親族，再加上宗族，由近及遠，相互幫助，總是力爭在小範圍內予以解決。涉及到遠親的也不多，涉及到親族或宗族以外的社會層面，就更加少了，即使涉及到，衝擊力也就小多了。否則，社會不安定因素會大大增加，引發動亂的可能會大大增加。我們的民族，就是這樣走過來的，以孝悌爲核心的家族、宗族和親族文化，就是這樣發展得蓬蓬勃勃的。歷代統治者喜歡提「以孝治天下」、「以德治國」，因爲，如此一來，治理國家，當然就容易多了。危機來了，沒有什麼了不起，家庭、家族、宗族、親族成員相互幫忙，危機就過去了。既然如此，封建統治者吃喝玩樂也罷，胡作非爲也罷，無所作爲也罷，都沒有什麼關係了。

於是，孝悌被抬到了極高的地位，家族、親族、宗族成員之間的關係密切，感情深厚，相關的倫理關係，更是被社會強調，其重要性超過了公理，超過了法制，超過了公平、公正和正義等等。一個人一旦擁有了公共權力，其親族或者宗族中的其他成員向他假借，他能拒絕嗎？他拒絕父親，就是不孝；拒絕兄弟，就是不悌！拒絕妻子，他是否想做陳世美？拒絕其他的成員，也至少是不義！要知道，一旦被戴上「六親不認」的帽子，其人基本上就是孤家寡人了。他在道義上就被判有罪。

公共權力的假借本身，其實早就已經成了以孝悌爲核心的家族文化、親族文化和宗族文化的一個部分。多少年來被奉爲經典的《孟子》中說：「兄爲天子，弟爲匹夫，可乎？」〔註3〕舜得了天下，還要給曾經多次謀殺他的弟弟象一個諸侯國，封他爲諸侯。你的弟弟至少沒有像象那樣謀殺過你，很大的可能還幫助你不少，至少還能找到一兩件幫助你的事實，諸如你上茅房沒有帶手紙而他給你送過手紙之類，那麼，你當了個知府，他正和人家打官司，你能袖手旁觀嗎？家族、親族和宗族成員之間，既然共患難，既然有難同當，那麼，按照這樣的邏輯，爲什麼不應該有福同享？既然應該有福同享，那麼，你的公權力，是不是也應該讓大家共享呢？人家或者人家八竿子打得到的人

---

〔註3〕《十三經注疏》本，中華書局，1980年影印本，第2735頁。

曾經多少幫助過你，你怎麼能夠不幫人家？再怎麼說，「同胞父母看娘面，千朵桃花一樹生」，父母的面子，你總要看的吧？祖宗的面子呢？只要你有「力」，你就應該「出力」，即使你的「力」是公共權力，也是如此。某個官員腐敗，其家族、親族或者宗族，常有人參與其間，甚至是他們促成了他的腐敗。這樣的悲劇，到底什麼時候才能得到全面的控制！不徹底清算以孝悌爲核心的家族、宗族和親族文化中的糟粕，特別是其中與現代法治、公平、公正和社會正義相違背的部分，這樣的悲劇，就會不斷發生！

要清算這些文化糟粕，新的問題來了。以孝悌爲核心的家族、親族和宗族文化，既然是人們渡過生存危機的法寶，被你這一清算，這個法寶沒有了，或者是法力大大減小了，那麼，人們遇到生存危機，如何渡過？豈不是要有很多人因此而無法渡過生存危機嗎？我想，要解決這個問題，辦法還是有的。首先，政府和社會應該負起責任，盡可能地使社會成員減少遇到生存危機的可能，如果有社會成員遇到了生存危機，要幫助他們，讓他們渡過這樣的危機，大大減少他們家族、親族和宗族在他們渡過危機中所起的作用，甚至讓這些作用成爲沒有必要，這樣就削弱了人們對家族、親族和宗族的依賴和利益聯繫，讓人們更加獨立於家族、親族和宗族而獲得更多的自由，除了對年老的父母和年幼的後代外，不必對家族、親族和宗族中的其他成員負太多的責任。實際上，幾十年來，政府和社會已經在這方面做了很都工作，當然，還是很不夠的。其次，無論如何，一個人負擔對家族、親族和宗族其他成員的責任，或者予以幫助，是應該有底線的，這就是不能利用自己的公共權力幹違反法律、法規、公平、公正和社會正義的事情。

江蘇民間故事中，另外一類公共權力的假藉故事，相對來說，比較少一些。《沛縣卷》之《光棍出在廟道口》云，廟道口村地主馬開端和二郎廟村大地主楊玉山打官司。楊玉山用二輛轎子車輪流往清江送銀元，打通上下關節，官司就明顯佔了上風。馬開端沒有那麼多錢財，敗局已定。十年前，馬開端救助過一個賣大褂的某甲。某甲原來是清江府法審，專門負責審理案件，因爲受人陷害被革職落魄。十年後，某甲得到平凡昭雪，官復原職，正好主審這個案子。於是，馬開端輕鬆獲勝。法官判決，此後只允許馬告楊，而不允許楊告馬。不僅如此，後來廟道口的人和別人打官司，沒有不贏的，因爲有某甲在，只要馬開端出面，就可以搞定。這個故事，比較典型。《如東卷》之《窗下十年苦，不及半爿瓜》云，哥哥十年寒窗，不得一第。弟弟種瓜賣瓜，

因為在轎夫停下買瓜的時候，主動送給轎子中的大學士半爿瓜。大學士面授機宜，不識字的弟弟，竟然考上了狀元。這個故事，就比較誇張了。一方面，這故事誇張地突出了「官位為通行王牌」的特點，另一方面，也突出了權力假借的荒謬性。

在這類故事中，公共權力的假借者，於被假借者有恩或者有情在前，其假借的底氣或者依據，就是這些恩和情。馬開端於某甲，就是如此。我們傳統文化中關於恩的原則是：滴水之恩當以湧泉相報。受恩不報，就是「忘恩負義」的行為，而「忘恩負義」也是極為嚴重的道德污點，一個人有這樣的污點，就很難自立於社會，很難得到人們的擁護、幫助和支持。身為朝廷命官，就更加應該是大眾表率，決不能沾上忘恩負義之類的邊。

我們的文化中，把報恩抬得過高，高過了法治、公平、公正和社會正義，於是，公共權力，也就作為報恩，可以被假借出去，為恩人服務。以上故事中的某甲，就是如此。馬開端和楊玉山之間的曲直是非，故事中沒有涉及到，我們很難斷定某甲判決馬勝楊負是否恰當，但是，他判決馬可以告楊，楊不可以告馬，這就明顯是不公正的。此外，廟道口人打官司，只要某甲審理就贏，這肯定也不對，難道每次訴訟，理和法都在廟道口一邊？大學士為了酬賣瓜人半爿瓜之贈，竟然以狀元相報。這故事儘管是虛構的，非常荒唐，但是，利用公共權力違背法律、公平、公正和正義作酬謝，這樣的事情，難道不是並不算罕見的事實嗎？因此，要杜絕公共權力的此類假借，就要清算傳統文化恩仇倫理中和現代法治、公平、公正、社會正義等觀念相悖的部分。

## 第四節　關於好官故事的思考

江蘇民間，關於好官的故事，還是不少的。可是，如果仔細分析，就會發現一些問題。

關於好官的故事中，這些官，以鄉賢為多。為什麼當官的鄉賢幾乎都是好官呢？有關他們的故事中，他們幾乎都是正面的形象？這我會在論鄉賢故事的部分作專門的探討。如果扣除鄉賢的故事，那麼，江蘇民間故事中，關於好官的故事，就為數不多了，比起官員為負面形象的故事來，數量要少很多。這是什麼原因呢？

除了鄉賢故事，民間故事中的官員，主要有兩類，一類是奉命來本地做

官的外地人，另外一類就是無名官員。

先說地方官。許多封建王朝規定，地方官必須是外地人。我國古代，絕大多數地方官還是很注重精神追求的，都想流芳百世。他們在任期間，重大工程或者營造之類，在很多情況下，是留下文字記錄例如碑文之類的，甚至還要請知識界幫忙，文人們寫詩作文，頌揚一番。如果編地方志，這些都是當然的材料。地方志中有專門記載當地歷任主要官員政績的部分。如果翻閱這些地方志，我們就會發現，絕大部分地方官，還是在任期內為地方做了這樣那樣的好事的。可是，作為「口碑」式的民間故事中，這些好事，為什麼不多呢？

首先，這和「執政包袱」有關。地方行政長官，代表政府行政，既要對上級負責，又要對百姓負責，而前者是絕對的，餘地很小，後者是相對的，餘地很大。因此，在兩者發生矛盾的時候，他們只能盡可能地保全前者，因為他們的權力等切身利益，都是來於前者。如果沒有非常強烈的人本精神，他們很難不顧自己的利益而得罪前者。不幸的是，在封建社會裏，前者所要求他們做的事情，難免有不盡合理的。他們自己個人的品格操守、行政能力、行事方式，也可能有這樣那樣的缺陷。因此，他們治下的民眾，自然容易會對他們心生不滿了。於是，民眾記住他們不好的事情多，好的事情就記得少了。

其次，民間故事的產生、傳播和接受，有其自身的特點，和地方志等官方或者私人著述的產生、傳播和接受，是完全不同的。簡而言之，民間容易產生、傳播和接受的，是那些短小的、片段化的、有趣的、不平常甚至奇異的事情，引人聽聞是其共同特徵，如果具有思想、哲理等內涵，則更加容易傳播了。例如，《如東卷》之《燒火出身的翰林》中，揚州知府發現某雜貨店一小夥計很能幹，就聘為隨從，令其攻讀並加以指導，這小夥計在三年之後，考中進士，入了翰林。一個在雜貨店燒火的夥計，成為翰林，這事情本身，就很有傳奇色彩，而其關鍵之處，則在知府的慧眼識珠和培養人才的無私精神，而勵志也是這個故事的題中應有之義。《豐縣卷》之《石公巧斷案》中，道光年間，翰林院大學士沈忠仁和其弟戶部尚書沈忠義打爭奪家產的官司。級別如此高的兩個官員打家產官司，已經足以引起社會關注了。官司打了三年，朝廷六大部處理無效，這更加引人矚目了。而小小的清河知縣石公，順利審判了這場官司。《豐縣卷》之《田知縣智斷還帳案》云，豐縣田知

縣判兒子不孝母親案，兒子表示願意還給母親肉，以斷母子關係和情分。田知縣判讓他從身上割了肉償還，還要連內臟一起割。這有點像《威尼斯商人》中的情節。《睢寧卷》之《獅子紅眼沉下邳》《六月十九沉下邳》，都是說為官清正者得到神助，在下邳下沉的時候，幸免於難。《邳州卷》之《淵德公求雨》中，東漢時下邳縣令韓棱自焚求雨而大雨下。〔註4〕這些故事，都具有神異色彩，自然容易流傳。《如皋卷》之《周濤智拿老鼠精》中，寫通州州官周濤在殺死官倉中的雄性老鼠精後，該老鼠精的配偶雌性老鼠精逃跑，化為皇后的模樣，控制了皇后，自己當皇后，以醫治心病為名，假借皇帝之命，要吃周濤的心臟，以報殺夫之仇。周濤在觀音的幫助下，殺死了假皇后，救出了真皇后。這完全是小型的神魔故事。動物或者動物精靈被殺後，其配偶為其復仇的故事，西方民間故事中也常有之。

　　除了有姓名或者有地方的地方官之外，民間故事中，也還有無名無地方的官員。在絕大多數故事中，他們是負面的形象。他們是民眾心中官員的符號而已。社會上官民之間的矛盾或對立，民眾的仇官心理，通過這些故事表現出來，由這些符號當之。

　　既然民間故事中，官位和權力是通行的王牌，封建社會中，官場黑暗，官員貪腐，那麼，為什麼民間故事中還有清正廉潔、不計較個人利益得失、熱心為百姓造福的官員呢？除了以上所舉之外，江蘇民間故事中，還有一些。例如，《南通市區卷》之《范公堤》，寫范仲淹在蘇北任職的時候，修築海堤的故事。該故事在江蘇多個地方的民間流傳。《南通市區卷》之《平政橋》中，馬御史之子馬公子在通州城橫行不法，罪行累累，歷任州官，不是拖延不理，把難事留給後任，就是準備立案而遭到撤職。山東人劉某來任州官，查實馬公子確實是死有餘辜，就準備捨棄官帽為通州伸張正義，乃設計將他杖斃大堂之上，然後手托官帽進京接受處理。《如東卷》之《是我少年時》寫新任縣太爺除夕資助窮書生的故事。《啓東卷》之《呂四的來歷》云，宋代

〔註4〕以人為犧牲祭祀神靈以求消除災難的故事，我國古代有不少，例如「河伯娶婦」之類，還有「官員求雨自殺」之類。《非洲民間故事》之《被作為犧牲的姑娘》云，某地大旱三年，巫師說，要以活人祭祀才會下雨，此活人當是姑娘萬季茹。人們就以許多山羊給萬季茹的父母，買下萬季茹作為犧牲。祭祀的時候，萬季茹不斷往泥潭下沉，她則不斷地念：「我失去，雨來臨。」污泥沒到她脖子的時候，大雨就開始下了。污泥沒過她的嘴巴、鼻子、眼睛，直到她整個人都沒下去了，家人救之不及。後來，她的情人救了她。因為與所舉求雨故事相關，附記於此。

呂晉在其地爲場官，深得百姓愛戴。上級屢次要調他到其他的地方任職，都被當地百姓挽留而未成。呂晉調到京師任職後，其地改名爲呂四，以紀念呂晉。《睢寧卷》之《道臺老爺護河堤》云，徐州道臺李老爺治水有方，且在關鍵時刻，讓百姓疏散到安全的地方，而他自己則仍舊在堤壩上觀察水情，把堤壩崩潰看作是對他治水不成功的懲罰，但堤壩終於完好。《鎮江民間故事》之《三審記》寫丹徒知縣王芝蘭審案故事。《徐州民間文學集成》之《劉同勳築黃堰》寫雍正間朝廷大員劉同（按：當爲「統」。）勳奉命到吳樓村一帶懲罰貪官、修築堤堰。同書《白門樓上的靴子》寫漢朝下邳令韓棱德政，以及其求雨等事。《鹽城市故事卷》之《范仲淹的傳說》，寫范仲淹在蘇北做官的惠政。同書《海瑞懲刁財》寫海瑞保護塾師利益。《常州民間故事集（二）》之《陳琛聰明糊塗難》中，寫武進知縣抗命擅自救災而丟官的故事，同書《海青天與茅山道士》寫海瑞爲官清正。同書《黎知府斷案清正》寫常州黎知府事。《南京民間故事》之《巧斷雞案》寫上元令陳漠事，同書《搶橋斷轎》寫劉榮（當爲「劉墉」。）懲治制臺高玉龍之子高春事，同書《三鬥高制臺》寫劉榮（墉）和貪官高制臺的鬥爭。《無錫民間故事精選》之《雞犬不留》中，寫元順帝時宜興知縣張一清爲保護百姓而被朝廷所殺事。同書《審毒廟》中，寫無錫官員殺蟒蛇、廢人祭之俗事。同書《周斌卿的傳說》中，寫身爲狀元的蘇州知府和樵夫周斌卿結拜兄弟的事。

在這些故事中，官員們的所作所爲，都不是爲了他們自己個人的利益，相反，他們這樣做，還有極大的可能以自己的利益爲代價，例如錢財和官帽，甚至還有自己的生命。他們是爲了社會，爲了百姓。那麼，是什麼力量促使他們這樣做的？我覺得，關鍵還是應該在他們的人生目標。儒家的人生目標，就是「修身齊家，治國平天下」，「仁以爲己仁」，「修己以安百姓」，「窮則獨善其身，達則兼善天下」。這些官員所爲，爲社會和百姓造福，完全符合儒家所提倡的人生目標。這樣的人生目標既定，由此目標作導向，那麼，這樣那樣的個人利益的得失，當然就不會斤斤計較了，甚至這些利益及其得失，也應該服從這樣的目標。這樣的官員，當然就不會熱衷於以官位和權力這通行的王牌去謀取這樣那樣的私利了。因此，在同樣的制度、同樣的文化中，甚至在同樣的社會，好的官員和壞的官員，都有可能產生。其中的原因可能很多，很複雜，但是，對人生目標的選擇，肯定是最爲重要的原因之一。

# 結　語

　　官位和權力是通行的王牌，這樣的現象，不是健康的社會所應有。公共權力必須被關入籠中，使社會的全體成員可以享受公平和正義的陽光，這就需要建設合理的、完備的制度，並且保證這些制度能夠高效地運行。一旦這些成為現實，那麼，對權力的崇拜、購買、承租、假借等醜惡的現象，也就會消失。但是，把這些制度建設完備並且使它們高效運行，這樣的目標，不是短時期內可以達到的，且會有來自許多方面的重重阻力。除了致力於制度建設外，我們還要致力於文化建設。在相關的文化建設方面，消除權力崇拜，清除傳統文化中那些和公平、正義相悖的部分，特別是認同或者寬容權力承租、假借的部分，是當務之急。利用傳統文化中有積極意義的部分，例如儒家等學說中高尚正大的人生目標等，加以與時俱進的改造，為健設健康的官場文化服務。